Větrná Hůrka

Od Emily Brontë

Copyright © 2024 od Autri Books

Všechna práva vyhrazena. Žádná část této publikace nesmí být reprodukována, kopírována, zaznamenávána nebo jinými elektronickými nebo mechanickými metodami bez předchozího písemného svolení vydavatele, s výjimkou případu krátkých citací obsažených v kritických recenzích a určitých jiných nekomerčních použití povolených autorským právem. zákon.

Toto vydání je součástí „Autri Books Classic Literature Collection" a zahrnuje překlady, redakční obsah a prvky designu, které jsou původní pro tuto publikaci a jsou chráněny autorským zákonem. Podkladový text je ve veřejné doméně a nepodléhá autorským právům, ale všechny doplňky a úpravy jsou chráněny autorským právem Autri Books.

Publikace Autri Books lze zakoupit pro vzdělávací, komerční nebo propagační účely.

Pro více informací kontaktujte:

autribooks.com | support@autribooks.com

ISBN: 979-8-3481-1984-3

První vydání vydalo nakladatelství Autri Books v roce 2024.

KAPITOLA I

1801 - Právě jsem se vrátil z návštěvy u svého domácího - osamělého souseda, který mě bude trápit. Je to určitě krásná země! Nevěřím, že bych se v celé Anglii dokázal vypořádat se situací tak zcela vzdálenou společenskému ruchu. Dokonalé misantropovo nebe – a pan Heathcliff a já jsme tak vhodná dvojice, abychom mezi sebou rozdělili tu bezútěšnost. Kapitální chlapík! Sotva si představoval, jak se mé srdce zahřálo vůči němu, když jsem viděl, jak se jeho černé oči tak podezřívavě stáhly pod obočí, když jsem jel nahoru, a když se jeho prsty se žárlivým odhodláním skryly ještě hlouběji ve vestě, když jsem oznamoval své jméno.

„Pan Heathcliff?" Říkal jsem.

Odpovědí bylo přikývnutí.

„Pan Lockwood, váš nový nájemník, pane. Dělám si tu čest a zastavuji vás co nejdříve po svém příjezdu, abych vyjádřil naději, že jsem vás neobtěžoval svou vytrvalostí při získávání okupace Thrushcross Grange: včera jsem se doslechl, že vás napadlo -"

„Thrushcross Grange je můj vlastní, pane," přerušil ho a trhl sebou. „Nedovolila bych nikomu, aby mě obtěžoval, kdybych tomu mohla zabránit - vejděte dovnitř!"

„Pojď dovnitř" bylo proneseno se zaťatými zuby a vyjadřovalo pocit: „Jdi do dvojky!" dokonce ani brána, nad níž se nakláněl, neprojevovala žádný soucitný pohyb k těm slovům; a myslím, že tato okolnost mě přiměla přijmout pozvání: cítila jsem zájem o muže, který se zdál být přehnaně zdrženlivější než já.

Když viděl, že prsa mého koně tlačí na překážku, vztáhl ruku, aby ji uvolnil, a pak mě mrzutě předešel po hrázi a zavolal, když jsme vjížděli do dvora: „Josephe, vezmi koně pana Lockwooda; a přineste nějaké víno."

„Tady máme asi celý podnik čeledi," zněla úvaha, kterou naznačoval tento složený řád. „Není divu, že mezi prapory roste tráva a jediným živitelem je dobytek."

Josef byl starý, ba dokonce starý muž, možná velmi starý, i když zdravý a šlachovitý. „Pánbůh nám pomáhej!" pronesl v monologu polohlasem mrzuté nelibosti, zatímco mě vyprošťoval z koně; díval se mi zatím do tváře tak kysele, že jsem se shovívavě domníval, že musí potřebovat božskou pomoc, aby strávil svou večeři, a jeho zbožný výkřik neměl nic společného s mým neočekávaným příchodem.

Větrná hůrka je jméno obydlí pana Heathcliffa. „Wuthering" je významné provinční přídavné jméno, popisující atmosférickou vřavu, které je její stanice vystavena za bouřlivého počasí. Tam nahoře musí mít vždy čisté, osvěžující větrání: sílu severního větru, který vane přes okraj, lze odhadnout podle přílišného sklonu několika zakrslých jedlí na konci domu; a řadou vyzáblých trnů, které všechny natahovaly své údy na jednu stranu, jako by toužily po almužně od slunce. Architekt byl naštěstí prozíravý a postavil jej silně: úzká okna jsou hluboko zapuštěna do zdi a rohy jsou chráněny velkými vyčnívajícími kameny.

Než jsem překročil práh, zastavil jsem se, abych obdivoval množství groteskních řezb, které byly rozmařilé na průčelí, a zejména na hlavních dveřích; nad ním, v pustině rozpadajících se gryfů a nestoudných malých chlapců, jsem zahlédl datum „1500" a jméno „Hareton Earnshaw". Byl bych učinil několik poznámek a požádal bych nevrlého majitele o stručnou historii místa; ale zdálo se, že jeho postoj u dveří vyžaduje můj rychlý příchod nebo úplný odchod, a já jsem nechtěl zhoršovat jeho netrpělivost před tím, než si prohlédnu penetralium.

Jeden krok nás přivedl do rodinného obývacího pokoje, bez úvodní haly nebo chodby: tady se mu říká především „dům". Zahrnuje kuchyň a salonek, obecně; ale myslím, že na Větrné hůrce je kuchyně nucena ustoupit úplně do jiné čtvrti: alespoň jsem hluboko uvnitř rozeznal drnčení jazyků a řinčení kulinářského náčiní; a nepozoroval jsem žádné známky pečení, vaření nebo pečení kolem obrovského ohniště; ani žádný třpyt měděných hrnců a plechových křovin na stěnách. Na jednom konci se vskutku nádherně odráželo světlo i teplo z řad obrovských cínových mís, proložených stříbrnými džbány a korbely, tyčících se řadu za řadou na obrovském dubovém prádelníku až k samé střeše. Ta nebyla nikdy podkreslena: celá její anatomie byla tázavému oku odhalena, až na místa, kde ji skrývala dřevěná kostra naložená ovesnými koláči a shluky hovězích, skopových a šunkových stehen. Nad komínem stály různé zlotřilé staré pušky a pár koňských pistolí a jako ozdobu tři křiklavě malované kanystry rozmístěné podél jeho římsy. Podlaha byla z hladkého bílého kamene; židle, primitivní konstrukce s vysokými opěradly, natřené na zeleno: jedna nebo dvě těžké černé číhaly ve stínu. V oblouku pod prádelníkem odpočívala obrovská, játrově zbarvená fena, obklopená rojem kvičících štěňat; a další psi strašili v jiných zákoutích.

Byt a nábytek by nebyly ničím zvláštním, kdyby patřily domáckému severskému farmáři s tvrdohlavou tváří a statnými údy, které vynikaly v podobě podkolenek a kamaší Takového člověka, který sedí ve svém křesle a na kulatém stole před sebou pění džbán piva, lze spatřit na kterémkoli okruhu pěti nebo šesti mil mezi těmito kopci, pokud se tam vydáte v pravý čas po večeři. Pan Heathcliff však tvoří zvláštní kontrast ke svému bydlišti a životnímu stylu. Je to cikán tmavé pleti vzhledem, oděvem a způsoby gentleman: to jest právě tak gentleman jako mnohý venkovský statkář: možná poněkud nedbalý, ale nevypadá špatně se svou nedbalostí, protože má vzpřímenou a hezkou postavu; a poněkud mrzutý. Někteří lidé by ho možná mohli podezřívat z určité míry nevychované pýchy; Mám v sobě sympatický akord, který mi říká, že o nic takového nejde: instinktivně vím, že jeho zdrženlivost pramení z odporu k okázalým projevům citů – k projevům vzájemné laskavosti. Bude milovat i nenávidět stejnou měrou pod rouškou a bude to považovat za druh drzosti, když je znovu milován nebo nenáviděn. Ne, běžím příliš rychle: propůjčuji mu své vlastní vlastnosti příliš štědře. Pan Heathcliff může mít zcela odlišné důvody, proč se drží stranou od ruky, když se setká s potenciálním známým, jako ty, které pohánějí mě. Doufejme, že má tělesná konstituce je téměř podivná: moje drahá matka říkávala, že nikdy nebudu mít pohodlný domov; a teprve minulé léto jsem dokázal, že jsem ho naprosto nehoden.

Zatímco jsem si užíval měsíc krásného počasí na mořském pobřeží, byl jsem vržen do společnosti nanejvýš fascinujícího tvora: v mých očích skutečné bohyně, pokud si mě nevšimla. Vokálně jsem „nikdy neřekl své lásce"; přesto, pokud by pohledy měly jazyk, i ten nejpouhý idiot by uhodl, že jsem nad hlavu a uši: konečně mě pochopila a podívala se na mě jako na oplátku - ten nejsladší ze všech představitelných pohledů. A co jsem udělal? Přiznávám se k tomu se zahanbením - ledově scvrklý do sebe, jako šnek; při každém pohledu se stáhl chladnější a vzdálenější; až nakonec byla ubohá nevinná žena přivedena k pochybnostem o svých smyslech a přemožena zmatkem nad svým domnělým omylem přesvědčila svou matku, aby se utábořila.

Tímto podivným obratem povahy jsem si vysloužil pověst záměrné bezcitnosti; jak nezasloužené, to dokážu ocenit jen já.

Posadil jsem se na konec krbu naproti tomu, k němuž přistoupil můj domácí, a vyplnil jsem chvilku ticha tím, že jsem se pokusil pohladit psí matku, která opustila svůj dětský pokoj a vlčím způsobem se plížila zezadu k mým nohám, rty zkroucenými nahoru a bílými zuby slzícími, aby mě chňapla. Mé laskání vyvolalo dlouhé, hrdelní zavrčení.

„Raději nechte toho psa na pokoji," zavrčel pan Heathcliff jednohlasně a zadržoval zuřivější projevy úderem nohy. „Není zvyklá na to, aby se nechala rozmazlovat - nenechávala si ji jako domácího mazlíčka." Pak vykročil k postranním dveřím a znovu vykřikl: „Josefe!"

Joseph zamumlal nesrozumitelně v hlubinách sklepa, ale nedal najevo, že by měl vystoupit, a tak se jeho pán ponořil k němu a zanechal mě *napospas* té neurvalé fence a páru zachmuřených chundelatých ovčáckých psů, kteří se s ní dělili o žárlivou stráž nad vším mým pohybem. Nechtěl jsem se dostat do kontaktu s jejich tesáky, a tak jsem seděl tiše; ale protože jsem si představoval, že sotva pochopí tiché urážky, oddával jsem se bohužel mrkání a šklebení se na trojici a nějaký zvrat mé fyziognomie madam tak popudil, že náhle propukla v zuřivost a skočila mi na kolena. Odhodil jsem ji dozadu a spěchal postavit stůl mezi nás. Tento počínání vyburcovalo celý úl: půl tuctu čtyřnohých ďáblů, různých velikostí a stáří, vyběhlo ze skrytých doupat do společného středu. Cítil jsem, že mé podpatky a kabáty jsou podivným předmětem útoku; a odrážeje větší bojovníky co nejúčinněji pohrabáčem, byl jsem nucen hlasitě žádat o pomoc některé z domácností při obnově míru.

Pan Heathcliff a jeho muž stoupali po schodech do sklepa s nepříjemným hlenem: myslím, že se nepohybovali ani o vteřinu rychleji než obvykle, i když v krbu byla naprostá bouře obav a jekotu. Naštěstí se jeden z obyvatel kuchyně pustil do práce; Smyslná dáma v zastrčených šatech, s holýma rukama a tvářemi zrudlými ohněm vběhla mezi nás a rozmáchla se pánví, a použila té zbraně a svého jazyka k takovému účelu, že se bouře magicky utišila a ona zůstala jen vzdouvajíc se jako moře po silném větru, když její pán vstoupil na scénu.

„Co se to u všech čertů děje?" zeptal se a prohlížel si mne tak, jak jsem to nehostinné zacházení nemohl snést.

„To je k čertu, to je pravda!" Zamumlal jsem. „Stádo posedlých vepřů nemohlo mít v sobě horší ducha než ta vaše zvířata, pane. To už byste mohl klidně nechat cizince s mládětem tygrů!"

„Nebudou se plést do lidí, kteří se ničeho nedotýkají," poznamenal, postavil přede mne láhev a vrátil odsunutý stůl. „Psi dělají dobře, když jsou ostražití. Dáte si sklenku vína?"

„Ne, děkuji."

„Nekousnutý, že ne?"

„Kdybych tam byla, byla bych položila svou pečeť na kousačku." Heathcliffova tvář se uvolnila do úšklebku.

„Pojďte, pojďte," řekl, „jste rozrušený, pane Lockwoode. Zde si vezměte trochu vína. Hosté jsou v tomto domě tak nesmírně vzácní, že já a moji psi, jsem ochoten je vlastnit, stěží víme, jak je přijmout. Vaše zdraví, pane?"

Uklonil jsem se a vrátil slib; začínal chápat, že by bylo pošetilé sedět a trucovat nad špatným chováním smečky kleteb; kromě toho se mi nechtělo poskytovat tomu chlapíkovi další zábavu na můj účet; protože jeho humor nabral tento směr. On - pravděpodobně ovlivněn prozíravým uvážením, jak je pošetilé urazit dobrého nájemníka - se trochu uvolnil v lakonickém stylu, kdy odsekával svá zájmena a pomocná slovesa, a zavedl to, co považoval za předmět mého zájmu - rozpravu o výhodách a nevýhodách mého nynějšího místa v důchodu. Zjistil jsem, že je velmi inteligentní v tématech, kterých jsme se dotýkali; a než jsem odešel domů, byl jsem povzbuzen k tomu, abych se dobrovolně přihlásil na další návštěvu zítra. Zřejmě si nepřál, aby se mé vměšování opakovalo. přesto půjdu. Je udivující, jak společensky se ve srovnání s ním cítím.

KAPITOLA II

Včera odpoledne bylo mlhavé a chladné. Měl jsem v úmyslu strávit je u ohně ve své pracovně, místo abych se brodil vřesovištěm a blátem na Větrnou hůrku. Když jsem se však vstal od večeře (N. B. - večeřím mezi dvanáctou a jednou hodinou; hospodyně, matróna, která byla považována za součást domu, nemohla nebo nechtěla pochopit mou prosbu, aby mě obsluhovali v pět) - vystoupil jsem s tímto líným úmyslem po schodech a vstoupil do pokoje, Viděl jsem klečící služku, obklopenou křovím a uhláky, jak zvedá pekelný prach, zatímco hasí plameny hromadami uhlíku. Tato podívaná mě okamžitě zahnala zpět; Vzal jsem si klobouk a po čtyřech mílích chůze jsem dorazil k Heathcliffově zahradní brance právě včas, abych unikl prvním lehkým vločkám sněhové přeháňky.

Na tom bezútěšném vrcholu kopce byla země tvrdá černou jinovatkou a vzduch mě rozechvěl na všech končetinách. Nemohl jsem řetěz uvolnit, a tak jsem přeskočil, vyběhl jsem po vydlážděné hrázi, lemované roztroušenými angreštovými keři, a marně jsem klepal na dveře, až mě brněly klouby na rukou a psi vyli.

„Ubozí chovanci!" V duchu jsem vykřikl: „Zasloužíš si trvalou izolaci od svého druhu pro svou neomalenou nepohostinnost. Alespoň bych nenechával své dveře ve dne zavřené. Mně je to jedno - já se dostanu dovnitř!" Tak odhodlaný jsem uchopil západku a prudce s ní zatřásl. Josef s octovou tváří vyčníval z kulatého okna stodoly.

„Za co jste?" vykřikl. „Mistr je dole u drůbeže. Obejděte to kolem sebe, kdybyste s ním šli mluvit."

„Uvnitř není nikdo, kdo by ti otevřel dveře?" Zahalil jsem a reagoval.

„Je tu nobbut t' missis; a nebudeš si dělat své stydlivé dinsy až do příště."

„Proč? Nemůžete jí říct, kdo jsem, viďte, Josefe?"

„Ani já! „Nebudu se s tím stýkat," zamumlala hlava a zmizela.

Sníh začal hustě padat. Uchopil jsem kliku, abych se pokusil o další pokus; když tu se na dvoře za ním objevil mladý muž bez kabátu a s vidlemi na ramenou. Zavolal mi, abych ho následoval, a když jsme prošli umývárnou a dlážděnou plochou, kde byla kůlna na uhlí, pumpa a holubník, konečně jsme dorazili do obrovského, teplého a veselého bytu, kde jsem byl dříve přijat. Nádherně žhnula v záři obrovského ohně, složeného z uhlí, rašeliny a dřeva; a u stolu, prostřeného k vydatné večeři, jsem s potěšením pozoroval „slečnu", osobu, o jejíž existenci jsem nikdy neměl ani tušení. Uklonil jsem se a čekal v domnění, že mě vyzve, abych se posadil. Podívala se na mne, opřela se v křesle a zůstala nehybně a němá.

„Drsné počasí!" Poznamenal jsem. „Obávám se, paní Heathcliffová, že dveře musí nést následky toho, že se vaše služebnictvo nevěnovalo v klidu: měla jsem co dělat, aby mě slyšeli."

Nikdy neotevřela ústa. Zíral jsem - ona zírala také: v každém případě na mě hleděla chladnokrevně, bez ohledu na to, nesmírně trapně a nepříjemně.

„Posaďte se," řekl mladík nevrle. „Brzy přijde."

Poslechl jsem; a obklíčil a zavolal darebáka Juno, která se při tomto druhém rozhovoru uráčila pohnout krajní špičkou ocasu na znamení toho, že se stala obětí mého života.

„Krásné zvíře!" Začal jsem znovu. „Máte v úmyslu rozloučit se s dětmi, madam?"

„Nejsou moje," řekla milá hostitelka odpudivěji než sám Heathcliff.

„Ach, mezi nimi jsou i tvoji oblíbenci?" Pokračovala jsem a otočila se k obskurnímu polštáři plnému čehosi jako kočky.

„Podivný výběr oblíbenců!" poznamenala pohrdavě.

Naneštěstí to byla hromada mrtvých králíků. Znovu jsem se zatáhl a přiblížil se ke krbu, opakujíc svou poznámku o divokosti večera.

„Neměl jste vycházet ven," řekla, vstala a natáhla z komína dva z pomalovaných kanystrů.

Její postavení předtím bylo chráněno před světlem; nyní jsem měl zřetelný pohled na celou její postavu a tvář. Byla štíhlá a zřejmě sotva překročila dívčí věk: obdivuhodná postava a nejkrásnější tvářička, jakou jsem kdy měl tu čest spatřit; malé rysy, velmi slušné; lněné prstýnky, nebo spíše zlaté, volně visící na jejím jemném krku; a oči, kdyby byly měly příjemný výraz, byly by neodolatelné: naštěstí pro mé vnímavé srdce se jediný cit, který vyjadřovaly, pohyboval mezi opovržením a jakýmsi zoufalstvím, které bylo nepřirozené tam rozeznat. Kanystry byly téměř mimo její dosah; Pokynul jsem, abych jí pomohl; Obrátila se ke mně jako lakomec, kdyby se mu někdo pokusil pomoci spočítat jeho zlato.

„Nechci vaši pomoc," odsekla; „Můžu si je pořídit pro sebe."

„Prosím za prominutí!" Pospíšil jsem si s odpovědí.

„Pozvali vás na čaj?" zeptala se, přehodila si přes úhledné černé šaty zástěru a postavila se se lžící listu namířenou nad hrncem.

„Rád si dám pohár," odpověděl jsem.

„Ptali se vás na to?" opakovala.

„Ne," řekla jsem s polovičním úsměvem. „Ty jsi ta správná osoba, která by mě měla požádat."

Odhodila čaj se lžící i se vším všudy a vrátila se na židli v domácím mazlíčku; čelo se jí zvlnilo a rudý spodní ret vystrčil ven, jako by se dítě chystalo k pláči.

Mezitím si mladík nasadil na sebe značně ošuntělý svrchní oděv, vzpřímil se před plameny a koutkem oka se na mne díval před celým světem, jako by mezi námi existoval nějaký smrtelný svár. Začínal jsem pochybovat, je-li to sluha nebo ne: jeho oděv i řeč byly hrubé a zcela postrádaly nadřazenost, kterou lze pozorovat u manželů Heathcliffových; Husté hnědé kadeře měl drsné a nepěstěné, vousy mu medvědí zasahovaly do tváří a ruce měl zkroucené jako ruce obyčejného dělníka: stále ještě choval volně, téměř domýšlivě a neprojevoval nic z domácí horlivosti, když se staral o paní domu. Protože jsem neměl jasné důkazy o jeho stavu, považoval jsem za nejlepší zdržet se toho, abych si nevšiml jeho podivného chování; a pět minut nato mě Heathcliffův příchod do jisté míry vysvobodil z mého nepříjemného stavu.

„Vidíte, pane, přišel jsem, jak jsem slíbil!" Zvolal jsem, předsedaje veselý; „a obávám se, že budu půl hodiny upoután na počasí, pokud mi můžete poskytnout přístřeší v této době."

„Půl hodiny?" řekl a setřásl si bílé vločky z šatů. „Divím se, že sis vybral hustou sněhovou bouři, abys se v ní toulal. Víte, že vám hrozí, že se ztratíte v bažinách? Lidé, kteří znají tato vřesoviště, často za takových večerů zmeškají cestu; a mohu vám říci, že v současné době není žádná naděje na změnu."

„Možná bych mohl mezi vašimi hochy sehnat průvodce, který by mohl zůstat v sídle až do rána - mohl byste mi nějakého ušetřit?"

„Ne, nemohl jsem."

„Ach, opravdu! Nuže, musím se tedy spolehnout na svou vlastní prozíravost."

„Uf!"

„Uvaříte čaj?" zeptal se ošuntělého kabátu a obrátil svůj zuřivý pohled ode mne k mladé dámě.

„Má nějaké mít?" zeptala se a obrátila se na Heathcliffa.

„Připrav si to, chceš?" zněla odpověď vyřčená tak zuřivě, že jsem sebou trhl. Tón, kterým byla tato slova řečena, prozrazoval skutečnou zlou povahu. Už jsem neměl chuť nazývat Heathcliffa kapitálním člověkem. Když byly přípravy dokončeny, vyzval mě slovy: „Nyní, pane, přineste si svou židli." A všichni, včetně venkovské mládeže, jsme se shromáždili kolem stolu: zavládlo strohé ticho, zatímco jsme diskutovali o jídle.

Myslel jsem si, že pokud jsem ten mrak způsobil já, bylo mou povinností pokusit se ho rozptýlit. Nemohli by každý den sedět tak zachmuřeně a mlčenlivě; a nebylo možné, ať byli sebevíc rozzlobení, že všeobecný zamračený výraz, který nosili, byl jejich každodenní tváří.

„Je to zvláštní," začal jsem v přestávce, kdy jsem vypil jeden šálek čaje a přijal další, „je zvláštní, jak zvyk dokáže formovat naše chutě a představy: mnozí si nedokázali představit, že by existovalo štěstí v životě tak naprostého vyhnanství od světa, jaký trávíte vy, pane Heathcliffe; přesto si troufám říci, že obklopena vaší rodinou a s vaší milou dámou, která vládne nad vaším domovem a srdcem -"

„Má milá dámo!" přerušil ho s téměř ďábelským úšklebkem na tváři. „Kde je ona - má milá paní?"

„Paní Heathcliffová, myslím vaši ženu."

„No, ano, ach, chtěl bys naznačit, že její duch zaujal místo anděla sloužícího a střeží osudy Větrné hůrky, i když je její tělo pryč. Je to tak?"

Viděl jsem sám sebe v omylu a pokusil jsem se to napravit. Mohl jsem si všimnout, že mezi oběma stranami byl příliš velký věkový rozdíl, než aby bylo pravděpodobné, že to byl muž a žena. Jednomu bylo kolem čtyřicítky, je to období duševní síly, kdy muži zřídka hýčkají iluzi, že se ožení z lásky s dívkami: tento sen je vyhrazen pro útěchu našich ubývajících let. Druhý nevypadal na sedmnáct.

Pak mi blesklo hlavou: „Ten klaun po mém lokti, který pije čaj z umyvadla a neumytýma rukama jí chleba, je možná její manžel: Heathcliff mladší, samozřejmě. To je důsledek toho, že byla pohřbena zaživa: Vrhla se na tu buranu z číré nevědomosti, že existují lepší jedinci! Smutná škoda - musím se mít na pozoru, aby nelitovala své volby." Poslední úvaha se může zdát domýšlivá; Nebyla. Můj soused mi připadal na pokraji odporu; Ze zkušenosti jsem věděl, že jsem docela přitažlivý.

„Paní Heathcliffová je moje snacha," řekl Heathcliff a potvrdil tak mou domněnku. Při těch slovech k ní obrátil zvláštní pohled: pohled nenávistný; ledaže by měl ty nejzvrácenější obličejové svaly, které by nechtěly, jako u jiných lidí, vykládat řeč jeho duše.

„Ach, zajisté - teď už to chápu: jste vyvolenou majitelkou dobročinné víly," poznamenala jsem a obrátila se ke své sousedce.

Bylo to horší než předtím: mladík zrudl a zaťal pěsti, když se zdálo, že se chystá přemýšlet útok. Zdálo se však, že se brzy vzpamatoval a udusil bouři brutální kletbou, mumlal za mne, čehož jsem si však dával pozor, abych si toho nevšiml.

„Nešťastné ve vašich dohadech, pane," poznamenal můj hostitel; „Ani jeden z nás nemá tu výsadu vlastnit vaši dobrou vílu; Její druh je mrtvý. Řekl jsem, že je to moje snacha, a proto se musela provdat za mého syna."

„A ten mladý muž je -"

„Můj syn určitě ne."

Heathcliff se znovu usmál, jako by to byl příliš troufalý žert připisovat mu otcovství toho medvěda.

„Jmenuji se Hareton Earnshaw," zavrčel druhý. „a radím vám, abyste to respektoval!"

„Neprojevil jsem žádnou neúctu," zněla má odpověď a v duchu jsem se zasmál důstojnosti, s jakou se ohlásil.

Upřel na mě pohled déle, než jsem mu byla ochotna opětovat jeho pohled, protože jsem se bála, že bych mohla být v pokušení buď mu nacpat uši, nebo dát najevo své veselí. Začal jsem se v tomto příjemném rodinném kruhu cítit neomylně nepatřičně. Pochmurná duchovní atmosféra překonala a více než neutralizovala žhnoucí tělesné pohodlí kolem mne; a rozhodl jsem se, že budu opatrný, když se odvážím pod ty trámy potřetí.

Když jsem skončil s jídlem a nikdo nepronesl ani slovo družné konverzace, přistoupil jsem k oknu, abych se podíval na počasí. Viděla jsem smutný pohled: temná noc se předčasně snášela a obloha a kopce se mísily v jednom prudkém víru větru a dusivého sněhu.

„Myslím, že je pro mě nemožné, abych se teď dostala domů bez průvodce," nemohla jsem se ubránit výkřiku. „Silnice budou již pohřbeny; a kdyby byly holé, mohl bych stěží rozeznat stopu před sebou."

„Haretone, zažeň těch tucet ovcí na verandu stodoly. Budou přikryti, pokud je necháte celou noc v záhybu, a položte před ně prkno," řekl Heathcliff.

„Jak si mám počínat?" Pokračoval jsem se vzrůstajícím podrážděním.

Na mou otázku nepřišla žádná odpověď; a když jsem se ohlédl, viděl jsem jen Josepha, jak přináší vědro kaše pro psy, a paní Heathcliffovou, jak se naklání nad ohněm a rozptyluje se spálením svazku zápalek, které spadly z komína, když vracela čajový kanystr na své místo. Prvně jmenovaný, když odložil své břímě, kriticky si prohlédl pokoj a nakřáplým hlasem ze sebe vyhrkl: „Divím se, jak můžeš vyhlížet zahálku ve válce, když všichni na nás vypadnou! To je jen pár minut a nemá smysl o tom mluvit - nikdy se nenapravíš ve svých špatných věcech, ale ty se ti chce líbit, jako tvoje matka před tebou!"

Na okamžik jsem se domníval, že tato výmluvnost je určena mně; a dost rozzuřen přistoupil k starému darebákovi s úmyslem vykopnout ho ze dveří. Paní Heathcliffová mě však svou odpovědí zarazila.

„Ty starý skandální pokrytče!" odvětila. Nebojíš se, že se necháš tělesně unést, kdykoli zmíníš ďáblovo jméno? Varuji vás, abyste mě neprovokovali, nebo vás požádám o váš únos jako zvláštní laskavost! Stop! Podívej se, Josefe," pokračovala a vzala z police dlouhou, tmavou knihu. „Ukážu vám, jak daleko jsem pokročil v černé magii: brzy budu schopen udělat si z ní jasný dům. Červená kráva nezemřela náhodou; a váš revmatismus lze sotva počítat mezi návštěvy Prozřetelnosti!"

„Ach, ničemný, ničemný!" vydechl stařec. „kéž nás Pán vysvobodí od zlého!"

„Ne, zatracený! jsi trosečník - jdi pryč, nebo ti vážně ublížím! Nechám vás všechny vymodelovat z vosku a hlíny! a první, kdo překročí hranice, které jsem stanovil, bude - neřeknu, s čím se má udělat - ale uvidíte! Jdi, dívám se na tebe!"

Malá čarodějnice vložila do jejích krásných očí předstíranou zlobu a Josef, chvěje se upřímnou hrůzou, vyběhl ven, modlil se a cestou vykřikoval „bezbožně". Domníval jsem se, že její chování musí být podníceno jakýmsi bezútěšným pobavením; a teď, když jsme byli sami, snažil jsem se ji zaujmout ve své tísni.

„Paní Heathcliffová," řekl jsem vážně, „musíte mi prominout, že vás obtěžuji. Předpokládám, protože s tou tváří jsem si jist, že se nemůžete ubránit dobrosrdečnosti. Ukažte mi nějaké orientační body, podle kterých bych mohl poznat cestu domů: nemám o nic větší představu, jak se tam dostat, než byste měl vy, jak se dostat do Londýna!"

„Jděte cestou, kterou jste přišli," odpověděla a uvelebila se v křesle, se svíčkou a dlouhou knihou otevřenou před sebou. „Je to stručná rada, ale tak rozumná, jak jen mohu dát."

„A pak, když uslyšíš, že mě našli mrtvého v bažině nebo jámě plné sněhu, tvé svědomí ti nebude našeptávat, že je to zčásti tvoje vina?"

„Jak to? Nemohu vás doprovodit. Nedovolili mi jít až na konec zahradní zdi."

„*Vy*! Bylo by mi líto, kdybych vás požádal, abyste v takové noci překročil práh," zvolal jsem. „Chci, abyste mi *ukazoval*, kudy cestuji, ne abyste mi ji *ukazoval*, nebo abyste přesvědčil pana Heathcliffa, aby mi dal průvodce."

„Kdo? Je tu on, Earnshaw, Zillah, Joseph a já. Kterou byste chtěl?"

„Nejsou na statku žádní chlapci?"

„Ne; to je vše."

„Z toho plyne, že jsem nucen zůstat."

„Abyste se mohl vypořádat se svým hostitelem. Nemám s tím nic společného."

„Doufám, že to pro vás bude poučením, abyste už nepodnikal ukvapené cesty po těchto kopcích," zvolal Heathcliffův přísný hlas od vchodu do kuchyně. „Pokud jde o pobyt tady, nenechávám ubytování pro návštěvníky: pokud ano, musíte sdílet postel s Haretonem nebo Josephem."

„Můžu spát na židli v této místnosti," odpověděl jsem.

„Ne, ne! Cizinec je cizinec, ať je bohatý nebo chudý: nebude se mi hodit, abych někomu dovolil pohybovat se po okolí, když jsem na stráži!" řekl nevychovaný nešťastník.

Touto urážkou mi došla trpělivost. Znechuceně jsem vykřikl výraz a protlačil jsem se kolem něho na dvůr, běžíc ve spěchu proti Earnshawovi.

Byla taková tma, že jsem neviděl únikovou cestu; a jak jsem se tak procházel kolem, zaslechl jsem další ukázku jejich vzájemného zdvořilého chování. Zprvu se zdálo, že se se mnou mladý muž chce spřátelit.

„Půjdu s ním až do parku," řekl.

„Půjdeš s ním do pekla!" zvolal jeho pán, nebo jak se to s ním stalo. „A kdo se má starat o koně, viďte?"

„Život člověka je důležitější než to, že jeden večer zanedbává koně; někdo musí jít," zašeptala paní Heathcliffová laskavěji, než jsem čekala.

„Ne na váš příkaz!" odsekl Hareton. „Jestli si na něj zakládáš, měl bys být zticha."

„Pak doufám, že vás bude strašit jeho duch; a doufám, že pan Heathcliff už nikdy nedostane dalšího nájemníka, dokud z panství nestanou ruiny," odpověděla ostře.

„Poslouchejte, poslouchejte, nadávejte jim!" zamumlal Joseph, k němuž jsem mířil.

Seděl na doslech, dojil krávy ve světle lucerny, kterou jsem bez okolků uchopil, a zvolal jsem, že ji zítra pošlu zpět, a spěchal jsem k nejbližšímu záhrobí.

„Maister, maister, on se zdržuje v lucerně!" křičel stařec a pronásledoval můj ústup. „Hej, Gnashere! Hej, pse! Hej, vlku, zahoď ho, zahoď ho!"

Když jsem otevřel malá dvířka, vrhly se mi na hrdlo dvě chlupaté obludy, strhly mě dolů a zhasly světlo; zatímco smíšené chrochtání Heathcliffa a Haretona přidávalo na můj vztek a ponížení. Naštěstí se zdálo, že zvířata jsou více nakloněna tomu, aby si protáhla tlapy, zívala a mávala ocasy, než aby mě sežrala zaživa; ale nestrpěli žádné vzkříšení a já jsem byl nucen lhát, dokud se jejich zlomyslným pánům nelíbilo mě vysvobodit; pak, bez klobouku a rozechvělý hněvem, jsem nařídil ničemům, aby mě pustili ven - na vlastní nebezpečí, že mě zdrží o minutu déle - s několika nesouvislými hrozbami odplaty, které ve své neurčité hloubce zhoubnosti, zaváněl králem Learem.

Prudkost mého rozčilení způsobila silné krvácení z nosu, ale Heathcliff se stále smál a já jsem stále nadával. Nevím, jak by byla celá scéna skončila, kdyby tu nebyl jeden člověk poněkud rozumnější než já a laskavější než můj bavič. To byla Zillah, statná žena v domácnosti; který se nakonec vydal vyšetřit, co se stalo s tím pozdvižením. Domnívala se, že někteří z nich na mě vztáhli násilné ruce; a protože se neodvážila zaútočit na svého pána, obrátila své hlasité dělostřelectvo proti mladšímu ničemovi.

„Tak co, pane Earnshawe," zvolala, „zajímalo by mě, co si dáte příště? Budeme vraždit lidi přímo na našich dveřních kamenech? Vidím, že tenhle dům mi nikdy nebude stačit - podívejte se na toho chudáka, dost se dusí! Přát si, přát si; Tak to dál nepůjde. Pojďte dál, já to vyléčím: teď se klidně zdržte."

S těmito slovy mi náhle vychrstla do krku půllitr ledové vody a zatáhla mě do kuchyně. Pan Heathcliff ho následoval a jeho náhodné veselí rychle vyprchalo v jeho obvyklé mrzutosti.

Bylo mi velmi špatně, točila se mi hlava a byl jsem na omdlení; a tak byl nucen přijmout ubytování pod jeho střechou. Řekl Zillah zatímco mi soustražila nad mou žalostnou nesnází, a když uposlechla jeho příkazů, čímž jsem se trochu vzpamatovala, uvedla mě do postele.

KAPITOLA III

Když mě vedla po schodech nahoru, doporučila mi, abych schovával svíčku a nedělal hluk; její pán měl totiž podivnou představu o komnatě, do které by mě zavřela, a nikdy by tam nikoho nenechala bydlet dobrovolně. Zeptal jsem se na důvod. Ona neví, odpověděla: žila tam jen rok nebo dva; a že se tam odehrávalo tolik podivných událostí, že nemohla být zvědavá.

Příliš ohromen, než abych byl sám zvědavý, zamkl jsem dveře a rozhlédl se po posteli. Všechen nábytek se skládal ze židle, lisu na prádlo a velké dubové skříně, na níž byly nahoře vyřezány čtverce, které připomínaly okna kočárů. Když jsem se přiblížil k této stavbě, nahlédl jsem dovnitř a shledal jsem, že je to zvláštní druh staromódní pohovky, velmi příhodně zařízené, aby se vyhnul nutnosti mít každý člen rodiny pokoj sám pro sebe. Tvořila vlastně malou komůrku a okenní římsa, kterou uzavírala, sloužila jako stůl.

Odsunul jsem obložené stěny, vlezl dovnitř se svým světlem, znovu je stáhl k sobě a cítil jsem se v bezpečí před ostražitostí Heathcliffa i všech ostatních.

Na římse, kam jsem postavil svíčku, bylo v jednom rohu navršeno několik plesnivých knih a byla pokryta písmem vyškrábaným na malbě. Tento spis však nebyl ničím jiným než jménem, které se opakovalo ve všech možných znacích, velkých i malých - *Catherine Earnshawová*, tu a tam se měnila na *Catherine Heathcliffovou* a pak znovu na *Catherine Lintonová*.

V mdlé apatii jsem se opřel hlavou o okno a pokračoval v hláskování nad Catherine Earnshaw – Heathcliff – Linton, dokud se mi nezavřely oči; ale ještě si neodpočinuli ani pět minut, když se ze tmy vynořila záře bílých písmen, živá jako přízraky - vzduch se hemžil Catherines; a když jsem se vzpamatoval, abych rozptýlil vtíravé jméno, objevil jsem svůj knot svíčky, jak spočívá na jednom ze starožitných svazků a provoní to místo vůní pražené telecí kůže.

Udusil jsem ho, a protože jsem byl velmi nesvůj, pod vlivem chladu a přetrvávající nevolnosti, posadil jsem se a roztáhl si na kolenou poraněnou knihu. Byla to závěť, psaná hubeným písmem a strašlivě páchnoucí: na lístku bylo napsáno: „Catherine Earnshawová, její kniha" a datum asi čtvrt století zpátky.

Zavřel jsem je a bral jsem další a další, dokud jsem si neprohlédl všechno. Catherinina knihovna byla vybraná a její zchátralý stav dokazoval, že byla dobře využívána, i když ne zcela k legitimnímu účelu: sotva jedna kapitola unikla perokresu - alespoň zdání inkoustu - který by pokryl každé sousto prázdného místa, které v tiskárně zbylo. Některé byly oddělené věty; Jiné části měly podobu běžného deníku, načmáraného neforemným, dětským písmem. Na vrcholu stránky navíc (což byl pravděpodobně docela poklad, když jsem se poprvé rozsvítil) jsem se velmi pobavil, když jsem spatřil vynikající karikaturu svého přítele Josepha - hrubě, ale působivě načrtnutou. Okamžitě se ve mně probudil zájem o neznámou Catherine a hned jsem začal luštit její vybledlé hieroglyfy.

„Hrozná neděle," začínal odstavec pod ním. „Přál bych si, aby byl můj otec zase zpátky. Hindley je odporná náhrada - jeho chování k Heathcliffovi je otřesné - H. a já se chystáme vzbouřit - dnes večer jsme učinili iniciační krok.

„Celý den byly zaplaveny deštěm; nemohli jsme jít do kostela, a tak Joseph musel nezbytně zřídit shromáždění v podkroví; a zatímco se Hindley a jeho žena vyhřívali dole u pohodlného ohně - dělali všechno možné, jen ne četli Bibli, za to se zodpovídám - Heathcliffovi, mně a nešťastnému oráči bylo přikázáno, abychom si vzali modlitební knížky a nasedli: stáli jsme v řadě na pytli kukuřice, sténali a třásli se a doufali, že se bude třást i Josef. aby nám mohl dát krátkou homilii kvůli sobě samému. Marná představa! Bohoslužba trvala přesně tři hodiny; a přece měl můj bratr tu tvář, že zvolal, když nás viděl sestupovat: „Cože, už je to hotovo?" V neděli večer jsme si směli hrát, pokud jsme nedělali mnoho hluku; nyní stačí pouhé zaškobrtnutí, abychom byli zahnáni do kouta.

‚Zapomínáte, že tu máte pána,' říká tyran. Zničím prvního, kdo mě rozčílí! Trvám na dokonalé střízlivosti a mlčení. Ach, chlapče! Byl jsi to ty? Frances, miláčku, tahej ho za vlasy, až půjdeš kolem: slyšel jsem, jak luskl prsty." Frances ho srdečně zatahala za vlasy a pak si šla sednout na klín svého manžela a tam stáli jako dvě nemluvňata, líbali se a mluvili nesmysly každou hodinu - hloupý žvást, za který bychom se měli stydět. Udělali jsme si v klenbě prádelníku tak pohodlně, jak nám to dovolovaly naše prostředky. Právě jsem spojil naše zástěry a pověsil je na záclonu, když vešel Joseph, který vyšel ze stájí na pochůzku. Strhává mé dílo, zacpává mi uši a skřehotá:

„Mistr nobbut byl právě pohřben a sobota ještě neskončila, a evangelium ještě nezní, a vy se opovažujete ležet! Styďte se! Posaďte se, nemocné dítě! Jsou dobré knihy, když si je budete číst: posaďte se a myslete na své sovy"

Když to řekl, přinutil nás, abychom se postavili do čtverce tak, abychom ze vzdáleného ohně obdrželi matný paprsek, který by nám ukázal text dřeva, které na nás vrhl. Nemohl jsem snést to zaměstnání. Vzal jsem svůj špinavý svazek za škrůček a hodil ho do psí boudy a přísahal jsem, že nenávidím dobrou knihu. Heathcliff kopl do toho samého. Pak nastal povyk!

‚Pane Hindley!' zvolal náš kaplan. Maister, pojďte sem! Slečna Cathy se odtrhla od „Helmy spásy", aniž by Heathcliff tlapkami vlezl do prvního dílu „T' Brooad Way to Destruction!" Je to fér mrzuté, že jste je nechal jít touhle chůzí. Ech! Ten chlap je pořádně zašněroval - ale je to blázen!"

Hindley přispěchal ze svého ráje u krbu, popadl jednoho z nás za límec a druhého za paži a oba odhodil do zadní kuchyně; kde, ujišťoval Joseph, nás „owd Nick" přivede tak jistě, jako žijeme, a tak utěšeni jsme každý hledali zvláštní kout, abychom mohli čekat na jeho příchod. Dotáhl jsem se k této knize a k hrnci inkoustu z police a otevřel jsem dveře domku, abych získal světlo, a už jsem měl dvacet minut čas na psaní; ale můj přítel je netrpělivý a navrhuje, abychom si přivlastnili plášť mlékařky a měli na vřesovištích pod jeho přístřeškem ženskou loď. To je příjemný návrh - a pak, kdyby ten nevrlý stařec vešel, mohl by uvěřit, že se jeho proroctví potvrdilo - nemůžeme být v dešti mokří ani chladnější než tady."

* * * * * *

Předpokládám, že Kateřina svůj záměr splnila, protože další věta se týkala jiného tématu: namazala se slznými plody.

„Jak málo se mi zdálo, že mě Hindley někdy rozpláče!" napsala. „Bolí mě hlava, až ji nemohu udržet na polštáři; a stále se nemohu vzdát. Chudák Heathcliff! Hindley ho nazývá tulákem a nedovolí mu, aby s námi seděl a jedl; a říká, že si spolu nesmíme hrát, a vyhrožuje, že ho vykáže z domu, pokud porušíme jeho příkazy. Obviňuje našeho otce (jak se opovážil?) za to, že s H. zacházel příliš velkoryse; a přísahá, že ho přivede na jeho správné místo –"

* * * * * *

Začala jsem ospale kývat hlavou nad matnou stránkou: očima jsem těkala od rukopisu k tisku. Viděl jsem červeně zdobený titul: „Sedmdesátkrát sedm a první ze sedmdesáti prvních. Zbožná řeč přednesená reverendem Jabez Branderhamem v kapli Gimmerden Sough." A zatímco jsem si napůl vědomě lámal hlavu v tom, co si Jabez Branderham o svém námětu pomyslí, klesl jsem zpátky do postele a usnul. Běda, za účinky špatného čaje a špatné nálady! Co jiného mohlo být tím, že jsem prožil tak hroznou noc? Nepamatuji si žádnou, kterou bych s ní mohla srovnávat, protože jsem byla schopna trpět.

Začal jsem mít sny, téměř předtím, než jsem přestal vnímat své místo. Myslel jsem, že je ráno; a vydal jsem se na cestu domů, s Josephem jako průvodcem. Sníh ležel na naší silnici několik metrů hluboko; a jak jsme se potáceli dál, můj přítel mě unavoval neustálými výčitkami, že jsem si nevzal poutnickou hůl: říkal mi, že se bez ní nikdy nedostanu do domu, a vychloubačně mával těžkohlavým kyjem, který jsem tak chápal. Na okamžik jsem považoval za absurdní, že bych potřeboval takovou zbraň, abych se dostal do svého vlastního sídla. Pak mě probleskla nová myšlenka. Já jsem tam nešel: cestovali jsme, abychom si poslechli kázání slavného Jabez Branderhama z textu „Sedmdesátkrát sedm"; a buď Joseph, kazatel, nebo já jsme spáchali „První ze sedmdesáti prvních" a měli jsme být veřejně odhaleni a exkomunikováni.

Přišli jsme ke kapli. Opravdu jsem ji prošel při svých procházkách, dvakrát nebo třikrát; Leží v kotlině mezi dvěma kopci: vyvýšenou kotlinou, blízko bažiny, jejíž rašelinná vláha prý vyhovuje všem účelům balzamování těch několika mrtvol, které jsou tam uloženy. Střecha byla až dosud udržována celá; Ale protože stipendium kněze je pouhých dvacet liber ročně a dům se dvěma místnostmi hrozí, že se rychle změní v jednu, žádný duchovní se neujme povinností faráře, zvláště když se v současné době říká, že jeho stádo by ho raději nechalo hladovět, než aby zvýšilo živobytí o jeden peníz ze svých vlastních kapes. V mém snu však měl Jabez plné a pozorné shromáždění; a kázal – dobrý Bože! jaké kázání; rozdělen na *čtyři sta devadesát* částí, z nichž každá se plně rovná obyčejnému proslovu z kazatelny, a každá z nich pojednává o samostatném hříchu! Kde je hledal, to nemohu říci. Měl svůj soukromý způsob, jak si tuto frázi vykládat, a zdálo se mu nutné, aby bratr při každé příležitosti hřešil různými hříchy. Byly to ty nejpodivnější prohřešky, podivné prohřešky, které jsem si nikdy předtím nepředstavoval.

Ach, jak jsem se unavil. Jak jsem se svíjela a zívala, kývala a kývala a oživovala! Jak jsem se štípal a píchal, protíral si oči, vstal, zase se posadil a šťouchl do Josefa, aby mi to oznámil, jestli by *to byl někdy* udělal. Byl jsem odsouzen vyslechnout všechno: nakonec dospěl k *„prvnímu ze sedmdesáti prvních"*. V té kritické chvíli se mě zmocnila náhlá inspirace; Byl jsem pohnut k tomu, abych povstal a odsoudil Jabez Branderhama jako hříšníka hříchu, který žádný křesťan nemusí odpouštět.

„Pane," zvolal jsem, „když sedím zde mezi těmito čtyřmi stěnami najednou, vydržel jsem a odpustil jsem čtyři sta devadesát hlav vaší řeči.

Sedmdesátkrát, sedmkrát jsem si vytrhl klobouk a chystal se odejít - sedmdesátkrát, sedmkrát jste mě pošetile donutili, abych se vrátil na své místo. Čtyři sta devadesát jedna je příliš. Spolumučedníci, vzhůru na něj! Stáhni ho dolů a rozdrť ho na atomy, aby ho již nepoznalo místo, které ho zná!"

„*Ty jsi ten člověk!*" zvolal Jabez, když se na chvíli vážně odmlčel a naklonil se přes polštář. Sedmdesátkrát, sedmkrát jsi zkřivil zezadu svou tvář – sedmdesátkrát sedmkrát jsem se radil svou duší – Hle, to je lidská slabost: i ta může být rozhřešena! První ze sedmdesáti první je tady. Bratři, vykonejte na něm napsaný soud. Takovou čest mají všichni jeho svatí!"

S tímto závěrečným slovem se celé shromáždění, vyvyšujíc své poutnické hole, houfně vrhlo kolem mne; a já, nemaje žádnou zbraň, kterou bych mohl pozvednout v sebeobraně, jsem se začal prát s Josefem, svým nejbližším a nejzuřivějším útočníkem, o jeho. V soutoku davu se překřížilo několik klubů; Rány, namířené na mne, dopadaly na jiné svícny. Vzápětí se celou kaplí rozléhalo klepání a protiklepání: ruka každého člověka byla opřena o jeho bližního; a Branderham, neochotný zůstat nečinný, vylil svou horlivost sprškou hlasitého klepání na prkna kazatelny, které reagovalo tak chytře, že mě nakonec, k mé nevýslovné úlevě, probudily. A co to bylo, co vyvolalo tu strašlivou vřavu? Co sehrálo Jabezovu roli v této hádce? Byla to jen větev jedle, která se dotýkala mé mříže, když kolem kvílel poryv větru a chrastil suchými šiškami o okenní tabule! Chvíli jsem pochybovačně naslouchal; Objevil rušitele, pak se otočil a podřimoval a znovu se mu zdálo: pokud to bylo možné, ještě nepříjemněji než předtím.

Tentokrát jsem si vzpomněl, že ležím v dubové komůrce a zřetelně jsem slyšel nárazový vítr a žene sníh; Slyšel jsem také, jak jedlová větev opakuje svůj škádlivý zvuk, a připisoval jsem to správné příčině: ale tak mě to rozzlobilo, že jsem se rozhodl je umlčet, pokud to bude možné; a pomyslel jsem si, vstal jsem a pokusil se uvolnit okenní křídlo. Háček byl připájen do skoby: okolnost, kterou jsem pozoroval, když jsem byl vzhůru, ale zapomněl jsem na ni. „Musím s tím přestat!" Zamumlal jsem, prorazil klouby prstů o sklo a napřáhl ruku, abych se chytil neodbytné větve; místo toho se mé prsty sevřely v prstech malé, ledově chladné ruky!

Zmocnila se mě prudká hrůza noční můry: pokusil jsem se stáhnout paži zpět, ale ruka se jí chytila a velmi melancholický hlas vzlykal:

„Pusťte mě dovnitř - pusťte mě dovnitř!"

„Kdo jsi?" Zeptal jsem se a mezitím jsem se snažil uvolnit.

„Catherine Lintonová," odpověděl rozechvěle (proč jsem myslel na *Lintona*? Četl jsem *Earnshawa* dvacetkrát kvůli Lintonovi) - „Vrátil jsem se domů: zabloudil jsem na blatech!"

Když to mluvilo, rozeznal jsem nejasně dětskou tvář, která se dívala oknem. Hrůza mě učinila krutou; a když jsem shledal, že je marné pokoušet se toho tvora setřást, přitáhl jsem mu zápěstí k rozbité tabuli a třel jsem ho sem a tam, až krev stékala a nasákla peřiny; ona stále naříkala: „Pusť mě dovnitř!" a zůstávala houževnatě sevřena, až mě málem přiváděla k šílenství strachem.

„Jak bych mohl!" Řekl jsem obšírně. „Nechte *mě* jít, jestli chcete, abych vás pustil dovnitř!"

Prsty jsem uvolnil, vytrhl jsem ty své otvorem, spěšně jsem k nim naskládal knihy do pyramidy a zacpal si uši, abych vyloučil žalostnou modlitbu.

Zdálo se mi, že je nechávám zavřené déle než čtvrt hodiny; a přece, v okamžiku, kdy jsem znovu naslouchal, ozval se žalostný výkřik!

„Pryč!" Vykřikl jsem. „Nikdy tě nepustím dovnitř, ani když budeš žebrat dvacet let."

„Je to dvacet let," truchlil hlas, „dvacet let. Jsem waif už dvacet let!"

Nato začalo venku slabé škrábání a hromada knih se pohnula, jako by byla strčena kupředu.

Pokusil jsem se vyskočit; ale nemohl pohnout ani údem; a tak hlasitě křičela v záchvatu strachu.

Ke svému zmatku jsem zjistila, že ten výkřik nebyl ideální: ke dveřím mé komnaty se přiblížily spěšné kroky; Někdo je ráznou rukou otevřel a čtverečky v horní části postele se mihotalo světlo. Seděl jsem a třásl se a utíral si pot z čela: vetřelec zřejmě zaváhal a zamumlal si pro sebe.

Nakonec, řekl pološeptem, očividně nečekal odpověď:

„Je tu někdo?"

Považoval jsem za nejlepší přiznat se ke své přítomnosti; znal jsem totiž Heathcliffův přízvuk a bál jsem se, že by mohl pátrat dál, kdybych byl zticha.

S tímto záměrem jsem se otočil a otevřel panely. Hned tak nezapomenu na účinek, který můj čin vyvolal.

Heathcliff stál u vchodu, v košili a kalhotách; Přes prsty mu kapala svíčka a tvář měl bílou jako stěna za ním. První zavrzání dubu ho vylekalo jako elektrický šok: světlo vyskočilo z jeho podpalubí do vzdálenosti několika stop a jeho rozrušení bylo tak nesmírné, že je stěží zachytil.

„Je to jen váš host, pane," zvolal jsem, abych ho ušetřil ponížení a ještě více prozradil svou zbabělost. Měl jsem tu smůlu, že jsem ze spaní křičel kvůli strašlivé noční můře. Omlouvám se, že jsem vás vyrušila."

„Ach, Bůh vás zahanbuje, pane Lockwoode! Přál bych si, abyste byl u – " začal můj hostitel a postavil svíčku na židli, protože ji nemohl udržet pevně. „A kdo vás přivedl do této místnosti?" pokračoval, zatnul si nehty do dlaní a skřípal zuby, aby potlačil křeče čelisti. „Kdo to byl? Mám dobrý úmysl vyhnat je hned z domu!"

„Byla to tvá služebná Zillah," odpověděla jsem, mrštila jsem sebou na podlahu a rychle jsem si oblékla šaty. „Je mi jedno, kdybyste to věděl, pane Heathcliffe; Ona si to bohatě zaslouží. Předpokládám, že chtěla získat další důkaz, že tam straší, a to na můj účet. No, je to tu — hemží se to duchy a skřítky! Máte důvod to zavřít, ujišťuji vás. Nikdo ti nepoděkuje za to, že jsi si v takové jámě zdříml!"

„Co tím myslíte?" zeptal se Heathcliff, „a co děláte? Lehněte si a dokončete noc, když *už jste* tady, ale proboha, neopakujte ten strašlivý hluk: nic vás nemůže omluvit, ledaže by vám podřízli hrdlo!"

„Kdyby se ta malá ďáblíčkovi dostala dovnitř oknem, pravděpodobně by mě uškrtila!" Vrátil jsem se. „Už nebudu znovu snášet pronásledování vašich pohostinných předků. Nebyl vám z matčiny strany příbuzný reverend Jabez Branderham? A ta minx, Catherine Lintonová, nebo Earnshawová, nebo jak se jmenovala - musela to být podvrženkyně - zlá dušička! Řekla mi, že už dvacet let kráčí po zemi; nepochybuji o tom, že to byl spravedlivý trest za její smrtelné prohřešky!"

Sotva jsem tato slova vyslovila, vzpomněla jsem si na spojení Heathcliffa s Catherininým jménem v knize, které mi úplně vyklouzlo z paměti, dokud jsem se takto neprobudila. Začervenal jsem se nad svou nerozhodností, ale aniž bych dal najevo další uvědomění si urážky, rychle jsem dodal: „Pravda je taková, pane, že jsem první část noci strávil v -" Zde jsem se znovu zarazil - chtěl jsem říci „pročítání těch starých svazků", pak by mi bylo prozradilo, že znám jejich písmo i písmo. obsah; opravil jsem se tedy a pokračoval -‚překlepoval jsem jméno vyškrábané na okenní římse. Monotónní zaměstnání, vypočítané tak, aby mě usnulo, jako počítání, nebo..."

„Co *můžete* myslet tím, že se mnou takto mluvíte!" hřímal Heathcliff s divokou prudkostí. „Jak - jak *se opovažujete* pod mou střechou? - Bože! On je blázen, že tak mluví!" A udeřil se vztekle do čela.

Nevěděl jsem, mám-li se na tuto řeč zlobit nebo se mám snažit o své vysvětlení; ale zdál se být tak silně zasažen, že jsem se slitovala a pokračovala ve svých snech; Prohlásil jsem, že jsem nikdy předtím neslyšel označení „Catherine Lintonová", ale časté čtení v něm vyvolalo dojem, který se zosobnil, když jsem už neměl svou fantazii pod kontrolou. Heathcliff se při mých slovech zvolna utápěl zpátky do úkrytu postele; Nakonec se posadil téměř schovaný za ním. Podle jeho nepravidelného a zadržovaného dýchání jsem však usoudil, že se mu nedaří potlačit přemíru prudkých emocí. Nechtěl jsem mu dávat najevo, že jsem slyšel ten konflikt, a tak jsem pokračoval v toaletě dost hlučně, podíval jsem se na hodinky a v samomluvě jsem mluvil o délce noci: „Ještě nejsou tři hodiny! Mohl jsem přísahat, že to bylo šest. Čas zde vázne: v osm hodin jsme se museli jít uložit k odpočinku!"

„V zimě vždycky v devět a ve čtyři vstává," řekl můj hostitel a potlačil zasténání, a jak se mi zdálo, pohybem stínu jeho paže mu z očí vyhrknula slza. „Pane Lockwoode," dodal, „můžete jít do mého pokoje, ale budete vám jen překážet, když přijdete dolů tak časně, a váš dětinský křik mi poslal spánek k čertu."

„A pro mě taky," odpověděl jsem. „Budu se procházet po dvoře až do svítání a pak půjdu; a nemusíte se bát, že se mé vměšování bude opakovat. Už jsem se docela vyléčil z hledání potěšení ve společnosti, ať už na venkově nebo ve městě. Rozumný člověk by měl najít dostatečnou společnost sám v sobě."

„Úžasná společnost!" zamumlal Heathcliff. „Vezmi si svíčku a jdi, kam chceš. Připojím se přímo k vám. Držte se však dál od dvora, psi jsou odvázaní; a dům - Juno tam stojí na stráži a - ne, můžete se jen toulat po schodech a chodbách. Ale pryč s vámi! Přijdu za dvě minuty!"

Poslechl jsem až do té míry, že jsem opustil komoru, ale nevěděl jsem, kam vedou úzké haly, ale zůstal jsem stát na místě a bezděčně jsem byl svědkem jisté pověrčivosti ze strany svého domácího, která kupodivu popírala jeho zdánlivý rozum. Vylezl na postel, roztáhl mříž a když za ni zatáhl, propukl v nekontrolovatelný záchvat pláče. „Pojďte dál! Pojďte dál!" vzlykal. „Cathy, pojď. Ach, udělej - *ještě jednou*! Ach! Mé srdce je miláčku! Tentokrát mě konečně slyště , Catherine!" Přízrak prozrazoval obvyklý rozmar přízraku: nejevil žádné známky bytí; ale sníh a vítr divoce vířily, až dosáhly až k mému stanovišti a zhasly světlo.

V návalu žalu, který doprovázel toto blouznění, byla taková úzkost, že jsem ze soucitu přehlédl jeho pošetilost a odtáhl jsem, napůl rozzlobený, že jsem vůbec poslouchal, a rozmrzelý, že jsem vyprávěl svou směšnou noční můru, protože vyvolala tu agónii; i když jsem nepochopil *proč*. Opatrně jsem sestoupil do nižších oblastí a přistál jsem v zadní kuchyni, kde mi záblesk ohně, pečlivě shrabaný, umožnil znovu zapálit svíčku. Nic se nepohnulo až na žíhanou šedou kočku, která se vynořila z popela a pozdravila mě hašteřivým mňoukáním.

Dvě lavice, tvarované do kruhových částí, téměř uzavíraly ohniště; na jedné z nich jsem se natáhl a Grimalkin nasedl na druhou. Oba jsme kývli, než někdo vtrhl do našeho úkrytu, a pak to byl Josef, který se šoural dolů po dřevěném žebříku, který zmizel ve střeše, skrz bryčku: asi při výstupu do svého podkroví. Vrhl zlověstný pohled na plamínek, který jsem zlákala, abych si hrál mezi žebry, smetl kočku z vyvýšeniny, a když se uvolnil na prázdném místě, začal plnit tabákem třípalcovou dýmku. Moje přítomnost v jeho svatyni byla zřejmě považována za nestoudný kousek příliš hanebný, než aby se o tom dalo mluvit: mlčky si přiložil hadičku ke rtům, založil si ruce a odfukal. Dovolila jsem mu, aby si nerušeně užíval přepychu; a když vysál svůj poslední věnec a zhluboka si povzdechl, vstal a odešel stejně slavnostně, jako přišel.

Vzápětí vstoupily pružnější kroky a teď jsem otevřel ústa, abych pozdravil „dobré jitro", ale zase jsem je zavřel, pozdrav jsem nedostal, neboť Hareton Earnshaw prováděl své orison *sotto voce* v sérii kleteb namířených proti každému předmětu, kterého se dotkl, zatímco prohrabával kout pro rýč nebo lopatu, aby se prohrabal závějemi. Podíval se přes opěradlo lavice, rozšířil si nozdry a nemyslel na to, že by si se mnou vyměňoval zdvořilosti jako s mým kocourem, druhem my. Z jeho příprav jsem usoudil, že je dovoleno odejít, a vstal jsem ze své tvrdé pohovky a vydal jsem se za ním. Všiml si toho a vrazil koncem rýče do vnitřních dveří, čímž neartikulovaným zvukem naznačil, že tam je místo, kam musím jít, kdybych změnil místo.

Vedla do domu, kde se ženy již probudily; Zillah žene komínem plamenné vločky s kolosálním řevem; a paní Heathcliffová, klečící u krbu a čítající si u ohně knihu. Držela ruku mezi žárem pece a očima a zdálo se, že je zabrána do své práce; upustil od toho jen proto, aby vynadal sluhovi, že ji zasypává jiskrami, nebo aby odehnal psa, který jí tu a tam vystrčil čumák do obličeje. Byl jsem překvapen, že jsem tam viděl i Heathcliffa. Stál u ohně, zády ke mně, a právě dokončoval bouřlivou scénu s ubohou Zillah; která tu a tam přerušila svou práci, aby vytrhla cíp své zástěry, a rozhořčeně zasténala.

„A vy, vy bezcenní –" vybuchl, když jsem vešel, obrátil se ke své snaše a použil přívlastek neškodný jako kachna nebo ovce, ale obvykle představovaný čárkou –. „Tak tady to máš, zase ty ty své plané kousky! Ti ostatní si svůj chléb vydělávají - vy žijete z mé milodarů! Ukliďte odpadky a najděte si něco, co můžete dělat. Zaplatíš mi za tu ránu, že jsem tě měl navždy před očima - slyšíš, zatracený nefritu?"

„Uklidím si své odpadky, protože když odmítnu, můžete mě donutit," odpověděla mladá dáma, zavřela knihu a hodila ji na židli. „Ale já neudělám nic, i kdybyste měl přísahat, že si vyplazujete jazyk, kromě toho, co se mi zlíbí!"

Heathcliff zvedl ruku a řečník odskočil do bezpečnější vzdálenosti, očividně obeznámen s jeho váhou. Nemaje touhy po tom, aby se bavil souboj kočky se psem, vykročil jsem rázně vpřed, jako bych se chtěl zúčastnit tepla krbu a jako bych nechtěl nic vědět o přerušeném sporu. Každý z nich měl dostatek slušnosti, aby přerušil další nepřátelství: Heathcliff si v pokušení zastrčil pěsti do kapes; Paní Heathcliffová ohrnula ret a odešla k vzdálenému sedadlu, kde dodržela své slovo tím, že po zbytek mého pobytu hrála roli sochy. To netrvalo dlouho. Odmítl jsem se připojit k jejich snídani a při prvním záblesku úsvitu jsem využil příležitosti k úniku na volný vzduch, nyní jasný a tichý a studený jako nehmatatelný led.

Můj domácí na mě zavolal, abych se zastavil, než dojdu na konec zahrady, a nabídl mi, že mě doprovodí přes blata. Udělal dobře, protože celý svah byl jeden zvlněný, bílý oceán; Vlny a spády nenaznačovaly odpovídající vzestupy a prohlubně v zemi: mnoho jam bylo přinejmenším zasypáno na úroveň; a celá pásma pahorků, odpad z lomů, vymazaná z mapy, kterou mi včerejší procházka zanechala v paměti. Všiml jsem si, že po jedné straně silnice, v intervalech šesti nebo sedmi yardů, se táhne po celé délce pustiny řada vzpřímených kamenů: ty byly vztyčeny a pomazány vápnem schválně, aby sloužily jako vodítko ve tmě, a také když pád, jako byl tento, zmátl hluboké bažiny na obou stranách pevnější cestou: ale až na špinavou tečku, která tu a tam ukazovala nahoru, zmizely všechny stopy po jejich existenci a můj přítel považoval za nutné mě často varovat, abych zatočil doprava nebo doleva, když jsem se domníval, že správně sleduji zákruty silnice.

Trochu jsme si povídali a on se zastavil u vchodu do Thrushcross Parku se slovy: „Tam se nemohu splést. Naše loučení se omezilo na spěšnou úklonu a pak jsem vyrazil vpřed, spoléhaje na své vlastní zdroje; vrátnice je totiž dosud bez nájemníka. Vzdálenost od brány do statku je dvě míle; Myslím, že se mi podařilo dostat se na čtyři, a to s tím, že jsem se ztratil mezi stromy a propadl se až po krk do sněhu: prekérní situaci, kterou mohou ocenit jen ti, kteří ji zažili. V každém případě, ať už jsem se toulal jakkoli, hodiny odbíjely dvanáctou, když jsem vstoupil do domu; a to dávalo přesně hodinu na každou míli obvyklé cesty z Větrné hůrky.

Moje lidská stálice a její satelity mě přispěchaly přivítat; bouřlivě vykřikli, že se mě úplně vzdali: všichni se domnívali, že jsem minulou noc zahynul; a přemýšleli, jak se mají pustit do hledání mých ostatků. Vyzval jsem je, aby byli zticha, když teď viděli, že jsem se vrátil, a ochromený až do hloubi srdce jsem se vlekl po schodech nahoru; odtamtud, když jsem si oblékl suché šaty a chodil sem a tam třicet nebo čtyřicet minut, abych obnovil zvířecí teplo, odešel jsem do své pracovny, zesláblý jako kotě: téměř příliš velký, než abych si mohl vychutnat veselý oheň a kouřící kávu, kterou mi sluha připravil k občerstvení.

KAPITOLA IV

Jací jsme ješitní korouhvi! Já, který jsem se rozhodl zůstat nezávislý na všech společenských stycích a děkoval jsem svým hvězdám, že jsem konečně zazářil na místě, kde to bylo téměř nemožné - já, slabý ubožák, jsem byl nakonec nucen bojovat až do soumraku s nízkou náladou a samotou; a pod záminkou, že se chci dovědět o nezbytnostech mého podniku, požádal jsem paní Deanovou, aby se posadila, až přinese večeři, zatímco ji budu jíst; upřímně jsem doufal, že se ukáže jako pravidelný klep a buď mě vyburcuje k rozčilení, nebo mě ukolébá svými řečmi.

„Žijete tu už značnou dobu," začal jsem. „Neřekl jste šestnáct let?"

„Osmnáct, pane: přišel jsem, když se paní vdávala, abych ji obsluhoval; Když zemřela, pán si mě ponechal jako svou hospodyni."

„Vskutku."

Následovala pauza. Bál jsem se, že to není drbna; leda o jejích vlastních záležitostech, a ty by mě sotva mohly zajímat. Chvíli však studovala, s pěstí na obou kolenou a s mračnem meditace na rudé tváři, vykřikla: „Ach, časy se od té doby velmi změnily!"

„Ano," poznamenal jsem, „předpokládám, že jste viděl spoustu změn?"

„Mám: a taky potíže," řekla.

„Ach, obrátím řeč na rodinu mého domácího!" Pomyslel jsem si. „Dobrý námět na začátek! A ta hezká dívka-vdova, ráda bych znala její minulost: zda je to rodačka z venkova, nebo, což je pravděpodobnější, exotka, kterou nevrlí *domorodci* nepoznají jako příbuzného." S tímto úmyslem jsem se zeptal paní Deanové, proč Heathcliff propustil Thrushe přes Grange a proč dává přednost životu v mnohem podřadnějším postavení a bytě. „Není snad dost bohatý, aby udržoval panství v pořádku?" Zeptal jsem se.

„Bohatý, pane!" odpověděla. „Nemá nikdo ví jaké peníze a každý rok se to zvyšuje. Ano, ano, je dost bohatý, aby mohl bydlet v lepším domě, než je tento: ale je velmi blízko - má úzké ruce; a kdyby byl chtěl utéct do Thrushcross Grange, jakmile se doslechl o dobrém nájemci, nemohl si nechat ujít příležitost získat dalších pár stovek. To je divné, že lidé mohou být tak chamtiví, když jsou na světě sami!"

„Zdá se, že měl syna?"

„Ano, měl ho - je mrtvý."

„A ta mladá dáma, paní Heathcliffová, je jeho vdova?"

„Ano."

„Odkud původně přišla?"

„Vždyť je to dcera mého zesnulého pána, pane: Catherine Lintonová bylo její dívčí jméno. Ošetřila jsem ji, chudinka! Přála bych si, aby se sem pan Heathcliff odstěhoval, a pak bychom mohli být zase spolu."

„Cože? Catherine Lintonová?" Zvolal jsem udiveně. Ale chvilka přemýšlení mě přesvědčila, že to není moje přízračná Catherine. „Takže," pokračoval jsem, „můj předchůdce se jmenoval Linton?"

„Byla."

„A kdo je ten Earnshaw: Hareton Earnshawová, která bydlí u pana Heathcliffa? Jsou to příbuzní?"

„Ne; je to synovec zesnulé paní Lintonové."

„Takže sestřenice té mladé dámy?"

„Ano; a její manžel byl také jejím bratrancem: jeden z matčiny strany, druhý z otcovy strany: Heathcliff se oženil se sestrou pana Lintona."

„Vidím, že dům na Větrné hůrce má nad vchodovými dveřmi vyřezané 'Earnshaw'. Je to stará rodina?"

„Velmi starý, pane; a Hareton je poslední z nich, stejně jako naše slečna Cathy mezi námi - chci říct od Lintonových. Byli jste na Větrné hůrce? Prosím za prominutí, že se ptám; ale ráda bych slyšela, jak se jí daří!"

„Paní Heathcliffová? vypadala velmi dobře a velmi hezky; ale myslím, že ani moc šťastná."

„Ach bože, já se nedivím! A jak se vám mistr líbil?"

„Spíš drsný chlapík, paní Deanová. Není to jeho povaha?"

„Drsný jako ostří pily a tvrdý jako kámen! Čím méně se do něj budete plést, tím lépe."

„Musel mít v životě nějaké vzestupy a pády, které z něj udělaly takového hulváta. Víte něco o jeho minulosti?"

„Je to kukačka, pane, vím o tom všechno: kromě toho, kde se narodil, kdo byli jeho rodiče a jak se k penězům dostal nejprve. A Hareton byl vyvržen jako neochvějný hlupák! Nešťastný mládenec je jediný v celé farnosti, který netuší, jak byl podveden."

„Nuže, paní Deanová, bude to dobročinný čin, když mi povím něco o svých sousedech: mám pocit, že si neodpočinu, když půjdu spát; tak buďte tak hodní a sedněte si a povídejte si hodinu."

„Ach, jistě, pane! Přinesu jen trochu šití a pak budu sedět, jak dlouho budete chtít. Ale vy jste se nachladil: viděl jsem, jak se třesete, a musíte mít nějakou kaši, abyste ji vyhnal."

Ctihodná žena odběhla a já jsem se přikrčil blíž k ohni; hlava mi byla rozpálená a zbytek mě mrazil: navíc jsem byl nervy a mozkem vzrušen, téměř až k pošetilosti. To ve mně vyvolalo nepříjemné pocity, ale spíše strach (a mám strach stále) z vážných následků dnešních a včerejších událostí. Za chvíli se vrátila a přinesla kuřácké umyvadlo a košík s prací; a když ji položila na plotnu, přitáhla si své místo, zřejmě potěšena, že mě shledává tak družnou.

*****

Než jsem se tu přestěhoval, začala jsem - nečekala jsem na další pozvání k jejímu vyprávění - byla jsem téměř pořád na Větrné hůrce; protože moje matka se starala o pana Hindleyho Earnshawa, to byl Haretonův otec, a já jsem si zvykla hrát si s dětmi: také jsem vyřizovala pochůzky, pomáhala sklízet seno a potloukala jsem se po statku, připravená na všechno, co by mi kdo zakázal. Jednoho krásného letního rána - vzpomínám si, že to byl začátek žně - sešel dolů pan Earnshaw, starý mistr, oblečen na cestu; a když Josephovi řekl, co se má dělat přes den, obrátil se k Hindleyové, Cathy a mně - seděl jsem s nimi a jedl s nimi ovesnou kaši - a řekl svému synovi: „A teď, milý člověče, jedu dnes do Liverpoolu, co vám mám přinést? Můžeš si vybrat, co chceš; jen ať je to málo, protože půjdu tam a zpět; šedesát mil na každou cestu, to je dlouhá doba!" Hindley jmenoval housle a pak se zeptal slečny Cathy; Bylo jí sotva šest let, ale mohla jezdit na jakémkoli koni ve stáji a vybrala si bič. Nezapomněl na mne; měl totiž laskavé srdce, i když byl někdy dost přísný. Slíbil mi, že mi přinese plnou kapsu jablek a hrušek, a pak políbil své děti, rozloučil se a odešel.

Nám všem to připadalo jako dlouhá chvíle - tři dny jeho nepřítomnosti - a malá Cathy se často ptala, kdy bude doma. Paní Earnshawová ho očekávala třetí večer k večeři a odkládala jídlo hodinu za hodinou; Po jeho příchodu však nebylo ani stopy a děti se nakonec unavily běžet dolů k bráně, aby se podívaly. Pak se setmělo; byla by je byla nechala jít spát, ale oni smutně prosili, aby směli zůstat vzhůru; a právě v jedenáct hodin se tiše otevřela petlice a vstoupil pán. Vrhl se na židli, smál se a sténal, a vyzval všechny, aby ustoupili, protože byl málem zabit - takovou další procházku pro tři království už mít nebude.

„A na konci toho všeho bude letět vstříc smrti!" řekl a rozepnul si kabát, který držel svázaný v náručí. „Podívej se, ženo! Nikdy v životě jsem nebyl ničím tak bit, ale musíte to brát jako dar Boží; i když je tak temná, jako by to pocházelo od ďábla."

Shlukli jsme se kolem a já jsem přes hlavu slečny Cathy nahlédl na špinavé, otrhané, černovlasé dítě; Dost velký na to, aby mohl chodit i mluvit; vskutku, jeho tvář vypadala starší než Kateřina; a přece, když se postavila na nohy, jen se rozhlížela kolem sebe a opakovala stále dokola nějaké bláboly, kterým nikdo nerozuměl. Vyděsila jsem se a paní Earnshawová byla připravena ho vyhodit ze dveří; přiletěla a ptala se, jak by to mohl zařídit, aby toho cikánského spratka přivedl do domu, když mají své vlastní mohyly, které musí krmit a starat se o ně? Co s tím chtěl udělat a zda se zbláznil? Mistr se snažil vysvětlit celou záležitost; ale byl opravdu napůl mrtvý únavou, a z jejích hubování jsem vyčetl jen historku, jak je viděl hladové, bez domova a skoro němé na liverpoolských ulicích, kde je sebral a vyptával se po jejich majiteli. Nikdo nevěděl, komu patří, řekl; a protože měl málo peněz i času, usoudil, že bude lepší, když si je hned vezme s sebou domů, než aby tam marně utrácel: protože byl rozhodnut, že je nenechá tak, jak je našel. Nuže, závěr byl takový, že má paní se uklidnila; a pan Earnshaw mi řekl, abych ji vypral, dal jí čisté věci a nechal ji spát s dětmi.

Hindley a Cathy se spokojili s tím, že se dívali a poslouchali, dokud nebyl obnoven mír, a pak oba začali prohledávat otcovy kapsy a hledat dary, které jim slíbil. Prvnímu bylo čtrnáct let, ale když vytáhl cosi, co bývalo housle, rozdrcené na sousto ve velkém plášti, hlasitě zabručel; a Cathy, když se dozvěděla, že pán ztratil bič, když se staral o cizince, projevila svůj humor tím, že se usmála a plivla na tu hloupou věcičku; za své bolesti si vysloužila od otce pořádnou ránu, aby ji naučil čistšímu chování. Vůbec odmítali, aby to bylo s nimi v posteli, nebo dokonce v jejich pokoji; a já už jsem neměl rozumu, a tak jsem ho položil na podestu schodiště a doufal, že zítra bude pryč. Náhodou, nebo přilákán tím, že slyšel jeho hlas, se připlížil ke dveřím pana Earnshawa a tam ho našel, když vyšel ze své komnaty. Pátralo se, jak se tam dostala; Byla jsem nucena se přiznat a jako odplatu za svou zbabělost a nelidskost jsem byla vykázána z domu.

To bylo Heathcliffovo první seznámení s rodinou. Když jsem se po několika dnech vrátil (neboť jsem své vyhnanství nepovažoval za trvalé), zjistil jsem, že ho pokřtili „Heathcliff": bylo to jméno syna, který zemřel v dětství, a od té doby mu sloužilo jak pro křestní, tak pro příjmení. Slečna Cathy a on byli nyní velmi tlustí; ale Hindley ho nenáviděl, a abych pravdu řekl, udělal jsem totéž; a trápili jsme ho a hanebně jsme s ním pokračovali, protože jsem nebyl dost rozumný, abych cítil svou nespravedlnost, a paní se za něj ani slovem nezastala, když viděla, že mu někdo ukřivdí.

Vypadal jako mrzuté, trpělivé dítě; snad zocelený špatným zacházením: snášel by Hindleyovy údery, aniž by mrkl nebo uronil jedinou slzu, a moje štípnutí ho pohnulo jen k tomu, aby se nadechl a otevřel oči, jako by si ublížil náhodou a nikdo za to nemohl. Tato vytrvalost rozzuřila starého Earnshawa, když zjistil, že jeho syn pronásleduje ubohé dítě bez otce, jak mu říkal. Choval se k Heathcliffovi podivně, věřil všemu, co říkal (když na to přijde, mluvil jen velmi málo a většinou pravdu), mazlil se s ním vysoko nad Cathy, která byla na svého oblíbence příliš zlomyslná a svéhlavá.

A tak od samého počátku vyvolával v domě špatnou náladu a po smrti paní Earnshawové, k níž došlo necelé dva roky poté, se mladý pán naučil pohlížet na otce spíš jako na utlačovatele než na přítele a na Heathcliffa jako na uchvatitele náklonnosti a privilegií svých rodičů. Chvíli jsem s tím soucítil; ale když děti onemocněly spalničkami a já jsem se o ně musela starat a okamžitě na sebe vzít péči ženy, změnila jsem svůj názor. Heathcliff byl nebezpečně nemocný; a když ležel v nejhorším, měl mě neustále u polštáře: myslím, že cítil, že jsem pro něj udělala hodně, a nenapadlo ho, že jsem k tomu nucena. Řeknu vám však, že to bylo to nejtišší dítě, na které kdy chůva dohlížela. Rozdíl mezi ním a ostatními mě donutil být méně zaujatý. Cathy a její bratr mě strašně trápili: nestěžoval si jako beránek, ačkoli tvrdost, ne jemnost, mu nedávala mnoho starostí.

Podařilo se mu to a doktor potvrdil, že je to z velké části díky mně, a pochválil mě za mou péči. Byl jsem ješitný na jeho pochvaly a obměkčil jsem se vůči bytosti, jejíž prostřednictvím jsem si je vysloužil, a tak Hindley ztratil svého posledního spojence: přesto jsem si nemohl dovolit Heathcliffa a často jsem přemýšlel, co můj pán vidí na tom mrzutém chlapci tak obdivovat; který, pokud si vzpomínám, nikdy neoplácel svou shovívavost žádným projevem vděčnosti. Nebyl drzý vůči svému dobrodinci, byl prostě necitlivý; i když dobře věděl, jak mu leží na srdci, a byl si vědom toho, že mu stačí jen promluvit a celý dům se bude muset podřídit jeho přáním. Vzpomínám si například, že pan Earnshaw jednou koupil na farním trhu pár hříbat a dal chlapcům každé jedno. Heathcliff si vzal tu nejkrásnější, ale ta brzy zchromla, a když ji objevil, řekl Hindleyové:

„Musíte si se mnou vyměnit koně: já nemám rád ty své; a jestli ne, povím tvému otci o těch třech výpraskech, které jsi mi tento týden uštědřil, a ukážu mu svou ruku, která je černá až po rameno." Hindley vyplázl jazyk a připoutal ho k ušim. „Raději to udělej hned," naléhal a utekl na verandu (byli ve stáji), „budeš muset, a když budu mluvit o těch ranách, dostaneš je zase s úroky." „Pryč, pse!" vykřikl Hindley a vyhrožoval mu železným závažím, které se používá k vážení brambor a sena. „Hoď to," odpověděl a zůstal stát, „a pak ti povím, jak ses chlubil, že mě vyhodíš ze dveří, jakmile zemře, a uvidíš, jestli tě nevyžene hned." Hindley ho hodil, udeřil ho do prsou a on padl na zem, ale okamžitě se vypotácel, udýchaný a bílý; a kdybych mu v tom nezabránil, byl by šel právě tak k mistrovi a plně by se pomstil tím, že by se za něj přimluvil a dal najevo, kdo to způsobil. „Tak si vezmi mé oslátko, Gipsy!" řekl mladý Earnshaw. „A modlím se, aby vám zlomil vaz: vezměte si ho a buďte zatraceni, vy žebrácký vetřelče! a vymámej z otce všechno, co má: teprve potom mu ukaž, co jsi, ďáblův skřete. – A vezmi si to, doufám, že ti vykopne mozek!"

Heathcliff odešel, aby zvíře pustil a přemístil ho do své vlastní stáje; procházel za ní, když Hindley dokončil svou řeč tím, že ho srazil pod nohy, a aniž se zastavil, aby se podíval, zda se jeho naděje splnily, utíkal pryč, jak nejrychleji mohl. Byl jsem překvapen, když jsem viděl, jak chladnokrevně se chlapec sebral a pokračoval ve svém úmyslu; vyměnil si sedla a všechno ostatní, a pak se posadil na otýpku sena, aby překonal výčitky, které vyvolala prudká rána, než vešel do domu. Snadno jsem ho přemluvil, aby mi dovolil svalit vinu za jeho modřiny na koně: pramálo mu záleželo na tom, co se vypráví, protože měl, co chtěl. Stěžoval si tak zřídka na takové vzrušení, že jsem ho opravdu nepovažovala za pomstychtivého; byla jsem úplně oklamána, jak uslyšíte.

KAPITOLA V

Postupem času začal pan Earnshaw selhávat. Byl čilý a zdravý, ale síla ho náhle opustila; a když byl uvězněn v koutě u komína, byl nesmírně podrážděný. Nic ho netrápilo; a podezření na znevažování jeho autority ho málem přivedlo k záchvatu. To bylo třeba poznamenat zejména tehdy, když se někdo pokoušel vnutit nebo ovládat svého oblíbence: bolestně žárlil, aby mu nebylo řečeno ani slovo; jako by se mu vzala do hlavy, že protože má rád Heathcliffa, všichni ho nenávidí a touží mu udělat něco špatného. Byla to pro chlapce nevýhoda; neboť ti laskavější mezi námi nechtěli Mistra trápit, a tak jsme ponižovali jeho zaujatost; a toto veselí bylo bohatou potravou pro dětskou pýchu a černou povahu. Přece se to stalo svým způsobem nutným; dvakrát, nebo třikrát Hindleyho projev opovržení, když byl otec nablízku, vyburcoval starce k zuřivosti: popadl hůl, aby ho udeřil, a třásl se vzteky, že to nemůže udělat.

Nakonec náš farář (měli jsme tehdy kaplana, který se živil tím, že učil malé Lintony a Earnshawy a sám obhospodařoval svůj kousek půdy) poradil, aby byl mladý muž poslán na vysokou školu; a pan Earnshaw souhlasil, i když s těžkým duchem, protože řekl: „Hindley nebyl nicotný a nikdy by se mu nedařilo tam, kde se toulal."

Upřímně jsem doufala, že nyní budeme mít mír. Bolelo mě, když jsem si pomyslela, že by mistr měl být nepohodlný svým vlastním dobrým skutkem. Domníval jsem se, že nespokojenost s věkem a nemocí pramení z jeho rodinných neshod; A on by chtěl, aby se tak stalo: opravdu, víte, pane, bylo to v jeho potápějícím se těle. Byli bychom se však obešli docela dobře, nebýt dvou lidí – slečny Cathy a sluhy Josepha: troufám si tvrdit, že jste ho viděli tamhle nahoře. Byl a s největší pravděpodobností je tím nejúnavnějším samospravedlivým farizejem, který kdy vyplenil Bibli, aby shrábl zaslíbení pro sebe a hodil kletby na své sousedy. Svým uměním kázat a zbožně diskutovat dokázal na pana Earnshawa udělat velký dojem; a čím slabším se mistr stával, tím větší vliv získával. Neúnavně si dělal starosti o starosti své duše a o to, aby přísně vládl svým dětem. Povzbuzoval ho, aby považoval Hindleyho za zavrženíhodného; a noc co noc pravidelně brblal dlouhou řadu historek o Heathcliffovi a Catherine: vždy se snažil lichotit Earnshawově slabosti tím, že na ně svaloval tu největší vinu.

Jistě měla takové způsoby, jaké jsem nikdy předtím neviděl u dítěte; a všechny nás pokoušela o trpělivost padesátkrát i častěji za den: od chvíle, kdy sešla dolů, až do chvíle, kdy šla spát, jsme neměli ani minutu jistoty, že neudělá něco zlého. Její nálada byla vždy na bodu mrazu, její jazyk stále jel - zpívala, smála se a trápila každého, kdo nechtěl udělat totéž. Byla to divoká, zlomyslná podivínka - ale měla nejkrásnější oči, nejsladší úsměv a nejlehčí nohu ve farnosti: a koneckonců věřím, že to nemyslela zle; neboť když vás jednou doopravdy rozplakala, zřídka se stávalo, že by vám nedělala společnost a nenutila vás, abyste byl zticha, abyste ji mohl utěšit. Měla Heathcliffa příliš ráda. Největší trest, jaký jsme si pro ni mohli vymyslet, bylo držet ji od něho oddělenou, a přece byla kvůli němu kárána víc než kdokoli z nás. Při hře si velmi ráda hrála na malou paní; volně používala rukama a přikazovala svým druhům: činila tak i mně, ale já jsem nesnesl facky a rozkazy; a tak jsem jí to dal vědět.

Pan Earnshaw nerozuměl vtipům svých dětí: vždycky na ně byl přísný a vážný, a Catherine zase neměla tušení, proč by měl být její otec ve svém churavějícím stavu rozmrzelý a méně trpělivý než v nejlepších letech. Jeho mrzuté výtky v ní probudily nezbednou radost z toho, že ho provokovala: nikdy nebyla tak šťastná, jako když jsme jí všichni najednou hubovali a ona se nám vzpírala svým smělým, štiplavým pohledem a svými pohotovými slovy; Obracela Josefovy náboženské kletby ve výsměch, štvala mě a dělala přesně to, co její otec nenáviděl ze všeho nejvíc – ukazovala, že její předstíraná drzost, kterou považoval za skutečnou, má nad Heathcliffem větší moc než jeho laskavost: jak chlapec plní *její* příkazy v čemkoli, a *to jen* tehdy, když se mu to hodí Poté, co se celý den chovala tak špatně, jak jen mohla, přišla se někdy v noci mazlit, aby si to vynahradila. „Ne, Cathy," říkával stařec, „nemohu tě milovat, jsi horší než tvůj bratr. Jdi, říkej své modlitby, dítě, a pros Boha o odpuštění. Pochybuji o tvé matce a musím litovat, že jsme tě kdy vychovali!" To ji zprvu rozplakalo; a pak, když byla neustále odpuzována, zatvrzela se a smála se, když jsem jí řekl, že lituje svých chyb a prosila o odpuštění.

Konečně však přišla hodina, která ukončila trápení pana Earnshawa na zemi. Zemřel tiše ve svém křesle jednoho říjnového večera, sedíc u krbu. Kolem domu burácel silný vítr a hučel v komíně; znělo to divoce a bouřlivě, ale nebyla zima a všichni jsme byli pohromadě - já, trochu stranou od krbu, jsem byl zaneprázdněn pletením a Josef si četl Bibli u stolu (neboť služebnictvo tehdy obvykle sedělo v domě, když byla práce hotova). Slečna Cathy byla nemocná, a to ji uklidňovalo; opřela se o otcovo koleno a Heathcliff ležel na podlaze s hlavou v jejím klíně. Vzpomínám si, jak ji pán, než usnul, hladil po jejích kostnatých vlasech - málokdy ho těšilo, že ji viděl něžnou - a řekl: „Proč nemůžeš být vždycky hodná holka, Cathy?" A ona vzhlédla k němu, zasmála se a odpověděla: „Proč bys nemohl být vždycky dobrým mužem, otče?" Jakmile však viděla, že je znovu rozmrzelý, políbila mu ruku a řekla, že mu zazpívá ke spánku. Začala zpívat velmi tiše, až jeho prsty vypadly z jejích a jeho hlava klesla na prsa. Pak jsem jí řekl, aby mlčela a nehýbala se, protože se bojí, aby ho nevzbudila. Všichni jsme zůstali němí jako myši celou půlhodinu a měli jsme to dělat déle, jen Josef, když dokončil svou kapitolu, vstal a řekl, že musí vzbudit mistra k modlitbám a ke spánku. Přistoupil k němu, zavolal ho jménem a dotkl se jeho ramene; ale nechtěl se pohnout, a tak vzal svíčku a podíval se na něho. Myslel jsem, že je něco špatně, když zhasl světlo; a popadl děti, každé za paži, a pošeptal jim, aby „se postavili nahoru a udělali malý hluk - mohly by se večer modlit samy - měl by to udělat rychle."

„Nejdřív popřeji otci dobrou noc," řekla Catherine a objala ho kolem krku, než jsme jí mohli zabránit. Chudinka zjistila svou ztrátu přímo – vykřikla – „Ach, je mrtvý, Heathcliffe! Je mrtvý!" A oba spustili srdcervoucí výkřik.

Připojil jsem svůj nářek k jejich, hlasitý a hořký; ale Josef se zeptal, co bychom mohli myslet, kdybychom takto řvali nad svatým v nebi. Řekl mi, abych si oblékl plášť a běžel do Gimmertonu pro doktora a faráře. Nemohl jsem odhadnout, k čemu by to bylo dobré. Šel jsem však větrem i deštěm a jednoho z nich, doktora, jsem vzal s sebou; druhý řekl, že přijde ráno. Nechala jsem Josefa, aby mi to vysvětlil, a běžela jsem do dětského pokoje: jejich dveře byly pootevřené, viděla jsem, že si nikdy nelehly, ačkoli bylo po půlnoci; Byli však klidnější a nepotřebovali, abych je utěšoval. Duše se navzájem utěšovaly lepšími myšlenkami, než jsem mohl přijít na kloub: žádný farář na světě si nikdy nepředstavoval nebe tak krásně jako ony ve svých nevinných řečech; a zatímco jsem vzlykala a poslouchala, nemohla jsem se ubránit přání, abychom tam byli všichni v bezpečí pohromadě.

KAPITOLA VI

Pan Hindley se vrátil domů na pohřeb; a - což nás udivilo a přimělo sousedy klábosit napravo i nalevo - přivedl si s sebou ženu. Co to bylo a kde se narodila, nám nikdy neřekl: pravděpodobně neměla ani peníze, ani jméno, které by ji doporučovalo, jinak by byl stěží zatajil tento svazek před svým otcem.

Nebyla z těch, kteří by kvůli sobě dům příliš rušili. Zdálo se, že každý předmět, který uviděla, v okamžiku, kdy překročila práh, ji potěšil; a o všech okolnostech, které se kolem ní odehrály: kromě příprav na pohřeb a přítomnosti truchlících. Domníval jsem se, že je napůl hloupá, podle toho, jak se při tom chovala: vběhla do své komnaty a přiměla mě, abych šel s ní, ačkoli jsem měl oblékat děti, a tam seděla, třásla se, sepínala ruce a stále dokola se ptala: „Už jsou pryč?" Pak začala s hysterickým dojetím popisovat, jak na ni zapůsobilo, když viděla černou; a trhla sebou a třásla se a nakonec se rozplakala - a když jsem se zeptala, co se děje, odpověděla, že neví; Ale ona se tak bála smrti! Představovala jsem si, že zemře stejně málo jako já. Byla dost hubená, ale mladá, svěží pleti a oči jí jiskřily jako diamanty. Poznamenal jsem ovšem, že při stoupání po schodech se jí dýchá velmi rychle; že při nejmenším náhlém zvuku se celá zachvěla a že někdy nepříjemně kašlala: ale nevěděl jsem nic o tom, co tyto příznaky předznamenávají, a neměl jsem žádný podnět k tomu, abych s ní soucítil. Vůbec tu nemáme rádi cizince, pane Lockwoode, ledaže by si oni napřed oblíbili nás.

Mladý Earnshaw se za tři roky své nepřítomnosti značně změnil. Stával se slabším a ztratil barvu a mluvil a oblékal se docela jinak; a hned v den svého návratu řekl Josephovi a mně, že se od nynějška musíme ubytovat v zadní kuchyni a odejít kvůli němu z domu. Opravdu, byl by pokryl kobercem a vytapetoval malou volnou místnost pro salonek; Ale jeho žena vyjádřila takové potěšení z bílé podlahy a obrovského žhnoucího krbu, z cínového nádobí a z delfové skříně a psí boudy a z širokého prostoru, kde se mohli pohybovat tam, kde obvykle sedávali, že to považoval za zbytečné pro její pohodlí, a tak od toho upustil.

Vyjádřila také radost, že mezi svými novými známými našla sestru; a žvanila na Catherine, líbala ji, běhala s ní a dávala jí zpočátku množství dárků. Její náklonnost však velmi brzy opadla, a když začala být mrzutá, stal se Hindleym tyranským. Pár jejích slov, v nichž projevovala Heathcliffovu nelibost, stačilo, aby v něm probudila všechnu starou nenávist k chlapci. Vyhnal ho z jejich společnosti ke služebnictvu, zbavil ho instrukcí faráře a trval na tom, aby místo toho pracoval venku; nutila ho k tomu stejně tvrdě jako kteréhokoli jiného chlapce na farmě.

Heathcliff snášel své ponížení zprvu docela dobře, protože Cathy ho učila to, co se naučila, a pracovala s ním nebo si s ním hrála na poli. Oba si slíbili, že vyrostou hrubí jako divoši; protože mladý pán byl zcela nedbalý k tomu, jak se chovali a co dělali, a tak se mu vyhýbali. Neviděl by ani po jejich nedělním odchodu do kostela, jen Josef a farář kárali jeho neopatrnost, když se vzdálili; a to mu připomnělo, aby nařídil Heathcliffovi bičování a Catherine půst od večeře nebo večeře. Ale patřilo k jejich hlavním zábavám utéct ráno na blata a zůstat tam celý den, a z následného trestu se stalo jen něco k smíchu. Farář mohl Catherine napsat tolik kapitol, kolik chtěl, aby se je naučila nazpaměť, a Josef mohl mlátit Heathcliffa, až ho bolela ruka; Na všechno zapomněli v okamžiku, kdy se znovu sešli; přinejmenším na okamžik, kdy vymysleli nějaký nemravný plán pomsty; a mnohokrát jsem plakal sám pro sebe, když jsem viděl, jak jsou den ode dne lehkomyslnější, a neodvažoval jsem se promluvit ani slabiku ze strachu, abych neztratil tu malou moc, kterou jsem si ještě ponechal nad těmi nepřátelskými tvory. Jednoho nedělního večera se stalo, že byli vykázáni z obývacího pokoje za to, že dělali hluk nebo se dopustili nějakého lehkého přestupku; a když jsem je šel zavolat k večeři, nemohl jsem je nikde najít. Prohledali jsme dům, nahoře i dole, dvůr a stáje; Byli neviditelní, a nakonec nám Hindley v rozčilení řekl, abychom zavřeli dveře, a přísahal, že je nikdo v noci nepustí dovnitř.

Domácnost šla spát; a já, příliš dychtivý si lehnout, otevřel jsem mříž a vystrčil hlavu, abych poslouchal, i když pršelo: rozhodnut přijmout je navzdory zákazu, kdyby se vrátili. Za chvíli jsem rozeznal kroky přicházející po silnici a branou problesklo světlo lucerny. Přehodil jsem si přes hlavu šálu a běžel, abych jim zaklepáním zabránil vzbudit pana Earnshawa. Byl tu Heathcliff sám: to mě napadlo, když jsem ho viděl samotného.

„Kde je slečna Catherine?" Zvolal jsem spěšně. „Doufám, že to nebyla náhoda?" „V Thrushcross Grange," odpověděl; „a byl bych tam byl také, ale neměli dost slušnosti, aby mě požádali, abych zůstal." „Tak to chytíš!" Řekl jsem: „Nikdy nebudeš spokojený, dokud tě nepošlou za tvým podnikáním. Co tě proboha vedlo k tomu, že ses zatoulal do Thrushcross Grange?" „Dovol mi svléknout se z mokrých šatů a všechno ti povím, Nelly," odpověděl. Vyzval jsem ho, aby se vyvaroval vzbuzení pána, a zatímco se svlékal a já jsem čekal, až zhasnu svíčku, pokračoval: „Cathy a já jsme utekli z prádelny, abychom se volně procházeli, a když jsme zahlédli světla v Grange, řekli jsme si, že se prostě půjdeme podívat, zda Lintonovi tráví nedělní večery tím, že budou stát v koutech a třást se. zatímco jejich otec a matka seděli, jedli a pili, zpívali a smáli se a pálili si oči před ohněm. Myslíte si, že ano? Nebo že čtou kázání a jsou katechizováni svým sluhou a mají se učit sloupec s biblickými jmény, pokud neodpovídají správně?" „Pravděpodobně ne," odpověděl jsem. „Jsou to bezpochyby hodné děti a nezaslouží si zacházení, kterého se vám dostává za vaše špatné chování." „To nemůžeš, Nelly," řekl, „nesmysl! Běželi jsme z vrcholu Heights do parku, ale bez zastavení – Catherine byla v závodě úplně poražena, protože byla bosá. Zítra se budeš muset v bažině poohlédnout po jejích střevíčcích. Prolezli jsme polámaným živým plotem, tápali po pěšině a usadili se na květinovém záhonu pod oknem salónu. Odtud přicházelo světlo; Nezavřeli okenice a závěsy byly zatažené jen napůl. Oba jsme byli schopni nahlédnout dovnitř, když jsme stáli na sklepě a drželi se římsy, a viděli jsme - ach! Bylo to nádherné - nádherné místo s karmínovým kobercem, židle a stoly potažené karmínem, čistě bílý strop lemovaný zlatem, sprška skleněných kapek visících ve stříbrných řetězech ze středu a třpytících se malými měkkými svíčkami. Starý pan a paní Lintonovi tam nebyli; Edgar a jeho sestra ho měli jen pro sebe. Neměli by být šťastní? Mysleli bychom si, že jsme v nebi! A teď hádejte, co dělaly vaše hodné děti? Isabella – myslím, že je jí jedenáct, o rok mladší než Cathy – ležela a křičela na vzdálenějším konci místnosti a ječela, jako by do ní čarodějnice vrážely rozžhavené jehly. Edgar stál na krbu a tiše plakal, a uprostřed stolu seděl malý pejsek, třásl tlapkou a štěkal; z jejich vzájemného obviňování jsme vyrozuměli, že mezi sebou málem vtrhli. Ti idioti! To bylo jejich potěšení! Hádat se, kdo má držet hromádku teplých vlasů, a každý z nich se rozplakal, protože oba si je odmítli vzít, když se jim je snažili sehnat. Přímo jsme se smáli hýčkaným věcem; Pohrdali jsme jimi! Kdy byste mě přistihli, jak si přeji to, co si Catherine přála? Nebo nás najdete samotné, jak se bavíme křikem, vzlykáním a válením se po zemi, rozděleni celou místností? Nevyměnil bych za tisíc životů svůj stav tady za život Edgara Lintona v Thrushcross Grange - ne kdybych měl tu čest shodit Josepha z nejvyššího štítu a potřísnit průčelí domu Hindleyovou krví!"

„Pst, ticho!" Přerušil jsem ho. „Ještě jste mi neřekl, Heathcliffe, jak je možné, že Catherine zůstala pozadu?"

„Říkal jsem vám, že jsme se smáli," odpověděl. Lintonovi nás slyšeli a jednomyslně vystřelili jako šípy ke dveřím; Nastalo ticho a pak výkřik: 'Ach, maminko, maminko! Ach, tatínku! Ach, maminko, pojď sem. Ach, tatínku, ach!" Oni opravdu něco v tomto směru vykřikli. Vydávali jsme strašlivé zvuky, abychom je vyděsili ještě víc, a pak jsme spadli z římsy, protože někdo tahal mříže a my jsme usoudili, že bychom měli raději utéct. Držel jsem Cathy za ruku a pobízel jsem ji, když tu náhle upadla. „Utíkej, Heathcliffe, utíkej!" zašeptala. „Pustili toho buldoka na svobodu, a on mě drží!" Ďábel ji chytil za kotník, Nelly: slyšela jsem jeho odporné frkání. Nekřičela - ne! byla by jím opovrhovala, kdyby byla vyplivnuta na rohy rozzuřené krávy. Přesto jsem to udělal: kletby jsem vykřikl natolik, že bych vyhladil každého ďábla v křesťanstvu; a já jsem vzal kámen, vrazil jsem mu ho mezi čelisti a snažil jsem se mu ho vší silou nacpat do hrdla. Konečně přišlo nějaké sluhské zvíře s lucernou a křičelo: „Drž se rychle,

Skulkere, drž se rychle!" Změnil však svůj názor, když viděl Skulkerovu hru. Pes byl uškrcen; jeho obrovský, fialový jazyk mu visel půl stopy z úst a jeho převislé rty se řinuly krvavým otrokem. Muž vzal Cathy nahoru; byla nemocná: jsem si jistá, že ne ze strachu, ale z bolesti. Odnesl ji dovnitř; Šel jsem za ním, bručel jsem nadávky a pomstychtivě. „Jakou kořist, Roberte?" zahalil Linton od vchodu. „Skulker chytil děvčátko, pane," odpověděl. „A tady je nějaký mládenec," dodal a chytil se ke mně, „který vypadá naprostě! Velmi podobní byli lupiči, když je vystrčili oknem, aby otevřeli dveře té bandě, až všichni usnou, aby nás mohli zavraždit, jak se jim to bude hodit. Mlč, ty sprostý zloději! Za to půjdete na šibenici. Pane Lintone, pane, nelehejte si u pušky.' „Ne, ne, Roberte," řekl starý blázen. „Ti darebáci věděli, že včera mám den nájmu: mysleli si, že mě chytře získají. Pojď sem; Zařídím jim hostinu. Tam, Johne, připoutej řetěz. Dej Skulkerovi trochu vody, Jenny. Nosit úředníka ve své pevnosti, a to i v sobotu! Kde se zastaví jejich drzost? Ach, má drahá Marie, pohleď sem! Nebojte se, je to jen chlapec - a přece se ten darebák tak zřetelně mračí do tváře; Nebylo by to laskavé vůči zemi, kdyby ho okamžitě pověsili, než ukáže svou povahu v činech i rysech?" Zatáhl mě pod lustr a paní Lintonová si nasadila brýle na nos a zděšeně zvedla ruce. Zbabělé děti se také připlížily blíž a Isabela šišlala: „To je hrozné! Dejte ho do sklepa, tatínku. Je přesně jako syn věštkyně, která mi ukradla ochočeného bažanta. Že ano, Edgare?"

Zatímco mě prohlíželi, přišla k nám Cathy; Slyšela poslední řeč a zasmála se. Edgar Linton po zvídavém pohledu sebral dostatek důvtipu, aby ji poznal. Vídají nás v kostele, víte, i když se s nimi jinde setkáváme jen zřídka. „To je slečna Earnshawová!" zašeptal matce, „a podívej, jak ji Skulker kousl - jak jí krvácí noha!"

‚Slečna Earnshawová? Nesmysl!" zvolala dáma. „Slečna Earnshawová pročesává krajinu s cikánkou! A přece, má drahá, to dítě truchlí - to přece je - a může být zmrzačené na celý život!"

‚Jaká trestuhodná nedbalost od jejího bratra!' zvolal pan Linton a obrátil se ode mne ke Catherine. Slyšel jsem od Štítařů" (to byl farář, pane), „že ji nechává vyrůstat v naprostém pohanství. Ale kdo je to? Kde vzala tohoto společníka? Oho! Prohlašuji, že je to ona podivná akvizice, kterou učinil můj zesnulý soused na své cestě do Liverpoolu - malý Lascar, nebo americký či španělský trosečník."

‚V každém případě je to zlý chlapec,' poznamenala stará dáma„a vůbec se nehodí do slušného domu! Všiml jste si jeho jazyka, Lintone? Jsem šokována, že to moje děti mohly slyšet."

Znovu jsem začala nadávat - nezlob se, Nelly - a tak Robert dostal rozkaz, aby mě odvedl. Odmítl jsem jít bez Cathy; Zatáhl mě do zahrady, strčil mi lucernu do ruky, ujistil mě, že pan Earnshaw bude informován o mém počínání, a poručil mi, abych okamžitě pochodoval, a znovu zabezpečil dveře. Závěsy byly v jednom rohu stále ještě zatažené a já jsem se vrátil na své místo špeha; protože kdyby se Catherine chtěla vrátit, hodlal jsem roztříštit jejich velké skleněné tabule na milion úlomků, pokud by ji nepustili ven. Tiše seděla na pohovce. Paní Lintonová svlékla šedý plášť mlékařky, který jsme si vypůjčili na výlet, zavrtěla hlavou a vysvětlovala jí, jak předpokládám: byla to mladá dáma a oni rozlišovali mezi jejím chováním a mým. Potom služka přinesla umyvadlo s teplou vodou a umyla jí nohy; a pan Linton namíchal sklenici negusu a Isabella si vysypala talíř plný koláčů do klína a Edgar stál opodál a zíral. Potom jí vysušili a učesali krásné vlasy, dali jí pár obrovských pantoflí a přivezli ji k ohni; a nechal jsem ji, jak jen mohla být, rozdělujíc jídlo mezi psíka a Skulkera, kterému štípala nos, když jedl; a zažehla jiskru ducha v prázdných modrých očích Lintonových - matný odlesk její vlastní okouzlující tváře. Viděl jsem, že jsou plni hloupého obdivu; ona je tak nezměrně nadřazená - všem na světě, viď, Nelly?"

„Z téhle záležitosti vzejde víc, než počítáte," odpověděl jsem, zakryl jsem ho a zhasl světlo. „Jste nevyléčitelný, Heathcliffe; a pan Hindley bude muset zajít do krajnosti, jestli to neudělá." Má slova byla pravdivější, než jsem si přál. To nešťastné dobrodružství Earnshawa rozzuřilo. A pak nás pan Linton, aby to napravil, navštívil nazítří sám a přečetl mladému mistrovi takovou přednášku o cestě, kterou vedl svou rodinu, že byl pohnut, aby se vážně rozhlédl kolem sebe. Heathcliff se nedočkal žádného výprasku, ale bylo mu řečeno, že první slovo, které řekne slečně Catherine, mu zajistí propuštění; a paní Earnshawová se zavázala, že až se vrátí domů, bude svou švagrovou držet na uzdě; Použila umění, ne síly: s násilím by to byla považovala za nemožné.

KAPITOLA VII

Cathy zůstala v Thrushcross Grange pět týdnů: do Vánoc. V té době byl její kotník úplně vyléčen a její chování se velmi zlepšilo. Paní ji v mezidobí často navštěvovala a započala svůj plán nápravy tím, že se snažila zvýšit její sebeúctu pěknými šaty a lichotkami, které ochotně přijímala; A tak místo divokého divocha bez klobouku, který vskočil do domu a vrhl se, aby nás všechny vymáčkl bez dechu, svítila z krásného černého poníka velmi důstojná osoba s hnědými kadeřemi padajícími z pokrývky opeřeného bobra a v dlouhém sukněném hábitu, který musela držet oběma rukama, aby mohla plout. Hindleyová ji zvedla z koně a radostně zvolala: „Vždyť vy jste taková kráska, Cathy! Sotva bych vás byl poznal: teď vypadáte jako dáma. Isabella Lintonová se s ní nedá srovnávat, viďte, Frances?" „Isabela nemá své přirozené přednosti," odpověděla jeho žena, „ale musí si dávat pozor a nesmí tu znovu zdivočet. Ellen, pomoz slečně Catherine s jejími věcmi --zůstaň, drahá, rozcustíš si kadeře --dovol, abych ti rozvázala klobouk."

Svlékl jsem hábit a pod velkými kostkovanými hedvábnými šaty, bílými kalhotami a naleštěnými střevíčky jsem zazářil; a zatímco její oči radostně jiskřily, když k ní psi přiběhli přispěchat, neodvažovala se jich dotknout, aby se nepodbízeli jejím nádherným šatům. Něžně mě políbila: byl jsem samý z mouky a nestačilo by mě obejmout; a pak se rozhlédla po Heathcliffovi. Manželé Earnshawovi úzkostlivě sledovali jejich setkání; domnívali se, že jim to umožní do jisté míry posoudit, jaké důvody mají k naději, že se jim podaří oba přátele rozloučit.

Heathcliffa bylo zpočátku těžké objevit. Byl-li před Catherininou nepřítomností nedbalý a bez péče, od té doby byl nedbalý a nestaraný, od té doby desetkrát neopatrnější. Nikdo kromě mě mu neprokázal ani tu laskavost, abych ho nazval špinavým chlapcem a vyzval ho, aby se jednou týdně umyl; a děti jeho věku mají zřídka přirozenou radost z mýdla a vody. Nemluvě o jeho šatech, které vydržely tři měsíce služby v blátě a prachu, a o hustých nečesaných vlasech, byl povrch jeho tváře a rukou skličujícím způsobem zakalený. Mohl by se klidně vyplížit za obydlí, kdyby spatřil tak bystrou, půvabnou dívku vstoupit do domu, místo jeho drsnohlavého protějšku, jak očekával. „Není tu Heathcliff?" zeptala se, stáhla si rukavice a ukázala prsty nádherně zbělené nicneděláním a zůstáním uvnitř.

„Heathcliffe, můžete předstoupit," zvolal pan Hindley, potěšen svým zklamáním a potěšen, když viděl, jak odporný mladý gardista se bude muset vydávat. „Můžete přijít a popřát slečně Catherine na uvítanou, stejně jako ostatní služebnictvo."

Cathy, když zahlédla svého přítele v jeho úkrytu, přiletěla ho obejmout; během vteřiny mu dala sedm nebo osm polibků na tvář, pak se odtáhla, dala se do smíchu a zvolala: „Vždyť ty vypadáš úplně černě a mrzutě! A jak - jak legrační a pochmurné! Ale to je proto, že jsem zvyklý na Edgara a Isabellu Lintovy. Nuže, Heathcliffe, zapomněl jste na mne?"

Měla k tomu pádný důvod, neboť stud a pýcha vrhly na jeho tvář dvojnásobnou temnotu a držely ho nehybného.

„Podejte si ruce, Heathcliffe," řekl pan Earnshaw blahosklonně. „Jednou za čas, to je dovoleno."

„Nebudu," odpověděl chlapec, když konečně našel jazyk. „nestrpím, aby se mi někdo vysmíval. Nesnesu to!"

A byl by se byl vymanil z kruhu, ale slečna Cathy ho znovu uchopila.

„Nechtěla jsem se vám smát," řekla; „Nemohl jsem se bránit: Heathcliffe, alespoň si podejte ruku! Na co jsi naštvaný? Šlo jen o to, že jsi vypadal divně. Umyješ-li si obličej a učešeš-li si vlasy, bude to v pořádku, ale ty jsi tak špinavá!"

Starostlivě hleděla na tmavé prsty, které držela ve svých, a také na své šaty; která, jak se obávala, nezískala svým stykem s ním žádnou příkras.

„Nemusela jste se mě dotýkat!" odpověděl, sledoval její pohled a odtrhl mu ruku. „Budu špinavá, jak se mi zlíbí, a ráda jsem špinavá a špinavá budu."

S tím vyběhl střemhlav z pokoje, za veselí pána a paní a za vážného rozruchu Catherine; který nemohl pochopit, jak mohly její poznámky vyvolat takový projev špatné nálady.

Když jsem nově příchozímu zahrála na komornou, dala jsem koláče do trouby a rozveselila dům a kuchyň velkými ohni, jak se na Štědrý večer sluší, chystala jsem se usednout a bavit se zpíváním koled, úplně sama; bez ohledu na Josephova ujištění, že považoval veselé melodie, které jsem si vybral, za hned vedle písní. Uchýlil se k soukromé modlitbě do svého pokoje a manželé Earnshawovi upoutávali Missyinu pozornost všelijakými veselými maličkostmi, které pro Missy koupila, aby je darovala malým Lintonovým jako projev jejich laskavosti. Pozvali je, aby strávili zítřek na Větrné hůrce, a pozvání bylo přijato pod jednou podmínkou: paní Lintonová prosila, aby její miláčci mohli být pečlivě drženi stranou od toho „zlobivého nadávajícího chlapce".

Za těchto okolností jsem zůstával osamělý. Cítil jsem bohatou vůni hřejivého koření; a obdivovala nablýskané kuchyňské náčiní, naleštěné hodiny vyzdobené cesmínou, stříbrné hrnky postavené na podnosu, připravené k naplnění svařeným pivem k večeři; a především neposkvrněnou čistotu mé zvláštní péče - vydrhanou a dobře zametenou podlahu. V duchu jsem tleskal všemu, co jsem řekl, a pak jsem si vzpomněl, jak starý Earnshaw přicházeval, když bylo všechno uklizené, říkal mi děvče a strkal mi do ruky šilink jako vánoční krabici; a od toho jsem přešel k myšlenkám na jeho náklonnost k Heathcliffovi a na jeho obavu, že by mohl trpět zanedbáním, až ho smrt odnese: a to mě přirozeně vedlo k tomu, abych uvažoval o tom, jak je na tom ten ubohý chlapec nyní, a od zpěvu jsem se přestal rozplakat. Brzy mě však napadlo, že by bylo rozumnější snažit se napravit některé jeho křivdy, než nad nimi ronit slzy: vstal jsem a šel jsem do dvora, abych ho vyhledal. Nebyl daleko; Našel jsem ho, jak ve stáji hladí lesklou srst nového poníka a krmí ostatní zvířata, jak je zvykem.

„Pospěšte si, Heathcliffe!" Řekl jsem: „Kuchyně je tak pohodlná; a Joseph je nahoře: pospěšte si a dovolte mi, abych vás hezky oblékl, než slečna Cathy vyjde, a pak budete moci sedět spolu, s celým krbem sami pro sebe, a dlouze si povídat až do večera."

Pokračoval ve svém úkolu a nikdy ke mně neotočil hlavu.

„Pojďte - jdete?" Pokračoval jsem. „Pro každého z vás je tu malý koláč, skoro dost; a budete potřebovat půlhodinové oblékání."

Čekal jsem pět minut, ale nedostal žádnou odpověď. Kateřina večeřela se svým bratrem a švagrovou: Joseph a já jsme se sešli u nespolečenského jídla, okořeněného výčitkami na jedné straně a drzostí na straně druhé. Jeho koláč a sýr zůstaly na stole celou noc pro víly. Podařilo se mu pokračovat v práci až do devíti hodin a pak odpochodoval němý a zarputilý do své komnaty. Cathy seděla dlouho do noci, měla co dělat pro přijetí svých nových přátel: jednou přišla do kuchyně, aby si promluvila se svým starým; ale byl pryč a ona zůstala jen proto, aby se zeptala, co se s ním děje, a pak se vrátila. Ráno vstal časně; a protože byl svátek, přenesl svou špatnou náladu na vřesoviště; neobjevil se, dokud rodina neodešla do kostela. Zdálo se, že půst a přemýšlení ho přivedly k lepší náladě. Chvíli se kolem mne motal, a když sebral odvahu, náhle zvolal: „Nelly, udělej mě slušnou, budu hodná."

„Je nejvyšší čas, Heathcliffe," řekl jsem; „zarmoutila jste Catherine: ona je jí líto, že se vůbec vrátila domů, troufám si tvrdit! Vypadá to, jako bys jí záviděl, protože na ni myslíš víc než na tebe."

Představa, že by *měl závidět* Catherine, mu byla nepochopitelná, ale představa, že by ji měl truchlit, chápal dost jasně.

„Říkala, že je zarmoucená?" zeptal se a tvářil se velmi vážně.

„Plakala, když jsem jí řekl, že dnes ráno zase odjíždíš."

„No, včera v noci jsem plakal," odpověděl, „a měl jsem k pláči víc důvodů než ona."

„Ano, měl jsi důvod jít spát s hrdým srdcem a prázdným žaludkem," řekl jsem. „Pyšní lidé si plodí smutný žal. Ale pokud se stydíte za svou nedůtklivost, musíte prosit o odpuštění, až přijde. Musíš jít k ní, nabídnout jí, že ji políbíš, a říct - ty víš nejlíp, co máš říct; Dělejte to jen srdečně, a ne tak, jako byste si mysleli, že se svou nádhernou šatstvem proměnila v cizinku. A teď, i když mám připravit večeři, ukradnu si čas, abych vás zařídil tak, aby Edgar Linton vedle vás vypadal jako panenka, a to se také děje. Jsi mladší, a přece, budu svázaný, jsi vyšší a dvakrát tak široký přes ramena; Mohli byste ho v mžiku srazit k zemi; Necítíte, že byste mohl?"

Heathcliffova tvář se na okamžik rozjasnila; pak se znovu zatáhlo a on si povzdechl.

„Ale, Nelly, kdybych ho dvacetkrát srazila k zemi, nebyl by tím méně hezký a já ještě víc. Kéž bych měla světlé vlasy a světlou pleť, abych byla také oblečená a vychovaná a měla naději, že budu stejně bohatá jako on!"

„A plakala jsem pro maminku na každém kroku," dodala jsem, „a třásla jsem se, když nějaký venkovský mládenec vztyčil pěst a seděl celý den doma a čekal na spršku. Ach, Heathcliffe, ukazuješ ubohého ducha! Pojďte ke sklenici a já vám ukážu, co byste si přál. Označíte si tyto dvě čáry mezi očima; a ta hustá obočí, která místo aby se klenula, klenutě klesají; A ta dvojice černých ďáblů, tak hluboko pohřbených, kteří nikdy neotevírají svá okna směle, ale číhají pod nimi jako ďáblovi špehové? Přejte si a učte se vyhlazovat nevrlé vrásky, otevřeně zvedat víčka a měnit ďábly v sebevědomé, nevinné anděly, kteří nic netuší a nepochybují a vidí vždy přátele tam, kde si nejsou jisti nepřáteli. Nechápejte výraz zlomyslné kletby, která vypadá, jako by věděla, že kopance, které dostává, jsou její poušť, a přesto nenávidí celý svět, stejně jako kopače, za to, co vytrpí."

„Jinými slovy, musím si přát velké modré oči a dokonce i čelo Edgara Lintona," odpověděl. „Já ano - a to mi k nim nepomůže."

„Dobré srdce by ti pomohlo k pěkné tváři, chlapče," pokračoval jsem, „kdybys byl obyčejný černoch; a ten špatný změní to nejkrásnější v něco horšího než ošklivého. A teď, když jsme se prali, česali a trucovali - řekněte mi, jestli se nepovažujete za docela hezkého? Řeknu vám, že ano. Hodíš se na prince v přestrojení. Kdo ví, zda váš otec byl čínským císařem a vaše matka indickou královnou a oba z nich byli schopni koupit si s týdenním příjmem Větrnou hůrku a Thrushcross Grange dohromady? A byl jsi unesen zlými námořníky a odvezen do Anglie. Kdybych byl na vašem místě, vytvořil bych si vysoké představy o svém původu; a myšlenky na to, čím jsem, by mi měly dodat odvahu a důstojnost, abych podporovala útlak malého rolníka!"

A tak jsem žvanil dál; a Heathcliff se pozvolna přestal mračit a začal se tvářit docela příjemně, když tu náhle náš rozhovor přerušil dunivý zvuk, který se pohyboval po silnici a vnikal do dvora. Běžel k oknu a já ke dveřím, právě včas, aby viděl, jak oba Lintonovi sestupují z rodinného kočáru, zahaleni do plášťů a kožešin, a Earnshawovi sesedají z koní: v zimě často jeli do kostela. Catherine vzala každé z dětí za ruku, přivedla je do domu a postavila je před oheň, který rychle zbarvil jejich bílé tváře.

Naléhal jsem na svého přítele, aby si pospíšil a projevil svou přívětivou náladu, a on ochotně poslechl; ale smůla tomu chtěla, že když otevřel dveře vedoucí z kuchyně na jedné straně, Hindley je otevřel na druhé. Setkali se a pán, podrážděný tím, že ho vidí čistého a veselého, nebo snad dychtivý dodržet slib, který dal paní Lintonové, ho prudkým úderem odstrčil a rozzlobeně vyzval Josepha, aby „toho chlapíka držel dál z pokoje – poslal ho do podkroví, dokud neskončí večeře. Nacpe si prsty do koláčů a ukradne ovoce, pokud s nimi zůstane jen chvilku sám."

„Ne, pane," nemohl jsem se ubránit odpovědi, „nedotkne se ničeho, ne on, a myslím, že musí mít svůj díl lahůdek stejně dobře jako my."

„Dostane svůj díl mé ruky, jestli ho chytím dole až do setmění," zvolal Hindley. „Jdi pryč, ty tuláku! Co! Pokoušíš se o kormidelníka, že? Počkejte, až se dostanu k těm elegantním kadeřím – podívejte se, jestli je nebudu tahat ještě chvilku!"

„Jsou už dost dlouhá," poznamenal mistr Linton a vykoukl ode dveří. „Divím se, že ho z nich nebolí hlava. Je to jako hříva oslátka přes oči!"

Odvážil se této poznámky, aniž by chtěl urazit; ale Heathcliffova násilnická povaha nebyla připravena snášet zdání drzosti od někoho, koho zřejmě i tehdy nenáviděl jako svého soupeře. Popadl mísu s pálivou jablečnou omáčkou, první věc, která mu přišla do rukou, a mrštil jí řečníka do tváře a krku; který okamžitě začal naříkat, že Isabella a Catherine spěchaly na místo. Pan Earnshaw popadl viníka přímo a dopravil ho do své komory; kde nepochybně podal hrubý lék, aby zchladil záchvat vášně, protože vypadal rudý a bez dechu. Vzal jsem utěrku a poněkud zlomyslně jsem Edgarovi vydrhl nos a ústa, protože jsem tvrdil, že mu to slouží k vměšování. Jeho sestra začala plakat, aby šla domů, a Cathy stála zahanbeně opodál a červenala se přede všemi.

„Neměl jste s ním mluvit!" vysvětlovala mistru Lintonovi. „Měl špatnou náladu a vy jste si teď zkazil návštěvu; a bude zbičován: nenávidím, když je bičován! Nemůžu sníst svou večeři. Proč jsi s ním mluvil, Edgare?"

„Neviděl," vzlykal mladík, unikl mi z rukou a zbytek očisty dokončil svým kambrickým kapesníkem. „Slíbila jsem mámě, že mu neřeknu ani slovo, a neřekla jsem to."

„Tak neplačte," odvětila Catherine pohrdavě. „Nejste zabiti. Nedělejte další neplechu; Můj bratr přichází: buď zticha! Pst, Isabello! Ublížil vám někdo?"

„Tam, tam, děti - na svá místa!" zvolal Hindley a vběhl dovnitř. „Ten surový mládenec mě pěkně zahřál. Příště, mistře Edgare, vezměte zákon do vlastních pěstí - bude vám chutnat k jídlu!"

Malá společnost se opět uklidnila při pohledu na voňavou hostinu. Byli po jízdě hladoví a snadno se utěšili, protože se jim nic skutečného nestalo. Pan Earnshaw naporcoval bohaté talíře a paní je rozveselila živým hovorem. Čekal jsem za její židlí a s bolestí jsem viděl, jak Catherine se suchýma očima a lhostejným výrazem začíná před sebou rozřezávat husí křídlo. „Bezcitné dítě," pomyslela jsem si; „Jak lehkovážně odbývá potíže své staré kamarádky. Nedokázal jsem si představit, že je tak sobecká." Zvedla sousto ke rtům, pak je opět odložila: tváře jí zrudly a slzy jí tekly proudem. Sklouzla vidličkou na podlahu a spěšně se ponořila pod látku, aby zakryla své pohnutí. Nenazval jsem ji bezcitnou dlouho; Viděl jsem totiž, že je celý den v očistci a že je unavená hledáním příležitosti, jak se dostat sama nebo navštívit Heathcliffa, kterého pán zavřel: jak jsem zjistil, když jsem se mu snažil představit soukromou jídelnu s potravinami.

Večer jsme si zatančili. Cathy prosila, aby ho pak mohl osvobodit, protože Isabella Lintonová neměla žádného partnera: její prosby byly marné a já jsem byl pověřen, abych tento nedostatek doplnil. Zbavili jsme se všech chmur ve vzrušení ze cvičení a naše radost byla ještě znásobena příjezdem Gimmertonovy kapely, která shromáždila patnáct mužů: trubku, pozoun, klarinety, fagoty, lesní rohy a basovou violu, kromě zpěváků. Obcházejí všechny vážené domy a každé Vánoce dostávají příspěvky, a my jsme považovali za prvotřídní potěšení je slyšet. Když jsme zazpívali obvyklé koledy, zhudebnili jsme je do písní a radosti. Paní Earnshawová milovala hudbu, a tak nám jí dali spoustu.

Catherine to také milovala, ale říkala, že to zní nejsladčeji nahoře na schodech, a vyšla nahoru ve tmě: já jsem šla za ní. Zavřeli dveře domu dole, aniž by si všimli naší nepřítomnosti, byl tak plný lidí. Nezdržela se na nároží schodiště, ale vystoupila dál, do podkroví, kde byl Heathcliff uvězněn, a zavolala ho. Chvíli tvrdošíjně odmítal odpovědět: ona vytrvala a nakonec ho přesvědčila, aby s ní držel společenství prostřednictvím desek. Nechal jsem chudinky nerušeně rozmlouvat, až jsem se domníval, že písně ustanou a zpěváci se trochu občerství, pak jsem vylezl po žebříku, abych ji varoval. Místo toho, abych ji našel venku, slyšel jsem její hlas uvnitř. Malá opička se vplížila střešním oknem jednoho podkroví, podél střechy, do střešního okna druhého, a jen s největší námahou jsem ji mohl vylákat ven. Když přišla, šel s ní Heathcliff a ona trvala na tom, abych ho vzala do kuchyně, jako můj spolusluha odešel k sousedovi, aby byl uchráněn před zvukem naší „ďáblovy psalmodie", jak ji s oblibou nazýval. Řekl jsem jim, že rozhodně nemám v úmyslu povzbuzovat jejich triky, ale protože vězeň od včerejší večeře nikdy nepřerušil půst, mrknu na něj, jak podvádí pana Hindleyho. Sestoupil dolů, postavil jsem mu stoličku k ohni a nabídl jsem mu množství dobrých věcí, ale byl nemocný a mohl málo jíst, a mé pokusy pohostit ho byly zahozeny. Opíral se oběma lokty o kolena a bradu o ruce a zůstával uchvácen němým rozjímáním. Když jsem se zeptal, co si myslí, odpověděl vážně: „Snažím se urovnat, jak se Hindleyové odvděčím. Je mi jedno, jak dlouho budu čekat, jestli to konečně dokážu. Doufám, že nezemře dřív než já!"

„Styďte se, Heathcliffe," řekl jsem. „Je na Bohu, aby trestal zlé lidi; Měli bychom se naučit odpouštět."

„Ne, Bůh nebude mít takové zadostiučinění jako já," odpověděl. „Kéž bych znala nejlepší způsob! Nechte mě být a já si to naplánuji: když na to myslím, necítím bolest."

Ale, pane Lockwoode, zapomínám, že vás tyhle historky nemohou rozptýlit. Mrzí mě, jak se mi může zdát o tom, že budu žvanit takovým tempem; a tvoje kaše studená a ty kýváš na postel! Mohl jsem vyprávět Heathcliffovu historii, všechno, co potřebujete slyšet, v půl tuctu slov.

* * * * *

Hospodyně se takto přerušila, vstala a jala se odložit šití; ale cítil jsem, že se nemohu pohnout od krbu a byl jsem dalek toho, abych přikývl. „Seďte klidně, paní Deanová," zvolal jsem. „Seďte ještě půl hodiny. Udělal jsi dobře, že jsi vyprávěl příběh v klidu. To je metoda, která se mi líbí; a musíte to dokončit ve stejném stylu. Zajímá mě každá postava, kterou jste zmínil, více či méně."

„Hodiny odbíjejí jedenáct, pane."

„Na tom nezáleží - nejsem zvyklá chodit spát v dlouhých hodinách. Jedna nebo dvě jsou dost brzy pro člověka, který lže do deseti."

„Neměl bys lhát do deseti. Je tu úplné nejlepší období rána, které je pryč dávno před touto dobou. Člověk, který do deseti hodin neudělá ani polovinu své denní práce, má šanci, že druhou polovinu nechá nehotovou."

„Nicméně, paní Deanová, vraťte se na své místo; protože zítra mám v úmyslu prodloužit noc do odpoledne. Předpovídám si alespoň úporné nachlazení."

„Doufám, že ne, pane. Nuže, musíte mi dovolit přeskočit nějaké tři roky; během té doby paní Earnshawová –"

„Ne, ne, nic takového nedovolím! Víte, v jakém rozpoložení byste sledovali, kdybyste seděli sami a kočka olizovala své kotě na koberci před vámi, tak upřeně, že by vás kocour zanedbávající jedno ucho vážně rozzuřil?"

„Strašně líná nálada, řekla bych."

„Naopak, únavně aktivní. V tuto chvíli je můj; a proto pokračujte do nejmenších podrobností. Vidím, že lidé v těchto oblastech získávají nad lidmi ve městech hodnotu, kterou má pavouk v žaláři nad pavoukem v chalupě pro své různé obyvatele; A přece není prohloubená přitažlivost zcela způsobena situací přihlížejícího. Žijí *více* vážně, více v sobě samých a méně v povrchních, změnách a povrchních vnějších věcech. Dokázal bych si představit, že láska k životu je zde téměř možná; a byl jsem zarytým nevěřícím v jakoukoli lásku na celý rok. Jeden stav se podobá tomu, když se hladovému člověku odloží k jedinému pokrmu, na který může soustředit celou svou chuť k jídlu a udělat to spravedlivě; druhý ho uvádí ke stolu, který prostřeli francouzští kuchaři; snad může z celku vytěžit tolik radosti; ale každá část je pouhým atomem ve vztahu k němu a ve vzpomínkách."

„Ach! „Tady jsme stejní jako kdekoli jinde, když nás poznáte," poznamenala paní Deanová, poněkud zmatená mou řečí.

„Promiňte," odpověděl jsem. „Vy, můj milý příteli, jste pádným důkazem proti tomuto tvrzení. Až na několik provincialismů nepatrného významu, nemáte žádné známky mravů, které jsem zvyklý považovat za typické pro vaši třídu. Jsem si jist, že jste přemýšlel mnohem víc, než si myslí většina služebnictva. Byli jste nuceni pěstovat své schopnosti přemýšlení z nedostatku příležitostí k promarnění svého života v hloupých maličkostech."

Paní Deanová se zasmála.

„Rozhodně se považuji za stálé, rozumné tělo," řekla; „Ne tak docela z toho, že jsem žila mezi kopci a viděla jednu sadu tváří a jednu řadu akcí od konce roku do konce roku; ale prošel jsem přísnou kázní, která mě naučila moudrosti; a pak, přečetl jsem víc, než byste si přál, pane

Lockwoode. V této knihovně byste nemohli otevřít knihu, do které bych se nepodíval a také z ní něco nevzal: ledaže by to byl ten rozsah řečtiny a latiny a francouzština; a ty znám jeden od druhého: to je tolik, kolik můžete očekávat od dcery chudého muže. Mám-li však sledovat svůj příběh po způsobu pravdivých drbů, měl bych raději pokračovat; a místo toho, abych poskočil o tři roky, spokojím se s tím, že přejdu do příštího léta - do léta 1778, to je téměř třiadvacet let."

KAPITOLA VIII

Jednoho krásného červnového dne se mi narodilo první krásné chůvče a poslední ze starobylého rodu Earnshawů. Na vzdáleném poli jsme měli plné ruce práce se senem, když tu dívka, která nám obvykle nosila snídani, přiběhla o hodinu dřív přes louku a nahoru po cestě a volala na mě, jak běžela.

„Ach, taková makejda!" vydechla. „Nejkrásnější hodenec, který kdy dýchal! Ale doktor říká, že slečna musí jít: říká, že už tolik měsíců užívá souchutiny. Slyšel jsem, jak říká panu Hindleymu: a teď nemá nic, co by ji ochránilo, a do zimy zemře. Musíte se okamžitě vrátit domů. Máš ho kojit, Nelly, krmit ho cukrem a mlékem a starat se o něj dnem i nocí. Kéž bych byla na vašem místě, protože až nebude slečna, bude to celé vaše!"

„Ale je vážně nemocná?" Zeptal jsem se, odhodil hrábě a zavázal si čepec.

„Myslím, že je; A přece se dívá statečně," odpověděla dívka, „a mluví, jako by myslela na to, že se dožije, aby viděla, jak z ní vyroste muž. Ona je radostí mimo, je to taková krása! Kdybych byla na jejím místě, jsem si jistá, že bych neumřela: udělalo by mi lépe při pouhém pohledu na něj, navzdory Kennethovi. Byl jsem na něj docela naštvaný. Paní Archerová přivedla cherubína k pánovi do domu a jeho tvář se právě začala rozzářit, když k němu přistoupil starý škarohlíd a řekl: „Earnshawe, je to požehnání, že vaše žena byla ušetřena, že vám mohla zanechat tohoto syna. Když přišla, byla jsem přesvědčená, že bychom si ji neměli dlouho zdržovat; a teď vám musím říct, že ji zima pravděpodobně dokončí. Neberte si na to a příliš se tím trapte: nedá se nic dělat. A kromě toho byste měl vědět lépe, než si vybrat takový nával děvčete!"

„A co mi pán odpověděl?" Zeptal jsem se.

„Myslím, že přísahal, ale já jsem si ho nevšímala, namáhala jsem se, abych tu mohylu viděla," a začala to znovu nadšeně vyprávět. Já, stejně horlivý jako ona, jsem dychtivě spěchal domů, abych se pokochal; i když jsem byl kvůli Hindleyové velmi smutný. Ve svém srdci měl místo jen pro dva idoly – svou ženu a sebe: miloval oba a zbožňoval jednu z nich, a já jsem si nedokázala představit, jak by tu ztrátu unesl.

Když jsme dorazili na Větrnou hůrku, stál tam u vchodových dveří; a když jsem procházel kolem, zeptal jsem se: „Jak se daří dítěti?"

„Už jsem skoro připravená pobíhat kolem, Nell!" odpověděl a nasadil veselý úsměv.

„A co paní?" Odvážil jsem se zeptat; „Doktor říká, že je –"

„K čertu s doktorem!" přerušil ho a zrudl. „Frances má naprostou pravdu: příští týden touhle dobou už bude úplně zdravá. Jdete nahoru? Řekneš jí, že přijdu, když slíbí, že nebude mluvit. Opustil jsem ji, protože nechtěla držet jazyk za zuby; a ona musí – řekněte jí, pan Kenneth říká, že musí být zticha."

Doručil jsem tento vzkaz paní Earnshawové; zdálo se, že je v přelétavé náladě, a vesele odpověděla: „Sotva jsem promluvila slovo, Ellen, a tam dvakrát odešel s pláčem. Nu, řekni, že slibuji, že nepromluvím, ale to mě nezavazuje, abych se mu nevysmál!"

Ubohá duše! Až do týdne po její smrti ji toto veselé srdce nikdy nezklamalo; a její manžel zarputile trval na svém, ba zuřivě v ujišťování, že se její zdraví den ode dne zlepšuje. Když ho Kenneth varoval, že jeho léky jsou v této fázi nemoci k ničemu a že ho nemusí vystavovat dalším výdajům tím, že se o ni bude starat, odsekl: „Vím, že to nemusíš – je jí dobře – nechce od tebe žádnou další péči! Nikdy nebyla na souchotinách. Byla to horečka; a je pryč: její tep je teď stejně pomalý jako můj a její tvář stejně chladná."

Totéž vyprávěl i své ženě a zdálo se, že mu věří; ale jedné noci, když se opírala o jeho rameno a říkala, že si myslí, že zítra bude moci vstát, dostal ji záchvat kašle – velmi slabý – a zvedl ji do náruče; Položila mu obě ruce kolem krku, její tvář se změnila a byla mrtvá.

Jak dívka předpokládala, malý Hareton padl zcela do mých rukou. Pan Earnshaw, pokud ho viděl zdravého a nikdy ho neslyšel plakat, byl spokojen, pokud se ho týkal. Sám byl zoufalý: jeho zármutek byl takového druhu, že nenaříká. Neplakal ani se nemodlil; proklínal a vzdoroval: proklínal Boha i lidi a oddával se bezohlednému rozmařilosti. Služebníci nemohli dlouho snášet jeho tyranské a zlé chování: Josef a já jsme byli jediní dva, kteří zůstali. Neměl jsem to srdce opustit svou svěřenkyni; a kromě toho, víte, jsem byla jeho pěstounkou a omlouvala jsem jeho chování ochotněji než cizinec. Josef zůstal hectorem nad nájemci a dělníky; a protože jeho povoláním bylo být tam, kde měl spoustu bezbožnosti, kterou musel kárat.

Mistrovy špatné způsoby a špatní společníci tvořili pro Catherine a Heathcliffa pěkný příklad. Jeho zacházení s tím druhým stačilo k tomu, aby se ze světce stal ďábel. A vskutku, zdálo se, jako by byl chlapec v té době posedlý něčím ďábelským. Těšilo ho, když viděl, jak se Hindley ponižuje k vykoupení; a den ode dne se stával pozoruhodnějším pro divokou mrzutost a zuřivost. Nedokázal jsem ani z poloviny říct, jaký máme pekelný dům. Farář přestal volat a nikdo slušný se k nám konečně nepřiblížil; ledaže by návštěvy Edgara Lintona u slečny Cathy byly výjimkou. V patnácti letech se stala královnou venkova; neměla sobě rovného; A ona se skutečně ukázala jako domýšlivá, tvrdohlavá bytost! Přiznám se, že jsem ji neměl rád, když už bylo dětství za námi; a často jsem ji trápil tím, že jsem se snažil potlačit její pýchu: nikdy však ke mně neměla odpor. Měla podivuhodnou stálost vůči starým náklonnostem: dokonce i Heathcliff držel její náklonnost neochvějně; a mladý Linton při vší své nadřazenosti jen stěží zapůsobil stejně hlubokým dojmem. Byl to můj zesnulý mistr: to je jeho portrét nad krbem. Visela na jedné straně a jeho žena na druhé; ale její byla odstraněna, jinak byste mohli vidět něco z toho, čím byla. Dokážete to pochopit?

Paní Deanová zvedla svíčku a já jsem rozeznal tvář s jemnými rysy, která se velmi podobala mladé dámě z Výšin, ale byla zamyšlenější a přívětivější. Tvořilo to sladký obraz. Dlouhé světlé vlasy se na spáncích mírně vlnily; oči byly velké a vážné; postava až příliš půvabná. Nedivil jsem se, jak mohla Catherine Earnshawová zapomenout na svou první přítelkyni kvůli takovému člověku. Velmi jsem se divil, jak si on, který si myslí, že si odpovídá své osobě, mohl představovat Catherine Earnshawovou.

„Velmi příjemný portrét," poznamenal jsem hospodyni. „Je to jako?"

„Ano," odpověděla; „ale vypadal lépe, když byl oživený; To je jeho každodenní tvář: chtěl ducha vůbec."

Catherine udržovala své kontakty s Lintonovými od té doby, co mezi nimi pobývala pět týdnů; a protože neměla pokušení ukázat v jejich společnosti svou drsnou stránku a měla dost rozumu na to, aby se styděla za svou hrubost, když se jí dostalo tak neměnné zdvořilosti, vnutila si nevědomky starou dámu a pána svou důmyslnou srdečností; získala si obdiv Isabely a srdce a duši svého bratra: vlastnosti, které jí lichotily od samého počátku - neboť byla plná ctižádosti - a vedly ji k tomu, že si osvojila dvojí povahu, aniž by měla v úmyslu někoho oklamat. Na místě, kde slyšela, že Heathcliff je „sprostý mladý darebák" a „horší než surovec", si dala pozor, aby se nechovala jako on; Doma však měla malý sklon ke zdvořilosti, které by se lidé jen vysmáli, a k potlačování neukázněné povahy, i když jí to nepřinášelo ani uznání, ani pochvalu.

Pan Edgar málokdy sebral odvahu a navštívil Větrnou hůrku otevřeně. Měl hrůzu z Earnshawovy pověsti a vyhýbal se setkání s ním; a přece byl vždy přijímán s našimi nejlepšími pokusy o zdvořilost: Mistr sám se vyhýbal tomu, aby ho urazil, protože věděl, proč přichází; a pokud nemohl být laskavý, držel se z cesty. Spíš si myslím, že jeho vzhled tam byl Catherine nepříjemný; Nebyla zručná, nikdy si nehrála na koketu a zřejmě měla námitky proti tomu, aby se její dvě přítelkyně vůbec setkaly; neboť když Heathcliff v jeho přítomnosti vyjádřil opovržení vůči Lintonovi, nemohla se ani napůl shodnout, jak to učinila v jeho nepřítomnosti; a když Linton projevil znechucení a antipatie vůči Heathcliffovi, neodvažovala se zacházet s jeho city lhostejně, jako by pro ni znevažování jejího kamaráda nemělo téměř žádný význam. Mnohokrát jsem se smál jejím zmatkům a nevýslovným potížím, které se marně snažila skrýt před mým posměchem. To zní zlomyslně, ale ona byla tak pyšná, že bylo skutečně nemožné litovat její bídy, dokud nebyla potrestána k větší pokoře. Konečně se přiměla přiznat a svěřit se mi: nebylo jiné duše, kterou by mohla přetvořit v rádce.

Pan Hindley odjel jednoho odpoledne z domova a Heathcliff si dovolil, že si z toho vyhradí dovolenou. Myslím, že mu tehdy bylo šestnáct let, a aniž by měl špatné rysy nebo mu chyběl rozum, podařilo se mu vyvolat dojem vnitřní i vnější odpudivosti, po němž jeho nynější vzhled nezanechal žádné stopy. Za prvé v té době ztratil výhodu svého raného vzdělání: ustavičná tvrdá práce, započatá brzy a končila pozdě, uhasila veškerou zvědavost, kterou kdysi měl v honbě za poznáním, a jakoukoli lásku ke knihám a učenosti. Jeho dětský pocit nadřazenosti, který mu vštípila přízeň starého pana Earnshawa, se vytratil. Dlouho se snažil udržet si rovnost s Catherine v jejích studiích a podvolil se s palčivou, i když tichou lítostí, ale úplně se podvolil; a nedalo se mu nic přemoci, aby udělal krok vzhůru, když zjistil, že musí nutně klesnout pod svou dřívější úroveň. Pak osobní vzhled sympatizoval s duševním úpadkem: nabyl shrbené chůze a nešlechetného pohledu; Jeho přirozeně zdrženlivá povaha byla zveličena v téměř idiotskou přemíru nespolečenské mrzutosti; a očividně měl chmurné potěšení z toho, že u svých několika známých vzbuzoval spíše odpor než úctu.

Catherine a on byli stálými společníky i ve chvílích odpočinku od práce; přestal však svou náklonnost k ní vyjadřovat slovy a s hněvivým podezřením se odvrátil od jejího dívčího laskání, jako by si uvědomoval, že nemůže mít žádné uspokojení, když ho zahrnuje takovými projevy náklonnosti. Při výše jmenované příležitosti přišel do domu, aby oznámil svůj úmysl nic nedělat, zatímco jsem pomáhal slečně Cathy upravit její šaty: nepočítala s tím, že si to vezme do hlavy, že je to nečinné; a protože si představovala, že bude mít celý dům sama pro sebe, podařilo se jí nějakým způsobem informovat pana Edgara o bratrově nepřítomnosti a chystala se ho přijmout.

„Cathy, máš dnes odpoledne co dělat?" zeptal se Heathcliff. „Jdeš někam?"

„Ne, prší," odpověděla.

„Tak proč máš na sobě ty hedvábné šaty?" zeptal se. „Doufám, že sem nikdo nepřijde?"

„O tom nevím," zakoktala slečna, „ale teď byste měl být v poli, Heathcliffe. Je hodina po večeři; Myslel jsem, že jsi pryč."

„Hindley nás ze své prokleté přítomnosti neosvobozuje jen zřídka," poznamenal chlapec. „Dnes už nebudu pracovat, zůstanu u vás."

„Ach, ale Josef to poví," navrhla; „Raději jdi!"

„Joseph nakládá vápno na druhé straně Penistone Crags; Bude mu to trvat až do setmění a nikdy se to nedozví."

S těmito slovy se uvelebil u ohně a posadil se. Catherine se na okamžik zamyslela se svraštělým obočím - zjistila, že je třeba urovnat cestu pro vniknutí. „Isabella a Edgar Linton mluvili o tom, že se dnes odpoledne zastaví," řekla na závěr minuty ticha. „Když prší, sotva je čekám; ale mohou přijít, a pokud přijdou, vystavujete se nebezpečí, že vás pokárají za nic dobrého."

„Poruč Ellen, aby ti řekla, že jsi zasnoubená, Cathy," naléhal. „Nevydávejte mě kvůli těm svým ubohým, hloupým přátelům! Někdy si stěžuji, že oni - ale já ne -"

„To oni co?" zvolala Catherine a ustaraně se na něho zadívala. „Ach, Nelly!" dodala nevrle a trhla hlavou od mých rukou, „vyčesala jste mi vlasy úplně do kudrlin! To stačí; nechte mě být. Na co si tak stěžujete, Heathcliffe?"

„Nic - jen se podívejte na ten almanach na té stěně," ukázal na zarámované prostěradlo, které viselo u okna, a pokračoval: „Kříže jsou za večery, které jste strávili s Lintonovými, tečky za večery strávené u mě. Chápete? Poznamenal jsem si to každý den."

„Ano - velmi pošetilé, jako bych si toho všimla!" odvětila Catherine mrzutým tónem. „A jaký to má smysl?"

„Abych ukázal, že *si toho všímám,*" řekl Heathcliff.

„A měla bych pořád sedět s tebou?" zeptala se a byla čím dál podrážděnější. „Co dobrého dostanu? O čem to mluvíte? Můžeš být hloupý nebo dítě, kvůli čemukoli, co řekneš, abys mě pobavil, nebo kvůli čemukoli, co uděláš!"

„Nikdy předtím jste mi neřekla, že mluvím příliš málo nebo že se vám nelíbí moje společnost, Cathy!" zvolal Heathcliff velmi rozrušeně.

„To není vůbec žádná společnost, když lidé nic nevědí a nic neříkají," zamumlala.

Její společník vstal, ale neměl čas dát najevo své pocity dál, protože na praporcích bylo slyšet koňské kroky, a když jemně zaklepal, vstoupil mladý Linton a tvář mu zářila radostí z nečekaného pozvání, kterého se mu dostalo. Kateřina nepochybně poznala rozdíl mezi svými přítelkyněmi, když jedna přicházela a druhá odcházela. Ten kontrast se podobal tomu, co vidíte, když vyměníte bezútěšnou, kopcovitou, uhelnou krajinu za krásné úrodné údolí; a jeho hlas a pozdrav byly právě tak opačné než jeho vzezření. Mluvil mile, tiše a pronášel slova jako vy: je to méně drsné, než jak mluvíme tady, a jemnější.

„Nepřišel jsem příliš brzy, že ne?" řekl a vrhl na mě pohled. Začala jsem utírat talíř a uklízet nějaké zásuvky na vzdáleném konci prádelníku.

„Ne," odpověděla Catherine. „Co tam děláš, Nelly?"

„Moje práce, slečno," odpověděla jsem. (Pan Hindley mi dal pokyny, abych při všech soukromých návštěvách, které se Linton rozhodne vykonat, přizval třetí stranu.)

Stoupla si za mě a rozzlobeně zašeptala: „Sundej sebe i se svými prachovkami; Když je v domě společnost, služebnictvo nezačíná čistit a uklízet v místnosti, kde jsou!"

„To je dobrá příležitost, když je pán pryč," odpověděl jsem nahlas, „nesnáší, když se nad těmi věcmi ošívám v jeho přítomnosti. Jsem si jistá, že mě pan Edgar omluví."

„Nerad bych, že se v *mé* přítomnosti vrtíte ," zvolala mladá dáma panovačně a nedala svému hostu čas promluvit: od té malé hádky s Heathcliffem se jí nepodařilo získat zpět svou vyrovnanost.

„Je mi to líto, slečno Catherine," zněla má odpověď. a já jsem vytrvale pokračoval ve svém zaměstnání.

Ona, protože se domnívala, že ji Edgar nevidí, vytrhla mi látku z ruky a táhlým klíčem mě velmi zlomyslně štípla do paže. Řekl jsem, že ji nemiluji a spíše jsem se vyžíval v tom, že jsem tu a tam umrtvoval její ješitnost: kromě toho mi nesmírně ublížila; tak jsem vyskočil z kolen a zakřičel: „Ach, slečno, to je hnusný trik! Nemáte právo mě štípat a já to nesnesu."

„Já jsem se vás nedotkla, ty prolhaná stvůro!" vykřikla, prsty ji brněly, aby to zopakovala, a uši rudly vztekem. Nikdy neměla sílu skrýt svou vášeň, vždy to rozpálilo celou její pleť.

„Co to tedy je?" Odsekl jsem a ukázal jsem rozhodnému fialovému svědkovi, abych ji vyvrátil.

Dupla nohou, na okamžik zaváhala a pak, neodolatelně poháněna zlobivým duchem v sobě, mě udeřila do tváře: bodavá rána, která naplnila obě oči slzami.

„Catherine, lásko! Catherine!" vložil se do toho Linton, velmi otřesen dvojím proviněním lži a násilí, kterého se jeho idol dopustil.

„Odejdi z pokoje, Ellen!" opakovala a třásla se po celém těle.

Malý Hareton, který mě všude chodil za mnou a seděl vedle mne na podlaze, když viděl, jak se mi rozpláču, dal se do pláče a vzlykal si na „zlou tetu Cathy", což přitáhlo její hněv na jeho nešťastnou hlavu: chytila ho za ramena a třásla jím, až ubohé dítě zbledlo, a Edgar ji bezmyšlenkovitě chytil za ruce, aby ho vysvobodil. V okamžiku byl člověk vyrván a užaslý mladík cítil, jak mu to bylo přiloženo k uchu způsobem, který nemohl být zaměněn za žert. Zděšeně ustoupil. Zvedl jsem Haretona do náruče a odkráčel s ním do kuchyně, přičemž jsem nechal dveře otevřené pro komunikaci, protože jsem byl zvědavý, jak urovnají svůj spor. Uražený návštěvník přistoupil k místu, kde si položil klobouk, bledý a s chvějícími se rty.

„Přesně tak!" Řekl jsem si. „Dej si pozor a zmiz! Je to laskavost, že vám mohu dát nahlédnout do její upřímné povahy."

„Kam jdete?" zeptala se Catherine a přistoupila ke dveřím.

Uhnul stranou a pokusil se projet.

„Nesmíte jít!" zvolala energicky.

„Musím a budu!" odpověděl tlumeným hlasem.

„Ne," trvala na svém a uchopila kliku; „Ještě ne, Edgare Lintone, posaďte se; Ty mě v takové náladě nenecháš. Byla bych nešťastná celou noc a nebudu nešťastná ani kvůli vám!"

„Mohu zůstat, když jste mě udeřil?" zeptal se Linton.

Catherine byla němá.

„Bál jsem se vás a styděl jsem se za vás," pokračoval; „Už sem nepůjdu!"

Oči se jí začaly lesknout a víčka se jí jiskřit.

„A vy jste řekl úmyslnou nepravdu!" řekl.

„Neviděla!" zvolala, když se vzpamatovala ze slova. „Neudělal jsem nic úmyslně. Tak jděte, chcete-li - pryč! A teď budu plakat - budu plakat až do morku kostí!"

Klesla na kolena vedle židle a dala se do pláče s vážnou vážností. Edgar trval na svém rozhodnutí až ke dvoru; tam se zdržel. Rozhodl jsem se, že ho budu povzbuzovat.

„Slečna je strašlivě svéhlavá, pane," zvolal jsem. „Stejně špatné jako každé zmrzačené dítě: radši pojedeš domů, jinak bude nemocné a bude nás trápit."

Ta měkká bytost se dívala oknem úkosem: měla moc odejít tak, jako má kočka moc zanechat myš napůl zabitou nebo ptáka napůl snědeného. Ach, pomyslela jsem si, zachránit ho nebude: je odsouzen k záhubě a letí vstříc svému osudu! A tak se stalo: prudce se otočil, znovu vběhl do domu, zavřel za sebou dveře; a když jsem jim po nějaké době šel oznámit, že Earnshaw přišel domů vztekle opilý, připravený vytrhnout nám to celé za uši (jeho obvyklé rozpoložení v tomto stavu), viděl jsem, že hádka vyvolala jen bližší důvěrnost - rozbila výplody mladické bázlivosti a umožnila jim opustit masku přátelství. a vyznávají se jako milenci.

Zpráva o příjezdu pana Hindleyho přihnala Lintona rychle ke koni a Catherine do její komnaty. Šel jsem ukrýt malého Haretona a vytáhnout střelu z pánova ptačího kusu, s nímž si rád hrál ve svém šíleném rozčilení, a riskoval jsem život každého, kdo by ho vyprovokoval nebo jen příliš přitáhl jeho pozornost; a napadlo mě, že ho odstraním, aby nenapáchal tolik škody, kdyby si dal tu práci a vystřelil.

KAPITOLA IX

Vstoupil a pronášel přísahy, které bylo strašné slyšet; a přistihl mě při ukládání jeho syna do kuchyňské skříňky. Na Haretona zapůsobila zdravá hrůza z toho, že se setká buď se zálibou svého divokého zvířete, nebo se vztekem svého šílence; neboť v jednom mu hrozilo, že bude sevřen a políben k smrti, a v druhém, že bude hozen do ohně nebo roztříštěn o zeď; a chudák zůstával v naprostém klidu, kamkoli jsem ho chtěl postavit.

„Tak jsem na to konečně přišel!" zvolal Hindley a přitáhl si mě za kůži na krku jako psa. „Při nebi a v pekle, přísahali jste mezi sebou, že to dítě zavraždíte! Vím, jak to teď je, že se mi pořád vyhýbá z cesty. Ale s pomocí satana tě donutím spolknout řezbářský nůž, Nelly! Nemusíte se smát; protože jsem právě nacpal Kennetha hlavou dolů do bažiny Černého koně; a dva jsou totéž jako jeden - a já chci některé z vás zabít; dokud to neudělám, nebudu mít klid!"

„Ale já se mi ten řezbářský nůž nelíbí, pane Hindley," odpověděl jsem. „Odvádí to červené stopy. Raději bych byl zastřelen, pokud dovolíte."

„Raději byste byl zatracen!" řekl. „a tak to uděláte. Žádný zákon v Anglii nemůže zabránit člověku, aby udržoval svůj dům slušný, a ten můj je odporný! Otevři ústa."

Držel nůž v ruce a vrazil mi jeho hrot mezi zuby, ale pokud jde o mne, nikdy jsem se jeho rozmarů příliš nebál. vyplivl jsem si a prohlásil, že chutná odporně - za žádnou cenu bych si to nevzal.

„Ach," řekl, když mě pustil, „vidím, že ten ohyzdný darebák není Hareton; prosím za odpuštění, Nell. Pokud ano, zaslouží si zaživa zbití za to, že mě neběžel přivítat a že křičel, jako bych byl skřet. Nepřirozené mládě, pojďte sem! Naučím tě vnucovat dobrosrdečnému, pošetilému otci. Nuže, nemyslíš, že by ten mládenec byl hezčí? Dělá to psa zuřivějším a já miluji něco divokého - sežeňte mi nůžky - něco divokého a upraveného! A kromě toho je to pekelná přetvářka - je to ďábelská domýšlivost, hýčkat si uši - jsme dost oslové i bez nich. Pst, dítě, ticho! Tak to je tedy můj miláček! Přej si, osuš si oči - je to radost; Polib mě. Co! Nebude? Polib mě, Haretone! K čertu, polib mě! Proboha, jako bych chtěl vychovat takovou obludu! Tak jistě, jak žiju, zlomím tomu spratkovi vaz."

Ubohý Hareton vší silou kvílel a kopal do otcovy náruče a zdvojnásobil svůj křik, když ho vynesl nahoru a zvedl přes zábradlí. Křičela jsem, že vyplaší dítě až k záchvatu, a běžela jsem ho zachránit. Když jsem k nim došel, Hindley se naklonil dopředu na zábradlí, aby zaposlouchal hluk dole; téměř zapomněl, co měl v rukou. „Kdo to je?" zeptal se, když slyšel, jak se někdo blíží k nohám schodů. Naklonil jsem se také dopředu, abych dal znamení Heathcliffovi, jehož krok jsem poznal, aby nechodil dál; a v okamžiku, kdy jsem opustil svůj zrak z Haretonu, náhle sebou trhl, vymanil se z neopatrného sevření, které ho drželo, a padl.

Sotva jsme měli čas pocítit záchvěv hrůzy, už jsme poznali, že ten malý nešťastník je v bezpečí. Heathcliff dorazil pod zem právě v kritickém okamžiku; Přirozeným popudem zadržel jeho sestup, postavil ho na nohy a vzhlédl, aby objevil původce nehody. Lakomec, který se rozloučil se šťastným losem za pět šilinků a druhý den zjistí, že při koupi prohrál pět tisíc liber, nemohl ukázat prázdnější tvář, než když nahoře spatřil postavu pana Earnshawa. Vyjadřovala to jasněji než slova, nejprudší úzkost z toho, že se stal nástrojem ke zmaření své vlastní pomsty. Kdyby byla tma, troufám si tvrdit, že by se byl pokusil napravit chybu tím, že by Haretonovi rozbil lebku na schodech; ale byli jsme svědky jeho spasení; a hned jsem byl dole se svým drahocenným svěřencem přitisknutým k srdci. Hindley sestupoval klidněji, vystřízlivěl a zahanben.

„Je to tvoje vina, Ellen," řekl. „Měl jste ho držet z dohledu, měl jste mi ho vzít! Je někde zraněný?"

„Zraněný!" Zvolal jsem hněvivě; „Jestli ho nezabijí, bude z něj idiot! Ach! Divím se, že jeho matka nevstane z hrobu, aby viděla, jak s ním zacházíte. Jsi horší než pohan – zacházíš se svým vlastním tělem a krví tímto způsobem!"

Pokusil se dotknout se dítěte, které, když se ocitlo u mne, okamžitě vzlykalo ze své hrůzy. Při prvním prstu, který na něj otec položil, však vykřikl opět hlasitěji než předtím a vzpínal se, jako by chtěl dostat křeče.

„Nebudeš se s ním plést!" Pokračoval jsem. „Nenávidí vás - všichni vás nenávidí - to je pravda! Máte šťastnou rodinu; a do krásného stavu, do kterého jste se dostali!"

„Ještě budu hezčí, Nelly," zasmál se pomýlený muž, když se vzpamatoval. „Prozatím odvezte sebe i jeho pryč. A poslouchej tě, Heathcliffe! Také vás zcela očistěte od mého dosahu a sluchu. Dnes v noci bych vás nezavraždil; ledaže bych snad zapálil dům, ale to je jen podle mé fantazie."

Při těchto slovech vzal z prádelníku půllitrovou láhev brandy a nalil ji do sklenice.

„Ne, nedělejte to!" Prosil jsem. „Pane Hindley, dejte si pozor. Smiluj se nad tím nešťastným chlapcem, když ti na sobě vůbec nezáleží!"

„Kdokoli pro něj udělá něco lepšího než já," odpověděl.

„Smiluj se nad svou vlastní duší!" Řekl jsem a snažil jsem se mu vytrhnout sklenici z ruky.

„Já ne! Naopak, s velkým potěšením je pošlu do záhuby, abych potrestal jejich Tvůrce," zvolal rouhač. „To je jeho upřímné zatracení!"

Pil kořalku a netrpělivě nás vybízel, abychom šli; Ukončí své velení pokračováním strašlivých nadávek, které jsou příliš špatné na to, aby se opakovaly nebo si je pamatovaly.

„Škoda, že se nemůže zabít pitím," poznamenal Heathcliff a zamumlal ozvěnu kleteb, když se zavřely dveře. „Dělá vše, co je v jeho silách; ale jeho tělesná konstituce mu odporuje. Pan Kenneth říká, že by se vsadil o svou klisnu, že přežije kteréhokoli muže na téhle straně Gimmertona a půjde do hrobu jako zatracený hříšník; ledaže by ho potkala nějaká šťastná náhoda, která by se vymkla běžnému běhu."

Šel jsem do kuchyně a posadil se, abych ukolébal své jehňátko ke spánku. Heathcliff, jak jsem se domníval, prošel ke stodole. Později se ukázalo, že se dostal jen na druhou stranu sídliště, když se vrhl na lavici u zdi, odstraněn od ohně a mlčel.

Kolébal jsem Haretona na kolenou a broukal si písničku, která začínala:

> Bylo daleko v noci a mohyly se skřípaly, Ta paní pod moolem to slyšela,

když slečna Cathy, která poslouchala hluk ze svého pokoje, strčila hlavu dovnitř a zašeptala: „Jste sama, Nelly?"

„Ano, slečno," odpověděl jsem.

Vešla dovnitř a přistoupila ke krbu. Předpokládal jsem, že se chystá něco říct, a vzhlédl jsem. Výraz její tváře se zdál být znepokojený a úzkostlivý. Její rty byly napůl rozkročené, jako by chtěla promluvit, a nadechla se; ale uniklo to v povzdechu místo ve větě. Pokračoval jsem ve své písni; nezapomněla na své chování v poslední době.

„Kde je Heathcliff?" přerušila mě.

„O jeho práci ve stáji," zněla má odpověď.

Neodporoval mi; Možná upadl do dřímoty. Následovala další dlouhá odmlka, během níž jsem zahlédl jednu nebo dvě kapky z Catherininy tváře až k praporkům. Lituje svého hanebného chování? ptala jsem se sama sebe. To bude novinka, ale může dojít k věci, jak bude chtít - já jí nepomůžem! Ne, cítila malé potíže ohledně jakéhokoli předmětu, kromě svých vlastních starostí.

„Ach, bože!" zvolala nakonec. „Jsem velmi nešťastný!"

„Škoda," poznamenal jsem. „Je těžké se vám zavděčit; tolik přátel a tak málo starostí, a nemůžeš se spokojit!"

„Nelly, necháte pro mě nějaké tajemství?" pronásledovala mě, poklekla vedle mne a zvedla své půvabné oči k mé tváři s pohledem, který odhání zlou náladu, i když člověk má plné právo se jí oddávat.

„Stojí za to si ho nechat?" Zeptal jsem se, méně mrzutě.

„Ano, a dělá mi to starosti, a musím to dát najevo! Chci vědět, co mám dělat. Dnes mě Edgar Linton požádal o ruku a já jsem mu odpověděl. Než vám teď řeknu, zda to byl souhlas nebo popření, řekněte mi, co to mělo být."

„Vážně, slečno Catherine, jak to mohu vědět?" Odpověděl jsem. „Ovšem, vzhledem k tomu, jak jste se dnes odpoledne v jeho přítomnosti předvedl, bych řekl, že by bylo moudré ho odmítnout, když se vás na to zeptal, musí být buď beznadějně hloupý, nebo troufalý hlupák."

„Když tak mluvíte, víc vám neřeknu," opáčila a mrzutě vstala. „Přijala jsem ho, Nelly. Pospěšte si a řekněte, zda jsem se mýlil!"

„Přijal jsi ho! K čemu je tedy dobré o této věci diskutovat? Zavázal jste se za své slovo a nemůžete odvolat."

„Ale řekněte, zda jsem to měla udělat - udělejte!" zvolala podrážděně. odřela si ruce a zamračila se.

„Je třeba zvážit mnoho věcí, než bude možné na tuto otázku řádně odpovědět," řekl jsem zamyšleně. „V první řadě, milujete pana Edgara?"

„Kdo tomu může pomoci? Samozřejmě, že ano," odpověděla.

Pak jsem ji podrobil následujícímu katechismu: pro dvaadvacetiletou dívku to nebylo nerozvážné.

„Proč ho milujete, slečno Cathy?"

„Nesmysl, já - to stačí."

„V žádném případě; Musíš říct proč?"

„No, protože je hezký a je příjemné s ním být."

„Špatné!" byl můj komentář.

„A protože je mladý a veselý."

„Pořád je to špatné."

„A protože mě miluje."

„Lhostejné, jít tam."

„A on bude bohatý a já budu chtít být největší ženou v okolí a budu hrdá, že mám takového manžela."

„Nejhorší ze všeho. A teď řekněte, jak ho milujete?"

„Tak jak to všichni milují - jsi hloupá, Nelly."

„Vůbec ne - odpovězte."

„Miluji půdu pod jeho nohama a vzduch nad jeho hlavou a všechno, čeho se dotkne, a každé slovo, které řekne. Miluji všechny jeho pohledy a všechny jeho činy, a jeho úplně a úplně. Tak tady!"

„A proč?"

„Ne; Děláte si z toho žerty: je to přemíru zlomyslné! To pro mě není žert!" řekla mladá dáma, zamračila se a obrátila tvář k ohni.

„Jsem daleka žertování, slečno Catherine," odpověděla jsem. „Milujete pana Edgara, protože je hezký, mladý, veselý, bohatý a miluje vás. To poslední však není k ničemu: bez toho byste ho pravděpodobně milovali; a s ním byste to neudělal, pokud by nevlastnil čtyři dřívější atrakce."

„Ne, to je pravda, že ne: jen bych ho litovala - možná bych ho nenáviděla, kdyby byl ošklivý a šaškař."

„Na světě je ale ještě několik dalších hezkých, bohatých mladých mužů: možná hezčích a bohatších než je on. Co by ti mělo bránit v tom, abys je miloval?"

„Pokud nějací jsou, jdou mi z cesty: neviděl jsem žádného, jako je Edgar."

„Mohl byste nějaké vidět; a nebude vždycky hezký a mladý a možná nebude vždycky bohatý."

„Teď už je; a mám co do činění pouze s přítomností. Přál bych si, abys mluvil racionálně."

„Tak tím je to vyřešeno: pokud máte co do činění jen s přítomností, vezměte si pana Lintona."

„Nechci k tomu váš souhlas - *vezmu si* ho, a přece jste mi neřekl, zda mám pravdu."

„Naprosto správně; pokud je správné uzavírat manželství jen prozatím. A nyní si poslechněme, z čeho jste nešťastní. Tvůj bratr bude potěšen; myslím, že stará dáma a pán nebudou nic namítat; Utečete z neuspořádaného, nepohodlného domova do bohatého, váženého; a ty miluješ Edgara a Edgar miluje tebe. Všechno se zdá být hladké a snadné: kde je překážka?"

„*Tady*! A *tady*," odpověděla Catherine a udeřila se jednou rukou do čela a druhou na prsa, „na kterémkoli místě ta duše žije. Ve své duši a ve svém srdci jsem přesvědčen, že se mýlím!"

„To je velmi podivné! Nemohu to pochopit."

„Je to moje tajemství. Ale pokud se mi nebudete vysmívat, vysvětlím vám to: nemohu to udělat zřetelně; ale dám vám pocit, jak se cítím já."

Znovu se posadila vedle mne, její tvář byla smutnější a vážnější a sepjaté ruce se jí třásly.

„Nelly, cožpak se ti nikdy nezdají podivné sny?" zeptala se náhle po několika minutách přemýšlení.

„Ano, tu a tam," odpověděl jsem.

„A já také. V životě se mi zdály sny, které mi zůstaly navždy a změnily mé představy: procházely mnou a skrz mě, jako víno vodou, a měnily barvu mé mysli. A tohle je jedna věc: Povím vám to - ale dejte si pozor, abyste se na žádnou část toho neusmál."

„Ach! nedělejte to, slečno Catherine!" Vykřikla jsem. „Jsme dost bezútěšní, aniž bychom si vymýšleli duchy a vize, které by nás mátly. Pojďte, pojďte, buďte veselí a jako vy! Podívejte se na malého Haretona! *nesní* nic pochmurného. Jak sladce se usmívá ze spaní!"

„Ano; A jak sladce kleje jeho otec ve své samotě! Vzpomínáte si na něj, troufám si říct, když byl jen takový takový baculatý: skoro tak mladý a nevinný. Ale musím tě, Nelly, poslouchat: není to dlouhé; a nemám sílu být dnes večer veselá."

„Nechci to slyšet, nechci to slyšet!" Opakoval jsem spěšně.

Byl jsem tehdy pověrčivý, pokud jde o sny, a jsem jím stále; a Catherine měla ve svém vzezření neobvyklou chmuru, která ve mně vyvolávala strach z něčeho, z čeho bych mohl utvořit proroctví a předvídat strašlivou katastrofu. Mrzelo ji to, ale nepokračovala. Zřejmě se pustila do jiného předmětu a zakrátko se znovu pustila do práce.

„Kdybych byla v nebi, Nelly, byla bych na tom nesmírně nešťastná."

„Protože nejste způsobilý tam jít," odpověděl jsem. „Všichni hříšníci by byli v nebi bídní."

„Ale kvůli tomu to není. Jednou se mi zdálo, že jsem tam."

„Říkám vám, že nebudu poslouchat vaše sny, slečno Catherine! Půjdu si lehnout," přerušila jsem ho znovu.

Zasmála se a podržela mě; neboť jsem pokynul, abych vstal ze židle.

„To nic není," zvolala, „chtěla jsem jen říci, že nebe se nezdá být mým domovem; a já jsem si s pláčem zlomil srdce, abych se vrátil na zem; a andělé se tak rozhněvali, že mě vyhodili doprostřed vřesoviště na vrchol Větrné hůry; kde jsem se probudila a vzlykala radostí. To by mi pomohlo vysvětlit mé tajemství, stejně jako to druhé. Nemám o nic víc co se vdávat za Edgara Lintona, než musím být v nebi; a kdyby ten zlý člověk tam nesrazil Heathcliffa tak hluboko, nebyl bych na to pomyslel. Ponížilo by mě, kdybych se teď provdala za Heathcliffa; takže se nikdy nedozví, jak ho miluji, a to ne proto, že je hezký, Nelly, ale proto, že je víc sám sebou než já. Ať už je naše duše z čehokoli, jeho a moje jsou stejné; a Lintonův je tak rozdílný jako měsíční paprsek od blesku nebo mráz od ohně."

Než tato řeč skončila, pocítil jsem Heathcliffovu přítomnost. Když jsem zpozoroval nepatrný pohyb, otočil jsem hlavu a viděl jsem, jak vstal z lavice a nehlučně se vyplížil ven. Poslouchal, dokud neslyšel Catherine říkat, že by ji ponížilo, kdyby si ho vzala, a pak zůstal, aby už nic neslyšel. Mému společníkovi, sedícímu na zemi, bránila zadní část sídla, aby si všiml jeho přítomnosti nebo odchodu; ale trhl jsem sebou a pobídl ji, aby mlčela!

„Proč?" zeptala se a nervózně se rozhlížela kolem.

„Joseph je tady," odpověděl jsem a vhodně jsem zachytil, jak se jeho kotrmelce kutálejí po silnici. „a Heathcliff půjde s ním. Nejsem si jistá, jestli v tu chvíli nebyl za dveřmi."

„Ach, nemohl mě zaslechnout u dveří!" řekla. „Dejte mi Haretone, dokud vy nesete večeři, a až bude hotová, požádejte mě, abych s vámi povečeřel. Chci oklamat své nepříjemné svědomí a být přesvědčen, že Heathcliff o těchto věcech nemá ani ponětí. Nemá, že? On neví, co je to být zamilovaný!"

„Nevidím důvod, proč by to neměl vědět stejně dobře jako vy," opáčil jsem. „A pokud jsi jeho vyvolená, bude to nejnešťastnější stvoření, jaké se kdy narodilo! Jakmile se stanete paní Lintonovou, ztratí přítele, lásku a všechno! Uvažovala jsi, jak ty poneseš odloučení a on snese, že bude ve světě zcela opuštěný? Protože, slečno Catherine -"

„Úplně dezertoval! Rozešli jsme se!" zvolala s přízvukem rozhořčení. „Modli se, kdo nás má rozdělit? Potká je osud Mila! Ne, dokud žiju já, Ellen, pro žádného smrtelného tvora. Každý Linton na tváři země by se mohl rozplynout v nic, než bych mohl svolit k opuštění Heathcliffa. Ach, to není to, co mám v úmyslu - to není to, co mám na mysli! Nebyla bych paní Lintonová, kdyby byla požadována taková cena! Bude pro mě tolik, jako byl po celý svůj život. Edgar musí setřást své antipatie a přinejmenším ho tolerovat. Udělá, až se dozví, co k němu skutečně cítím. Nelly, vidím, že mě považuješ za sobeckého ubožáka; ale nikdy vás nenapadlo, že kdybychom se s Heathcliffem vzali, byli bychom žebráci? kdežto když se provdám za Lintona, mohu pomoci Heathcliffovi povstat a zbavit ho moci svého bratra."

„S penězi vašeho manžela, slečno Catherine?" Zeptal jsem se. „Zjistíte, že není tak poddajný, jak si myslíte, a i když nejsem soudce, myslím, že je to ten nejhorší důvod, proč jste se stala manželkou mladého Lintona."

„Není," odvětila. „To je nejlepší! Ty ostatní byly uspokojením mých rozmarů, a také kvůli Edgarovi, abych ho uspokojil. Je to kvůli tomu, kdo ve své osobě chápe mé pocity k Edgarovi a ke mně. Nemohu to vyjádřit; Ale vy a všichni ostatní máte jistě představu, že existuje nebo by měla existovat vaše existence mimo vás. K čemu by bylo mé stvoření, kdybych zde byl zcela obsažen? Mé velké bídy na tomto světě byly Heathcliffovými bídami a já jsem sledoval a cítil každou z nich od počátku: mou velkou myšlenkou v životě je on sám. Kdyby všechno ostatní zaniklo a *on* zůstal, *já* bych zůstal existovat; a kdyby všechno ostatní zůstalo a on by byl zničen, vesmír by se změnil v mocného cizince: necítil bych se být jeho součástí. Moje láska k Lintonu je jako listí v lese: jsem si dobře vědoma, že čas ji změní, stejně jako zima mění stromy. Moje láska k Heathcliffovi se podobá věčným skalám pod nimi: zdroj malého viditelného potěšení, ale nezbytný. Nelly, já *jsem* Heathcliff! Je vždy, vždy v mé mysli: ne jako potěšení, o nic víc, než jsem vždy potěšením sám sobě, ale jako své vlastní bytí. Takže už nemluvte o našem odloučení: je to neproveditelné; a..."

Odmlčela se a skryla svou tvář do záhybů mých šatů; ale násilím jsem ji odtrhl. Došla mi trpělivost s její pošetilostí!

„Dokážu pochopit vaše nesmysly, slečno," řekla jsem, „jen mě to přesvědčí, že nevíte o povinnostech, které na sebe berete, když se vdáváte; nebo že jste zlá, bezcharakterní dívka. Ale neobtěžujte mě už žádnými tajemstvími: neslíbím, že je nechám."

„Necháte si to?" zeptala se dychtivě.

„Ne, to neslíbím," opakovala jsem.

Chystala se na tom naléhat, když příchod Josefa ukončil náš rozhovor; Catherine si odsunula židli do kouta a kojila Haretona, zatímco jsem připravoval večeři. Když bylo uvařeno, začali jsme se se svým spolusluhou hádat, kdo má přinést něco panu Hindleymu; a vyrovnali jsme to, až když bylo všechno skoro chladné. Pak jsme se dohodli, že ho necháme zeptat se, bude-li o něco stát; zvláště jsme se totiž báli jít k němu, když byl nějaký čas sám.

„A jak to, že se to nestalo v té době? O co mu jde? Zdálo se, že je nečinný!" dožadoval se stařec a rozhlížel se po Heathcliffovi.

„Zavolám mu," odpověděl jsem. „Je ve stodole, o tom nepochybuji."

Šel jsem a zavolal, ale nedostal jsem žádnou odpověď. Když jsem se vrátil, pošeptal jsem Catherine, že slyšel hodně z toho, co říkala, tím jsem si byl jist; a vyprávěl jsem, jak jsem ho viděl odejít z kuchyně právě ve chvíli, kdy si stěžovala na chování svého bratra vůči němu. Vyskočila v mírném strachu, mrštila Haretona na plošinu a běžela hledat svou přítelkyni sama; Nevěnoval čas tomu, aby přemýšlel o tom, proč je tak rozrušená nebo jak by na něj její řeč zapůsobila. Byla pryč tak dlouho, že Joseph navrhl, abychom už nečekali. Vychytrale se domníval, že se drží stranou, aby se vyhnuli slyšení jeho zdlouhavého požehnání. Byli „nemocní pro ony fahl způsoby," prohlásil. A za ně přidal toho večera k obvyklé čtvrthodinové prosbě před jídlem zvláštní modlitbu a byl by přidal další až na konec milosti, kdyby mu jeho mladá paní nevpadla do cesty s ukvapeným příkazem, aby běžel po silnici a všude, kde se Heathcliff zatoulal, našel a přiměl ho vrátit se přímo!

„Chci s ním mluvit, a musím, než půjdu nahoru," řekla. „A brána je otevřená: je někde mimo sluch; neboť neodpověděl, i když jsem křičel na vrchol stáda tak hlasitě, jak jsem jen mohl."

Josef zprvu namítal, ona to však myslela příliš vážně, než aby strpěla odpor, a nakonec si nasadil klobouk na hlavu a s reptáním vykročil ven. Catherine zatím přecházela sem a tam po podlaze a volala: „Zajímalo by mě, kde je - zajímalo by mě, kde *by mohl* být! Co jsem to říkala, Nelly? Zapomněl jsem. Rozzlobila ho moje špatná nálada dnes odpoledne? Drahý! Řekněte mi, co jsem řekl, abych ho zarmoutil? Přál bych si, aby přišel. Přál bych si, aby to udělal!"

„To je ale hluk pro nic!" Zvolal jsem, i když jsem byl sám poněkud nesvůj. „To je ale maličkost! Jistě není žádný velký důvod k obavám, že se Heathcliff za měsíčního svitu potuluje po blatech, nebo že dokonce leží příliš mrzutý, než aby s námi mluvil na seníku. Zaútočím na něj, číhá tam. Podívej se, jestli ho nevyhledám!"

Odešel jsem, abych obnovil své hledání; jeho výsledkem bylo zklamání a Josefovo pátrání skončilo stejně.

„Ten chlapec dostane válku a válku!" poznamenal, když se vrátil dovnitř. „Opustil bránu v plném proudu a slečnin poník ušlapal dva kusy kukuřice a prohnal se skrz ni, aby vjel na louku! Hahsomdiver, mistr si zítra ráno zahraje s ďáblem a on to udělá. Je trpělivý a bezstarostný, s krátery po vnitřnostech - trpělivost to je! Ale on nebude soa allus - yah see, všechno na vás! Prozatím ho nevyžeň z jeho kořisti!"

„Našla jsi Heathcliffa, ty oselko?" přerušila ji Catherine. „Hledal jste ho, jak jsem vám nařídil?"

„Raději bych se poohlédl po tom koni," odpověděl. „Bylo by to rozumnější. Bud, můžu se poohlédnout po severském koni, chůvě muže z blízkého loike - černého jako chimbley! Heathcliff není žádný chlapík, který by mi zapískal na *píšťalku - snad s vámi nebude tak těžce slyšet*!"

Byl to na léto velmi temný večer; mraky se zdály být jako hrom a já jsem řekl, že bychom se měli všichni posadit, protože blížící se déšť ho jistě bez dalších potíží dovede domů. Kateřina se však nenechala přesvědčit ke klidu. Chodila sem a tam, od brány ke dveřím, rozčilená, že jí to nedovolovalo klidu; a nakonec se trvale usadila na jedné straně zdi, blízko cesty, kde, nedbaje mých výkladů a vrčivého hromu a velkých kapek, které začaly kolem ní brázdit, zůstala, volajíc v intervalech, a pak naslouchala a pak přímo křičela. Zbila Haretona, nebo jakékoli dítě, v záchvatu vášnivého pláče.

Kolem půlnoci, když jsme ještě seděli, se nad Výšinami v plné zuřivosti přehnala bouře. Vál prudký vítr a hřmělo, a buď jeden nebo druhý uťal strom v rohu budovy; obrovská větev spadla přes střechu a srazila část východního komína, takže do kuchyňského ohně vyslal řinčení kamení a sazí. Zdálo se nám, že uprostřed nás spadl blesk; a Josef padl na kolena a prosil Pána, aby pamatoval na patriarchy Noema a Lota a jako v dřívějších dobách ušetřil spravedlivé, i kdyby bil bezbožné. Cítil jsem jistý pocit, že to musí být soud i nad námi. Jonáš byl podle mého názoru pan Earnshaw; a zatřásl jsem klikou jeho doupěte, abych se přesvědčil, je-li ještě naživu. Odpověděl dosti hlasitě, způsobem, který mého přítele přiměl k tomu, aby se ozval ještě hlasitěji než předtím, aby se dělal velký rozdíl mezi světci, jako je on sám, a hříšníky, jako je jeho mistr. Ale vřava pominula za dvacet minut a všichni jsme zůstali nezraněni; až na Cathy, která byla úplně promočená svou tvrdošíjností, s níž odmítala najít úkryt a stála bez čepce a bez šály, aby svými vlasy a šaty nachytala co nejvíce vody. Vešla dovnitř a lehla si na lehátko, celá promočená, otočila tvář k zádům a dala ruce před stůl.

„Tak co, slečno!" Zvolal jsem a dotkl se jejího ramene; „Ty nemáš v úmyslu přivést si smrt, že ne? Víte, kolik je hodin? Půl dvanácté. Pojď, pojď si lehnout! nemá smysl už na toho pošetilého chlapce čekat: odjede do Gimmertonu a zůstane tam teď. Hádá, že bychom na něj neměli čekat až do této pozdní hodiny; přinejmenším se domnívá, že by byl vzhůru jen pan Hindley; a raději by se vyhnul tomu, aby mu pán otevřel dveře."

„Ne, ne, v Gimmertonu nechodí," řekl Joseph. „Vůbec se nedivím, ale je na pokraji bažiny. Tahle návštěva se prozatím nezdařila a já jsem vás požádal, abyste si dávala pozor, slečno - yah muh be t' next. Díky Hivin za všechny! Všechny wary se k nim sbíhají, jak je vyvoleno, a vykopávají je z toho svinstva! Yah knaw whet t' Scriptures ses." A začal citovat několik textů a odkazoval nás na kapitoly a verše, kde bychom je mohli najít.

Marně jsem prosila svéhlavou dívku, aby vstala a odložila si mokré věci, nechala jsem ho kázat a ona se třásla zimou a uložila jsem se do postele k malému Haretonovi, který spal tak rychle, jako by všichni spali kolem něho. Slyšel jsem Josepha číst ještě chvíli poté; pak jsem rozeznal jeho pomalý krok po žebříku a pak jsem usnul.

Sešel jsem dolů o něco později než obvykle a podle slunečních paprsků, které pronikaly škvírami okenic, jsem spatřil slečnu Catherine, jak stále ještě sedí u krbu. Domovní dveře byly také pootevřené; nezavřenými okny dovnitř pronikalo světlo; Hindley vyšel ven a stál na kuchyňském krbu, vyčerpaný a ospalý.

„Co tě trápí, Cathy?" ptal se, když jsem vešel. „Vypadáš sklíčeně jako utopené mládě. Proč jsi tak vlhká a bledá, dítě?"

„Byla jsem mokrá," odpověděla neochotně, „a je mi zima, to je všechno."

„Ach, ona zlobí!" Zvolal jsem, když jsem viděl, že mistr je docela střízlivý. „Včera večer se ponořila do sprchy a tam seděla celou noc a nemohla jsem ji přimět, aby se pohnula."

Pan Earnshaw na nás překvapeně zíral. „Celou noc," opakoval. „Co ji drželo vzhůru? Určitě ne strach z hromu? To bylo od té doby více než několik hodin."

Ani jeden z nás se nechtěl zmínit o Heathcliffově nepřítomnosti, pokud se nám to podařilo utajit; tak jsem odpověděl, že nevím, jak si vzala do hlavy, aby se posadila; a neřekla nic. Ráno bylo svěží a chladné; Odhodil jsem mříž a vzápětí se místnost naplnila sladkou vůní ze zahrady; ale Catherine na mě mrzutě zavolala: „Ellen, zavři okno. Hladovím!" A zuby jí drkotaly, když se přibližovala k téměř vyhaslým uhlíkům.

„Je nemocná," řekl Hindley a vzal ji za zápěstí. „Předpokládám, že to je důvod, proč nechtěla jít spát. Do háje! Nechci se tu trápit s dalšími nemocemi. Co tě vzalo do deště?"

„Běžíme za chlapci, jako obvykle!" zaskřehotal Joseph, který využil příležitosti k našemu váhání a vrazil do sebe svůj zlý jazyk. „Kdybych se s tebou pohádal, pane, prostě bych o ně praštil po prkenech, jemně, něžně a jednoduše! Nikdy není den pryč, ale ta tvá kočka Linton se sem plíží; a slečna Nelly, to je pěkná holka! Sedíš a vyhlížíš svou kuchyni; a jak ty jsi jedněmi dveřmi uvnitř, on je venku druhými; a pak, Wer Grand Lady se dvoří její straně! Je to milé chování, číhající mezi poli, po dvanácté noci, s tím fahlem, staženým cikánským divilem, Heathcliffem! Myslí si, že *jsem* slepá, ale já nejsem žádná! --Rodím mladého Lintona, který přichází a odchází, a zasévám *vás*," (obrátil svou řeč ke mně), „yah gooid fur nowt, slattenly witch! Seber se a vběhni do domu, jakmile jsi zaslechl, jak po silnici klusá mistrův kůň."

„Ticho, odposlouchávači!" zvolala Catherine. „Žádná vaše drzost přede mnou! Edgar Linton přišel včera náhodou, Hindley; a byl *jsem* to já, kdo mu řekl, aby odešel, protože jsem věděl, že bys ho nechtěl potkat takového, jaký jsi."

„Ty lžeš, Cathy, o tom nepochybuješ," odpověděl její bratr, „a ty jsi zatracený prosťáček! Ale na Lintonově teď nezáleží: povězte mi, nebyl jste včera v noci s Heathcliffem? Mluvte pravdu, teď. Nemusíte se bát, že byste mu ublížila: i když ho nenávidím stejně jako dřív, udělal mi zakrátko dobře, protože mi to zkřiví svědomí, abych mu nezlomila vaz. Abych tomu zabránil, pošlu ho ještě dnes ráno za jeho záležitostmi; a až odejde, radila bych vám všem, abyste se dívali ostře: o to víc budu mít pro vás víc humoru."

„Včera v noci jsem Heathcliffa nikdy neviděla," odpověděla Catherine a začala hořce vzlykat, „a jestli ho vyhodíte ze dveří, půjdu s ním. Ale možná že nikdy nebudete mít příležitost: možná je pryč." Zde propukla v nekontrolovatelný zármutek a zbytek jejích slov byl neartikulovaný.

Hindley ji zahrnul přívalem opovržlivých nadávek a vyzval ji, aby okamžitě odešla do svého pokoje, jinak nebude brečet pro nic za nic! Přinutil jsem ji, aby poslechla; a nikdy nezapomenu, jakou scénu předvedla, když jsme dorazili do její komnaty: vyděsilo mě to. Myslela jsem si, že se zbláznila, a prosila jsem Josepha, aby běžel pro doktora. To byl počátek deliria: pan Kenneth, jakmile ji uviděl, prohlásil, že je nebezpečně nemocná; Měla horečku. Vykrvácel ji a řekl mi, abych ji nechal žít na syrovátce a vodní kaši a dával pozor, aby se nevrhla ze schodů nebo nevyskočila z okna; A pak odešel, protože měl dost práce ve farnosti, kde dvě nebo tři míle byla obvyklá vzdálenost mezi chalupou a chalupou.

I když nemohu říci, že jsem byla něžnou chůvou, a Josef a učitel na tom nebyli o nic lépe, a ačkoli naše pacientka byla tak únavná a tvrdohlavá, jak jen pacientka může být, přestála to. Stará paní Lintonová nás sice několikrát navštívila, dala věci do pořádku, všechny nás kárala a nařizovala; a když se Catherine zotavovala, trvala na tom, že ji dopraví do Thrushcross Grange: za toto vysvobození jsme byli velmi vděčni. Ale ubohá dáma měla důvod litovat své laskavosti: ona i její manžel dostali horečku a zemřeli v několika dnech po sobě.

Naše mladá dáma se k nám vrátila pikantnější, vášnivější a povýšenější než kdy jindy. O Heathcliffovi nebylo slyšet od večera, kdy se objevila bouřka; a jednoho dne jsem měl to neštěstí, že mě nesmírně pobídla, že jsem vinu za jeho zmizení svalil na ni: kam to vlastně patřilo, jak dobře věděla. Od té doby se mnou na několik měsíců přestala udržovat jakýkoli styk, leda jako pouhá služebná. Také na Josefa byl uvalen zákaz: říkal jí, co si myslí, a poučoval ji stejně, jako by to byla malá holčička, a ona se považovala za ženu a naši paní a domnívala se, že její nedávná nemoc ji opravňuje k tomu, aby se s ní zacházelo ohleduplně. Pak doktor řekl, že přechod mnoho nesnese; měla by si jít po svém; a v jejích očích to nebylo nic menšího než vražda, když se někdo odvážil postavit se a odporovat jí. Od pana Earnshawa a jeho společníků se držela stranou; a vychováván Kennethem a pod vážnými hrozbami záchvatu, které často doprovázely její vztek, jí bratr dovolil, co se jí zlíbilo, a obecně se vyhýbal tomu, aby zhoršil její vznětlivou povahu. Byl až *příliš* shovívavý k tomu, aby si dělal legraci z jejích rozmarů, ne z náklonnosti, ale z pýchy: upřímně si přál, aby přinášela rodině čest tím, že se spojí s Lintonovými, a dokud ho nechá na pokoji, mohla by po nás šlapat jako po otrocích, protože mu na tom vůbec nezáleželo! Edgar Linton, jako mnozí před ním a budou po něm, byl poblázněn a věřil, že je nejšťastnějším žijícím člověkem v den, kdy ji dovedl do Gimmertonské kaple, tři roky po smrti svého otce.

Proti své vůli jsem se nechal přemluvit, abych opustil Větrnou hůrku a doprovodil ji sem. Malému Haretonovi bylo skoro pět let a já jsem ho právě začala učit písmenka. Smutně jsme se rozloučili; ale Catherininy slzy byly silnější než naše. Když jsem odmítla odejít a ona viděla, že její prosby se mnou nepohnuly, odešla s nářkem ke svému muži a bratrovi. Ti první mi nabídli štědrou mzdu; ten mi nařídil, abych se sbalila: řekl, že v domě nechce žádné ženy, když teď není žádná paní; a pokud jde o Haretona, měl by si ho farář vzít postupně za ruku. A tak mi zbývala jen jediná možnost: udělat, co mi bylo přikázáno. Řekl jsem mistrovi, že se zbavil všech slušných lidí, jen aby se trochu rychleji rozběhl do záhuby; Políbil jsem Haretona, rozloučil jsem se; a od té doby je cizincem, a je to velmi podivné, když si to myslím, ale nepochybuji, že úplně zapomněl na

Ellen Deanovou a na to, že pro ni byl vždycky víc než celý svět a ona pro něj!

* * * * *

V tomto bodě hospodynina vyprávění náhodou pohlédla na hodinky nad komínem; a byl jsem ohromen, když uviděl minutovou ručičku v půl druhé. Nechtěla ani slyšet o tom, že by se zdržela ani o vteřinu: po pravdě řečeno, sám jsem byl ochoten odložit pokračování jejího vyprávění. A teď, když zmizela ke svému odpočinku a já jsem ještě hodinu nebo dvě přemýšlel, seberu odvahu jít také, i přes bolavou lenost hlavy a údů.

KAPITOLA X

Okouzlující úvod do života poustevníka! Čtyři týdny mučení, házení a nemoci! Ach, ty bezútěšné větry a hořká severní obloha, neschůdné silnice a liknaví venkovští chirurgové! A ach, ten nedostatek lidské fyziognomie! a co bylo nejhorší, strašlivé Kennethovo oznámení, že nemusím očekávat, že budu venku až do jara!

Pan Heathcliff mě právě poctil návštěvou. Asi před sedmi dny mi poslal pár tetřevů - poslední v sezóně. Darebák! Není zcela bez viny na této mé nemoci; a že jsem měl velkou chuť mu to říct. Ale běda! Jak bych mohl urazit člověka, který byl tak laskavý, že seděl u mého lůžka dobrou hodinu a mluvil o něčem jiném než o prášcích a nápojích, puchýřích a pijavkách? To je poměrně snadný interval. Jsem příliš slabý, abych četl; přesto mám pocit, že bych se mohl těšit z něčeho zajímavého. Proč nepozvat paní Deanovou, aby dokončila svůj příběh? Vzpomínám si na její hlavní příhody, pokud jde o to, kam odešla. Ano, vzpomínám si, že její hrdina utekl a tři roky o něm nikdo neslyšel; a hrdinka byla vdaná. Zazvoním: ona bude nadšená, když zjistí, že jsem schopen vesele mluvit. Přišla paní Deanová.

„Chce to dvacet minut, pane, než si vezmete lék," začala.

„Pryč, pryč s tím!" Odpověděl jsem; „Přál bych si mít -"

„Doktor říká, že ty prášky musíš upustit."

„Z celého srdce! Nepřerušujte mě. Pojďte se sem posadit. Držte své prsty od té hořké falangy lahviček. Vytáhni z kapsy pletení - to bude stačit - nyní pokračuj v historii pana Heathcliffa tam, kde jsi skončil, až do dnešních dnů. Dokončil své vzdělání na kontinentě a vrátil se jako gentleman? Nebo získal místo sizara na univerzitě, nebo utekl do Ameriky a vysloužil si pocty tím, že čerpal krev ze své pěstounské země? nebo vydělat jmění rychleji na anglických silnicích?"

„Mohl něco málo vykonat ve všech těchto povoláních, pane Lockwoode; ale nemohl jsem dát své slovo za žádné. Dříve jsem řekl, že nevím, jak ke svým penězům přišel; ani si nejsem vědom prostředků, které použil, aby pozvedl svou mysl od divoké nevědomosti, do níž se ponořila, ale s vaším dovolením budu postupovat po svém, pokud si myslíte, že vás to pobaví a neunaví. Cítíš se dnes ráno lépe?"

„Hodně."

„To je dobrá zpráva."

*****

Vzal jsem se se slečnou Catherine do Thrushcross Grange a k mému příjemnému zklamání se chovala nekonečně lépe, než jsem se odvážil očekávat. Zdálo se, že má pana Lintona až příliš ráda; a dokonce i jeho sestře projevovala mnoho náklonnosti. Oba byli velmi pozorní k jejímu pohodlí, jistě. Nebyl to trn, který se skláněl k zimolezu, ale zimolezy objímaly trn. Nedošlo k žádným vzájemným ústupkům; jeden stál vzpřímeně a druzí se podvolili; a kdo *může* být zlomyslný a zlomyslný, když se nesetká ani s odporem, ani s lhostejností? Všiml jsem si, že pan Edgar má hluboce zakořeněný strach, aby jí nepocuchal humor. Skryl to před ní; ale když mě někdy slyšel ostře odpovídat nebo viděl, že se nějaký jiný sluha zakalil kvůli nějakému jejímu panovačnému příkazu, dal by najevo své trápení zamračeným nesouhlasem, který by nikdy nezatemnil kvůli němu samému. Mnohokrát se mnou přísně mluvil o mé neobratnosti; a tvrdil, že bodnutí nožem mu nemůže způsobit horší bolest, než jakou vytrpěl, když viděl, jak se jeho paní rozčiluje. Abych nezarmucovala laskavého pána, naučila jsem se být méně nedůtklivá; a po dobu půl roku ležel střelný prach neškodný jako písek, protože se nepřiblížil žádný oheň, který by jej mohl vyhodit do povětří. Kateřina mívala tu a tam chvíle chmur a mlčení; její manžel je respektoval se soucitným mlčením a připisoval je změně její tělesné konstituce, způsobené její nebezpečnou nemocí; protože nikdy předtím nepodléhala depresím duchů. Návrat slunečního svitu byl přivítán tím, že mu odpověděl sluncem. Věřím, že mohu tvrdit, že skutečně měli hluboké a rostoucí štěstí.

Skončilo. Nuže, z dlouhodobého hlediska musíme být sami za sebe, mírní a štědří jsou jen spravedlivěji sobečtí než panovační, a skončilo to, když okolnosti způsobily, že jeden z nich pocítil, že zájem jednoho není v myšlenkách toho druhého tím nejdůležitějším. Jednoho vlahého zářijového večera jsem vycházela ze zahrady s těžkým košíkem jablek, která jsem sbírala. Stmívalo se a měsíc shlížel přes vysokou zeď nádvoří, což způsobilo, že se v rozích četných vyčnívajících částí budovy skrývaly neurčité stíny. Položil jsem své břímě na schody u kuchyňských dveří, zůstal jsem odpočívat a ještě párkrát jsem se nadechl měkkého, sladkého vzduchu; Měla jsem oči upřené na měsíc a zády ke vchodu, když jsem za sebou uslyšela hlas, který řekl: „Nelly, jsi to ty?"

Byl to hluboký hlas s cizím tónem; přesto bylo ve způsobu vyslovování mého jména něco, co mi připadalo povědomé. Otočil jsem se, abych zjistil, kdo to mluví, ustrašeně; dveře byly totiž zavřené a neviděl jsem nikoho, kdo by se blížil ke schodům. Na verandě se něco pohnulo; a když jsem přistoupil blíž, rozeznal jsem vysokého muže v tmavých šatech, s tmavou tváří a vlasy. Opřel se o bok a držel prsty na petlici, jako by chtěl otevřít. „Kdo to může být?" Pomyslel jsem si. „Pan Earnshaw? Ale ne! Ten hlas se mu vůbec nepodobá."

„Čekal jsem tu hodinu," pokračoval, zatímco já jsem na něj dál zíral. „a po celou tu dobu byla celá ta doba tichá jako smrt. Neodvažoval jsem se vstoupit. Neznáte mě? Podívejte, já nejsem cizinec!"

Na jeho rysy dopadl paprsek; tváře měl nažloutlé a zpola pokryté černými licousy; obočí se sklání, oči hluboko posazené a jedinečné. Vzpomněl jsem si na oči.

„Cože?" Zvolala jsem, nejistá, mám-li ho pokládat za světského hosta, a udiveně jsem zvedla ruce. „Cože? vrátíš se? Jste to opravdu vy? Je to tak?"

„Ano, Heathcliffe," odpověděl a pohlédl ode mne k oknům, v nichž se odrážela spousta třpytivých měsíců, ale zevnitř nebylo vidět žádné světlo. „Jsou doma? Kde je? Nelly, ty nejsi šťastná! Nemusíš být tak rozrušený. Je tady? Mluvit! Chci s ní promluvit jedno slovo - s vaší paní. Jděte a řekněte, že si ji přeje navštívit někdo z Gimmertonu."

„Jak to vezme?" Vykřikl jsem. „Co udělá? To překvapení mě zmátlo - vyžene ji z hlavy! A vy *jste* Heathcliff! Avšak změněno! Ba ne, to se nedá pochopit. Byl jsi pro vojáka?"

„Jděte a přineste mé poselství," přerušil ho netrpělivě. „Jsem v pekle, dokud to neuděláš ty!"

Zvedl petlici a já jsem vstoupil; ale když jsem došla do salonu, kde byli manželé Lintonovi, nemohla jsem se přemlouvat, abych pokračovala. Nakonec jsem se rozhodl, že si vymlouvám a zeptám se, zda by nedali zapálit svíčky, a otevřel jsem dveře.

Seděli spolu v okně, jehož mříž se opírala o zeď a za zahradními stromy a divokým zeleným parkem se rozprostíralo údolí Gimmerton, jehož téměř až k jeho vrcholu se vinula dlouhá řada mlhy (neboť velmi brzy poté, co projdete kolem kaple, jak jste si možná všimli, se stoska, která vytéká z bažin, spojuje s brázdou, která sleduje ohyb rokle). Větrné hůrce se tyčily nad touto stříbřitou párou; ale náš starý dům byl neviditelný; Na druhé straně se spíše noří dolů. Pokoj i jeho obyvatelé i scéna, na kterou hleděli, vypadali podivuhodně mírumilovně. Neochotně jsem se zdráhal vykonat svůj úkol; a právě jsem odcházel, aniž by to bylo řečeno, když jsem položil otázku ohledně svíček, když mě pocit mé pošetilosti přinutil vrátit se a zamumlat: „Chce vás vidět někdo z Gimmertonu, madam."

„Co chce?" zeptala se paní Lintonová.

„Na nic jsem se ho neptal," odpověděl jsem.

„Tak zatáhni závěsy, Nelly," řekla; „A přineste čaj. Hned se vrátím."

Vyšla z bytu; Pan Edgar se ledabyle zeptal, kdo to je.

„Někdo to paní nečeká," odpověděl jsem. „Toho Heathcliffa - vzpomínáte si na něj, pane, který bydlel u pana Earnshawa."

„Cože? Ten cikán - oráč?" zvolal. „Proč jste to neřekl Catherine?"

„Pst! „Nesmíte ho nazývat takovými jmény, mistře," řekl jsem. „Byla by smutně zarmoucená, kdyby vás slyšela. Měla téměř zlomené srdce, když utekl. Myslím, že jeho návrat pro ni bude jubilejní."

Pan Linton přistoupil k oknu na druhé straně místnosti, odkud byl výhled na dvůr. Odepnul ji a vyklonil se ven. Asi byli dole, protože rychle zvolal: „Nestůj tam, lásko! Přiveďte tu osobu, pokud je to někdo konkrétní." Netrvalo dlouho a zaslechl jsem cvaknutí petlice a Catherine vyletěla nahoru, udýchaná a divoká; Příliš vzrušený, než aby dal najevo radost: vskutku, podle její tváře byste byl spíše usoudil strašlivé neštěstí.

„Ach, Edgare, Edgare!" zalapala po dechu a objala ho kolem krku. „Ach, Edgare, miláčku! Heathcliff se vrátil - je!" A sevřela své objetí pevněji ke stisku.

„Tak tedy," zvolal její muž rozzlobeně, „neškrtěte mě za to! Nikdy mi nepřipadal jako tak podivuhodný poklad. Není třeba být zběsilý!"

„Vím, že se ti nelíbil," odpověděla a trochu potlačila intenzitu svého potěšení. „Ale kvůli mně musíte být teď přátelé. Mám mu říct, aby šel nahoru?"

„Tady," řekl, „do salónu?"

„Kam jinam?" zeptala se.

Vypadal rozmrzele a navrhl, že by pro něj byla vhodnějším místem kuchyně. Paní Lintonová si ho prohlížela s pochmurným výrazem - napůl rozzlobeně, napůl se smála jeho vybíravosti.

„Ne," dodala po chvíli. „Nemohu sedět v kuchyni. Prostřete tu dva stoly, Ellen: jeden pro vašeho pána a slečnu Isabellu, která je šlechtou; druhý pro Heathcliffa a mne, protože jsme patřili k nižším stavům. Bude tě to těšit, drahá? Nebo musím dát rozdělat oheň jinde? Pokud ano, udělej pokyny. Běžím dolů a zajistím svého hosta. Obávám se, že ta radost je příliš velká, než aby byla skutečná!"

Chystala se znovu odběhnout; ale Edgar ji zatkl.

„Vybízíte ho, aby vystoupil," řekl a obrátil se ke mně; „a snaž se, Catherine, být ráda, aniž bys byla absurdní. Celá domácnost nemusí být svědkem toho, jak vítáš uprchlého sluhu jako bratra."

Sestoupil jsem dolů a našel jsem Heathcliffa, jak čeká pod verandou a zřejmě očekával pozvání ke vstupu. Následoval mé vedení beze slov a já jsem ho uvedla před pána a paní, jejichž zrudlé tváře prozrazovaly známky vřelého hovoru. Dáma se však rozzářila jiným pocitem, když se její přítelkyně objevila ve dveřích: vyskočila, vzala ho za obě ruce a vedla ho k Lintonovi; a pak popadla Lintonovy neochotné prsty a rozdrtila je do jeho. Nyní, plně odhalen ohněm a světlem svíček, jsem byl ohromen více než kdy jindy, když jsem spatřil Heathcliffovu proměnu. Vyrostl z něj vysoký, atletický, dobře stavěný muž; vedle něhož se můj pán zdál docela štíhlý a mladý. Jeho vzpřímený kočár naváděl myšlenku, že byl v armádě. Jeho tvář byla mnohem starší ve výrazu i v rozhodnosti rysu než tvář pana Lintona; vypadalo to inteligentně a nezachovalo si to žádné stopy dřívějšího úpadku. Ve skleslém čele a v očích plných černého ohně se ještě skrývala zpola civilizovaná divokost, ale byla potlačena; a jeho chování bylo dokonce důstojné: zcela zbavené hrubosti, i když příliš přísné na půvab. Překvapení mého pána se vyrovnalo nebo předčilo mé: zůstal na chvíli na rozpacích, jak oslovit oráče, jak ho nazýval. Heathcliff spustil svou lehkou ruku a zůstal stát a chladně se na něho díval, dokud se nerozhodl promluvit.

„Posaďte se, pane," řekl posléze. „Paní Lintonová, vzpomínající na staré časy, by mě požádala, abych vás srdečně přijal; a samozřejmě jsem potěšen, když se přihodí něco, co ji potěší."

„A já také," odpověděl Heathcliff, „zvláště pokud jde o něco, na čem se podílím. Rád se zdržím hodinu nebo dvě."

Posadil se naproti Catherine, která na něj upírala pohled, jako by se bála, že zmizí, kdyby ho odvrátila. Nezvedal k ní často hlavu: tu a tam stačil jen letmý pohled; ale vybavila se mu, pokaždé sebejistěji, ta neskrývaná rozkoš, kterou pil z její. Byli příliš zaujati vzájemnou radostí, než aby snesli rozpaky. Ne tak pan Edgar: zbledl čirým rozmrzelostí:

pocitem, který vyvrcholil, když jeho dáma vstala, přešla přes koberec, znovu popadla Heathcliffa za ruce a zasmála se jako bez sebe.

„Zítra to budu považovat za sen!" zvolala. „Nebudu moci uvěřit, že jsem vás ještě jednou viděla, dotkla se vás a mluvila s vámi. A přece, krutý Heathcliffe! Nezasloužíte si takové přivítání. Být tři roky pryč a mlčet a nikdy na mě nepomyslet!"

„O něco víc, než jste si o mně myslel," zamumlal. „Slyšel jsem o vašem sňatku, Cathy, nedávno; a zatímco jsem čekal dole na dvoře, přemýšlel jsem o tomto plánu - jen abych mohl jen letmo zahlédnout vaši tvář, možná překvapený pohled a předstírané potěšení; potom jsem si vyřídil účty s Hindleym; a pak zabránit zákonu tím, že vykonám popravu na sobě. Vaše uvítání vypudilo tyto myšlenky z mé mysli; Ale dejte si pozor na to, abyste se se mnou příště nesetkali s jiným aspektem! Ba ne, už mě nezaženete. Opravdu vás mě mrzelo, že ne? Nu, měl k tomu důvod. Bojoval jsem trpkým životem od té doby, co jsem naposledy slyšel tvůj hlas; a ty mi musíš odpustit, protože jsem bojoval jen za tebe!"

„Catherine, pokud si nemáme dát studený čaj, pojďte prosím ke stolu," přerušil ho Linton a snažil se zachovat svůj obvyklý tón a patřičnou dávku zdvořilosti. „Pan Heathcliff bude mít dlouhou procházku, ať už se dnes v noci ubytuje kdekoli; a mám žízeň."

Zaujala své místo před urnou; a přišla slečna Isabela, přivolaná zvonkem; pak jsem jim podal židle a odešel z pokoje. Jídlo vydrželo sotva deset minut. Kateřinin kalich nebyl nikdy naplněn; nemohla jíst ani pít. Edgar si udělal v talířku břečku a sotva polkl sousto. Jejich host neprodloužil svůj pobyt toho večera o více než hodinu. Když odcházel, zeptal jsem se, zda šel do Gimmertonu.

„Ne, na Větrnou hůrku," odpověděl, „pan Earnshaw mě pozval, když jsem se dnes ráno zastavil."

Pan Earnshaw ho pozval a *on* navštívil pana Earnshawa! Bolestně jsem přemýšlel o této větě, když odešel. Ukazuje se z něj trochu pokrytec a že přichází na venkov, aby pod rouškou páchal neplechu? Přemítal jsem: Měl jsem v hloubi srdce předtuchu, že by měl raději zůstat stranou.

Asi o půlnoci mě z prvního spánku probudila paní Lintonová, která vklouzla do mého pokoje, posadila se na mou postel a tahala mě za vlasy, aby mě probudila.

„Nemohu si odpočinout, Ellen," řekla na omluvu. „A já chci nějakého živého tvora, který by mi dělal společnost v mém štěstí! Edgar je mrzutý, protože jsem rád za něco, co ho nezajímá: odmítá otevřít ústa, leda pronášet malicherné, hloupé řeči; a tvrdil, že jsem krutý a sobecký, když si přeji mluvit, když je tak nemocný a ospalý. On si vždy vymyslí, že je mu špatně při nejmenším kříži! Dal jsem Heathcliffovi několik pochvalných vět a on, ať už z bolesti hlavy nebo ze závisti, se dal do pláče, a tak jsem vstal a nechal ho."

„K čemu mu má vychvalovat Heathcliffa?" Odpověděl jsem. „Jako chlapci měli k sobě navzájem odpor a Heathcliff by stejně nerad slyšel, kdyby ho někdo chválil; je to lidská přirozenost. Nechte pana Lintona o něm, pokud nechcete, aby mezi nimi došlo k otevřené hádce."

„Ale není to projevem velké slabosti?" pokračovala. „Nezávidím; nikdy se necítím dotčena jasem Isabelliných žlutých vlasů a bělostí její pleti, její půvabnou elegancí a náklonností, kterou k ní chová celá rodina. Dokonce i ty, Nelly, když se někdy hádáme, okamžitě se postavíš za Isabellu; a poddávám se jako pošetilá matka: nazývám ji miláčkem a lichotím jí k dobré náladě. Její bratr se těší, že nás srdečně vidí, a to těší i mne. Jsou si však velmi podobní; jsou to rozmazlené děti a domnívají se, že svět byl stvořen pro jejich ubytování; a i když si dělám legraci z obojího, myslím, že by je stejně mohl vylepšit i tak nějaký rozumný trest."

„Mýlíte se, paní Lintonová," řekl jsem. „Dělají si z vás legraci; vím, co by se dalo dělat, kdyby to neudělali. Můžete si dovolit oddávat se jejich pomíjivým rozmarům, pokud je jejich úkolem předjímat všechna vaše přání. Můžete se však nakonec rozkmotřili kvůli něčemu, co má pro obě strany stejný význam; a pak ti, které nazýváte slabými, jsou velmi schopni být stejně tvrdohlaví jako vy."

„A pak budeme bojovat na život a na smrt, viď, Nelly?" opáčila se smíchem. „Ne! Říkám vám, že mám takovou důvěru v Lintonovu lásku, že věřím, že bych ho mohla zabít, a on by se nechtěl mstít."

Poradil jsem jí, aby si ho tím víc vážila pro jeho náklonnost.

„To vím," odpověděla, „ale nemusí se uchylovat k fňukání kvůli maličkostem. Je to dětinské; a místo aby se rozplakal, protože jsem řekl, že Heathcliff si nyní zaslouží jakoukoli úctu a že by bylo ctí prvního gentlemana v zemi být jeho přítelem, měl to říci za mne a měl by být potěšen soucitem. Musí si na něj zvyknout a může ho mít rád: uvážím-li, že Heathcliff má důvod proti němu něco namítat, jsem si jist, že se choval znamenitě!"

„Co si myslíte o tom, že odjel na Větrnou hůrku?" Zeptal jsem se. „Je napravený v každém ohledu, zřejmě: docela křesťan: nabízí pravici přátelství svým nepřátelům všude kolem!"

„Vysvětlil mi to," odpověděla. „Divím se stejně jako vy. Řekl, že volal, aby od vás získal informace o mně, protože se domnívá, že tam ještě bydlíte; a Joseph to řekl Hindleyovi, který vyšel ven a padl a vyptával se ho, co dělal a jak žil; a nakonec jsem ho požádal, aby vešel dovnitř. Seděli tam nějací lidé u karet; Heathcliff se k nim připojil; Můj bratr kvůli němu ztratil nějaké peníze, a když zjistil, že je bohatě zásoben, požádal ho, aby se večer vrátil zpět, s čímž souhlasil. Hindley je příliš lehkomyslný, než aby si svého známého vybíral obezřetně: nenamáhá se přemýšlet o příčinách, které by mohl mít pro nedůvěru k někomu, komu hanebně ublížil. Heathcliff však tvrdí, že jeho hlavním důvodem pro obnovení spojení s jeho dávným pronásledovatelem je přání usadit se v bytě v docházkové vzdálenosti od statku a náklonnost k domu, kde jsme spolu žili; a také naději, že budu mít více příležitostí setkat se s ním tam, než kdybych se usadil v Gimmertonu. Má v úmyslu nabídnout štědrou platbu za povolení ubytovat se na Výšinách; a chamtivost mého bratra ho nepochybně přiměje, aby přijal podmínky: byl vždy chamtivý; i když to, co uchopí jednou rukou, druhou odhodí."

„Je to pěkné místo pro mladého muže, aby se tam uvelebil!" řekl jsem. „Nemáte strach z následků, paní Lintonová?"

„Nic pro mého přítele," odpověděla, „jeho silná hlava ho ochrání před nebezpečím; trochu pro Hindleyho: ale nemůže být morálně horší, než je; a já stojím mezi ním a tělesnou újmou. Událost tohoto večera mě smířila s Bohem a lidstvem! Povstala jsem v zuřivé vzpouře proti Prozřetelnosti. Ach, vytrpěla jsem velmi, velmi hořké utrpení, Nelly! Kdyby ten tvor věděl, jak je hořký, styděl by se zatemnit jeho odstranění jalovou nevrlostí. Byla to jeho laskavost, která mě přiměla, abych to snášela sama: kdybych byla vyjádřila agónii, kterou jsem často pociťovala, byl by se naučil toužit po jejím zmírnění stejně vroucně jako já. Je však konec a já se za jeho pošetilost nebudu mstít; Mohu si dovolit vytrpět cokoli v budoucnu! Kdyby mě ta nejpodlejší věc na světě udeřila do tváře, nejen že bych obrátil tu druhou, ale prosil bych za odpuštění, že jsem ji vyprovokoval; a na důkaz toho, že se okamžitě půjdu s Edgarem usmířit. Dobrou noc! Jsem anděl!"

V tomto samolibém přesvědčení odešla; a úspěch jejího splněného předsevzetí byl zřejmý hned nazítří: pan Linton se nejen zřekl své mrzutosti (i když se zdálo, že jeho náladu stále ještě zkrotila Catherinina bujnost a bujnost), ale neodvážil se nic namítat proti tomu, aby odpoledne vzala Isabelu s sebou na Větrnou hůrku; a ona se mu na oplátku odměnila takovým létem sladkosti a lásky, že se dům stal na několik dní rájem; jak pán, tak služebnictvo těží z věčného slunečního svitu.

Heathcliff - měl bych říci pan Heathcliff v budoucnu - využil možnosti navštívit Thrushcross Grange zprvu obezřetně: zdálo se, že odhaduje, jak dalece bude jeho majitel snášet jeho vměšování. Také Catherine považovala za moudré mírnit své projevy radosti, že ho přijala; a postupně si vybudoval své právo být očekáván. Uchoval si mnoho ze zdrženlivosti, kterou bylo jeho dětství pozoruhodné; a to posloužilo k potlačení všech překvapivých projevů citů. Neklid mého pána se uklidnil a další okolnosti jej na čas odklonily do jiné řeči.

Jeho nový zdroj potíží pramenil z neočekávaného neštěstí Isabelly Lintonové, která projevovala náhlou a neodolatelnou přitažlivost k trpěnému hostu. Byla to tehdy okouzlující osmnáctiletá mladá dáma; Infantilní v chování, i když měl bystrý důvtip, pronikavé city a také bystrou povahu, když byl podrážděný. Její bratr, který ji něžně miloval, byl zděšen touto fantastickou preferencí. Ponecháme-li stranou degradaci spojenectví s bezejmenným mužem a možný fakt, že by jeho majetek mohl v případě mužských dědiců přejít do moci takového člověka, měl rozum k pochopení Heathcliffovy povahy: věděl, že i když se jeho zevnějšek změnil, jeho mysl je neměnná a nezměněná. A té mysli se děsil: pobuřovala ho: zlověstně se zalekl myšlenky, že by jí měl svěřit Isabelu do péče. Byl by se zarazil ještě více, kdyby si byl uvědomil, že její náklonnost stoupá nevyžádaně a je poskytována tam, kde nevzbuzuje žádnou opětovnost citu; neboť v okamžiku, kdy zjistil její existenci, svalil vinu na Heathcliffův záměrný záměr.

Všichni jsme si už nějakou dobu všimli, že slečnu Lintonovou něco trápí a trápí. Byla rozmrzelá a unavená; neustále po Catherine chňapala a škádlila ji, i když hrozilo bezprostřední riziko, že vyčerpá svou omezenou trpělivost. Do jisté míry jsme ji omlouvali pod záminkou špatného zdraví: chřadla a chřadla před našima očima. Ale jednoho dne, když byla podivně svéhlavá, odmítla snídani a stěžovala si, že služebnictvo nedělá, co jim řekla; že paní jí dovolí, aby v domě nebyla ničím, a Edgar ji zanedbával; že se nachladila, když dveře zůstaly otevřené, a že jsme schválně nechali zhasnout oheň v salonu, abychom ji rozzlobili stovkou dalších nesmyslných obvinění, paní Lintonová kategoricky trvala na tom, aby si šla lehnout; a když ji srdečně pokáral, pohrozil, že pošle pro doktora. Zmínka o Kennethovi způsobila, že okamžitě zvolala, že její zdraví je v bezpořádku a že je nešťastná jen kvůli Catherinině přísnosti.

„Jak můžeš říct, že jsem drsná, ty nezbedná mazličku?" zvolala paní, žasla nad tím nesmyslným tvrzením. „Určitě ztrácíte rozum. Kdy jsem byl drsný, řekněte mi?"

„Včera," vzlykala Isabella, „a teď!"

„Včera!" řekla švagrová. „Při jaké příležitosti?"

„Při procházce po blatech: řekl jste mi, abych se toulal, kde se mi zlíbí, zatímco vy jste se potloukal s panem Heathcliffem!"

„A to je vaše představa o tvrdosti?" řekla Catherine se smíchem. „Nebyl to žádný náznak, že by vaše společnost byla zbytečná; Bylo nám jedno, jestli s námi zůstaneš nebo ne; Myslel jsem si jen, že Heathcliffova přednáška nebude mít pro vaše uši nic zábavného."

„Ó ne," zvolala mladá dáma; „Přál sis, abych odešla, protože jsi věděl, že jsem tam rád!"

„Je při smyslech?" zeptala se paní Lintonová a obrátila se na mne. „Zopakuji náš rozhovor, slovo od slova, Isabello; a vy poukazujete na jakékoli kouzlo, které by pro vás mohl mít."

„Nevadí mi ten rozhovor," odpověděla, „chtěla jsem být s – "

„Tak co?" zeptala se Catherine, když viděla, že váhá dokončit větu.

„S ním: a nenechám se pořád vyhodit!" pokračovala a rozpálila se. „Jsi pes v jeslích, Cathy, a nepřeješ si, aby byl milován nikdo jiný než tvá sama!"

„Jste drzá opička!" zvolala paní Lintonová překvapeně. „Ale já nechci věřit té hlouposti! Je nemožné, abyste toužil po obdivu k Heathcliffovi - abyste ho považoval za příjemného člověka! Doufám, že jsem vás špatně pochopila, Isabello?"

„Ne, neviděla," řekla pobloužněná dívka. „Miluji ho víc než kdy jindy, ty jsi milovala Edgara, a on by mohl milovat mě, kdybys mu to dovolila!"

„Tak to bych vás nechtěl ani pro království!" Prohlásila Catherine důrazně a zdálo se, že mluví upřímně. „Nelly, pomoz mi ji přesvědčit o jejím šílenství. Řekněte jí, co je Heathcliff zač: nekultivované stvoření, bez kultivace, bez kultivace; vyprahlá divočina kožešin a kňourského kamene. Hned bych toho malého kanárka vysadil v zimním dni do parku, a doporučuji vám, abyste mu věnoval své srdce! Je to politováníhodná neznalost jeho povahy, dítěte a ničeho jiného, co způsobuje, že vám tento sen vstoupí do hlavy. Prosím vás, nepředstavujte si, že skrývá hloubku dobročinnosti a náklonnosti pod přísným zevnějškem! Není to surový diamant - ústřice venkovského původu obsahující perly: je to divoký, nelítostný, vlčí muž. Nikdy mu neříkám: „Nech toho či onoho nepřítele na pokoji, protože by bylo nešlechetné nebo kruté mu ublížit." Říkám: „Nech je, protože *bych* nerad, kdyby se jim ubližovalo," a on by tě rozdrtil jako vrabčí vejce, Isabello, kdyby ti našel nepříjemné obvinění. Vím, že by nemohl milovat Lintona; A přece by byl docela schopen oženit se s vaším štěstím a očekáváním: lakota s ním roste zakořeněným hříchem. Tady je můj obraz: a jsem jeho přítel - a to natolik, že kdyby byl vážně uvažoval o tom, že vás chytí, byl bych snad držel jazyk za zuby a nechal vás spadnout do své pasti."

Slečna Lintonová pohlédla na svou švagrovou s rozhořčením.

„Pro hanbu! Pro hanbu!" opakovala rozzlobeně. „Jsi horší než dvacet nepřátel, ty jedovatý příteli!"

„Ach! Tak to mi přece neuvěříte?" řekla Catherine. „Myslíš si, že mluvím ze zlého sobectví?"

„To jistě víte," odsekla Isabella. „a třesu se před vámi!"

„Výborně!" zvolal druhý. „Zkus to sám, je-li to tvůj duch: udělal jsem to, a ustup vaší drzé drzosti." —

„A já musím trpět za její sobectví!" vzlykala, když paní Lintonová odcházela z pokoje. „Všechno, všechno je proti mně: zmařila mou jedinou útěchu. Ale ona mluvila lži, že? Pan Heathcliff není žádný zloduch: má čestnou duši, a to opravdovou, nebo jak by si ji mohl pamatovat?"

„Vyžeňte ho ze svých myšlenek, slečno," řekla jsem. „Je to pták zlého znamení: pro tebe není žádný partner. Paní Lintonová mluvila důrazně, a přece jí nemohu odporovat. Ona zná jeho srdce lépe než já nebo kdokoli jiný; a nikdy by ho nepředstavovala jako horšího, než je. Čestní lidé neskrývají své činy. Jak žije? Jak zbohatl? proč se zdržuje na Větrné hůrce, v domě muže, který se mu hnusí? Říká se, že pan Earnshaw je na tom od svého příchodu čím dál hůř. Sedí spolu ustavičně vzhůru celou noc a Hindley si půjčuje peníze na své pozemky a nedělá nic jiného, než že si hraje a pije: Zrovna před týdnem jsem se s ním setkal v Gimmertonu

- byl to Joseph: „Nelly," řekl, „my jsme na korunovační výpravě, u lidí." Jeden z nich si nejvíc uřízl prst a druhý mu trčel a syčel na holičkách. To je mistr, yah kaw, 'at 'soa up o' going tuh t' grand 'size. On se nebojí soudcovské stolice, seveřan Pavel, Petr sám, Jan, Matouš, ani oni ne, ani on! Má to rád - rád by se na ně podíval se svou nestoudnou tváří! A ten milý mládenec Heathcliff, ehm, to je vzácný člověk. Dokáže se také rozesmát nad žertem nerudného divila. Neřekne nám nic o tom, jak si s námi dobře žije, když odjíždí do statku? Takhle to jde: - vzhůru při západu slunce: kostky, brandy, zavřené okenice a nemůžeš svítit až do druhého dne v poledne: pak, t' t' gangy zakazují un blouznění jeho cham'erovi, dělají dun pěchy ptáky kopou do prstů i' thur lugs fur varry hanba; Ten darebák, proč může najíst, spát, odcházet k sousedům klábosit se ženou. Samozřejmě, vypráví paní Catherine, jak mu její fathurův goold vtéká do kapsy a její fathurův syn cválá po široké silnici, zatímco on prchá před ní za kopími!" Nuže, slečno Lintonová, Joseph je starý darebák, ale žádný lhář; a kdyby byla jeho zpráva o Heathcliffově chování pravdivá, nikdy by vás nenapadlo toužit po takovém manželovi, že ne?"

„Jsi spojena s ostatními, Ellen!" odvětila. „Nebudu poslouchat vaše pomluvy. Jakou zlomyslnost musíte mít, když mě chcete přesvědčit, že na světě není štěstí!"

Nemohu říci, zda by se byla zbavila této představy, kdyby byla ponechána sama sobě, nebo kdyby v ní vytrvala ustavičně, měla málo času na přemýšlení. Den nato se ve vedlejším městě konala schůze spravedlnosti; Můj pán byl povinen se zúčastnit; a pan Heathcliff, vědom si jeho nepřítomnosti, zavolal poněkud dříve než obvykle. Catherine a Isabella seděly v knihovně, nepřátelsky se chovaly, ale mlčely: Isabella byla znepokojena svou nedávnou nerozvážností a tím, že v přechodném záchvatu vášně prozradila své tajné pocity; ta první se po zralé úvaze skutečně urazila na svou společnici; a jestliže se znovu zasmála své drzosti, byla ochotna nedělat z toho *žádnou věc k smíchu*. Zasmála se, když viděla Heathcliffa procházet kolem okna. Zametal jsem krb a všiml jsem si šibalského úsměvu na jejích rtech. Isabela, zabrána do svých úvah nebo do knihy, zůstala, dokud se neotevřely dveře; a bylo příliš pozdě na to, aby se pokusila o útěk, což by byla ráda udělala, kdyby to bylo možné.

„Pojďte dál, to je pravda!" zvolala paní vesele a přitáhla si židli k ohni. „Zde jsou dva lidé, kteří bohužel potřebují třetího, aby roztál led mezi nimi; a vy jste právě ten, koho bychom si měli oba vybrat. Heathcliffe, jsem hrdý na to, že vám konečně mohu ukázat někoho, kdo na vás má větší náklonnost než na mě. Očekávám, že se budete cítit polichoceni. Ba ne, není to Nelly; Nedívej se na ni! Moje ubohá švagrová jí láme srdce pouhým pomyšlením na vaši tělesnou a mravní krásu. Je ve vaší vlastní moci být Edgarovým bratrem! Ne, ne, Isabello, ty neutečeš," pokračovala a s předstíranou hravostí zachytila zahanbenou dívku, která rozhořčeně vstala. „Hádali jsme se o tebe jako kočky, Heathcliffe; a byl jsem docela poražen v protestech oddanosti a obdivu: a kromě toho mi bylo řečeno, že kdybych se jen choval slušně a stál stranou, moje sokyně, jak se za ni bude považovat, by vám vstřelila do duše šíp, který by vás navždy uvěznil a poslal můj obraz do věčného zapomnění!"

„Catherine," řekla Isabela, odvolávajíc se ve svou důstojnost, a pohrdavě se snažila vymanit z pevného sevření, které ji drželo, „poděkovala bych vám, kdybyste se držela pravdy a nepomlouvala mě, ani v žertu! Pane Heathcliffe, buďte tak laskav a požádejte tuto svou přítelkyni, aby mě propustila: zapomíná, že vy ani já nejsme důvěrní známí; a to, co baví ji, je pro mě nevýslovně bolestivé."

Když host nic neodpověděl, ale posadil se a tvářil se naprosto lhostejně, jaké city k němu chová, obrátila se a zašeptala svému trýzniteli vroucí prosbu o svobodu.

„To vůbec ne!" zvolala v odpověď paní Lintonová. „Už nikdy mě v jeslích nejmenují psem. *Zůstanete* Tak tedy! Heathcliffe, proč neprojevíte uspokojení nad mou příjemnou zprávou? Isabella přísahá, že láska, kterou ke mně Edgar chová, není nic ve srovnání s láskou, kterou chová k tobě. Jsem si jistý, že pronesla nějaký projev tohoto druhu; že ne, Ellen? A postí se už ode dne před včerejší procházkou, ze zármutku a vzteku, že jsem ji vykázal z vaší společnosti v domnění, že je to nepřijatelné."

„Myslím, že jí lžete," řekl Heathcliff a otočil židli čelem k nim. „Ona si teď přeje být pryč z mé společnosti, v každém případě!"

A upřeně zíral na předmět rozpravy, jako by se to dělalo na podivné odpudivé zvíře: například na stonožku z Indie, kterou zvědavost vede k tomu, abychom si ji prohlíželi přes odpor, který v něm vzbuzuje. To chudinka nemohla snést; v rychlém sledu zbělela a zrudla, a zatímco jí řasy stékaly do slz, napnula sílu svých malých prstů, aby uvolnila pevné sevření Kateřiny; a když viděla, že jakmile zvedla jeden prst ze své paže, druhý se sevřel a ona nemohla celý sundat dohromady, začala používat svých nehtů; a jejich ostrost vzápětí ozdobila vězeňský dům rudými půlměsíci.

„To je tygřice!" zvolala paní Lintonová, vyprostila ji a bolestně jí potřásla rukou. „Jdi pryč, proboha, a schovej svou dračí tvář! Jak pošetilé je odhalovat mu tyto drápy. Nemyslíte si, jaké závěry z toho vyvodí? Podívej, Heathcliffe! jsou to nástroje, které provedou svou činnost - musíte se mít na pozoru před očima."

„Vytrhl bych jí je z prstů, kdyby mě někdy ohrožovaly," odpověděl brutálně, když se za ní zavřely dveře. „Ale co jsi myslela tím, že jsi toho tvora takhle škádlila, Cathy? Nemluvil jste pravdu, že ne?"

„Ujišťuji vás, že jsem byla," odpověděla. „Umírá kvůli vám už několik týdnů a dnes ráno o vás blouzní a vylévá záplavu nadávek, protože jsem vaše selhání vylíčil v prostém světle, abych zmírnil její obdiv. Ale dál si toho nevšímejte: chtěl jsem potrestat její drzost, to je vše. Mám ji příliš rád, milý Heathcliffe, než abych vám dovolil, abyste se jí zmocnil a sežral."

„A já ji mám příliš rád, než abych se o to pokusil," řekl, „leda velmi strašidelným způsobem. Kdybych žil sám s tím hnusným, voskovým obličejem, slýchal byste o podivných věcech: nejobyčejnější by bylo, kdybych na ni každý den nebo dva namaloval barvy duhy a zčernal modré oči: odporně se podobají těm Lintonovým."

„Výborně!" poznamenala Catherine. „Jsou to holubičí oči - andělské!"

„Je dědičkou svého bratra, že?" zeptal se po krátké odmlce.

„Bylo by mi líto, kdybych si to myslel," odpověděl jeho přítel. „Půl tuctu synovců jí vymaže titul, prosím, nebesa! Abstrahujte svou mysl od tohoto předmětu: jste příliš náchylní dychtit po statcích svých bližních; Pamatuj, že *majetek tohoto* souseda je můj."

„Kdyby byly *moje*, nebyly by o nic méně můj," řekl Heathcliff; „ale Isabella Lintonová je možná hloupá, ale sotva se zblázní; a zkrátka, dáme tu záležitost stranou, jak radíte."

Ze svých jazyků to zavrhli; a Catherine pravděpodobně ze svých myšlenek. Druhý, byl jsem si jist, si na to během večera často vzpomínal. Viděla jsem, jak se sám pro sebe usmívá - spíš se usmívá - a upadá do zlověstného přemítání, kdykoli se paní Lintonové naskytla příležitost nebýt v bytě.

Rozhodl jsem se, že budu sledovat jeho pohyby. Mé srdce vždy přilnulo k pánovu a dávalo přednost po Catherinině straně; domníval jsem se, že právem, protože byl laskavý, důvěřivý a čestný; a ona - nemohla být nazvána opakem, a přece se mi zdálo, že si dopřává tak širokou volnost, že jsem měl malou důvěru v její zásady a ještě méně pochopení pro její pocity. Chtěl jsem, aby se stalo něco, co by mohlo mít za následek tiché osvobození Větrné hůrky i statku pana Heathcliffa; zanechal nás takové, jací jsme byli před jeho příchodem. Jeho návštěvy byly pro mě neustálou noční můrou; a domníval jsem se, že i svému pánovi. Jeho pobyt na Výšinách byl útlakem, který jsem nemohl vysvětlit. Cítila jsem, že Bůh opustil zbloudilé ovce, které tam byly vydány svému vlastnímu hříšnému putování, a mezi ním a stádem se plížilo zlé zvíře a čekalo na svůj čas, aby mohlo vyskočit a zničit.

KAPITOLA XI

Někdy, když jsem o tom o samotě přemýšlel, vstal jsem v náhlé hrůze a nasadil si čepec, abych se šel podívat, jak je to na statku. Přesvědčil jsem své svědomí, že je mou povinností varovat ho, jak lidé mluví o jeho způsobech; a pak jsem si vzpomněla na jeho potvrzené špatné návyky, a protože jsem neměla naději, že mu to prospěje, ucukla jsem před opětovným vstupem do bezútěšného domu a pochybovala, zda bych snesla, kdyby mě vzali za slovo.

Jednou jsem procházel starou bránou a vyšel jsem z cesty, abych se vydal do Gimmertonu. Bylo to o období, do kterého mé vyprávění dospělo: jasné mrazivé odpoledne; Země holá a cesta tvrdá a suchá. Přišel jsem ke kameni, kde se silnice po vaší levici větví na blata; hrubý písečný sloup s vytesanými písmeny W. H. na severní straně, na východě G. a na jihozápadě T. G. Slouží jako rozcestník k statku, výšinám a vesnici. Slunce žlutě svítilo na jeho šedou hlavu a připomínalo mi léto; a nemohu říci proč, ale náhle se mi do srdce vlil proud dětských pocitů. Hindley a já jsme ho měli jako oblíbené místo před dvaceti lety. Dlouho jsem hleděl na ošlehaný kvádr; a když jsem se sehnul, spatřil jsem u dna díru stále ještě plnou hlemýždích lastur a oblázků, které jsme tam rádi ukládali spolu s dalšími pomíjivými věcmi; a stejně svěží jako skutečnost se mi zdálo, že vidím svého dávného kamaráda, jak sedí na uschlém trávníku: jeho tmavá, hranatá hlava skloněná dopředu a jeho malá ruka vydlabává kus břidlice do země. „Chudák Hindley!" Zvolal jsem mimoděk. Vytrhl jsem se: mé tělesné oko bylo oklamáno v momentální víře, že dítě zvedlo svou tvář a zíralo přímo do mé! V mžiku zmizel; ale okamžitě jsem pocítil neodolatelnou touhu být na výšinách. Pověra mě nutila, abych se podřídil tomuto nutkání: v domnění, že je mrtvý! Myslel jsem si - nebo že bych měl brzy zemřít - za předpokladu, že je to znamení smrti! Čím víc jsem se blížil k domu, tím víc jsem byl rozrušený; a když jsem ji zahlédl, zachvěl jsem se ve všech údech. Zjevení mě předběhlo: stálo a dívalo se skrz bránu. To byla moje první myšlenka, když jsem pozoroval hnědookého chlapce s elfím skřítčím tělem, jak se opírá rudou tváří o mříže. Další úvahy naznačovaly, že to musí být Hareton, *můj* Hareton, který se příliš nezměnil od té doby, co jsem ho před deseti měsíci opustil.

„Bůh ti žehnej, miláčku!" Vykřikla jsem a okamžitě jsem zapomněla na své pošetilé obavy. „Haretone, to je Nelly! Nelly, tvoje chůva."

Ustoupil z délky paže a sebral velký pazourek.

„Přišel jsem navštívit tvého otce, Haretone," dodal jsem, protože jsem z toho usoudil, že Nelly, pokud vůbec žije v jeho paměti, není se mnou zajedno.

Zvedl střelu, aby ji vrhl; Začal jsem konejšivou řeč, ale nemohl jsem zadržet jeho ruku: kámen zasáhl můj čepec; a pak se z koktavých chlapeckých rtů vydrápala řada kleteb, které, ať už jim rozuměl nebo ne, byly pronášeny s nacvičeným důrazem a zkřivily jeho dětské rysy v šokující výraz zlomyslnosti. Můžete si být jist, že mě to více zarmoutilo, než rozzlobilo. Jako by se rozplakal, vytáhl jsem z kapsy pomeranč a nabídl jsem mu ho, abych ho usmířil. Zaváhal a pak mi ji vytrhl z rukou; jako by se domníval, že ho chci jen pokoušet a zklamat. Ukázal jsem mu další, držel jsem ho mimo jeho dosah.

„Kdo tě naučil ta krásná slova, můj bairne?" Zeptal jsem se. „Farář?"

„K čertu s farářem a s tebou! Dejte mi to," odpověděl.

„Povězte nám, kde jste se učili, a dostanete to," řekl jsem. „Kdo je váš pán?"

„Ďábelský tati," zněla jeho odpověď.

„A co se učíš od tatínka?" Pokračoval jsem.

Skočil po ovoci; Zvedl jsem ji výš. „Co vás učí?" Zeptal jsem se.

„Nic," řekl, „jen aby se vyhnul chůzi. Tatínek mě nemůže čekat, protože mu nadávám."

„Ach! A ďábel tě učí nadávat tatínkovi?" Poznamenal jsem.

„Ano - ne," protáhl.

„Kdo tedy?"

„Heathcliff."

„Zeptal jsem se, jestli má rád pana Heathcliffa."

„Aj!" odpověděl znovu.

Chtěla jsem znát jeho důvody, proč ho mám ráda, a tak jsem se zmohla jen na věty: „Nevěděla jsem: splácí tátovi, co mi dá – proklíná tátu za to, že mě proklel. Říká, že si mám dělat, co chci."

„A farář vás tedy neučí číst a psát?" Šel jsem za ním.

„Ne, bylo mi řečeno, že faráři vrazí zuby do krku, překročí-li práh - to slíbil Heathcliff!"

Dal jsem mu pomeranč do ruky a požádal ho, aby řekl otci, že u zahradní branky na něj čeká žena jménem Nelly Deanová, aby si s ním mohla promluvit. Vyšel po chodníku a vstoupil do domu; ale místo Hindleyho se na kamenech u dveří objevil Heathcliff; a tak jsem se přímo obrátil a běžel po silnici, jak jen jsem mohl běžet, nezastavil jsem se, dokud jsem nedosáhl ukazatele, a cítil jsem se tak vyděšený, jako bych byl vychoval skřeta. S aférou slečny Isabelly to příliš nesouvisí, až na to, že mě to přimělo k tomu, abych se dále rozhodla ostražitě hlídat a ze všech sil se snažila zabránit šíření tak špatného vlivu na statku, i kdybych měla vzbudit domácí bouři tím, že bych zmařila radost paní Lintonové.

Když Heathcliff přišel příště, moje mladá dáma náhodou krmila na dvoře nějaké holuby. Se švagrovou už tři dny nepromluvila ani slovo; ale i ona přestala se svým hněvivým nářkem a my jsme to shledali velkou útěchou. Věděl jsem, že Heathcliff neměl ve zvyku propůjčovat slečně Lintonové ani jedinou zbytečnou zdvořilost. A teď, jakmile ji spatřil, bylo jeho prvním opatřením důkladný průzkum průčelí domu. Stál jsem u kuchyňského okna, ale zmizel jsem z dohledu. Pak k ní přešel přes chodník a něco řekl; zdálo se, že je v rozpacích a že si přeje utéct; Aby tomu zabránil, položil jí ruku na paži. Odvrátila tvář; zřejmě jí položil nějakou otázku, na kterou neměla mysl odpovědět. Znovu se rychle rozhlédl po domě, a protože se ten darebák domníval, že ho nikdo nevidí, měl tu drzost, že ji objal.

„Jidáši! Zrádce!" Vykřikl jsem. „Ty jsi taky pokrytec, viď? Úmyslný podvodník."

„Kdo to je, Nelly?" ozval se Catherinin hlas u mého lokte. Příliš jsem se soustředila na to, abych sledovala dvojici venku, abych jí dala najevo její příchod.

„Váš bezcenný přítel!" Odpověděl jsem vřele: „Tamhle ten plíživý darebák. Ach, zahlédl nás - jde dovnitř! Zajímalo by mě, jestli bude mít to srdce najít přijatelnou záminku k milování se slečnou, když vám řekl, že ji nenávidí?"

Paní Lintonová viděla, jak se Isabella vytrhla a utekla do zahrady; a o minutu později Heathcliff otevřel dveře. Nemohl jsem se ubránit tomu, abych nedal trochu průchod svému rozhořčení; ale Catherine rozzlobeně trvala na mlčení a pohrozila, že mě vykáže z kuchyně, jestli se opovážím být tak troufalý a vložit do toho svůj drzý jazyk.

„Kdyby vás lidé slyšeli, mohli by si myslet, že jste milenka!" vykřikla. „Chceš se usadit na svém pravém místě! Heathcliffe, co to děláš, že vyvoláváš takový rozruch? Řekla jsem, že musíte nechat Isabelu na pokoji! --Prosím vás, pokud vás nebaví vás tu přijímat a nepřejete si, aby Linton vytáhl závory proti vám!"

„Bůh chraň, aby se o to pokusil!" odpověděl černý darebák. V tu chvíli jsem ho nenáviděl. „Bůh ho zachovej mírného a trpělivého! Každým dnem šílím, když ho posílám do nebe!"

„Pst!" řekla Catherine a zavřela vnitřní dveře. „Nerozčiluj mě. Proč jste mou žádost nezohlednil? Narazila na vás schválně?"

„Co je ti do toho?" zavrčel. „Mám právo ji políbit, pokud se tak rozhodne; a nemáte žádné právo vznášet námitky. Nejsem *váš* manžel: *nemusíte* na mě žárlit!"

„Nezávidím vám," odpověděla paní; „Závidím vám. Vyčistěte si tvář: nebudeš se na mě mračit! Jestli se ti Isabella líbí, ožením se s ní. Ale líbí se vám? Řekni pravdu, Heathcliffe! Tam neodpovíte. Jsem si jistý, že ne."

„A souhlasil by pan Linton s tím, aby se jeho sestra provdala za toho muže?" Zeptal jsem se.

„Pan Linton by to měl schválit," odpověděla má lady rozhodně.

„Mohl by si ušetřit námahu," řekl Heathcliff, „mohl bych si vést i bez jeho souhlasu. A pokud jde o vás, Catherine, mám v úmyslu říci pár slov teď, když už jsme u toho. Chci, abys věděl, že *vím*, že jsi se mnou zacházel pekelně - pekelně! Slyšíte? A když si namlouváš, že to nevnímám, jsi blázen; a pokud si myslíte, že se mohu nechat utěšit sladkými slovy, jste idiot: a pokud si myslíte, že budu trpět bez pomsty, přesvědčím vás o opaku, a to za velmi krátkou chvíli! Mezitím vám děkuji, že jste mi prozradila tajemství vaší švagrové: přísahám, že z toho vytěžím maximum. A postavte se stranou!"

„Co je to za novou stránku jeho povahy?" zvolala paní Lintonová udiveně. „Zacházel jsem s tebou pekelně - a ty se pomstíš! Jak to vezmeš, nevděčné zvíře? Jak jsem s tebou zacházel pekelně?"

„Nechci se vám mstít," odpověděl Heathcliff méně prudce. „To není plán. Tyran drtí své otroky a oni se neobrátí proti němu; drtí ty, kteří jsou pod nimi. Můžete mě umučit k smrti pro své pobavení, dovolte mi jen trochu se pobavit stejným stylem a zdržte se urážek, jak jen budete moci. Když jsi srovnal se zemí můj palác, nepostav si chatrč a samolibě obdivuj svou vlastní dobročinnost, že jsi mi ji dal jako domov. Kdybych si představila, že si opravdu přeješ, abych se oženil s Isabel, podřízl bych si hrdlo!"

„Ach, zlo je v tom, že nežárlím , že ne?" zvolala Catherine. „No, nebudu opakovat svou nabídku manželky: je to stejně špatné, jako nabídnout Satanovi ztracenou duši. Vaše blaženost spočívá stejně jako v něm v působení utrpení. Vy to dokazujete. Edgar se vzpamatoval ze špatné nálady, které propadl při tvém příchodu; Začínám být v bezpečí a klidu; a vy, neklidní, abyste nás poznali v míru, se zdá být rozhodnuti vyvolat hádku. Hádej se s Edgarem, jestli chceš, Heathcliffe, a oklamej jeho sestru: najdeš přesně ten nejúčinnější způsob, jak se mi pomstít."

Rozhovor ustal. Paní Lintonová se posadila ke krbu, zrudlá a zachmuřená. Duch, který jí sloužil, se stával nepoddajným: nemohla ho ani položit, ani ovládat. Stál u krbu se sepjatýma rukama a dumal o svých zlých myšlenkách; a v této pozici jsem je nechala hledat pána, který se divil, co Kateřinu tak dlouho drželo dole.

„Ellen," řekl, když jsem vešel, „viděla jste svou paní?"

„Ano; „Je v kuchyni, pane," odpověděl jsem. „Chování pana Heathcliffa ji bohužel vyvedlo z míry, a já si myslím, že je načase zařídit jeho návštěvy jinak. Být příliš měkký je špatné, a teď to došlo až k tomuhle..." A vylíčil jsem mu scénu v soudní síni, a pokud jsem se odvážil, i celý následující spor. Domníval jsem se, že to nemůže být pro paní Lintonovou příliš škodlivé; ledaže by to udělala později tím, že by se pro svého hosta postavila do defenzivy. Edgar Linton měl potíže mě slyšet až do konce. Jeho první slova prozradila, že svou ženu nezbavil viny.

„To je nesnesitelné!" zvolal. „Je to hanebné, že si ho pořizuje za přítele a vnucuje mi jeho společnost! Zavolej mi dva muže ven z haly, Ellen. Catherine se už nebude zdržovat a bude se s tím ničemným darebákem hádat --už jsem ji ponížil dost."

Sestoupil dolů, poručil služebnictvu, aby počkalo na chodbě, a šel následován mnou do kuchyně. Jeho obyvatelé znovu zahájili rozzlobenou diskusi: přinejmenším paní Lintonová hubovala s novou silou; Heathcliff přistoupil k oknu a svěsil hlavu, zřejmě poněkud vyděšený jejím prudkým hodnocením. Nejprve uviděl mistra a spěšně jí pokynul, aby mlčela; což náhle poslechla, když zjistila důvod jeho náznaku.

„Jak je to?" obrátil se k ní Linton. „Jaký pojem slušnosti musíte mít, abyste tu zůstal po slovech, která vám vnutila ta černá garda? Předpokládám, že si o tom nic nemyslíte, protože je to jeho obyčejná řeč: zvykla jste si na jeho nízkost a snad si myslíte, že si na ni také zvyknu!"

„Poslouchal jste u dveří, Edgare?" zeptala se paní tónem zvláště vypočítaným tak, aby vyprovokoval jejího manžela, což naznačovalo jak nedbalost, tak pohrdání jeho podrážděním. Heathcliff, který zvedl oči nad první řečí, se posměšně zasmál tomu druhému; Zdálo se, že to bylo schválně, aby na sebe upozornil pana Lintona. To se mu podařilo; ale Edgar ho nechtěl bavit nějakými vznešenými vzlety vášně.

„Až dosud jsem byl k vám shovívavý, pane," řekl tiše. „Ne že bych nevěděl o vaší ubohé, ponížené povaze, ale cítil jsem, že jste za to zodpovědný jen částečně; a Catherine si přála, aby vaše známost zůstala zachována, a tak jsem se pošetile podvolil. Vaše přítomnost je mravním jedem, který by pokazil i ty nejctnostnější: z tohoto důvodu a abych zabránil horším následkům, odepřu vám napříště vstup do tohoto domu a oznámím vám, že žádám o váš okamžitý odchod. Tříminutové zpoždění ji učiní nedobrovolnou a potupnou."

Heathcliff měřil výšku a šířku řečníka s očima plnýma posměchu.

„Cathy, tohle tvoje jehně hrozí jako býk!" řekl. „Hrozí mu, že si roztříští lebku o klouby. Při Bohu! Pane Lintone, je mi smrtelně líto, že nestojíte za to, abyste byl sražen k zemi!"

Můj pán pohlédl směrem k chodbě a pokynul mi, abych přivedl muže: neměl v úmyslu riskovat osobní střet. Uposlechl jsem nápovědy; ale paní Lintonová, která něco tušila, šla za ní; a když jsem se jim pokusil zavolat, zatáhla mě zpět, zabouchla dveře a zamkla je.

„To znamená dobře!" řekla v odpověď na manželův rozzlobený překvapený pohled. „Nemáte-li odvahu na něj zaútočit, omluvte se nebo se nechte zbít. Napraví vás to tak, abyste předstírali více udatnosti, než máte. Ne, spolknu ten klíč dřív, než si ho vezmete! Jsem nádherně odměněn za svou laskavost ke každému! Po neustálém shovívavosti vůči jedné a špatné povaze druhého si vysloužím díky dva vzorky slepého nevděku, hloupého až absurdního! Edgare, bránil jsem vás a vaše blízké; a přál bych si, aby vás Heathcliff zmrskal za to, že jste se opovážil myslet na mě něco zlého!"

Nepotřeboval prostředek bičování, aby na pána zapůsobil takhle. Pokusil se vyrvat Catherine klíč z ruky a ona ho pro jistotu hodila do nejžhavější části ohně; načež se pana Edgara nervózně zachvěl a jeho tvář smrtelně zbledla. Žádný život nemohl odvrátit tento přemíru emocí: smíšená úzkost a ponížení ho zcela přemohly. Opřel se o opěradlo židle a zakryl si obličej.

„Ach, proboha! Za starých časů by vám to vyneslo rytířský titul!" zvolala paní Lintonová. „Jsme poraženi! Jsme poraženi! Heathcliff by na vás okamžitě zvedl prst, jako by král táhl se svou armádou proti myší kolonii. Hlavu vzhůru! Nic se ti nestane! Tvůj typ není beránek, je to sací páka."

„Přeji vám radost z toho mléčného zbabělce, Cathy!" řekla její přítelkyně. „Skládám vám poklonu k vašemu vkusu. A to je otročující, třesoucí se věc, které jste dali přednost přede mnou! Neudeřil bych ho pěstí, ale kopl bych do něj nohou a pocítil bych značné uspokojení. Pláče, nebo strachem omdlí?"

Chlapík přistoupil k němu a postrčil do židle, na níž Linton spočíval. Měl by si raději držet odstup: můj pán rychle vyskočil a udeřil ho do hrdla ranou, která by byla srazila slabšího člověka k zemi. Na okamžik mu to vzalo dech; a zatímco se dusil, vyšel pan Linton zadními dveřmi na dvůr a odtud k hlavnímu vchodu.

„Tam! už jsi skončila s tím, že sem chodíš," zvolala Catherine. „Teď pryč; Vrátí se s párem pistolí a půl tuctem asistentů. Kdyby nás zaslechl, samozřejmě by vám to nikdy neodpustil. Udělal jsi mi špatně, Heathcliffe! Ale jděte - pospěšte si! Raději bych viděla Edgara na uzdě než vás."

„Myslíš, že půjdu s tou ranou, která mě pálí v jícnu?" zahřměl. „K čertu, ne! Rozdrtím mu žebra jako shnilý lískový oříšek, než překročím práh! Jestli ho teď nesrazím na kolena, někdy ho zavraždím; Takže, protože si ceníte jeho existence, dovolte mi, abych se k němu dostal!"

„Nepřijde," vložila jsem se do toho a vymyslela jsem si tak trochu lež. „Tamhle je kočí a dva zahradníci; Určitě nebudete čekat, až vás strčí do silnice! Každý z nich má obušek; a pán bude s největší pravděpodobností sledovat z oken salónu, aby dohlédl na to, aby plnili jeho rozkazy."

Zahradníci a kočí *tam byli*, ale Linton byl s nimi. Vstoupili již do soudní síně. Heathcliff se po chvíli rozmyslel a rozhodl se, že se vyhne boji se třemi podřízenými: popadl pohrabáč, vyrazil zámek z vnitřních dveří a dal se na útěk, zatímco všlapávali dovnitř.

Paní Lintonová, která byla velmi vzrušena, mě vyzvala, abych ji doprovodil nahoru. Nevěděla, že jsem přispěl k tomuto neklidu a já jsem se snažil udržet ji v nevědomosti.

„Už mě to skoro roztržito, Nelly!" vykřikla a vrhla se na pohovku. „Tisíc kovářských kladiv mi buší v hlavě! Řekni Isabele, aby se mi vyhýbala; Tento rozruch je její zásluhou; a kdyby ona nebo kdokoli jiný v této chvíli zhoršil můj hněv, rozzuřil bych se. A Nelly, řekni Edgarovi, jestli ho dnes večer ještě uvidíš, že mi hrozí vážná nemoc. Přál bych si, aby se ukázalo, že je to pravda. On mě šokujícím způsobem vyděsil a zarmoutil! Chci ho vyděsit. Kromě toho by mohl přijít a začít řadu nadávek nebo stížností; Jsem si jistý, že bych měl obviňovat a Bůh ví, kde bychom měli skončit! Uděláš to, milá Nelly? Víte, že v tom nejsem žádným způsobem vinen. Co ho posedlo, že se stal posluchačem? Heathcliffova řeč byla pobuřující, když jste nás opustil; ale brzy jsem ho mohl od Isabelly odvést a to ostatní nic neznamenalo. Nyní je všechno falešně zmařeno; Touhou blázna slyšet o sobě zlé, které pronásleduje některé lidi jako démon! Kdyby byl Edgar nikdy nezachytil náš rozhovor, nikdy by na tom nebyl hůř. Opravdu, když se na mě pustil tím nesmyslným tónem nelibosti poté, co jsem Heathcliffovi vynadal, až jsem pro něj ochraptěl; Nestaral jsem se o to, co si navzájem páchají, tím spíše, že i když se scéna uzavře, budeme všichni na kusy. No, když si nedokážu nechat Heathcliffa pro svého přítele - jestli bude Edgar zlý a žárlivý, pokusím se jim zlomit srdce tím, že zlomím to své. To bude rychlý způsob, jak všechno ukončit, až budu dotlačen do krajnosti! Ale je to čin, který je třeba si nechat pro ztracenou naději; Lintona bych tím nepřekvapil. Až dosud se nenápadně bál, aby mě nevyprovokoval; Musíte mu představit nebezpečí opuštění této politiky a připomenout mu mou vášnivou povahu, která když se rozhoří, hraničí s šílenstvím. Přála bych si, abys dokázala z té tváře vytěsnit tu lhostejnost a tvářit se o mne trochu starostlivěji."

Otupělost, s jakou jsem přijal tyto pokyny, byla bezpochyby poněkud k vzteku: neboť byly předneseny s naprostou upřímností; ale věřil jsem, že osoba, která si dokáže předem naplánovat, jak se její záchvaty vášně obrátí, by se mohla s vypětím své vůle dokázat snesitelně ovládat, i když je pod jejich vlivem; a nechtěl jsem „strašit" jejího manžela, jak říkala, a rozmnožovat jeho mrzutosti, aby to posloužilo jejímu sobectví. Proto jsem neřekl nic, když jsem potkal mistra, který přicházel do salonu; ale dovolil jsem si otočit se a poslechnout si, zda spolu budou pokračovat ve své hádce. Začal mluvit jako první.

„Zůstaň, kde jsi, Catherine," řekl; Bez hněvu v hlase, nýbrž s velikou smutnou malomyslností. „Nezůstanu. Nepřišel jsem se ani hádat, ani se usmiřovat; ale chtěl bych se jen dozvědět, zda po událostech dnešního večera hodláte pokračovat ve svých důvěrných vztazích s -"

„Ach, proboha," přerušila ji paní a dupla nohou, „proboha, už o tom teď neslyšme! Tvá chladná krev nemůže být zpracována v horečku; tvé žíly jsou plné ledové vody; ale moje se vaří a pohled na takový chlad je nutí tančit."

„Abyste se mě zbavili, odpovězte na mou otázku," trval na svém pan Linton. „Musíš na ni odpovědět; a toto násilí mě neznepokojuje. Zjistil jsem, že můžete být stejně stoičtí jako kdokoli jiný, když chcete. Vzdáte se později Heathcliffa, nebo se vzdáte mne? Je nemožné, abys byl *mým* přítelem a *zároveň jeho* přítelem, a já naprosto *potřebuji* vědět, co si vybereš."

„Chci, aby mě nechali na pokoji!" zvolala Catherine rozzuřeně. „Požaduji to! Cožpak nevidíš, že sotva stojím? Edgare, ty - ty mě opouštíš!"

Zazvonila na zvonek, až se s rachotem přetrhl; Vstoupil jsem klidně. Stačilo vyzkoušet povahu světce, takové nesmyslné, ničemné běsnění! Ležela tam, mlátila hlavou o opěradlo pohovky a skřípala zuby, takže se vám zdálo, že je roztříští na třísky! Pan Linton stál a díval se na ni s náhlými výčitkami svědomí a strachem. Řekl mi, abych přinesl trochu vody. Neměla dech na to, aby mluvila. Přinesl jsem plnou sklenici; a protože nechtěla pít, pokropil jsem jí to na obličej. V několika vteřinách se ztuhla a obrátila oči vzhůru, zatímco její tváře, zbledlé a zbledlé zároveň, nabývaly podoby smrti. Linton vypadal vyděšeně.

„Na světě se nic neděje," zašeptal jsem. Nechtěl jsem, aby se podvolil, i když jsem se nemohl ubránit strachu ve svém srdci.

„Má krev na rtech!" řekl a otřásl se.

„To nevadí!" Odpověděl jsem trpce. A vyprávěl jsem mu, jak se před jeho příchodem rozhodla, že dostane záchvat šílenství. Neopatrně jsem to vyprávěl nahlas a ona mě slyšela; Vyskočila totiž - vlasy jí vlály přes ramena, oči jí blýskaly, svaly na krku a pažích jí nadpřirozeně vystupovaly. Rozhodl jsem se alespoň pro zlomené kosti; ale ona se jen na okamžik rozhlédla kolem sebe a pak vyběhla z pokoje. Mistr mi nařídil, abych ho následoval; Udělal jsem to až ke dveřím jejího pokoje; bránila mi v cestě dál tím, že je mi zajistila před sebou.

Protože se nikdy nenabídla, že by zítra ráno sestoupila dolů na snídani, šel jsem se jí zeptat, zda by si nenechala něco nést. „Ne!" odpověděla kategoricky. Stejná otázka se opakovala při večeři a čaji; a znovu nazítří a dostal jsem tutéž odpověď. Pan Linton zase trávil čas v knihovně a neptal se, čím se zabývá jeho žena. S Isabelou měli hodinový rozhovor, během něhož se v ní snažil vyvolat náležitou hrůzu z Heathcliffových návrhů, ale z jejích vyhýbavých odpovědí nemohl nic vyvodit a byl nucen neuspokojivě ukončit výslech; dodala však vážné varování, že kdyby byla tak šílená, že by podporovala toho bezcenného nápadníka, zpřetrhalo by to všechna pouta vztahu mezi ní a ním.

KAPITOLA XII

Zatímco slečna Lintonová se potloukala po parku a zahradě, ustavičně mlčky a téměř pořád v slzách, a její bratr se zavíral do knih, které nikdy neotvíral --unavoval mě, jak jsem odhadovala, ustavičným neurčitým očekáváním, že Catherine, litujíc svého počínání, přijde sama od sebe prosit o odpuštění a usilovat o smíření --a *ona* sama postil se tvrdošíjně, pravděpodobně v domnění, že při každém jídle se Edgar při každém jídle udusí její nepřítomností, a jen hrdost mu zabránila, aby se rozběhl a vrhl se jí k nohám; Věnovala jsem se svým domácím povinnostem s přesvědčením, že statek má ve svých zdech jen jednu rozumnou duši, a ta sídlí v mém těle. Neplýtval jsem soustrastí na slečnu, ani jsem neplýtval na svou paní; nevěnoval jsem mnoho pozornosti vzdechům svého pána, který toužil slyšet jméno své paní, protože by nemusel slyšet její hlas. Rozhodl jsem se, že se pro mne stane, jak se jim zlíbí; a ačkoli to byl únavně pomalý proces, začal jsem se nakonec radovat ze slabého úsvitu jeho pokroku, jak jsem si zprvu myslel.

Paní Lintonová třetího dne otevřela závory, a když dopila vodu ve svém džbánu a karafě, zatoužila po nové zásobě vody a po misce kaše, protože se domnívala, že umírá. To jsem zapsal jako řeč určenou pro Edgarovy uši; Nic takového jsem nevěřil, a tak jsem si to nechal pro sebe a přinesl jí čaj a suchý toast. Dychtivě jedla a pila a pak znovu klesla zpět na polštář, zaťala ruce a zasténala. „Ach, já zemřu," zvolala, „protože se o mě nikdo nestará. Škoda, že jsem si to nevzal." Pak jsem po dlouhé době slyšela, jak mumlá: „Ne, neumřu - byl by rád - vůbec mě nemiluje - nikdy by mi nechyběla!"

„Chtěla jste něco, madam?" Zeptal jsem se, stále ještě zachovávaje svůj vnější klid, navzdory jejímu příšernému vzezření a podivnému, přehnanému chování.

„Co dělá ta apatická bytost?" zeptala se a odhrnula si husté propletené kadeře ze své zpustošené tváře. „Upadl do letargie, nebo je mrtvý?"

„Ani jedno," odpověděl jsem. „jestli myslíte pana Lintona. Myslím, že se mu daří docela dobře, i když ho studium zaměstnává víc, než by mělo: neustále se věnuje svým knihám, protože nemá jinou společnost."

Nebyl bych tak mluvil, kdybych byl znal její skutečný stav, ale nemohl jsem se zbavit dojmu, že se podílela na své poruše.

„Mezi jeho knihami!" zvolala zmateně. „A já umírám! Já na pokraji hrobu! Bože! ví, jak jsem se změnila?" pokračovala a zahleděla se na svůj odraz v zrcadle, které viselo u protější stěny. „To je Catherine Lintonová? Představuje si mě jako domácího mazlíčka – možná při hře. Nemůžete mu říci, že je to strašlivě vážné? Nelly, jestli už není příliš pozdě, jakmile se dozvím, jak se cítí, vyberu si mezi těmito dvěma: buď okamžitě umřít hlady - to by nebyl žádný trest, kdyby neměl srdce -, nebo se uzdravit a opustit zemi. Mluvíte o něm nyní pravdu? Opatrujte se. Je mu vlastně tak naprosto lhostejný můj život?"

„Víte, madam," odpověděl jsem, „pán nemá ani ponětí o tom, že jste nepříčetná; a samozřejmě se nebojí, že si necháš umřít hlady."

„Myslíš, že ne? Nemůžete mu to říct?" opáčila. „Přesvědčte ho! Mluv o své vlastní mysli: řekni, že jsi si jist, že to udělám!"

„Ne, zapomínáte, paní Lintonová," nadhodil jsem, „že jste dnes večer s chutí snědla nějaké jídlo, a zítra poznáte jeho blahodárné účinky."

„Kdybych si jen byla jistá, že by ho to zabilo," přerušila ho, „zabila bych se přímo! Ty tři hrozné noci jsem nikdy nezavřela víčka - a ach, byla jsem mučena! Pronásledovala mě, Nelly! Ale začínám se mi zdát, že mě nemáte rád. Jak podivné! Myslela jsem si, že i když se všichni navzájem nenávidí a opovrhují, nemohou se vyhnout lásce ke mně. A všichni se během několika hodin změnili v nepřátele. *Mají*, jsem si jistý, lidé *tady*. Jak bezútěšné je setkat se se smrtí, obklopeni jejich chladnými tvářemi! Isabella, vyděšená a odpuzovaná, bála se vstoupit do pokoje, bylo by to tak strašné dívat se na Catherine odcházet. A Edgar stál slavnostně opodál, aby to přezkoumal; pak pronášení děkovných modliteb Bohu za obnovení pokoje v jeho domě a návrat k jeho *knihám*! Co má proboha společného s *knihami*, když umírám?"

Nemohla snést představu, kterou jsem jí vložil do hlavy o filozofické rezignaci pana Lintona. Zmítajíc se kolem, stupňovala svůj horečnatý zmatek k šílenství a roztrhala polštář zuby; pak se celá zvedla a celá hořela a prosila, abych otevřel okno. Byli jsme uprostřed zimy, foukal silný vítr od severovýchodu a já jsem měl námitky. Výrazy, které se jí míhaly po tváři, i změny jejích nálad mě začaly strašlivě znepokojovat; a připomněla mi svou dřívější nemoc a doktorův příkaz, aby se nekřižovala. Ještě před minutou se chovala násilně; Nyní, opírajíc se o jednu ruku, a nepozorujíc toho, že jsem ji odmítl poslouchat, zdálo se, že nalézá dětinskou kratochvílí v tom, že vytrhává peří z roztržek, které právě udělala, a rozrovnává je na prostěradle podle jejich různých druhů: její mysl zabloudila k jiným asociacím.

„To je krocan," zašeptala si pro sebe. „A tohle je u divoké kachny; a tohle je holubí dům. Ach, do polštářů dávali holubí peří - není divu, že jsem nemohl umřít! Dám si pozor, abych ho hodil na podlahu, až si lehnu. A tady je kohout z vřesoviště; a tohle - poznal bych to mezi tisícem - je to čejka. Roztomilý pták; kroužící nad našimi hlavami uprostřed blat. Chtěla se dostat do svého hnízda, protože mraky se dotýkaly vlnobití a cítila, že se blíží déšť. Toto pírko bylo sesbíráno z vřesovišť, pták nebyl zastřelen: viděli jsme jeho hnízdo v zimě, plné malých koster. Heathcliff na ni nastražil past a staří se neodvažovali přijít. Donutil jsem ho slíbit, že už nikdy nestřílí na čejku, a on to neudělal. Ano, zde jsou další! Střílel mi čejky, Nelly? Jsou červené, některé z nich? Dovolte mi se podívat."

„Vzdejte se té dětské práce!" Přerušil jsem ji, odtáhl polštář pryč a obrátil otvory směrem k matraci, protože ona vytahovala jeho obsah po hrstech. „Lehni si a zavři oči: touláš se. Je tam nepořádek! Peří poletuje sem a tam jako sníh."

Chodil jsem sem a tam a sbíral je.

„Vidím v tobě, Nelly," pokračovala zasněně, „starou ženu: máš šedivé vlasy a ohnutá ramena. Tohle postel je vílí jeskyně pod Penistone Crags a vy sbíráte elfí blesky, abyste ublížili našim jalovicím; předstírám, dokud jsem nablízku, že jsou to jen prameny vlny. To je to, k čemu dojdete za padesát let; vím, že teď už takový nejste. Nebloudím; mýlíš se, jinak bych věřil, že jsi opravdu *ta* seschlá ježibaba, a myslel bych si, že *jsem* pod Penistonovými kragy, a jsem si vědom, že je noc a na stole jsou dvě svíčky, které rozzáří černý lis jako tryskáč."

„Černý tisk? Kde to je?" Zeptal jsem se. „Mluvíš ze spaní!"

„Je to proti zdi, jako vždycky," odpověděla. „Vypadá *to* divně - vidím v tom tvář!"

„V místnosti není žádný tiskařský stroj a nikdy nebyl," řekl jsem, vrátil jsem se na své místo a poodhrnul závěs, abych ji mohl pozorovat.

„*Nevidíte* tu tvář?" zeptala se a vážně se zahleděla do zrcadla.

A ať jsem říkal, co jsem mohl, nebyl jsem s to přimět ji, aby pochopila, že je to její vlastní; vstala jsem tedy a přikryla ji šátkem.

„Je to tam ještě vzadu!" pokračovala úzkostlivě. „A pohnulo se to. Kdo to je? Doufám, že nevyjde najevo, až odejdete! Ach! Nelly, v pokoji straší! Bojím se být sama!"

Vzal jsem její ruku do své a přikázal jsem jí, aby se uklidnila, neboť její tělo zkřivilo několik zachvění a ona *stále* napínala pohled ke sklu.

„Nikdo tu není!" Trval jsem na svém. „Byla jste to *vy*, paní Lintonová, věděla jste to už dávno."

„Já!" zalapala po dechu, „a hodiny odbíjejí dvanáct! To je tedy pravda! To je strašné!"

Prsty sevřela šaty a zakryla si je přes oči. Pokusil jsem se vplížit ke dveřím s úmyslem zavolat jejího manžela; ale byl jsem přivolán zpět pronikavým výkřikem - šála spadla z rámu.

„Proč, co *se* děje?" zvolal jsem. „Kdo je teď zbabělec? Vzbuď se! To je to sklo - zrcadlo, paní Lintonová; a ty se v něm vidíš a tam jsem také já po tvém boku."

Chvějíc se a zmatená, držela mě pevně, ale hrůza pomalu zmizela z její tváře; jeho bledost ustoupila žáru studu.

„Ach, drahoušku! Myslela jsem, že jsem doma," povzdechla si. „Myslel jsem, že ležím ve své komnatě na Větrné hůrce. Protože jsem slabá, můj mozek byl zmatený a nevědomky jsem křičela. Nic neříkejte; ale zůstaň se mnou. Bojím se spánku: mé sny mě děsí."

„Dobrý spánek by vám prospěl, madam," odpověděl jsem, „a doufám, že toto utrpení zabrání tomu, abyste se znovu pokoušela hladovět."

„Ach, kdybych tak byla ve své vlastní posteli ve starém domě!" pokračovala trpce a lomila rukama. „A ten vítr, který zněl v jedlích u mříže. Dejte mi to pocítit - přichází to přímo dolů po blatech - nechte mě se jednou nadechnout!"

Abych ji uklidnil, podržel jsem okenní rám několik vteřin pootevřený. Dovnitř se prohnal studený poryv; Zavřel jsem ji a vrátil se na své místo. Teď ležela tiše, tvář zalitou slzami. Vyčerpání těla úplně zkrotilo jejího ducha: naše ohnivá Kateřina nebyla o nic lepší než naříkající dítě.

„Jak je to dlouho, co jsem se tu zavřela?" zeptala se a náhle ožila.

„Bylo pondělí večer," odpověděl jsem, „a dnes je čtvrtek večer, nebo spíše pátek ráno."

„Cože? Z téhož týdne?" zvolala. „Jenom tu krátkou dobu?"

„Dost dlouho na to, abych žil jen ze studené vody a špatné nálady," poznamenal jsem.

„No, zdá se mi to únavné množství hodin," zamumlala pochybovačně, „musí to být víc. Vzpomínám si, jak jsem byla po hádce v salonku, Edgar mě krutě provokoval a já jsem zoufale vběhla do tohoto pokoje. Jakmile jsem zatarasil dveře, zachvátila mě naprostá tma a já jsem padl na podlahu. Nedokázala jsem Edgarovi vysvětlit, jak jsem si jistá, že dostanu záchvat nebo že se zblázním, když mě bude dál škádlit! Neovládal jsem jazyk ani mozek a on snad ani neuhodl moje trápení: sotva mi zbýval smysl, abych se pokusil uniknout před ním a jeho hlasem. Než jsem se vzpamatovala natolik, abych viděla a slyšela, začalo svítat, a Nelly, povím vám, co jsem si myslela a co se mi stále opakovalo a opakovalo, až jsem se bála o svůj rozum. Jak jsem tam tak ležel s hlavou opřenou o nohu stolu a očima jsem matně rozeznával šedý čtverec okna, myslel jsem, že jsem doma zavřený v dubem obložené posteli; a srdce mě bolelo jakýmsi velkým zármutkem, na který jsem si právě po probuzení nemohl vzpomenout. Přemýšlel jsem a trápil se, abych zjistil, co by to mohlo být, a co bylo nejpodivnější, celých posledních sedm let mého života se stalo prázdným! Nepamatoval jsem si, že by tam vůbec byli. Byl jsem dítě; můj otec byl právě pohřben a moje trápení pramenilo z odloučení, které Hindley nařídil mezi mnou a Heathcliffem. Poprvé jsem ležel sám; a když jsem se po noci pláče probudil z bezútěšného spánku, zvedl jsem ruku, abych odstrčil desky: udeřila na desku stolu! Smetl jsem ji po koberci a pak mi vtrhla vzpomínka: má pozdní úzkost byla pohlcena záchvatem zoufalství. Nemohu říci, proč jsem se cítil tak divoce ubohý: muselo to být dočasné vyšinutí; neboť k tomu je stěží důvod. Ale dejme tomu, že jsem ve dvanácti letech byla vytržena z Výšin a ze všech dřívějších styků a se vším všudy, jako byl tehdy Heathcliff, a rázem jsem se proměnila v paní Lintonovou, dámu z Thrushcross Grange a manželku cizince: vyhnaneckou a od té doby vyvrženou z toho, co bývalo mým světem. Snad se vám bude líbit nahlédnout do propasti, kde jsem se plazil! Zavrtěte hlavou, jak chcete, Nelly, pomohla *jste* mě zneklidnit! Měl jsi mluvit s Edgarem, to jsi opravdu měl, a přinutit ho, aby mě nechal mlčet! Ach, hořím! Přál bych si být venku! Přála bych si být zase dívkou, napůl divokou a houževnatou a svobodnou; a smát se křivdám, ne se z nich zbláznit! Proč jsem se tak změnil? Proč se má krev řítí do pekla vřavy při několika slovech? Jsem si jistá, že bych byla sama sebou, kdybych byla kdysi mezi vřesem na těch kopcích. Znovu otevřete okno dokořán: Zajistěte je! Rychle, proč se nepohneš?"

„Protože ti nedám tvou smrt zimou," odpověděl jsem.

„Chceš říct, že mi nedáš šanci na život," řekla mrzutě. „Zatím však nejsem bezmocná; Otevřu ji sám."

Sklouzla z postele dřív, než jsem jí mohl zabránit, přešla pokoj, kráčela velmi nejistě, odhodila ho dozadu a naklonila se, nedbaje mrazivého vzduchu, který ji řezal do ramen pronikavě jako nůž. Prosil jsem ji a nakonec jsem se ji pokusil donutit, aby odešla do ústraní. Brzy jsem však zjistil, že její delirická síla mnohem převyšuje mou (*blouznila*, přesvědčily mě její pozdější činy a blouznění). Nesvítil měsíc a všechno pod ním leželo v mlhavé tmě: z žádného domu, vzdáleného ani blízkého, nezářilo ani jediné světlo; všechny už dávno vyhasly: a ty na Větrné hůrce nebyly nikdy vidět - přesto tvrdila, že zachytila jejich lesk.

„Podívejte!" zvolala dychtivě, „to je můj pokoj se svíčkou a před ní se pohupují stromy; a druhá svíčka je v Josefově podkroví. Josef sedí dlouho vzhůru, že? Čeká, až přijdu domů, aby mohl zamknout bránu. No, ještě chvíli počká. Je to drsná cesta a smutné srdce po ní cestovat; a my musíme projít kolem Gimmerton Kirka, abychom se vydali na tu cestu! Často jsme společně čelili jeho duchům a navzájem jsme se odvážili postavit se do hrobů a požádat je, aby přišli. Ale, Heathcliffe, když se vás teď odvážím, odvážíte se? Pokud ano, nechám si vás. Nebudu tam ležet sám, mohou mě pohřbít dvanáct stop hluboko a svrhnout na mě kostel, ale já si neodpočinu, dokud nebudeš se mnou. Nikdy to neudělám!"

Odmlčela se a pokračovala s podivným úsměvem. „Zvažuje - byl by raději, kdybych přišla za ním! Najděte tedy způsob! Ne přes ten dvůr. Jste pomalí! Buďte spokojeni, vždy jste šli za mnou!"

Považoval jsem za marné argumentovat proti jejímu šílenství, a přemýšlel jsem, jak bych se mohl dostat k něčemu, co by ji obklopilo, aniž bych se přestal jí ovládat (neboť jsem jí nemohl věřit jen podle zející mříže), když jsem ke svému zděšení zaslechl zarachotění kliky a vstoupil pan Linton. Teprve potom vyšel z knihovny; a když jsem procházel halou, všiml jsem si, že jsme mluvili, a byl přitahován zvědavostí nebo strachem, abych prozkoumal, co to znamená v tuto pozdní hodinu.

„Ach, pane!" Zvolal jsem a potlačil výkřik, který se mu objevil na rtech při pohledu, který se mu naskytl, a nad bezútěšnou atmosférou v komnatě. „Moje ubohá paní je nemocná a docela mě ovládá: vůbec se o ni nemohu postarat; Modlete se, pojďte a přesvědčte ji, aby šla spát. Zapomeň na svůj hněv, protože je těžké ji vést jinou cestou než svou vlastní."

„Catherine je nemocná?" zeptal se a spěchal k nám. „Zavři okno, Ellen! Catherine! proč..."

Mlčel. Vyčerpaný vzhled paní Lintonové ho oněměl, takže mohl jen zděšeně pohlédnout z ní na mne.

„Trápí se tady," pokračoval jsem, „skoro nic nejí a nikdy si nestěžuje: až do dnešního večera nepřijala nikoho z nás, a tak jsme vás nemohli informovat o jejím stavu, protože jsme o tom sami nevěděli; ale to nic není."

Cítil jsem, že svá vysvětlení pronáším neobratně; Mistr se zamračil. „To nic není, že ne, Ellen Deanová?" řekl přísně. „Vysvětlete si jasněji, že jste mě o tom udržoval v nevědomosti!" Vzal svou ženu do náruče a pohlížel na ni s úzkostí.

Zprvu mu nevěnovala žádný poznávací pohled: byl neviditelný pro její roztržitý pohled. Delirium však nebylo opraveno; Když odnaučila oči přehlížet vnější temnotu, postupně na něj zaměřila svou pozornost a zjistila, kdo ji drží.

„Ach! vy jste přišel, že ano, Edgare Lintone?" řekla rozzlobeně. „Jsi jednou z těch věcí, které se vždy najdou, když je jich nejméně zapotřebí, a když tě někdo chce, tak nikdy! Předpokládám, že teď budeme mít spoustu nářků - vidím, že budeme - ale ty mě nemohou odradit od mého úzkého domova tamhle: od místa mého odpočinku, kam jsem připoután, než skončí jaro! Tady to je: ne mezi Lintony, mysl, pod střechou kaple, ale pod širým nebem, s náhrobním kamenem; a můžeš se líbit, ať půjdeš k nim nebo přijdeš ke mně!"

„Catherine, co jste to udělala?" začal mistr. „Copak pro vás už nic nejsem? Miluješ toho nešťastníka Heatha –"

„Pst!" zvolala paní Lintonová. „Pst, v tuto chvíli! Vy uvedete toto jméno a já celou záležitost ihned ukončím vyskočením z okna! Čeho se nyní dotknete, to můžete mít; ale má duše bude na tom pahorku, než na mě znovu vztáhneš ruce. Nechci tě, Edgare: už tě nechci nikam. Vraťte se ke svým knihám. Jsem rád, že máš útěchu, protože všechno, co jsi měl ve mně, je pryč."

„Její mysl se toulá, pane," vložil jsem se do hovoru. „Celý večer mluvila nesmysly; ale ať má klid a náležitou péči, a ona se vzpamatuje. Od nynějška si musíme dávat pozor, jak ji budeme trápit."

„Nežádám od vás o žádnou další radu," odpověděl pan Linton. „Znal jsi povahu své paní a povzbuzoval jsi mě, abych ji obtěžoval. A ani náznak toho, jak se jí dařilo v těchto třech dnech! Bylo to bezcitné! Měsíce nemoci nemohly způsobit takovou změnu!"

Začala jsem se bránit a myslela jsem si, že je příliš špatné být obviňována z něčí zlomyslné svéhlavosti. „Věděl jsem, že paní Lintonová je tvrdohlavá a panovačná," zvolal jsem, „ale nevěděl jsem, že v ní chcete pěstovat prudkou povahu! Nevěděl jsem, že abych ji pobavil, mrknu na pana Heathcliffa. Vykonal jsem povinnost věrného služebníka, když jsem vám to řekl, a mám mzdu věrného služebníka! No, naučí mě to být příště opatrná. Příště můžete získat informace pro sebe!"

„Až mi příště přinesete nějakou povídku, odejdete ze služeb, Ellen Deanová," odpověděl.

„Předpokládáte tedy, že o tom nechcete nic slyšet, pane Lintone?" řekl jsem. „Heathcliff má vaše svolení přijít se dvořit slečně a zastavovat se při každé příležitosti, která se naskytne v nepřítomnosti, aby tím otrávil paní proti vám?"

Catherine byla sice zmatená, ale při našem rozhovoru byla ostražitá.

„Ach! Nelly si hrála na zrádkyni," vykřikla vášnivě. „Nelly je můj skrytý nepřítel. Ty čarodějnice! Takže hledáte elfí blesky, abyste nám ublížili! Nechte mě jít a já ji přiměju k lítosti! Přinutím ji, aby zavyla na odvolání!"

Pod obočím se jí rozhořela šílenecká zuřivost; zoufale se snažila vymanit z Lintonovy náruče. Necítil jsem žádnou chuť zdržovat se touto událostí; a protože jsem se rozhodl, že na vlastní odpovědnost vyhledám lékařskou pomoc, opustil jsem komoru.

Když jsem procházel zahradou a dostal se k silnici, v místě, kde je hák na uzdu zaražen do zdi, viděl jsem něco bílého, co se nepravidelně pohybovalo, zřejmě jiným činitelem než větrem. Přes svůj spěch jsem zůstal, abych si ji prohlédl, abych si někdy v duchu nevtiskl přesvědčení, že je to tvor z onoho světa. Mé překvapení a rozpaky byly veliké, když jsem zjistil, že spíše hmatem než zrakem visí na kapesníku špringér slečny Isabelly, který byl téměř v posledním dechu. Rychle jsem zvíře pustil a vynesl ho do zahrady. Viděl jsem ho následovat svou paní nahoru, když šla spát; a velmi se divil, jak se tam mohl dostat a jaký zlomyslný člověk s ním tak zacházel. Když jsem rozvazoval uzel kolem háku, zdálo se mi, že jsem opakovaně zachytil tlukot koňských nohou, které cválaly v určité vzdálenosti; ale bylo tam tolik věcí, které zaměstnávaly mé úvahy, že jsem na tu okolnost sotva pomyslel, ačkoli to byl na tom místě ve dvě hodiny ráno podivný zvuk.

Pan Kenneth naštěstí právě vycházel ze svého domu, aby se podíval na pacienta ve vesnici, když jsem šel po ulici; a mé vyprávění o nemoci Catherine Lintonové ho přimělo, aby mě okamžitě doprovodil zpět. Byl to prostý hrubý muž; a bez rozpaků vyslovil své pochybnosti o tom, že přežije tento druhý záchvat; pokud by nebyla poddajnější jeho pokynům, než se projevovala předtím.

„Nelly Deanová," řekl, „nemohu se ubránit dojmu, že je pro to ještě nějaký důvod. Co se dalo v Grange dělat? Máme tu podivné zprávy. Statná, srdečná dívka jako Catherine neonemocní ani za nic; a takoví lidé by také neměli. Je to těžká práce přenést je přes horečky a podobné věci. Jak to začalo?"

„Pán vás o tom bude informovat," odpověděl jsem. „ale vy jste obeznámen s násilnickými sklony Earnshawových a paní Lintonová je všechny zastřešuje. Mohu říci toto; začalo to hádkou. V bouři vášně ji zachvátil jakýsi záchvat. To je alespoň její příběh, protože odletěla v jeho výšce a zamkla se. Poté odmítla jíst a nyní střídavě blouzní a zůstává v polospánku; Znala je o sobě, ale její mysl byla naplněna všelijakými podivnými myšlenkami a iluzemi."

„Pan Linton toho bude litovat?" poznamenal Kenneth tázavě.

„Promiň? Kdyby se něco stalo, zlomí by mu srdce!" Odpověděl jsem. „Neplašte ho víc, než je nutné."

„Řekl jsem mu, aby se měl na pozoru," řekl můj přítel. „A musí nést následky toho, že nedbal mé výstrahy! Neměl se v poslední době důvěrně stýkat s panem Heathcliffem?"

„Heathcliff často navštěvuje panství," odpověděl jsem, „i když spíš proto, že ho paní znala jako chlapce, než proto, že by pán měl rád jeho společnost. V současné době je propuštěn z potíží s návštěvami; kvůli jistým troufalým touhám po slečně Lintonové, které projevoval. Nemyslím si, že ho znovu vezmou."

„A chová se k němu slečna Lintonová chladně?" zněla další doktorova otázka.

„Nemám její důvěru," odpověděl jsem, zdráhaje se pokračovat v tématu.

„Ne, je to lstivá," poznamenal a zavrtěl hlavou. „Ona si drží svou vlastní radu! Ale je to opravdu malý blázen. Z dobrých zdrojů jsem se dověděl, že včera v noci (a byla to hezká noc!) se s Heathcliffem procházeli po plantáži za vaším domem přes dvě hodiny; a naléhal na ni, aby už nechodila dovnitř, ale prostě nasedla na jeho koně a odjela s ním! Moje informátorka řekla, že ho mohla odradit pouze tím, že mu slíbila své čestné slovo, že bude připravena na jejich první setkání poté; když k němu mělo dojít, neslyšel; ale vy naléháte na pana Lintona, aby vypadal ostře!"

Tato zpráva mě naplnila novými obavami; Předběhl jsem Kennetha a běžel jsem většinu cesty zpátky. Pejsek ještě štěkal na zahradě. Ušetřil jsem minutu, abych mu otevřel branku, ale místo abych šel ke dveřím domu, pobíhal sem a tam, čenichaje trávu, a byl by utekl na silnici, kdybych se ho nezmocnil a nepřinesl s sebou. Když jsem vyšel do Isabellina pokoje, mé podezření se potvrdilo; byl prázdný. Kdybych byl přišel o několik hodin dříve, byla by nemoc paní Lintonové možná zastavila její ukvapený krok. Ale co se dalo dělat teď? Existovala jen malá možnost, že by je bylo možné dostihnout, kdyby je okamžitě pronásledovali. *Nemohl jsem* je však pronásledovat a neodvážil jsem se vzbudit rodinu a naplnit místo zmatkem, a tím méně jsem to sdělil svému pánovi, který byl zabrán do svého nynějšího neštěstí a neměl srdce nazbyt pro druhý zármutek! Neviděl jsem nic jiného, než držet jazyk za zuby a nechat věci plynout svým směrem; a když Kenneth dorazil, šel jsem mu to oznámit se špatně vyrovnaným výrazem. Kateřina ležela v neklidném spánku: jejímu manželovi se podařilo utišit přemíru šílenství; Visel teď nad jejím polštářem a sledoval každý odstín a každou změnu jejích bolestně výrazných rysů.

Doktor, když si případ sám prohlížel, mluvil s nadějí o tom, že případ bude mít příznivý konec, jen když kolem ní zachováme dokonalý a stálý klid. Pro mě znamenal, že hrozícím nebezpečím není ani tak smrt, jako trvalé odcizení intelektu.

Toho večera jsem nezavřela oči ani já, ani pan Linton: vskutku, nikdy jsme nešli spát; a služebnictvo vstávalo dlouho před obvyklou hodinou, kradmým krokem procházelo domem a vyměňovalo si šeptandu, když se potkávalo ve svých povoláních. Všichni byli činní, až na slečnu Isabellu; a začali si všímat, jak tvrdě spí: také její bratr se ptal, zda vstala, a zdálo se, že je netrpělivá na její přítomnost a že se jí ranilo, že projevila tak málo starostí o svou švagrovou. Třásl jsem se, aby mě neposlal, abych ji zavolal; byl jsem však ušetřen bolesti z toho, že jsem byl prvním hlasatelem jejího útěku. Jedna ze služebných, bezmyšlenkovitá dívka, která byla brzy ráno na pochůzce do Gimmertonu, vyběhla udýchaná nahoru s otevřenou pusou a vběhla do pokoje s křikem: „Ach, drahá, drahá! Jaký mun máme dál? Mistře, pane, naše mladá dáma –"

„Držte svůj hluk!" zvolal jsem spěšně, rozzuřen jejím křiklavým chováním.

„Mluvte tiše, Mary, co se děje?" řekl pan Linton. „Co trápí vaši mladou dámu?"

„Je pryč, je pryč! Heathcliff s ní utekl!" vydechla dívka.

„To není pravda!" zvolal Linton a rozčileně vstal. „To není možné: jak se ti ta myšlenka dostala do hlavy? Ellen Deanová, běž a hledej ji. Je to neuvěřitelné: to nemůže být."

Při těch slovech odvedl služebnou ke dveřím a pak zopakoval svůj požadavek, aby se dozvěděl důvody jejího takového tvrzení.

„Vždyť jsem na cestě potkala mladíka, který sem nosí mléko," vykoktala, „a ten se mě zeptal, jestli nemáme v Statku potíže. Myslel jsem, že má na mysli missisinu nemoc, a tak jsem odpověděl, že ano. Pak řekl: „Asi po nich někdo šel?" Zírala jsem. Viděl, že o tom nic nevím, a vyprávěl, jak se jeden pán s dámou zastavili v kovárně, dvě míle od Gimmertonu, nedlouho po půlnoci, aby si nechali připevnit podkovu. a jak kovářská dívka vstala, aby špehovala, kdo jsou: znala je oba přímo. A všimla si, že ten muž - byl to Heathcliff, tím si byla jistá: kromě toho by si ho nikdo nemohl splést - vložil jejímu otci do ruky sovereign k zaplacení. Dáma měla kolem obličeje plášť; ale zatoužila po doušku vody, a když ji pila, ustoupila a viděla ji zcela jasnou. Heathcliff držel za jízdy obě uzdy, odvrátili se od vesnice a jeli tak rychle, jak jim to hrbolaté cesty dovolovaly. Ta dívka otci nic neřekla, ale dnes ráno to všechno vyprávěla Gimmertonovi."

Běžel jsem a nakoukl, jen tak pro formu, do Isabellina pokoje; když jsem se vrátil, potvrdil jsem sluhovo prohlášení. Pan Linton se opět posadil na své místo u postele; Když jsem se vrátil, zvedl oči, přečetl význam mého prázdného vzhledu a pustil je, aniž by dal rozkaz nebo pronesl jediné slovo.

„Máme se pokusit o nějaká opatření, abychom ji dohonili a přivedli zpět?" zeptal jsem se. „Jak bychom si měli počínat?"

„Odešla sama od sebe," odpověděl mistr; „Měla právo jít, pokud chtěla. Už mě o ni nestarejte. Od nynějška je mou sestrou jen podle jména: ne proto, že bych se jí zřekl, ale proto, že ona se zřekla mne."

A to bylo vše, co o té věci řekl: nezeptal se na ni ani jednou, ani se o ní nijak nezmínil, kromě toho, že mi nařídil, abych jí poslal její majetek v domě do jejího nového domova, ať už to bylo kdekoli a až to budu vědět.

KAPITOLA XIII

Po dva měsíce zůstali uprchlíci nepřítomni; Během těchto dvou měsíců se paní Lintonová setkala s nejhorším šokem, který byl nazván mozkovou horečkou, a překonala ho. Žádná matka by nemohla kojit jediného dítěte tak oddaně, jako se o ni staral Edgar. Dnem i nocí bděl a trpělivě snášel všechny nepříjemnosti, které mu mohly způsobit podrážděné nervy a otřesený rozum; a ačkoli Kenneth poznamenal, že to, co zachránil z hrobu, se mu jen odvděčí tím, že se stane zdrojem neustálých obav o budoucnost - ve skutečnosti, že jeho zdraví a síla byly obětovány, aby zachránily pouhou zkázu lidstva - neznal mezí vděčnosti a radosti, když byl Catherinin život prohlášen za neohrožený; a hodinu za hodinou sedával vedle ní, sledoval postupný návrat k tělesnému zdraví a lichotil svým příliš optimistickým nadějím iluzí, že i její mysl se vrátí do správné rovnováhy a že brzy bude zcela sama sebou.

Poprvé opustila svou komnatu na začátku března následujícího roku. Pan Linton jí ráno položil na polštář hrst zlatých krokusů; Její pohled, který byl dlouho cizí jakémukoli záblesku rozkoše, je zachytil v bdění a zářil potěšením, když je dychtivě sbírala k sobě.

„To jsou nejstarší květiny na Výšinách," zvolala. „Připomínají mi měkké tání, teplé sluneční svit a téměř roztátý sníh. Edgare, nevane jižní vítr a není sníh už skoro pryč?"

„Sníh je tu už úplně pryč, miláčku," odpověděl její muž. „a na celém hřebeni vřesovišť vidím jen dvě bílé skvrny: obloha je modrá, skřivani zpívají a potoky jsou plné slz a potůčků. Catherine, loni na jaře touhou touhou touhou mít vás pod touto střechou; Přál bych si, abys byl míli nebo dvě do těch kopců: vzduch vane tak sladce, že mám pocit, že by tě vyléčil."

„Nebudu tam dřív než jednou," řekl nemocný. „a pak mě opustíte a já zůstanu navždy. Příští jaro budeš zase toužit po tom, abych byla pod touhle střechou, a když se ohlédneš zpátky, budeš si myslet, že jsi dnes byla šťastná."

Linton ji zahrnoval nejlaskavějším pohlazením a snažil se ji povzbudit nejněžnějšími slovy; ale neurčitě si všimla květin a nechala slzy stékat na řasy a stékat jí po tvářích, aniž by si toho všimla. Věděli jsme, že je jí opravdu lépe, a proto jsme usoudili, že dlouhé uvěznění na jednom místě vyvolává velkou část této sklíčenosti a že by se mohla částečně rozptýlit změnou prostředí. Mistr mi řekl, abych rozdělal oheň v opuštěném salonku, který trvá už mnoho týdnů, a abych si na slunci postavil křeslo k oknu; a pak ji stáhl dolů a ona dlouho seděla a těšila se z příjemného tepla a, jak jsme očekávali, oživena předměty kolem sebe: které, ačkoli byly známé, byly prosty bezútěšných asociací, které obklopovaly její nenáviděnou nemocnou komnatu. K večeru se zdála být velmi vyčerpaná; ale žádné argumenty ji nedokázaly přesvědčit, aby se vrátila do toho bytu, a tak jsem jí musela zařídit pohovku jako postel, dokud nebude připravena jiná místnost. Abychom se zbavili únavy při stoupání a sestupu po schodech, postavili jsme toto, kde nyní ležíte vy - na stejné poschodí se světnicí; a brzy byla dost silná, aby přecházela z jednoho do druhého a opírala se o Edgarovu paži. Ach, pomyslel jsem si, že by se mohla uzdravit, a tak vyčkávala, jak byla. A měli jsme dvojnásob důvod si to přát, protože na její existenci závisela existence někoho jiného: chovali jsme naději, že zakrátko se srdce pana Lintona zaradí a jeho pozemky budou zabezpečeny před cizím sevřením tím, že se nám narodí dědic.

Měl bych se zmínit o tom, že Isabela poslala svému bratrovi, asi šest týdnů před svým odjezdem, krátký dopis, v němž oznámila svůj sňatek s Heathcliffem. Zdálo se, že je sucho a zima; ale dole byla tužkou napíchnuta nejasná omluva a prosba o laskavou vzpomínku a usmíření, pokud ho její počínání urazilo: tvrdila, že si tehdy nemohla pomoci, a když byla hotova, neměla nyní žádnou moc, aby to zrušila. Linton na to, myslím, neodpověděl; a za dalších čtrnáct dní jsem dostal dlouhý dopis, který jsem považoval za podivný, protože pocházel z pera nevěsty, která se právě vrátila z líbánek. Přečtu si ji, neboť si ji ještě ponechám. Každá relikvie mrtvých je drahocenná, pokud byla ceněna živá.

*****

Drahá Ellen, už to začíná: Včera v noci jsem přijela na Větrnou hůrku a poprvé jsem se doslechla, že Catherine byla a dosud je velmi nemocná. Asi jí nesmím psát a můj bratr je buď příliš rozlobený, nebo příliš rozrušený, než aby odpověděl na to, co jsem mu poslal. Přesto musím někomu napsat a jediná možnost, která mi zbývá, jste vy.

Oznam Edgarovi, že bych dala za to, abych znovu spatřila jeho tvář - že mé srdce se vrátilo do Thrushcross Grange čtyřiadvacet hodin poté, co jsem ho opustila, a že je tam v této chvíli, plné vřelých citů k němu a ke Catherine! *Nemohu se jí však řídit* - (tato slova jsou podtržena) - nemusí mě očekávat a mohou z toho vyvozovat závěry, jaké se jim zlíbí, ale dávají si pozor, aby nic nekladli na dveře mé slabé vůle nebo nedostatečné náklonnosti.

Zbytek dopisu je jen pro tebe. Chci se vás zeptat na dvě otázky: první zní: Jak se vám podařilo zachovat si všeobecnou náklonnost lidské povahy, když jste zde bydlel? Nedokážu rozpoznat žádný pocit, který by se mnou lidé kolem sdíleli.

Druhá otázka mě velmi zajímá; je to toto: Je pan Heathcliff muž? Pokud ano, je šílený? A pokud ne, je to ďábel? Neřeknu vám důvody, proč jsem se po tom pátral; ale prosím vás, abyste mi vysvětlil, pokud můžete, co jsem si vzal: to jest, když mě zavoláte navštívit; a musíš se tam stavit, Ellen, velmi brzy. Nepište, ale pojďte a přineste mi něco od Edgara.

Nyní uslyšíte, jak jsem byl přijat ve svém novém domově, jak jsem veden k představě, že budou výšiny vypadat. Abych se pobavil, zabývám se takovými tématy, jako je nedostatek vnějšího pohodlí: nikdy nezaměstnávají mé myšlenky, leda ve chvíli, kdy se mi po nich stýská. Smála bych se a tančila radostí, kdybych zjistila, že jejich nepřítomnost je součtem mého utrpení a zbytek je jen nepřirozeným snem!

Slunce zapadlo za Gstate, když jsme odbočili na vřesoviště; podle toho jsem usoudil, že je šest hodin; a můj přítel se na půl hodiny zastavil, aby si prohlédl park a zahrady a pravděpodobně i místo samotné, jak nejlépe dovedl; a tak byla tma, když jsme sesedli na dlážděném dvoře statku a váš starý sluha Josef vyšel ven, aby nás přivítal ve světle ponorné svíce. Udělal to se zdvořilostí, která mu sloužila ke cti. Jeho prvním činem bylo, že pozvedl pochodeň na úroveň mého obličeje, zlomyslně přimhouřil oči, prostrčil spodní ret a odvrátil se. Pak vzal oba koně a zavedl je do stájí; znovu se objevili, abychom zamkli vnější bránu, jako bychom žili ve starobylém hradě.

Heathcliff zůstal, aby si s ním promluvil, a já jsem vstoupil do kuchyně - špinavé, neuklizené díry; Troufám si tvrdit, že byste to nepoznali, protože je to tak změněné od té doby, co jste to měli na starosti. U ohně stálo neurvalé dítě, silné v údech a špinavé v oděvu, s Catherininým pohledem v očích a kolem úst.

„Tohle je Edgarův zákonný synovec," uvažovala jsem, „svým způsobem můj; Musím mu potřást rukou a - ano - musím ho políbit. Je správné vytvořit si hned na začátku dobré porozumění."

Přistoupila jsem k němu, pokusila jsem se chytit jeho baculatou pěst a zeptala se: „Jak se ti daří, má drahá?"

Odpověděl žargonem, kterému jsem nerozuměl.

„Budeme vy a já přátelé, Haretone?" byla moje další esej v rozhovoru.

Přísaha a hrozba, že na mě poštve Škrtič, pokud se „nevzdám", byly odměnou za mou vytrvalost.

„Hej, Škrtič, chlapče!" zašeptal malý nešťastník a vyburcoval polokrevného buldoka z jeho doupěte v koutě. „Tak co, chceš se přebít?" zeptal se autoritativně.

Láska k mému životu naléhala na poslušnost; Překročil jsem práh a počkal, až ostatní vstoupí. Pana Heathcliffa nebylo nikde vidět; a Josef, kterého jsem následoval do stájí a požádal ho, aby mě doprovodil dovnitř, když na mě zíral a mumlal si pro sebe, zkřivil nos a odpověděl:

„Mim! Mim! Mim! Slyšelo snad nějaké křesťanské tělo něco podobného? Mletí un' munching! Jak mám vědět, co říkáte?"

„Říkám, přeji si, abys šel se mnou do domu!" Zvolal jsem, protože jsem si myslel, že je hluchý, ale zároveň jsem byl velmi znechucen jeho hrubostí.

„Ode mne žádného! Mám na práci něco jiného," odpověděl a pokračoval ve své práci. Pohnul zatím čelistmi lucerny a prohlížel si mé šaty a tvář (to první bylo až příliš krásné, ale to druhé, jsem si jista, tak smutné, jak si jen mohl přát) se svrchovaným opovržením.

Obešel jsem dvůr a brankou jsem došel k dalším dveřím, na které jsem si dovolil zaklepat v naději, že se objeví ještě nějaký státní úředník. Po krátkém napětí jej otevřel vysoký, hubený muž, bez šátku a jinak krajně nedbalý; jeho rysy se ztrácely v hromadách střapatých vlasů, které mu visely na ramenou; a *také jeho* oči byly jako přízračné oči Catherine, všechny jejich krásy byly zničeny.

„Co tu máte za lubem?" zeptal se chmurně. „Kdo jsi?"

„Jmenovala jsem *se* Isabella Lintonová," odpověděla jsem. „Už jste mě viděl, pane. Nedávno jsem se provdala za pana Heathcliffa a ten mě sem přivedl - předpokládám, že s vaším svolením."

„Vrátil se tedy?" zeptal se poustevník a zíral na sebe jako hladový vlk.

„Ano - přišli jsme právě teď," řekl jsem; „ale nechal mě u kuchyňských dveří; a když jsem chtěl jít dovnitř, hrál si váš chlapeček na stráž a plašil mě pomocí buldoka."

„Je dobře, že ten pekelný darebák dodržel slovo!" zavrčel můj budoucí hostitel a prohledával temnotu za mnou v očekávání, že objeví Heathcliffa. a pak se oddal monologu plným nadávek a hrozeb, co by byl udělal, kdyby ho ten „ďábel" oklamal.

Litoval jsem, že jsem se pokusil o druhý vchod, a málem jsem chtěl utéct, než dokončil kletbu, ale než jsem mohl svůj úmysl provést, nařídil mi, abych vstoupil dovnitř, zavřel a znovu zavřel dveře. Hořelo velké množství a to bylo všechno světlo v obrovském bytě, jehož podlaha se zbarvila do jednotvárně šedé; a kdysi zářivé cínové nádobí, které přitahovalo můj pohled, když jsem byla ještě dívka, mělo podíl na podobné temnotě, vytvořené špínou a prachem. Zeptal jsem se, zda mohu zavolat služebnou a nechat se odvést do ložnice. Pan Earnshaw neodpověděl. Přecházel sem a tam, s rukama v kapsách, a zřejmě úplně zapomněl na mou přítomnost; a jeho roztržitost byla zřejmě tak hluboká a celý jeho vzezření tak misantropické, že jsem se zdráhal ho znovu vyrušit.

Nepřekvapí tě, Ellen, že jsem se cítila obzvlášť neveselá, když jsem seděla v horší než samotě na tom nehostinném krbu a vzpomínala, že čtyři míle odtud leží můj rozkošný domov, v němž jsou jediní lidé, které jsem na zemi milovala; a místo těch čtyř mil by nás mohl rozdělovat Atlantik: nemohl bych je přejet! Ptal jsem se sám sebe – kam se mám obrátit pro útěchu? a - dej si pozor, neříkej to ani Edgarovi ani Catherine - nad vším smutkem vynikala tato růže: zoufalství z toho, že jsem nenašel nikoho, kdo by mohl nebo chtěl být mým spojencem proti Heathcliffovi! Hledal jsem útočiště na Větrné hůrce, téměř rád, protože jsem byl tímto opatřením zajištěn, abych s ním nežil sám; Znal však lidi, mezi které jsme přicházeli, a nebál se, že by se do toho vměšovali.

Seděl jsem a přemýšlel o smutné době: hodiny odbíjely osm a devět, a můj přítel stále přecházel sem a tam, hlavu skloněnou na prsou a úplně mlčel, pokud se z nich tu a tam neozvalo zasténání nebo hořký výkřik. Naslouchala jsem, abych v domě zaslechla ženský hlas, a naplnila jsem to mezidobí divokou lítostí a chmurným očekáváním, které konečně promlouvaly slyšitelně v nepotlačitelném vzdychání a pláči. Nevěděl jsem, jak otevřeně truchlím, dokud se Earnshaw nezastavil naproti ve své odměřené chůzi a nevrhl na mě pohled čerstvě probuzeného překvapení. Využila jsem jeho nabyté pozornosti a zvolala: „Jsem unavená z cesty a chci si jít lehnout! Kde je ta služka? Nasměrujte mě k ní, protože ona ke mně nepřijde!"

„Nemáme žádné," odpověděl; „Musíš si počkat sám!"

„Kde tedy musím spát?" Vzlykal jsem; Byla jsem nad rámec sebeúcty, obtížena únavou a ubohostí.

„Joseph vám ukáže Heathcliffovu komnatu," řekl. „Otevřete ty dveře - je tam."

Chtěl jsem poslechnout, ale on mě náhle zatkl a dodal tím nejpodivnějším tónem: „Buďte tak laskav a otočte zámkem a vytáhněte závoru - nevynechejte to!"

„Nuže!" Říkal jsem. „Ale proč, pane Earnshawe?" Nelíbila se mi představa, že bych se měl záměrně zaplést s Heathcliffem.

„Podívej se!" odpověděl a vytáhl z vesty podivně zkonstruovanou pistoli, která měla na hlavni připevněný dvousečný pružinový nůž. „To je velký pokušitel pro zoufalého člověka, že? Nemohu odolat a chodím s tím každý večer nahoru a zkouším jeho dveře. Pokud je jednou najdu otevřené, je konec; Dělám to neustále, i když jsem si ještě před minutou vybavoval sto důvodů, které by mě měly přimět k tomu, abych se zdržel: je to nějaký ďábel, který mě nabádá, abych zmařil své vlastní plány tím, že ho zabiju. Bojujete proti tomuto ďáblu o lásku, dokud můžete; Až přijde čas, ne všichni andělé v nebi ho zachrání!"

Zvědavě jsem si zbraň prohlížel. Napadla mě ohavná představa: jak mocný bych mohl mít takový nástroj! Vzal jsem mu ji z ruky a dotkl se čepele. Vypadal udiveně nad výrazem, který moje tvář nabyla během krátké vteřiny: nebyla to hrůza, byla to chamtivost. Žárlivě vytrhl pistoli zpět; zavřel nůž a vrátil jej do úkrytu.

„Je mi jedno, jestli mu to řeknete," řekl. „Dejte si ho na pozor a dávejte na něj pozor. Chápu, že víte, za jakých podmínek se nacházíme: jeho nebezpečí vás neděsí."

„Co ti Heathcliff udělal?" Zeptal jsem se. „V čem vám ublížil, že si zasloužíte tuto strašlivou nenávist? Nebylo by moudřejší vyzvat ho, aby odešel z domu?"

„Ne!" zahřměl Earnshaw. „Kdyby se nabídl, že mě opustí, je to mrtvý muž: přemluvte ho, aby se o to pokusil, a jste vražedkyně! Mám ztratit *všechno*, bez šance na získání? Má být Hareton žebrákem? Ach, prokletí! Dostanu ji zpět, a budu mít *také jeho* zlato, a pak jeho krev, a peklo bude mít jeho duši! S tímto hostem bude desetkrát temněji než kdy předtím!"

Seznámila jsi mě, Ellen, se zvyky tvého starého pána. Je zjevně na pokraji šílenství: byl jím přinejmenším minulou noc. Zachvěl jsem se, že jsem v jeho blízkosti, a pokládal jsem sluhovu nevychovanou mrzutost za poměrně příjemnou. Dal se znovu do své náladové procházky, já jsem zvedl petlici a utekl do kuchyně. Josef se skláněl nad ohněm a nahlížel do velké pánve, která se nad ním houpala; a dřevěná miska s ovesnými vločkami stála na pozemku opodál. Obsah pánve se začal vařit a on se otočil, aby ponořil ruku do mísy; Usoudil jsem, že tato příprava je pravděpodobně k naší večeři, a protože jsem měl hlad, rozhodl jsem se, že bude k jídlu; a tak ostře vykřikl: „Udělám kaši!" Odstranil jsem loď z jeho dosahu a jal jsem se smeknout klobouk a jezdecký hábit. „Pan Earnshaw," pokračoval jsem, „mi nařizuje, abych si počkal sám: udělám to. Nebudu si hrát na dámu mezi vámi, ze strachu, že bych umřela hlady."

„Bože!" zamumlal, posadil se a pohladil si žebrované punčochy od kolen až ke kotníkům. „Jestli tu mají být nová jídla - zrovna když si zvyknu na dva mistry, když si najdu *paní*, která mi bude k dispozici, je to jako čas na útěk. Nikdy by mě nenapadlo, že se dnes podívám na to, že jsem to soví místo zablátil - ale pochybuji, že je to blízko!"

Tento nářek nevzbudil u mne pozornosti: šel jsem svižně do práce a vzdychal jsem, abych si vzpomněl na dobu, kdy to byla jen veselá zábava; ale byl nucen rychle zahnat vzpomínku. Trápilo mě vzpomínat na minulé štěstí a tím větší bylo nebezpečí, že se vykouzlí jeho zjevení, tím rychleji se thible točila kolem a tím rychleji padaly hrsti jídla do vody. Joseph pohlížel na můj styl vaření s rostoucím rozhořčením.

„Slyšte!" vykřikl. „Haretone, ty si nebudeš dávat kaši to-neeght; Nebudou ničím jiným než kusy velkými jako moje neive. Thear, agean! Na vašem místě bych házel do mísy se vším všudy! Tam, bledý a fuj, pak už s tím skončíte. Prásk, prásk. Je to milost, že se oba nevzdají!"

Přiznávám, *že to byl* dost hrubý nepořádek, když se nalil do nádrží; byly připraveny čtyři a z mlékárny byl přivezen galonový džbán nového mléka, kterého se Hareton zmocnil a začal ho pít a vylévat z rozsáhlého rtu. Vysvětloval jsem mu a přál si, aby dostal svůj v hrnku; ujišťoval mě, že nemohu ochutnat tekutinu, se kterou jsem byl tak špinavě pojednán. Starý cynik se rozhodl, že se nad touto jemností nesmírně urazí; opakovaně mě ujišťoval, že „stodola je stejně dobrá" jako já, „a stejně vlhká", a divil se, jak jsem mohl být tak domýšlivý. Mezitím malý rváč pokračoval v sání; a vzdorovitě se na mě zamračil, když otročil ve džbánu.

„Budu večeřet v jiném pokoji," řekl jsem. „Nemáte žádné místo, které byste nazval salonem?"

„Salonek!" opakoval posměšně, „*salonek*! Ba ne, nemáme žádné *salóny*. Jestli je to společnost, je tu mistr; Jestli jsi ten pán, tak jsme tu my."

„Půjdu tedy nahoru," odpověděl jsem. „Ukažte mi komoru."

Postavil jsem umyvadlo na podnos a šel jsem sám pro další mléko. S velkým reptáním ten chlapík vstal a předešel mě při mém výstupu; vystoupili jsme na půdu; Tu a tam otevřel dveře, aby nahlédl do bytů, které jsme míjeli.

„Tady je rahm," řekl nakonec a odhodil zpátky rozmrzelou desku na pantech. „Je to weel eneugh sníst pár kaší. Na rohu je balík kukuřice, týrkový, potměšilý klon; Jestli se bojíte, že si ukážete své velké hedvábné pláště, roztáhněte svůj hankerchir."

„Rahm" byl jakýsi dřevěný důlek, který silně páchl sladem a obilím; různé pytle, z nichž předměty byly navršeny kolem dokola, takže uprostřed zůstal široký, holý prostor.

„Člověče," zvolal jsem a rozzlobeně jsem se k němu obrátil, „tohle není místo na spaní. Ráda bych viděla svou ložnici."

„*Bed-rume*!" opakoval posměšným tónem. „Yah see all t' *bed-rumes* thear is - yon's is mine."

Ukázal do druhého podkroví, které se od prvního lišilo jen tím, že bylo kolem stěn nahější a mělo velkou, nízkou postel bez záclon a na jednom konci přikrývku indigové barvy.

„Co chci s vaším?" Odsekl jsem. „Předpokládám, že pan Heathcliff nebydlí nahoře v domě, že ne?"

„Ach! To je u pana *Hathecliffa*, kterého hledáte?" zvolal, jako by chtěl něco objevit. „Nemohli jste to říct hned tak? „Tak jsem vám to řekl, baht všechen ten krumpál, že to je jen jeden, co vy cvok vidíte - on to pořád drží pod zámkem, un' nob'dy iver mell on on than hissel."

„Máte pěkný dům, Josefe," nemohl jsem se ubránit poznámce, „a příjemné obyvatele; a myslím, že koncentrovaná podstata všeho šílenství světa se usadila v mém mozku toho dne, kdy jsem spojil svůj osud s jejich! To však není k dnešnímu účelu - jsou tu i jiné místnosti. Proboha, pospěšte si a nechte mě někde se usadit!"

Na toto zaklínání neodpověděl; jen jsem se zarputile plahočil po dřevěných schodech a zastavil se před bytem, který jsem podle toho zastavení a podle vysoké kvality jeho zařízení usoudil, že je nejlepší. Byl tam koberec - pěkný, ale vzor byl zastřen prachem; ohniště zavěšené na řezaném papíře, rozpadajícím se na kusy; pěkná dubová postel s bohatými karmínovými závěsy z dosti drahého materiálu a moderní výroby; Zřejmě však zažili hrubé zacházení: vallances visely ve girlandách, vyrvány z prstenů, a železná tyč, která je podpírala, byla na jedné straně ohnuta do oblouku, takže drapérie se táhla po podlaze. Židle byly také poškozeny, mnohé z nich vážně; a hluboké prohlubně deformovaly panely stěn. Snažil jsem se sebrat odvahu vstoupit a zmocnit se majetku, když mi můj pošetilý průvodce oznámil: „Tady je mistrův." Moje večeře byla tou dobou studená, chuť k jídlu pryč a trpělivost vyčerpána. Trval jsem na tom, aby mi bylo okamžitě poskytnuto útočiště a prostředky k odpočinku.

„Slyšíš divila?" začal řeholní stařešina. „Pán nám žehnej! Bůh nám odpusť! Co byste *sakra* chtěli přepadnout? Vy zkažení, teď unavení! Viděl jsi všechno, kromě Haretona, tak trochu šmejda. Tam dole už není žádná hoile!"

Byl jsem tak rozmrzelý, že jsem mrštil podnosem i s jeho obsahem na zem; a pak jsem se posadil na nároží schodiště, skryl jsem si tvář do dlaní a plakal.

„Ech! „Ach!" zvolal Josef. „Tak to je hotové, slečno Cathy! Hotovo, slečno Cathy! Ale maister sall jen tak prohrál ty brockenové hrnce; un' pak slyšíme summut; Slyšeli jsme, jak to má být. Hloupé šílenství! zasloužíte si po tom toužit Churstmasovi, házet drahocenné dary, ehm, Bůh pod hlavu vašich slizkých zuřivostí! Ale jsem ztracen, když ukážete svůj sperrit lang. Bude Hathecliff bide sich bonny ways, myslíte? Přál bych si, aby vás mohl chytit i toho pliskyho. Přál bych si, aby mohl."

A tak pokračoval v hubování do svého doupěte dole a vzal si s sebou svíčku; a já jsem zůstal ve tmě. Období přemýšlení, které následovalo po tomto hloupém činu, mě přinutilo přiznat si, že je nutné udusit svou pýchu a udusit svůj hněv a přimět se, abych odstranil jeho účinky. Vzápětí se objevila nečekaná pomoc v podobě Škrtiče, v němž jsem teď poznal syna našeho starého Skulkera: strávil své mládí na statku a můj otec ho daroval panu Hindleymu. Zdá se mi, že mě znal: přitiskl svůj nos na můj pozdrav a pak spěchal pozřít kaši; zatímco jsem tápal ze schodu na stupeň, sbíral roztříštěnou kameninu a kapesníkem sušil cákance mléka ze zábradlí. Sotva naše práce skončila, zaslechl jsem v chodbě Earnshawovy kroky; můj asistent si zastrčil ocas a přitiskl se ke zdi; Vkradla jsem se do nejbližších dveří. Psí snaha vyhnout se mu byla neúspěšná; jak jsem uhodl podle smečaře dole a táhlého, žalostného jekotu. Měl jsem větší štěstí: šel dál, vešel do své komnaty a zavřel dveře. Hned nato přišel Joseph s Haretonem, aby ho uložil do postele. Našel jsem útočiště v Haretonově pokoji, a když mě stařec uviděl, řekl: „Jsou to rahm for boath vy un' un' pýcha, teď si myslím, že jsem hahse. Je prázdný; můžete to všechno vzít na sebe, jako Allas dělá třetí, jsem nemocná společnost!"

S radostí jsem využil tohoto náznaku, a jakmile jsem se vrhl do křesla u krbu, přikývl jsem a usnul. Můj spánek byl hluboký a sladký, i když skončil příliš brzy. Probudil mě pan Heathcliff; právě vešel dovnitř a svým láskyplným způsobem se mě zeptal, co tam dělám? Řekl jsem mu, proč jsem zůstal vzhůru tak dlouho - že má v kapse klíč od našeho pokoje. Přídavné jméno *náš* dal smrtelnou urážku. Přísahal, že to není a nikdy nebude moje; a on by - ale nebudu opakovat jeho řeči, ani popisovat jeho obvyklé chování: je vynalézavý a neúnavný ve snaze získat si můj odpor! Někdy se mu divím s takovou intenzitou, že to otupuje můj strach, ale ujišťuji vás, že tygr nebo jedovatý had by ve mně nevzbudili stejnou hrůzu, jakou probouzí on. Řekl mi o Catherinině nemoci a obvinil mého bratra, že ji způsobil; slíbil jsem, že budu Edgarovým zástupcem v utrpení, dokud se ho nezmocní.

Nenávidím ho - jsem ubohá - byla jsem blázen! Dejte si pozor, abyste to neřekl ani jedním dechem komukoli v Grange. Budu vás očekávat každý den - nezklamte mě! - ISABELLA.

KAPITOLA XIV

Jakmile jsem si přečetla tento dopis, šla jsem za mistrem a oznámila mu, že jeho sestra přijela do Výšin, a poslala mi dopis, v němž vyjádřila svůj zármutek nad situací paní Lintonové a vroucí přání setkat se s ním; S přáním, aby jí co nejdříve předal nějaký důkaz mého odpuštění.

„Odpuštění!" řekl Linton. „Nemám jí co odpustit, Ellen. Jestli chcete, můžete se dnes odpoledne zastavit na Větrné hůrce a říct, že se nezlobím, ale je mi *líto*, že jsem ji ztratil, tím spíš proto, že si nikdy nedokážu představit, že bude šťastná. Nepřichází však v úvahu, abych ji navštívil: jsme věčně rozděleni; a kdyby mi opravdu chtěla vyhovět, ať přemluví toho darebáka, kterého si vzala, aby opustil zemi."

„A vy jí nenapíšete ani lístek, pane?" Zeptal jsem se úpěnlivě.

„Ne," odpověděl. „Je to zbytečné. Můj styk s Heathcliffovou rodinou bude stejně skoupý jako jeho s mým. To nebude existovat!"

Chlad pana Edgara mě nesmírně deprimoval; a celou cestu z Grange jsem si lámal hlavu nad tím, jak mám vložit více srdce do toho, co říkal, když jsem to opakoval; a jak zmírnit jeho odmítnutí byť jen několika řádků, aby Isabellu utěšil. Troufám si tvrdit, že mě vyhlížela od rána; viděl jsem ji, jak se dívá mříží, když jsem stoupal po zahradní hrázi, a kývl jsem na ni; ale odtáhla se, jako by se bála, že bude pozorována. Vstoupil jsem bez zaklepání. Nikdy nebylo tak bezútěšné, pochmurné scény, jakou skýtal dříve veselý dům! Musím se přiznat, že kdybych byl na místě té mladé dámy, byl bych alespoň zametl krb a vytřel stoly prachovkou. Ona však již měla podíl na pronikavém duchu zanedbávání, který ji obklopoval. Její hezká tvář byla povadlá a apatická; vlasy měla nezvlněné; některé kadeře jí visely zběhlé dolů a jiné ledabyle zkroucené kolem hlavy. Pravděpodobně se nedotkla svých šatů od včerejšího večera. Hindley tam nebyl. Pan Heathcliff seděl u stolu a převracel v náprsní tašce nějaké papíry; ale vstal, když jsem se objevil, zeptal se mě, jak se mi daří, docela přátelsky, a nabídl mi židli. Byl tam tím jediným, co se zdálo slušné; a myslel jsem si, že nikdy nevypadal lépe. Okolnosti změnily jejich postavení natolik, že by byl na cizince jistě zapůsobil jako rozený a vychovaný gentleman; a jeho žena jako důkladný flákač! Dychtivě ke mně přistoupila, aby mě přivítala, a podala mi ruku, aby si vzala očekávaný dopis. Zavrtěl jsem hlavou. Nerozuměla té narážce, ale šla za mnou k příborníku, kde jsem si šel položit čepec, a šeptem mě prosila, abych jí dal rovnou to, co jsem přinesl. Heathcliff uhodl, co znamenají její manévry, a řekl: „Jestli máš něco pro Isabellu (což nepochybně máš, Nelly), dej jí to. Nemusíte se tím tajit: nemáme mezi sebou žádná tajemství."

„Ach, nic nemám," odpověděl jsem a myslel jsem si, že bude nejlepší, když hned řeknu pravdu. Můj pán mi řekl, abych řekla jeho sestře, že od něho teď nesmí očekávat ani dopis, ani návštěvu. Posílá vám svou lásku, madam, a přání vašeho štěstí a odpuštění za zármutek, který jste způsobila; myslí si však, že po této době by jeho domácnost a domácnost zde měly přestat se vzájemným stykem, protože by z jeho udržování nemohlo nic vzejít."

Paní Heathcliffová se lehce zachvěla rty a vrátila se na své místo u okna. Její manžel se postavil na krb vedle mne a začal klást otázky týkající se Catherine. Řekl jsem mu o její nemoci tolik, kolik jsem považoval za vhodné, a on ze mne křížovým výslechem vymámil většinu faktů spojených s jejím původem. Obviňoval jsem ji, jak si zasloužila, že si to všechno způsobila sama; a skončil tím, že doufal, že bude následovat příkladu pana Lintona a vyhne se budoucím zásahům do své rodiny, ať už v dobrém nebo ve zlém.

„Paní Lintonová se právě zotavuje," řekl jsem; „Už nikdy nebude jako dřív, ale její život je ušetřen; a pokud si jí opravdu vážíte, budete se vyhýbat tomu, abyste jí znovu zkřížili cestu: ne, úplně se odstěhujete z této země; a abyste toho nelitoval, musím vás informovat, že Catherine Lintonová se nyní liší od vaší staré přítelkyně Catherine Earnshawové, stejně jako se tato mladá dáma liší ode mne. Její zevnějšek se velmi změnil, její povaha ještě více; a člověk, který je nucen být jejím společníkem, si bude svou náklonnost udržovat jen při vzpomínce na to, čím kdysi byla, obyčejnou lidskostí a smyslem pro povinnost!"

„To je docela možné," poznamenal Heathcliff a přinutil se tvářit klidně, „je docela možné, že váš pán bude mít jen obyčejnou lidskost a smysl pro povinnost, o kterou se může opřít. Myslíte si ale, že přenechám Kateřinu jeho povinnostem a *lidskosti*? A můžete porovnat mé pocity ke Kateřině s jeho? Než odejdete z tohoto domu, musím si od vás vynutit slib, že mi s ní zajistíte rozhovor: souhlas, nebo odmítněte, uvidím ji! Co říkáte?"

„Říkám, pane Heathcliffe," odpověděl jsem, „nesmíte: nikdy to neuděláte, s mými prostředky. Další setkání mezi tebou a mistrem by ji úplně zabilo."

„S vaší pomocí se tomu lze vyhnout," pokračoval; „a kdyby jí něco takového hrozilo - kdyby byl příčinou toho, že by její existence ještě o něco nepříjemněji přispěla - myslím, že bych měla právo zacházeti do extrémů! Přál bych si, abyste byl dost upřímný a řekl mi, zda by Catherine velmi trpěla jeho ztrátou: strach, že by mě držela na uzdě. A v tom vidíte rozdíl mezi našimi pocity: kdyby byl na mém místě a já na jeho místě, i když jsem ho nenáviděla nenávistí, která obrátila můj život ve žluč, nikdy bych proti němu nevztáhl ruku. Můžeš se tvářit nedůvěřivě, chceš-li! Nikdy bych ho nevykázal ze své společnosti, pokud by si přála jeho. V okamžiku, kdy by přestala brát ohled, byl bych mu vyrval srdce z těla a vypil bych jeho krev! Ale do té doby - pokud mi nevěříte, neznáte mě - do té doby bych umřel jen o několik centimetrů, než bych se dotkl jediného vlasu na jeho hlavě!"

„A přece," přerušil jsem ji, „nemáte žádné zábrany úplně zničit všechny naděje na její dokonalé uzdravení tím, že se na ni vrhnete nyní, když na vás téměř zapomněla, a zatáhnete ji do nové vřavy nesouladu a úzkosti."

„Myslíš, že na mě málem zapomněla?" řekl. „Ach, Nelly! Víte, že ne! Víte stejně dobře jako já, že za každou myšlenku, kterou věnuje Lintonovi, utratí tisíc za mne! V nejbídnějším období svého života jsem měl takovou představu: pronásledovala mě, když jsem se loni v létě vrátil do sousedství; ale jen její vlastní ujištění mě mohlo přimět k tomu, abych znovu přiznal tu hroznou myšlenku. A pak by Linton nebyl nic, ani Hindley, ani všechny sny, které se mi kdy zdály. Mou budoucnost by vystihla dvě slova – *smrt* a *peklo*: existence, až ji ztratíme, bude peklem. Přesto jsem byl blázen, když jsem si na okamžik myslel, že si cení náklonnosti Edgara Lintona víc než mé. Kdyby miloval všemi silami své mrňavé bytosti, nemohl by za osmdesát let milovat tolik, kolik bych já dokázal za den. A Catherine má srdce stejně hluboké jako já: moře by se dalo do toho koňského koryta vejít tak snadno, jako by si on přivlastnil celou její náklonnost. Tush! Je jí sotva o píď dražší než její pes nebo její kůň. Není v něm, aby byl milován jako já: jak by mohla milovat v něm to, co on nemá?"

„Catherine a Edgar se mají tak rádi, jak jen dva lidé mohou být," zvolala Isabella s náhlou živostí. „Nikdo nemá právo mluvit tímto způsobem a já nechci poslouchat, jak se můj bratr mlčením znehodnocuje!"

„Tvůj bratr tě má taky náramně rád, viď?" poznamenal Heathcliff pohrdavě. „Obrací vás na svět s překvapivou horlivostí."

„Neví, čím trpím," odpověděla. „To jsem mu neřekl."

„Tak jste mu něco říkal: vy jste psal, že?"

„Abych mohla říci, že jsem vdaná, napsala jsem - viděla jste ten lístek."

„A od té doby nic?"

„Ne."

„Moje mladá dáma na tom vypadá smutně, protože se její stav změnil," poznamenal jsem. „Něčí láska v jejím případě samozřejmě přijde zkrátka; jehož, mohu se dohadovat; ale snad bych to neměl říkat."

„Hádal bych, že je to její vlastní," řekl Heathcliff. „Zvrhává se v pouhou děvku! Už ji nebaví snažit se mě potěšit nezvykle brzy. Stěží byste tomu uvěřili, ale hned druhý den naší svatby plakala, že chce jít domů. O to víc se jí však bude hodit do tohoto domu, protože nebude příliš milá, a já se postarám, aby mě nezostudila tím, že se bude toulat po cizině."

„Nuže, pane," odpověděl jsem, „doufám, že uznáte, že paní Heathcliffová je zvyklá na to, že se o ni někdo stará a že ji obsluhuje; a že byla vychovávána jako jediná dcera, které byl každý ochoten sloužit. Musíš jí dát služku, aby kolem ní udržovala pořádek, a musíš se k ní chovat laskavě. Ať už si o panu Edgarovi myslíte cokoli, nemůžete pochybovat o tom, že má schopnost vytvořit si k němu pevné pouto, jinak by se nevzdala elegance, pohodlí a přátel svého bývalého domova, aby se s vámi spokojeně usadila v takové pustině, jako je tato."

„Opustila je v bludu," odpověděl; „představovala si ve mně romantického hrdinu a očekávala neomezené požitky od mé rytířské oddanosti. Sotva se na ni mohu dívat jako na rozumného tvora, tak tvrdošíjně trvala na tom, aby si vytvořila bájnou představu o mé povaze a jednala na základě falešných dojmů, které v sobě chovala. Ale myslím, že mě konečně začíná znát: nevnímám ty hloupé úsměvy a grimasy, které mě zprvu provokovaly; a nesmyslná neschopnost rozeznat, že to myslím vážně, když jsem jí sdělil svůj názor na její pobloudění a na ni samotnou. Bylo to podivuhodné úsilí s prozíravostí, abych zjistil, že ji nemiluji. Kdysi jsem věřila, že ji tomu žádná lekce nemůže naučit! A přece je špatně naučená; neboť dnes ráno mi oznámila jako projev děsivé inteligence, že se mi skutečně podařilo přimět ji, aby mě nenáviděla! Pozitivní Herkulova práce, ujišťuji vás! Pokud se to podaří, mám důvod vám to oplatit, děkuji. Mohu věřit tvému tvrzení, Isabello? Jsi si jistý, že mě nenávidíš? Kdybych tě nechala půl dne o samotě, nepřišla bys ke mně zase vzdychat a žoupat? Troufám si tvrdit, že by byla raději, kdybych se před vámi jevil jako něžný: zraňuje její ješitnost, když je pravda odhalena. Ale je mi jedno, kdo ví, že ta vášeň byla celá na jedné straně, a nikdy jsem jí o tom nehlal. Nemůže mě obvinit, že bych projevila byť jen trochu klamné měkkosti. První, co mě viděla, když jsem vyšel ze statku, bylo, že jsem pověsil jejího psíka; a když o to prosila, první slova, která jsem pronesl, byla přání, abych pověsil všechny bytosti, které jí patří, kromě jedné: možná si tu výjimku vzala pro sebe. Ale žádná brutalita ji neznechutila: myslím, že k ní má vrozený obdiv, kdyby jen její drahá osoba byla uchráněna před újmou! Nuže, nebyla to hloubka absurdity -

nefalšované idiocie, že se té politováníhodné, otrocké, podlé brachu zdálo, že bych ji mohl milovat? Řekni své pánce Nelly, že jsem se nikdy v životě nesetkala s tak ubohou věcí, jako je ona. Dokonce zneuctí jméno Linton; a já jsem někdy z čirého nedostatku invence ustoupil ve svých pokusech o tom, co by mohla vydržet, a stále se hanebně krčím! Řekni mu však také, aby uklidnil své bratrské a magisteriální srdce: že se přísně držím v mezích zákona. Až do této doby jsem se vyhýbal tomu, abych jí dával sebemenší právo žádat o rozchod; a co víc, nikomu by nepoděkovala za to, že nás rozdělil. Kdyby chtěla odejít, mohla by: nepříjemnost její přítomnosti převažuje nad uspokojením z jejího trápení!"

„Pane Heathcliffe," řekl jsem, „to jsou řeči šílence; Vaše žena je s největší pravděpodobností přesvědčena, že jste se zbláznili; a proto s vámi až dosud snášela, ale teď, když říkáte, že může jít, jistě toho povolení využije. Nejste tak očarovaná, madam, že ne, abyste u něho zůstala sama od sebe?"

„Dávej pozor, Ellen!" odpověděla Isabela a oči jí hněvivě jiskřily. Z jejich výrazu nebylo pochyb o úplném úspěchu snah jejího partnera o to, aby si ho zahanbil. „Nevěřte ani jedinému slovu, které říká. Je to prolhaný ďábel! Netvor, a ne člověk! Bylo mi řečeno, že ho možná opustím už dříve; a pokusil jsem se o to, ale neodvažuji se to opakovat! Jen, Ellen, slib, že se nezmíníš ani o slabice z jeho nechvalně proslulého rozhovoru mému bratrovi ani Catherine. Ať předstírá cokoli, chce Edgara vyprovokovat k zoufalství: říká, že si mě vzal schválně, aby nad sebou získal moc; a on ji nezíská - já umřu první! Jen doufám, modlím se, aby zapomněl na svou ďábelskou prozíravost a zabil mě! Dovedu si představit jediné potěšení ze smrti nebo z pohledu na jeho mrtvého!"

„Tak - to bude prozatím stačit!" řekl Heathcliff. „Až tě předvolají k soudu, vzpomeneš si na její slova, Nelly! A dobře si prohlédněte tu tvář: je blízko bodu, který by mi vyhovoval. Ne; Isabello, teď se nehodíš být svou vlastní strážkyní, Isabello; a já, jako váš zákonný ochránce, vás musím ponechat ve své péči, ať je to jakkoli odporné závazek. Jděte nahoru; Musím si něco říct s Ellen Deanovou v soukromí. To není cesta nahoře, to vám říkám! Vždyť tohle je ta cesta nahoru, dítě!"

Popadl ji a vystrčil z pokoje; a vrátil se a zamumlal: „Nemám z toho slitování! Nemám žádnou lítost! Čím více se červi svíjejí, tím více toužím vydrat jejich vnitřnosti! Je to morální prořezávání zoubků; a brousím s větší energií úměrně tomu, jak se bolest zvětšuje."

„Chápete, co znamená slovo lítost?" Řekl jsem a spěchal jsem si znovu nasadit čepec. „Pocítil jsi někdy v životě jeho dotek?"

„To si zapiš!" přerušil mě, když zpozoroval, že mám v úmyslu odejít. „Ještě neodcházíte. Pojď sem, Nelly: musím tě buď přesvědčit, nebo přinutit, abys mi pomohla splnit mé rozhodnutí navštívit Catherine, a to bez odkladu. Přísahám, že nechci ublížit: nechci způsobit žádný rozruch, ani popudit nebo urazit pana Lintona; Chci jen slyšet od ní, jak se má a proč je nemocná; a aby se zeptala, zda by jí bylo k užitku všechno, co bych mohl udělat. Včera v noci jsem byl v zahradě Grange šest hodin a vrátím se tam dnes večer; a budu se tu potloukat každou noc a každý den, dokud nenaleznu příležitost vstoupit. Potká-li mě Edgar Linton, nebudu váhat ho srazit k zemi a dám mu dost, abych si zajistil klid, dokud zůstanu. Pokud se mi jeho služebníci postaví na odpor, vyhrožuji jim těmito pistolemi. Nebylo by však lepší zabránit tomu, abych se s nimi nebo s jejich pánem setkal? A mohli byste to udělat tak snadno. Varoval bych tě, až bych přišel, a pak bys mě mohl nepozorovaně pustit dovnitř, jakmile by byla sama, a dávat pozor, dokud neodejdu, s klidným svědomím: bránil bys neštěstí."

Protestovala jsem proti tomu, abych hrála tuto zrádnou úlohu v domě svého zaměstnavatele, a kromě toho jsem zdůrazňovala, že je kruté a sobecké, že pro své uspokojení zničil klid paní Lintonové. „Ta nejobyčejnější událost ji bolestně vyděsí," řekl jsem. „Je samá nervózní a nemohla snést překvapení, jsem si jistá. Nezdržujte se, pane! jinak budu nucen informovat svého pána o vašich záměrech; a udělá opatření, aby zabezpečil svůj dům a jeho obyvatele před takovými neospravedlnitelnými vniknutími!"

„V tom případě učiním opatření, abych vás zabezpečil, ženská!" zvolal Heathcliff; „Neopustíte Větrnou hůrku dříve než zítra ráno. Je pošetilé tvrdit, že Catherine nemohla snést pohled na mne; a pokud jde o to, abych ji překvapila, netoužím po tom: musíte ji připravit - zeptejte se jí, jestli smím přijít. Říkáte, že se nikdy nezmiňuje o mém jménu a že se nikdy nezmiňuji o mně. Komu by se o mně měla zmínit, když jsem v domě zakázaným tématem? Myslí si, že jste všichni špehové pro jejího manžela. Ach, nepochybuji o tom, že je mezi vámi v pekle! Z jejího mlčení soudím, že stejně jako cokoli jiného cítí, co cítí. Říkáte, že je často neklidná a úzkostlivá: je to důkaz klidu? Mluvíte o tom, že její mysl je neklidná. Jak by to u všech čertů mohlo být jinak v její strašlivé izolaci? A to mdlé, nicotné stvoření, které ji doprovází z *povinnosti* a *lidskosti*! Ze *soucitu* a *dobročinnosti*! Mohl by stejně dobře zasadit dub do květináče a očekávat, že se mu bude dařit, jako by si představoval, že mu může vrátit sílu v půdě svých mělkých starostí! Vyřiďme si to hned: zůstanete tady a já se mám probojovat ke Catherine kvůli Lintonovi a jeho lokajovi? Nebo budeš mým přítelem, jako jsi byl doposud, a učiníš, oč tě žádám? Rozhodnout! neboť není důvodu, abych se zdržoval ještě minutu, budete-li setrvávat ve své tvrdošíjné zlopotě!"

Nuže, pane Lockwoode, hádal jsem se a stěžoval si a padesátkrát jsem ho kategoricky odmítl; Ale z dlouhodobého hlediska mě donutil k dohodě. Slíbil jsem, že od něho ponesu dopis své paní; a kdyby souhlasila, slíbil jsem, že mu dám zprávu o Lintonově příští nepřítomnosti z domova, až by mohl přijít a nastoupit, jak bude moci: já bych tam nebyl a moji spolusluženíci by byli stejně tak z cesty. Bylo to správné nebo špatné? Obávám se, že to bylo špatné, i když účelné. Myslel jsem, že jsem zabránil dalšímu výbuchu tím, že jsem se podvolil; a také jsem si myslela, že by to mohlo způsobit příznivou krizi v Catherinině duševní chorobě: a pak jsem si vzpomněla na přísné pokárání pana Edgara ohledně mých snůšských povídaček; a snažil jsem se rozptýlit všechen neklid v této věci tím, že jsem často opakoval ujišťování, že tato zrada důvěry, pokud si zaslouží tak ostré označení, by měla být poslední. Přesto byla má cesta domů smutnější než cesta tam; a měla jsem mnoho pochybností, než jsem se dokázala přemoci a vložila dopis do rukou paní Lintonové.

Ale tady je Kenneth; Půjdu dolů a řeknu mu, jak se ti daří lépe. Moje historie je *suchá*, jak říkáme, a poslouží k tomu, abych si ukrátil další ráno.

* * * * *

Sucho a bezútěšné! Uvažovala jsem, jak ta dobrá žena sestoupila dolů, aby přivítala doktora, a ne zrovna toho druhu, který bych si byla vybrala, aby mě pobavila. Ale to nevadí! Z hořkých bylin paní Deanové vytáhnu zdravé léky; a za prvé mi dovolte dát si pozor na fascinaci, která se skrývá v zářivých očích Catherine Heathcliffové. Byl bych zvědavý, kdybych odevzdal své srdce tomuto mladému člověku a z dcery by vzešlo druhé vydání matky.

KAPITOLA XV

Je za námi další týden - a já jsem o tolik dní blíž zdraví a jaru! Vyslechla jsem si teď celou historii své sousedky na různých zasedáních, protože hospodyně si mohla uvolnit čas od důležitějších zaměstnání. Budu v tom pokračovat jejími vlastními slovy, jen trochu zhuštěně. Celkově je to velmi férová vypravěčka a nemyslím si, že bych mohl její styl zlepšit.

* * * * *

Řekla, že večer, kdy jsem navštívila Heights, jsem věděla stejně dobře, jako kdybych ho viděla, že je tam pan Heathcliff; a vyhýbala jsem se vycházení ven, protože jsem stále nosila jeho dopis v kapse a nechtěla jsem, aby mi někdo vyhrožoval nebo si z ní dělal legraci. Rozhodla jsem se, že mi ho nedám, dokud můj pán někam neodejde, protože jsem nemohla odhadnout, jak by jeho přijetí zapůsobilo na Catherine. Důsledkem toho bylo, že se k ní nedostala dříve než za tři dny. Čtvrtá byla neděle a přinesl jsem ji do jejího pokoje, když rodina odešla do kostela. Zůstal tam sluha, který se mnou staral o dům, a obyčejně jsme měli ve zvyku zamykat dveře v době bohoslužby; ale při té příležitosti bylo tak teplé a příjemné počasí, že jsem je otevřel dokořán, a abych splnil svůj slib, protože jsem věděl, kdo přijde, řekl jsem svému příteli, že paní si velmi přeje nějaké pomeranče a že musí zaběhnout do vesnice a pár jich sebrat, aby se jim zítra zaplatilo. Odešel a já jsem šel nahoru.

Paní Lintonová seděla jako obvykle ve volných bílých šatech a s lehkým šátkem přes ramena ve výklenku otevřeného okna. Husté, dlouhé vlasy měla na začátku nemoci částečně odstraněné a nyní je nosila jednoduše sčesané do přirozených kadeří přes spánky a krk. Její vzhled se změnil, jak jsem řekl Heathcliffovi; ale když byla klidná, zdálo se jí v té změně nadpozemská krása. Záblesk jejích očí vystřídala zasněná a melancholická měkkost; Už nepůsobily dojmem, že se dívají na předměty kolem sebe: zdálo se, jako by se stále dívaly za ni a daleko za ni - řekli byste z tohoto světa. A pak bledost její tváře - její vyčerpaný vzhled zmizel, když se vzpamatovala - a zvláštní výraz, který vyzařoval z jejího duševního stavu, třebaže bolestně připomínal jejich příčiny, přidaly k dojemnému zájmu, který v ní vzbuzoval; a - vím, že pro mě a pro každého, kdo ji viděl, bych si myslel - vyvracel hmatatelnější důkazy o rekonvalescenci a označoval ji za osobu odsouzenou k zániku.

Na parapetu před ní ležela rozprostřená kniha a sotva znatelný vítr chvílemi potřásal listy. Myslím, že to tam uložil Linton, protože ona se nikdy nesnažila rozptylovat četbou nebo jakýmkoli jiným zaměstnáním, a on trávil mnoho hodin tím, že se snažil odvést její pozornost k nějakému předmětu, který ji dříve bavil. Byla si vědoma jeho cíle a ve své lepší náladě snášela jeho úsilí klidně, jen tu a tam dávala najevo jejich marnost, potlačujíc unavený povzdech a nakonec ho zadržovala nejsmutnějšími úsměvy a polibky. Jindy se nedůtklivě odvrátila a skryla si tvář do dlaní, nebo ho dokonce vztekle odstrčila; a pak se postaral o to, aby ji nechal na pokoji, protože si byl jist, že nepřinese nic dobrého.

Zvony v Gimmertonské kapli stále ještě zvonily; a plný, jemný tok řeky v údolí konejšivě doléhal k uším. Byla to sladká náhražka dosud nepřítomného šumění letního listí, které přehlušovalo tu hudbu kolem statku, když byly stromy olistěné. Na Větrné hůrce se vždy ozývalo v tichých dnech po velkém tání nebo období vytrvalého deště. A na Větrné hůrce Catherine myslela, když naslouchala: to jest, pokud vůbec přemýšlela nebo poslouchala; měla však onen neurčitý, odtažitý pohled, o němž jsem se již zmínil a který nevyjadřoval žádné poznání hmotných věcí ani sluchem, ani okem.

„Mám pro vás dopis, paní Lintonová," řekla jsem a jemně jsem jí ho vložila do jedné ruky, která spočívala na jejím koleni. „Musíte si ji okamžitě přečíst, protože chce odpověď. Mám tu pečeť rozlomit?" „Ano," odpověděla, aniž změnila směr svých očí. Otevřel jsem ji - byl velmi krátký. „A teď," pokračoval jsem, „si to přečtěte." Odtáhla ruku a nechala ji spadnout. Položil jsem ji jí na klín a stál jsem a čekal, až se jí zalíbí podívat se dolů; ale to se tak dlouho odkládalo, že jsem nakonec pokračovala: „Musím si to přečíst, madam? Je od pana Heathcliffa."

Ozvalo se trhnutí, neklidný záblesk vzpomínek a snaha uspořádat si myšlenky. Zvedla dopis a zdálo se, že si jej prohlíží; a když došla k podpisu, povzdechla si, ale přece jsem zjistil, že nepochopila jeho význam, protože když jsem chtěl slyšet její odpověď, ukázala jen na jméno a pohlédla na mne s truchlivou a tázavou dychtivostí.

„No, rád by vás viděl," řekl jsem, když jsem usoudil, že potřebuje tlumočníka. „Tou dobou už je v zahradě a nemůže se dočkat, až bude vědět, co mu odpovím."

Při těch slovech jsem pozoroval velkého psa, který ležel dole na slunné trávě, zvedl uši, jako by chtěl zaštěkat, a pak je uhladil a vrtěním ocasu oznámil, že se blíží někdo, koho nepovažuje za cizince. Paní Lintonová se naklonila dopředu a bez dechu naslouchala. Minutu nato prošly halou kroky; Den otevřených dveří byl pro Heathcliffa příliš lákavý, než aby odolal a nevešel: nejspíš se domníval, že mám sklon vyhýbat se svému slibu, a tak se rozhodl důvěřovat jeho vlastní troufalosti. S napjatou dychtivostí pohlédla Catherine ke vchodu do své komnaty. Nenarazil přímo do správné místnosti: pokynula mi, abych ho vpustil, ale on to zjistil dřív, než jsem mohl dojít ke dveřím, a jedním nebo dvěma kroky stál po jejím boku a držel ji v náručí.

Asi pět minut nepromluvil ani nepovolil sevření, a za tu dobu dal asi víc polibků než kdy jindy v životě, ale pak ho moje paní políbila jako první a já jsem jasně viděl, že stěží snese pohled do její tváře v naprosté agónii. Totéž přesvědčení ho zachvátilo jako mne od okamžiku, kdy ji spatřil, že tam není žádná vyhlídka na konečné uzdravení - je jí souzeno, že určitě zemře.

„Ach, Cathy! Ach, můj život! Jak to mohu snést?" byla první věta, kterou pronesl tónem, který se nesnažil zakrýt jeho zoufalství. A teď na ni hleděl tak vážně, že jsem si myslel, že už jen intenzita jeho pohledu mu vežene slzy do očí; ale hořely úzkostí, neroztály se.

„Co teď?" zeptala se Catherine, opřela se a opětovala jeho pohled s náhle pokřiveným obočím: její humor byl pouhou korouhvičkou pro neustále se měnící rozmary. „Ty a Edgar jste mi zlomili srdce, Heathcliffe! A vy oba přicházíte, abyste mi ten čin oplakávali, jako byste byli lidem, který je třeba litovat! Nebudu vás litovat, ne já. Zabil jsi mě - a myslím, že se ti z toho daří. Jak jste silní! Kolik let hodláte žít, až tu nebudu?"

Heathcliff poklekl na jedno koleno, aby ji objal; Pokusil se vstát, ale ona ho chytila za vlasy a držela ho dole.

„Kéž bych vás mohla držet," pokračovala trpce, „dokud bychom oba nezemřeli! Nezajímalo by mě, co jsi vytrpěl. Nestarám se o vaše utrpení. Proč bys neměl trpět? Já ano! Zapomeneš na mě? Budete šťastní, až budu na zemi? Řeknete za dvacet let: 'To je hrob Catherine Earnshawové? Miloval jsem ji už dávno a byl jsem nešťastný, že jsem ji ztratil; ale to je minulost. Od té doby jsem miloval mnoho dalších: mé děti jsou mi dražší než ona; a až zemřu se nebudu radovat, že jdu k ní: budu litovat, že je musím opustit!' Řeknete to, Heathcliffe?"

„Nemučte mě, dokud se nezblázním jako vy," zvolal, vytrhl hlavu a zaskřípal zuby.

Ti dva, pro chladného diváka, vytvořili podivný a strašlivý obraz. Kateřina by se mohla domnívat, že nebe by pro ni bylo zemí vyhnanství, kdyby se se svým smrtelným tělem nezbavila i svého mravního charakteru. V její nynější tváři se zračila divoká pomstychtivost v bílé tváři, bezkrevné rty a jiskřivé oči; a ponechala si v sevřených prstech část vlasů, které svírala. Pokud jde o jejího druha, ten se jednou rukou zvedl a druhou ji chytil za paži; a jeho jemnost byla tak nedostatečná požadavkům jejího stavu, že když jsem ji pustil, viděl jsem čtyři zřetelné otisky, které zůstaly v bezbarvé kůži modré.

„Jsi posedlý ďáblem," naléhal zuřivě, „že se mnou takhle mluvíš, když umíráš? Uvědomuješ si, že všechna ta slova budou vryta do mé paměti a budou se navěky prohlubovat, až mě opustíš? Víš, že lžeš, když říkáš, že jsem tě zabil, a Catherine, víš, že bych na tebe mohl stejně rychle zapomenout jako na svou existenci! Což vašemu pekelnému sobectví nestačí, že se budu svíjet v pekelných mukách, dokud budete žít v míru?"

„Nebudu mít klid," zasténala Catherine, kterou prudký, nerovnoměrný tlukot srdce, které viditelně a slyšitelně tlouklo pod tímto přemírou rozrušení, přivedlo k pocitu tělesné slabosti. Neřekla už nic, dokud záchvat nepominul; pak pokračovala laskavěji:

„Nepřeji vám větší trápení, než jsem zažil já, Heathcliffe. Přeji si jen, abychom se nikdy nerozdělili: a kdyby vás někdy mé slovo zarmoutilo, myslete si, že cítím stejnou tíseň v podzemí, a kvůli mně samotnému mi odpusťte! Pojďte sem a znovu poklekněte! Nikdy v životě jsi mi neublížil. Ba ne, budete-li v sobě živit hněv, bude to horší na zapamatování než má tvrdá slova! Nepůjdeš sem znovu? Dělej!"

Heathcliff přešel k jejímu opěradlu židle a naklonil se k ní, ale ne tak daleko, aby jí umožnil vidět do tváře, která byla zbrocená vzrušením. Naklonila se, aby se na něj podívala; Nedovolil to: prudce se otočil a šel ke krbu, kde stál mlčky zády k nám. Pohled paní Lintonové ho podezřívavě sledoval: každý pohyb v ní probouzel nové city. Po krátké odmlce a dlouhém pohledu pokračovala; obrátil se ke mně s přízvukem rozhořčeného zklamání:

„Ach, víš, Nelly, on by nepolevil ani na okamžik, aby mě udržel mimo hrob. *Tak* jsem milován! No, to nevadí. To není *můj* Heathcliff. Budu ještě milovat tu svou; a vezmi ho s sebou: je v mé duši. A," dodala zadumaně, „mě nakonec nejvíc rozčiluje tohle rozbité vězení. Už mě nebaví být tady uzavřený. Už mě unavuje uniknout do toho nádherného světa a být tam stále: nevidět ho matně skrze slzy a netoužit po něm skrze zdi bolavého srdce: ale skutečně s ním a v něm. Nelly, myslíš si, že jsi lepší a šťastnější než já; V plném zdraví a síle: je vám mne líto - to se velmi brzy změní. Bude mi vás líto. Budu nesrovnatelně nad vámi všemi. *Divím se*, že nebude poblíž mě!" Pokračovala sama k sobě. „Myslel jsem, že si to přeje. Heathcliffe, drahý! Neměli byste nyní být mrzutí. Pojďte ke mně, Heathcliffe."

Ve své dychtivosti vstala a opřela se o opěradlo židle. Na tuto vážnou výzvu se k ní obrátil a vypadal naprosto zoufale. Jeho oči, vytřeštěné a mokré, na ni konečně divoce zablýskly; Jeho prsa se křečovitě vzdouvala. Na okamžik se od sebe odtrhli, a pak jsem sotva viděl, jak se setkali, ale Catherine vyskočila, on ji chytil a byli sevřeni v objetí, z něhož jsem si myslel, že má paní nebude nikdy živá; ve skutečnosti se mi zdála přímo v bezvědomí. Vrhl se na nejbližší sedadlo, a když jsem se spěšně přiblížil, abych se přesvědčil, zda neomdlela, zavrzal na mne, zpěnil jako vzteklý pes a přitáhl si ji k sobě s lačnou žárlivostí. Necítil jsem se, jako bych byl ve společnosti tvora svého vlastního druhu: zdálo se, že by to nepochopil, i kdybych k němu mluvil; proto jsem stál stranou a držel jazyk za zuby, velmi zmaten.

Catherinin pohyb mi na okamžik trochu ulevil: vztáhla ruku, aby ho objala kolem krku, a přiblížila svou tvář k jeho, když ji držel; zatímco on na oplátku, zahrnoval ji zběsilým laskáním, divoce pronesl:

„Teď mě učíte, jak krutá jste byla - krutá a falešná. *Proč* jsi mnou pohrdl? *Proč* jsi zradila své vlastní srdce, Cathy? Nemám ani slovo útěchy. Zasloužíte si to. Zabili jste se. Ano, můžete mě líbat a plakat; a vyždímat mé polibky a slzy: zničí tě - zatratí tě. Miloval jsi mě - jaké *jsi pak měl právo* mě opustit? Jaké právo - odpovězte mi - na tu ubohou fantazii, kterou jste cítil k Lintonovi? Protože bída a ponížení a smrt a nic, co by Bůh nebo satan mohl způsobit, by nás rozdělilo, *udělal jsi to ze* své vlastní vůle. Nezlomil jsem vám srdce - *vy* jste je zlomili; a když jste je zlomili, zlomili jste to mé. O to horší pro mě, že jsem silná. Chci bydlet? Jaký to bude život, když vy – ó, Bože! Chtěla bys žít se svou duší v hrobě?"

„Nechte mě na pokoji. Nechte mě být," vzlykala Catherine. „Pokud jsem udělal něco špatného, umírám za to. To stačí! Opustil jsi mě také, ale nebudu tě kárat! Odpouštím vám. Odpusťte!"

„Je těžké odpustit a podívat se do těch očí a cítit ty promarněné ruce," odpověděl. „Polibte mě znovu; a nedovolte mi vidět vaše oči! Odpouštím vám, co jste mi udělali. Miluji *svého* vraha - ale *vašeho*! Jak bych mohl?"

Mlčeli - tváře měli schované jeden před druhým a omývané slzami toho druhého. Přinejmenším se domnívám, že pláč byl na obou stranách; jak se zdálo, Heathcliff *dokázal* plakat při takové velké příležitosti.

Mně se mezitím začalo velmi nepříjemně; odpoledne se totiž rychle chýlilo ke konci, muž, kterého jsem poslal, se vrátil ze své pochůzky a já jsem podle svitu západního slunce nahoře v údolí rozeznal hustou halu před verandou Gimmertonské kaple.

„Služba skončila," oznámil jsem. „Můj pán tu bude za půl hodiny."

Heathcliff zasténal kletbou a přitáhl si Catherine blíž; ani se nepohnula.

Zanedlouho jsem zpozoroval skupinu služebnictva, které kráčelo po silnici směrem ke kuchyňskému křídlu. Pan Linton nezůstal pozadu; Sám otevřel bránu a pomalu se ploužil nahoru, pravděpodobně si užíval krásného odpoledne, které dýchalo jako léto.

„Teď je tady," zvolal jsem. „Proboha, pospěšte si dolů! Na předních schodech nikoho nepotkáte. Pospěšte si; a zůstaň mezi stromy, dokud nebude docela uvnitř."

„Musím jít, Cathy," řekl Heathcliff a snažil se vyprostit z náruče svého druha. „Ale jestli budu žít, uvidím vás ještě dřív, než usnete. Nevzdálím se ani pět metrů od vašeho okna."

„Nesmíš odejít!" odpověděla a držela ho tak pevně, jak jí to síly dovolovaly. „*Nebudete*, říkám vám."

„Na jednu hodinu," prosil vážně.

„Ani na minutu," odpověděla.

„Musím - Linton bude okamžitě vzhůru," trval na svém vyplašený vetřelec.

Byl by vstal a rozvázal jí prsty - pevně se držela a lapala po dechu; ve tváři se jí zračilo šílené odhodlání.

„Ne!" vyjekla. „Ach, nechoď, neodcházej. Je to naposledy! Edgar nám neublíží. Heathcliffe, já zemřu! Zemřu!"

„Zatracený hlupák! „Támhle je," zvolal Heathcliff a klesl zpátky na své místo. „Pst, miláčku! Pst, ticho, Catherine! Zůstanu. Kdyby mě tak zastřelil, zemřel bych s požehnáním na rtech."

A tam byli zase rychlí. Slyšela jsem svého pána stoupat po schodech - z čela mi tekl studený pot; byla jsem zděšená.

„Budeš poslouchat její blouznění?" Řekl jsem vášnivě. „Neví, co říká. Zničíte ji, protože nemá dost důvtipu, aby si sama pomohla? Zvedni se! Můžete být okamžitě volní. To je ten nejďábelštější čin, který jsi kdy vykonal. Všichni jsme vyřízení - pán, paní i sluha."

lomila jsem rukama a křičela; a pan Linton při tom hluku zrychlil. Uprostřed svého rozčilení jsem s upřímnou radostí zpozoroval, že Catherininy paže poklesly a hlava jí svěsila dolů.

„Omdlela nebo je mrtvá," pomyslel jsem si, „tím lépe. Mnohem lepší by bylo, kdyby byla mrtvá, než aby zůstala břemenem a trápila se kolem sebe."

Edgar se vrhl ke svému nezvanému hostu, zbledlý údivem a vztekem. Nemohu říci, co měl v úmyslu udělat; Druhý však okamžitě zastavil všechny demonstrace tím, že mu vložil do náruče neživě vyhlížející postavu.

„Podívej se!" řekl. „Nelsi-li zloduch, pomoz napřed jí, pak mluv se mnou!"

Vešel do salonku a posadil se. Pan Linton mě zavolal a s velkými obtížemi, a když jsme použili mnoho prostředků, podařilo se nám ji přivést k senzaci; ale byla celá zmatená; vzdychala a sténala a nikoho neznala. Edgar v úzkosti o ni zapomněl na její nenáviděnou přítelkyni. Já ne. Při nejbližší příležitosti jsem šel a prosil ho, aby odešel; ujišťoval mě, že Catherine je lépe a že se ode mne ráno dozví, jak prožila noc.

„Neodmítnu vyjít ze dveří," odpověděl. „ale zůstanu v zahradě, a Nelly, dej pozor, abys zítra dodržela slovo. Budu pod těmi modříny. Mysl! nebo navštívím ještě jednou, ať už bude Linton doma, nebo ne."

Rychle prohlédl pootevřené dveře pokoje, a když se ujistil, že to, co jsem řekl, je zřejmě pravda, zbavil dům své nešťastné přítomnosti.

KAPITOLA XVI

Asi ve dvanáct hodin v noci se narodila Kateřina, kterou jste viděl na Větrné hůrce: maličké sedmiměsíční dítě; a dvě hodiny po smrti matky, která se nikdy nevzpamatovala natolik, aby mohla Heathcliffa přehlédnout nebo Edgara poznat. Jeho roztržitost nad jeho ztrátou je příliš bolestné téma, než aby se jím zabýval; Jeho následky ukázaly, jak hluboko klesl smutek. Velkým přínosem v mých očích bylo, že zůstal bez dědice. Naříkal jsem nad tím, když jsem hleděl na toho slabého sirotka; a v duchu jsem týral starého Lintona za to, že (což byla jen přirozená zaujatost) zajistil svůj majetek vlastní dceři místo synovi. Bylo to nevítané dítě, chudinka! Mohl by kvílet a nikdo by se o to v těch prvních hodinách existence ani trochu nestaral. Později jsme toto zanedbání napravili; ale její počátek byl právě tak bez přátel, jako je pravděpodobný její konec.

Druhý den ráno - venku jasně a vesele - se vkradl dovnitř žaluziemi tichého pokoje a zalil pohovku i s jejím obyvatelem jemnou, něžnou září. Edgar Linton měl hlavu položenou na polštáři a zavřené oči. Jeho mladé a krásné rysy se podobaly téměř stejně mrtvolné jako postavy vedle něj a téměř stejně strnulé, ale *jeho* bylo ticho vyčerpané úzkosti a *její* ticho dokonalého klidu. Čelo měla hladké, víčka zavřená, rty s výrazem úsměvu; Žádný anděl na nebi nemůže být krásnější, než se zdála ona. A já jsem se podílel na nekonečném klidu, v němž ležela: má mysl nebyla nikdy ve svatějším rozpoložení než když jsem hleděl na ten nerušený obraz Božího odpočinku. Instinktivně jsem opakovala slova, která pronesla před několika hodinami: „Nesrovnatelně nad námi všemi! Ať je ještě na zemi nebo nyní v nebi, její duch je doma u Boha!"

Nevím, zda je to moje zvláštnost, ale málokdy jsem jinak než šťasten, když bdím v posmrtné komoře, pokud se se mnou o tuto povinnost nedělí žádný zběsilý nebo zoufalý truchlící. Vidím klid, který ani země, ani peklo nemohou přerušit, a cítím jistotu o nekonečném a bezstínném posmrtném životě - o Věčnosti, do které vstoupili - kde život je bezmezný ve svém trvání a láska ve svém soucitu a radost ve své plnosti. Při té příležitosti jsem si všimla, kolik sobectví je dokonce i v lásce, jako je láska pana Lintona, když tak litoval Catherinina požehnaného vysvobození! Jistě, člověk by mohl pochybovat o tom, zda si po svéhlavém a netrpělivém životě, který vedla, zaslouží konečně přístav pokoje. Člověk by mohl pochybovat v obdobích chladného rozjímání; ale ne tehdy, v přítomnosti její mrtvoly. Prosazovala svůj vlastní klid, který se zdál být zárukou stejného klidu pro svého bývalého obyvatele.

Věříte, že takoví lidé *jsou* šťastní na onom světě, pane? Dal bych toho hodně za to, abych to věděl.

Odmítl jsem odpovědět na otázku paní Deanové, která mi připadala poněkud heterodoxní. Pokračovala:

Vracíme-li se ke směrování Catherine Lintonové, obávám se, že nemáme žádné právo si myslet, že je; ale necháme ji s jejím Stvořitelem.

Mistr vypadal, že spí, a já jsem se brzy po východu slunce odvážila opustit pokoj a vyplížit se na čistý osvěžující vzduch. Služebnictvo se domnívalo, že jsem odešel, aby setřáslo ospalost mé zdlouhavé hlídky; ve skutečnosti bylo mým hlavním motivem navštívit pana Heathcliffa. Kdyby byl zůstal mezi modříny celou noc, neslyšel by nic o tom rozruchu na statku; ledaže by snad zachytil trysk posla mířícího do Gimmertonu. Kdyby byl přišel blíž, poznal by pravděpodobně podle světel míhajících se sem a tam a z otvírání a zavírání vnějších dveří, že uvnitř není všechno v pořádku. Přál jsem si, ale zároveň jsem se obával, že ho najdem. Cítil jsem, že ta hrozná zpráva musí být sdělena, a toužil jsem to mít za sebou; ale *jak* to udělat, to jsem nevěděl. Byl tam - přinejmenším o pár metrů dál v parku; opíral se o starý jasan, klobouk smeknutý a vlasy nasáklé rosou, která se nahromadila na vyražených větvích a cupitala kolem sebe. Stál v tomto postavení už dlouho, neboť jsem viděl, jak pár oselů míjí a vrací se sotva tři stopy od něho, jak si pilně staví hnízdo a nepovažovali ho za nic víc než za kus trámu. Odletěli, když jsem se přiblížil, a on zvedl oči a řekl: „Je mrtvá!" řekl; „Nečekal jsem, že se to naučíte. Odložte kapesník - nečiňte přede mnou. K čertu s vámi všemi! Nechce žádné *vaše* slzy!"

Plakala jsem pro něj stejně jako pro ni: někdy litujeme tvory, kteří nemají žádný soucit ani pro sebe, ani pro druhé. Když jsem mu poprvé pohlédl do tváře, poznal jsem, že se dověděl o katastrofě; a napadla mě pošetilá představa, že jeho srdce je potlačeno a že se modlí, protože jeho rty se pohybovaly a jeho pohled byl upřen k zemi.

„Ano, je mrtvá!" Odpověděla jsem, zadržovala jsem vzlyky a osušovala si tváře. „Odešel jsem do nebe, doufám; kde se k ní můžeme všichni připojit, pokud přijmeme náležité varování a opustíme své zlé cesty a půjdeme za dobrem!"

„Dala si tedy náležité pozorování?" zeptal se Heathcliff a pokusil se o úšklebek. „Zemřela jako svatá? Pojďte, povězte mi pravdivou historii té události. Jak se stalo...?"

Snažil se vyslovit to jméno, ale nepodařilo se mu to; Sevřel ústa a sváděl tichý boj se svou vnitřní agónií, vzdorujíc zatím mým sympatiím neochvějným, zuřivým pohledem. „Jak zemřela?" pokračoval konečně - přes svou houževnatost byl rád, že má za sebou oporu; neboť po zápase se roztřásl, navzdory sobě samému, až do konečků prstů.

„Ubohý ubožák!" Pomyslel jsem si; „Máte srdce a nervy jako vaši bratři lidé! Proč byste se měli snažit je skrývat? Vaše pýcha nemůže Boha oslepit! Svádíš ho, aby je lomcoval, až se přinutí vykřiknout ponížení."

„Tiše jako beránek!" Odpověděl jsem nahlas. Povzdechla si a protáhla se, jako dítě, které ožívá a znovu klesá ke spánku; a pět minut nato jsem cítil jeden malý tep v jejím srdci a nic víc!"

„A - zmínila se někdy o mně?" zeptal se váhavě, jako by se obával, že odpověď na jeho otázku přinese podrobnosti, které nemohl snést slyšet.

„Nikdy se jí nevrátily smysly: nikoho nepoznala od chvíle, kdy jsi ji opustil," řekl jsem. „ Leží se sladkým úsměvem na tváři; a její nejnovější nápady se vrátily do příjemných začátků. Její život se uzavřel v něžném snu - kéž se stejně laskavě probudí na onom světě!"

„Kéž se probudí v mukách!" zvolal s děsivou prudkostí, dupal nohou a zasténal v náhlém záchvatu neovladatelné vášně. „Vždyť je to lhářka až do konce! Kde je? Ne *tam* - ne v nebi - nezahynul - kde? Ach! Řekl jsi, že ti vůbec nezáleží na mém utrpení! A modlím se jednu modlitbu - opakuji ji, dokud mi neztuhne jazyk - Catherine Earnshawová, kéž si neodpočinete, dokud budu žít; Říkal jsi, že jsem tě zabil - tak mě pronásleduj! Věřím, že zavraždění pronásledují své vrahy. Vím, že duchové *se potulují* po Zemi. Buď stále se mnou - přijmi jakoukoli formu - přiváděj mě k šílenství! Jen mne nenechávejte v této propasti, kde vás nemohu nalézt! Ó, Bože! Je to nevyslovitelné! Nemohu žít bez svého života! Nemohu žít bez své duše!"

Udeřil hlavou o zauzlovaný kmen; a pozvednuv oči, vyl ne jako člověk, ale jako divoké zvíře, které je proháněno k smrti noži a oštěpy. Všiml jsem si několika krvavých cákanců kolem kůry stromu a jeho ruka i čelo byly potřísněny; Scéna, které jsem byl svědkem, byla pravděpodobně opakováním jiných scén odehraných během noci. Sotva to pohnulo mým soucitem - zděsilo mě to, ale přesto jsem se zdráhala ho tak opustit. Ale jakmile se vzpamatoval natolik, že si všiml, že se dívám, zahřměl na mě povel, abych šel, a já jsem poslechl. Byl nad mé schopnosti utišit nebo utěšit!

Pohřeb paní Lintonové byl stanoven na pátek po její smrti; a až do té doby zůstávala její rakev nezakrytá a posetá květinami a voňavým listím, ve velkém salonu. Linton tam trávil dny a noci jako bezesný strážce; a - okolnost skrytá přede všemi kromě mě - Heathcliff trávil noci přinejmenším venku, stejně jako cizinec k odpočinku. Neměl jsem s ním žádné spojení; přesto jsem si byl vědom jeho úmyslu vstoupit, kdyby mohl; a v úterý, krátce po setmění, když byl můj pán z čiré únavy nucen odejít na několik hodin k odpočinku, šel jsem a otevřel jedno z oken; pohnut jeho vytrvalostí, aby mu dal šanci udělit vybledlému obrazu svého idolu poslední sbohem. Neopomněl využít příležitosti, opatrně a krátce; příliš opatrně, než aby prozradil svou přítomnost sebemenším hlukem. Vlastně bych ani nezjistila, že tam byl, nebýt toho, že se kolem tváře mrtvoly rozházela drapérie a že jsem si na podlaze všimla kadeře světlých vlasů, sepnutých stříbrnou nití; při prohlídce jsem zjistil, že byl vzat z medailonku, který měla Catherine pověšený kolem krku. Heathcliff otevřel cetku, vysypal z ní obsah a nahradil je vlastním černým zámkem. Otočil jsem je a sevřel je dohromady.

Pan Earnshaw byl samozřejmě pozván, aby se doprovázel k hrobu s ostatky své sestry; Neposlal žádnou výmluvu, ale nikdy nepřišel; takže kromě jejího manžela se truchlící skládali výhradně z nájemců a služebnictva. Isabelly se nikdo nezeptal.

Kateřinino pohřbení se k překvapení vesničanů nenacházelo ani v kapli pod vytesaným pomníkem Lintonových, ani u hrobů jejích vlastních příbuzných venku. Byla vykopána na zeleném svahu v rohu nádvoří, kde je zeď tak nízká, že po ní z blat vylezly vřesovce a borůvky; a rašelinová plíseň ji téměř pohřbívá. Její manžel leží nyní na stejném místě; a každý z nich má nahoře jednoduchý náhrobní kámen a u nohou prostý šedý kvádr na označení hrobů.

KAPITOLA XVII

Ten pátek byl na celý měsíc posledním z našich krásných dnů. Večer se počasí zhoršilo: vítr se změnil z jihu na severovýchod a přinesl nejprve déšť, pak plískanice a sníh. Nazítří si člověk jen stěží dokázal představit, že byly tři letní týdny: petrklíče a krokusy byly ukryty pod zimními závějemi; skřivani mlčeli, mladé listy raných stromů byly otlučené a zčernalé. A pochmurné, chladné a pochmurné, to zítřek se přehnal! Můj pán si ponechal svůj pokoj; Zmocnil jsem se osamělého salonku a přeměnil ho v dětský pokoj: a tam jsem seděl a na kolenou mi ležela sténající panenka dítěte; kolébal jím sem a tam a díval se, jak stále ještě padající vločky vytvářejí nezacloněné okno, když tu se otevřely dveře a vstoupil někdo bez dechu a se smíchem! Můj hněv byl na chvíli větší než můj údiv. Domnívala jsem se, že je to jedna ze služebných, a zvolala jsem: „Udělala jsem! Jak se opovažuješ tady dávat najevo svou závrať? Co by řekl pan Linton, kdyby vás slyšel?"

„Promiňte!" odpověděl známý hlas. „ale vím, že Edgar je v posteli, a nemohu se zastavit."

S tím mluvčí přistoupila k ohni, lapajíc po dechu a držíc si ruku podél těla.

„Utekla jsem celou cestu z Větrné hůrky!" pokračovala po chvilce ticha. „kromě toho, kam jsem letěl. Nedokázal jsem spočítat, kolik pádů jsem měl. Ach, bolí mě celé tělo! Nelekejte se! Vysvětlení bude dodáno, jakmile je budu moci poskytnout; jen buďte tak laskav a vystupte a poručte kočáru, aby mě odvezl do Gimmertonu, a řekněte sluhovi, aby mi našel nějaké šaty v mé skříni."

Vetřelcem byla paní Heathcliffová. Rozhodně se nezdálo, že by se cítila směšně: vlasy jí splývaly na ramena a kapaly z nich sníh a voda; Byla oblečena do dívčích šatů, které obvykle nosila a které odpovídaly jejímu věku víc než jejímu postavení: nízké šaty s krátkými rukávy, na hlavě ani na krku nic. Šaty byly z lehkého hedvábí a přiléhaly jí mokré, a nohy měla chráněné jen tenkými pantoflemi; Přidejme k tomu hlubokou ránu pod jedním uchem, které jen chlad zabránil vydatně krvácet, bílou tvář poškrábanou a pohmožděnou a tělesnou schránu, která se únavou sotva udržela; a můžete se domnívat, že můj první strach se příliš nezmírnil, když jsem měl čas si ji prohlédnout.

„Má drahá mladá dámo," zvolala jsem, „nikde se nepohnu a nic neuslyším, dokud si neodložíte všechny části svých šatů a neobléčet si suché věci; a určitě dnes v noci nepojedete do Gimmertonu, takže je zbytečné objednávat kočár."

„Jistěže budu," řekla; „Chodím pěšky nebo jezdím na koni, ale nemám nic proti tomu, abych se slušně oblékala. A - ach, podívej, jak mi to teď teče po krku! Díky ohni je to chytré."

Trvala na tom, abych splnil její pokyny, než mi dovolí se jí dotknout; a teprve když byl kočí instruován, aby se připravil, a služebná se pustila do balení potřebných šatů, získal jsem její souhlas k obvázání rány a pomoci jí převléknout šaty.

„A teď, Ellen," řekla, když jsem skončil s prací a ona seděla v křesle u krbu s šálkem čaje před sebou, „posaď se naproti mně a odlož děťátko ubohé Catherine: nerada se na to dívám! Nesmíte si myslet, že mi na Catherine nezáleží, protože jsem se chovala tak hloupě, když jsem vešla: plakala jsem také, hořce - ano, víc, než má kdokoli jiný důvod k pláči. Rozešli jsme se nesmířeni, vzpomínáte si, a já si to neodpustím. Ale přes to všechno jsem s ním nehodlal soucítit - s tou bestií! Ach, dejte mi ten poker! Tohle je to poslední, co u sebe mám," stáhla si zlatý prsten ze třetího prstu a hodila ho na podlahu. Rozbiju ji!" pokračovala s dětinskou zlomyslností, „a pak ji spálím!" a vzala a hodila ten zneužitý předmět mezi uhlíky. „Tam! Koupí si jinou, jestli mě zase dostane zpátky. Byl by schopen přijít mě hledat, poškádlit Edgara. Neodvažuji se zůstat, aby se ta představa nezmocnila jeho zlé hlavy! A kromě toho, Edgar nebyl laskavý, že ne? A nepůjdu se o něj soudit o pomoc; ani ho nepřivedu do dalších nesnází. Nouze mě donutila hledat útočiště zde; kdybych se však nedozvěděla, že mi nepřekáží, byla bych se zastavila v kuchyni, umyla si obličej, ohřála se, požádala vás, abyste mi přinesl, co chci, a zase bych se vydal kamkoli mimo dosah svého prokletého - toho vtěleného skřeta! Ach, on byl tak rozzuřený! Kdyby mě byl chytil! Škoda, že se mu Earnshaw nemůže rovnat v síle: neutíkal bych, dokud bych ho neviděl téměř zdemolovaného, kdyby to Hindley dokázal!"

„Tak nemluvte tak rychle, slečno!" Přerušil jsem ho; „Roztrhete vám kapesník, který jsem vám uvázala kolem obličeje, a rána vám bude znovu krvácet. Napij se čaje, nadechni se a přestaň se smát: smích je bohužel nemístný pod touto střechou a ve tvém stavu!"

„To je nepopiratelná pravda," odpověděla. „Poslouchej to dítě! Udržuje ustavičné kvílení - pošlete ho na hodinu z mého sluchu; Už tu nebudu déle zůstat."

Zazvonil jsem na zvonek a svěřil jsem to do péče sluhy; a pak jsem se zeptal, co ji přimělo utéct z Větrné hůrky v tak nepravděpodobné situaci a kam hodlá jít, když odmítla zůstat s námi.

„Měla bych a přála jsem si zůstat," odpověděla, „abych povzbudila Edgara a postarala se o dítě, a to ze dvou důvodů a také proto, že panství je mým pravým domovem. Ale říkám vám, že by mě nenechal! Myslíš, že by snesl, kdybych se díval, jak tloustnu a veselím se - dokázal by snést pomyšlení, že jsme klidní, a nerozhodl by se otrávit naše pohodlí? Nyní mám zadostiučinění, že jsem si jist, že mě nenávidí až do té míry, že ho vážně rozčiluje, že mě má na doslech nebo na dohled: pozoruji, když vstoupím do jeho přítomnosti, svaly jeho tváře jsou bezděčně zkřiveny ve výraz nenávisti; částečně to pramení z jeho znalosti dobrých příčin, že k němu musím cítit tento cit, a částečně z původního odporu. Je dost silná, abych si byl docela jistý, že by mě nepronásledoval přes Anglii, kdyby se mi podařilo uniknout přímo; a proto musím docela utéct. Vzpamatovala jsem se ze své první touhy nechat se jím zabít: byla bych raději, kdyby se zabil sám! Účinně uhasil mou lásku, a tak jsem v klidu. Vzpomínám si ještě, jak jsem ho miloval; a matně si představuji, že bych ho ještě mohla milovat, kdyby... ne, ne! I kdyby mě zbožňoval, ďábelská povaha by nějak odhalila svou existenci. Catherine měla strašlivě zvrácenou chuť vážit si ho tak vroucně, když ho tak dobře znala. Příšera! kéž by mohl být vymazán ze stvoření a z mé paměti!"

„Pst, ticho! Je to lidská bytost," řekl jsem. „Buď shovívavější: jsou ještě horší lidé, než je on!"

„Není to člověk," odsekla; „A nemá žádný nárok na mou milodary. Dal jsem mu své srdce a on je vzal, rozštípl k smrti a hodil mi je zpátky. Lidé cítí srdcem, Ellen, a protože zničil můj, nemám sílu s ním soucítit, a nechtěla bych, i kdyby nad tím naříkal až do smrti a ronil krvavé slzy pro Kateřinu! Ne, opravdu, opravdu bych to neudělal!" A tu se Isabela dala do pláče; ale okamžitě si vypustila vodu z řas a znovu se dala do práce. „Ptal jste se, co mě nakonec přimělo k útěku? Byl jsem nucen se o to pokusit, protože se mi podařilo vzbudit jeho hněv o píď větší než jeho zlomyslnost. Vytrhávání nervů rozžhavenými kleštěmi vyžaduje více chladu než klepání na hlavu. Byl vyburcován, aby zapomněl na ďábelskou rozvážnost, kterou se chlubil, a přistoupil k vražednému násilí. Cítil jsem potěšení, že jsem ho mohl podráždit: pocit rozkoše probudil můj pud sebezáchovy, a tak jsem se docela osvobodil; a kdybych se mu ještě někdy dostal do rukou, byl by vítán k jasné pomstě.

„Víte, včera měl být pan Earnshaw na pohřbu. Udržoval se za tím účelem střízlivý - docela střízlivý: nechodil spát šílený v šest hodin a nevstával opilý ve dvanáct. Proto povstal v sebevražedné sklíčené náladě, způsobilý pro církev stejně jako pro tanec; a místo toho se posadil k ohni a po skleničkách polykal gin nebo brandy.

„Heathcliff - třesu se, když ho mám jmenovat! Od minulé neděle až do dneška je v domě cizím člověkem. Zda ho živili andělé, nebo jeho příbuzní dole, nemohu říci; ale už skoro týden u nás nejedl. Právě se vrátil domů za úsvitu a šel nahoru do své komnaty; zamknul se - jako by někdo snil o tom, že bude toužit po jeho společnosti! Tam pokračoval a modlil se jako metodista: jen božstvo, o které vzýval, je nesmyslný prach a popel; a Bůh, když byl osloven, byl podivně zaměňován se svým vlastním černým otcem! Až uzavře tyto vzácné nauky - a ty obvykle trvaly tak dlouho, dokud neochraptěl a hlas se mu nezalkl v hrdle - zase odešel; vždy přímo dolů do statku! Divím se, že Edgar neposlal pro strážníka a nedal ho do vazby! Pro mne, jakkoli jsem byl zarmoucen kvůli Catherine, bylo nemožné vyhnout se tomu, abych toto období vysvobození z ponižujícího útlaku nepovažoval za svátek.

Vzpamatovala jsem se natolik, že jsem mohla bez pláče naslouchat Josefovým věčným přednáškám a pohybovat se po domě sem a tam méně nohou vyplašeného zloděje než dříve. Nenapadlo by vás, že bych měla plakat při něčem, co by Joseph mohl říct; ale on a Hareton jsou odporní společníci. Raději bych seděl s Hindleym a poslouchal jeho strašlivé řeči, než s tím malým mistrem a jeho věrným přívržencem, tím odporným starcem! Když je Heathcliff doma, jsem často nucen vyhledávat kuchyni a jejich společnost, nebo hladovět ve vlhkých neobydlených komnatách; když není, jako tomu bylo tento týden, postavím stůl a židli v jednom rohu krbu a nestarám se o to, jak se bude zabývat pan Earnshaw; a nezasahuje do mých opatření. Je teď tišší, než býval, pokud ho nikdo neprovokuje; mrzutější a sklíčenější a méně rozzuřený. Joseph potvrzuje, že si je jistý, že je změněným člověkem; že se Pán dotkl jeho srdce a že je spasen „jako ohněm". Jsem zmatený, když vidím známky příznivé změny, ale není to moje věc.

„Včera večer jsem seděl ve svém koutku a četl jsem si nějaké staré knihy až do dvanácté. Jít nahoru mi připadalo tak bezútěšné, když venku foukal divoký sníh a mé myšlenky se neustále vracely ke hřbitovu a k nově vydělanému hrobu! Stěží jsem se odtrhla oči od stránky přede mnou, ta melancholická scéna si tak okamžitě uzurpovala své místo. Hindley seděl naproti, hlavu opřenou o ruku; možná meditují na stejné téma. Přestal pít na bodu pod hranicí iracionality a během dvou nebo tří hodin se ani nepohnul, ani nepromluvil. Domem se neozýval žádný zvuk kromě sténajícího větru, který tu a tam otřásal okny, slabého praskání uhlíků a cvakání mých šňupacích tabáků, když jsem tu a tam vyndával dlouhý knot svíčky. Hareton a Joseph pravděpodobně tvrdě spali v posteli. Bylo to velmi, velmi smutné, a když jsem četla, povzdechla jsem si, protože se mi zdálo, jako by ze světa zmizela všechna radost a už nikdy nebude obnovena.

Žalostné ticho bylo konečně přerušeno zvukem kuchyňské západky: Heathcliff se vrátil z hlídky dříve než obvykle; Asi za to vděčím té náhlé bouři. Vchod byl zatarasen a slyšeli jsme, jak se blíží, aby se dostal dovnitř druhým. Vstal jsem s nepotlačitelným výrazem toho, co jsem cítil na rtech, což přimělo mého přítele, který zíral ke dveřím, aby se otočil a podíval se na mne.

‚Nechám ho venku pět minut,' vykřikl. Nebudete nic namítat?'

‚Ne, můžete mi ho kvůli mně držet celou noc venku,' odpověděl jsem. Dělat! zasuňte klíč do zámku a vytáhněte závory."

„Earnshaw to dokázal dříve, než jeho host dorazil dopředu; Pak přišel a přinesl svou židli na druhou stranu mého stolu, naklonil se nad ni a hledal v mých očích soucit s palčivou nenávistí, která z něj vyzařovala: protože vypadal a cítil se jako vrah, nemohl to tak docela najít; objevil však dost na to, aby ho to povzbudilo k projevu.

‚Vy i já,' řekl„máme každý velký dluh, který musíme uhradit s tím člověkem tamhle! Kdybychom ani jeden z nás nebyli zbabělci, mohli bychom se spojit a vykonat ji. Jsi stejně měkký jako tvůj bratr? Jsi ochoten vytrvat do posledního dechu a ani jednou se nepokusit o splacení?"

‚Už mě nebaví to snášet,' odpověděl jsem. a byl bych rád za odvetu, která by se neobrátila proti mně; ale zrada a násilí jsou kopími namířenými na obou koncích; zraňují ty, kteří se k nim uchylují, hůře než jejich nepřátelé."

‚Zrada a násilí jsou spravedlivou odplatou za zradu a násilí!' zvolal Hindley. Paní Heathcliffová, požádám vás, abyste nedělala nic; ale seď klidně a buď němý. Řekněte mi to teď, můžete? Jsem si jist, že byste měl stejné potěšení jako já, kdybyste byl svědkem závěru existence toho ďábla; Bude *vaší* smrtí, pokud ho nepřemůžete, a bude *mou* zkázou. K čertu s tím pekelným padouchem! Klepe na dveře, jako by zde již byl pánem! Slibte, že budete držet jazyk za zuby, a než ty hodiny odbijí - chtějí to tři minuty jedna - jste svobodná žena!"

Vzal si z prsou nářadí, které jsem vám popsal v dopise, a byl by svíčku ztlumil. Vytrhl jsem mu ji však a chytil ho za paži.

‚Nebudu držet jazyk za zuby!' Říkal jsem; „Nesmíš se ho dotknout. Nechte dveře zavřené a buďte zticha!"

‚Ne! Utvořil jsem si své rozhodnutí a proboha ho splním!" zvolala zoufalá bytost. „Prokážu vám laskavost navzdory vám a Haretonovi prokážu spravedlnost! A nemusíte si lámat hlavu s tím, abyste mě chránil; Catherine je pryč. Nikdo živý by mě nelitoval ani by se nestyděl, i kdybych si v tuhle chvíli podřízla hrdlo - a je čas skoncovat!"

„Zrovna tak bych mohl zápasit s medvědem nebo se domlouvat s šílencem. Nezbývalo mi nic jiného, než doběhnout k mříži a varovat zamýšlenou oběť před osudem, který ji čeká.

‚Raději se dnes v noci ukryjte někde jinde!' Zvolal jsem poněkud vítězoslavným tónem. „Pan Earnshaw má v úmyslu vás zastřelit, budete-li se i nadále snažit dostat dovnitř."

‚Raději mi otevřete dveře —' odpověděl a oslovil mě nějakým elegantním výrazem, který nerad opakuji.

‚Nebudu se do toho plést,' odsekl jsem znovu. Pojďte dál a nechte se zastřelit, jestli chcete. Splnil jsem svou povinnost."

S tím jsem zavřel okno a vrátil se na své místo u ohně; měl jsem k dispozici příliš malou zásobu pokrytectví, než abych předstíral obavy z nebezpečí, které mu hrozilo. Earnshaw mi vášnivě zaklel; prohlásil, že toho padoucha ještě miluju; a nazývali mě všelijak jmény pro nízkého ducha, který jsem projevoval. A já, ve skrytu duše (a svědomí mi to nikdy nevyčítalo), jsem si pomyslel, jaké požehnání by to pro *něj* bylo , kdyby ho Heathcliff vysvobodil z bídy, a jaké požehnání pro *mne*, kdyby poslal Heathcliffa do jeho pravého příbytku! Jak jsem tak seděl a živil tyto úvahy, okno za mnou bylo zasaženo úderem toho druhého a jeho černá tvář sklizeně prosvítala skrz. Sloupy stály příliš blízko, než abych dovolil svým ramenům je následovat, a já jsem se usmál a jásal ve svém domnělém bezpečí. Vlasy a šaty měl vybělené sněhem a jeho ostré kanibalské zuby, odhalené chladem a hněvem, prosvítaly tmou.

‚Isabello, pusť mě dovnitř, nebo tě přiměji k pokání!' 'přepásal se,' jak tomu říká Josef.

‚Vraždu spáchat nemohu,' odpověděl jsem. Pan Hindley stojí na stráži s nožem a nabitou pistolí."

‚Pusťte mě dovnitř kuchyňskými dveřmi,' řekl.

‚Hindley tam bude dřív než já,' odpověděl jsem,„a to je vaše ubohá láska, která nesnese sněhovou spršku! Dokud svítil letní měsíc, zůstali jsme v klidu ve svých postelích, ale v okamžiku, kdy se vrátí závan zimy, musíte se utíkat schovat! Heathcliffe, být tebou, šel bych se natáhnout nad její hrob a zemřel bych jako věrný pes. Svět přece nestojí za to, aby se v něm teď žilo, že? Zřetelně jste mi vštípil myšlenku, že Catherine je největší radostí vašeho života; nedovedu si představit, jak přemýšlíte o tom, že přežijete její ztrátu."

„Je tam, že?' zvolal můj přítel a rozběhl se k mezeře. Když se mi podaří vytáhnout ruku, můžu ho zasáhnout!"

„Obávám se, Ellen, že mě označíš za opravdu ničemnou; ale nevíte všechno, tak nesuďte. Za nic na světě bych nepomáhal ani nepodněcoval k pokusu o *jeho* život. Přál bych si, aby byl mrtvý, musím; a proto jsem byl strašlivě zklamán a znervózněn hrůzou z následků mé posměšné řeči, když se vrhl na Earnshawovu zbraň a vytrhl mu ji z ruky.

Nálož explodovala a nůž se odskočil a sevřel svého majitele v zápěstí. Heathcliff ho vší silou odtáhl, rozřízl mu maso, jak procházel dál, a strčil si ho do kapsy. Pak vzal kámen, prorazil přepážku mezi dvěma okny a skočil dovnitř. Jeho protivník upadl do bezvědomí nadměrnou bolestí a proudem krve, která vytékala z tepny nebo velké žíly. Ten darebák ho kopal a dupal po něm, několikrát mu tloukl hlavou o prapory a držel mě zatím jednou rukou, abych nemohl Josefa přivolat. Vynaložil nadlidské sebezapření, když se zdržel toho, aby ho úplně dokončil; ale když mu došel dech, nakonec toho nechal a odtáhl zdánlivě bezvládné tělo na plošinu. Tam strhl Earnshawovi rukáv kabátu a s brutální hrubostí mu ovázal ránu; Plival a klel během operace stejně energicky jako předtím. Protože jsem byl na svobodě, neztrácel jsem čas a hledal jsem starého sluhu; který, když postupně pochopil smysl mého spěšného vyprávění, spěchal dolů a lapal po dechu, když sestupoval po dvou schodech najednou.

,Co si teď počneme? Co si teď počnou?"

,To je třeba udělat,' zahřměl Heathcliff, ,že se váš pán zbláznil; a kdyby vydržel ještě měsíc, dám ho do ústavu. A jak jsi mě k čertu přišel vytáhnout, ty bezzubý pse? Nestůjte tam, mumlat a mumlat. Pojďte, nebudu ho kojit. Smyjte ty věci; a dej pozor na jiskry své svíčky - je to víc než polovina brandy!"

,A vy na něj tak šeptáte?' zvolal Josef a zděšeně zvedl ruce a oči. Kdybych zasel seeght loike toto! Kéž Pán – "

„Heathcliff ho uprostřed krve postrčil na kolena a hodil po něm ručník; ale místo aby ji vysušil, sepjal ruce a začal se modlit, která svou podivnou frazeologií vyvolala můj smích. Byl jsem v takovém duševním stavu, že jsem se nemohl ničeho pohoršit; ve skutečnosti jsem byl tak lehkomyslný, jak se někteří zločinci ukazují u paty šibenice.

,Ach, zapomněl jsem na vás,' řekl tyran. To udělej ty. Pryč s vámi. A ty se s ním spikloš proti mně, že viď, zmije? To je práce vhodná pro vás!"

Zatřásl se mnou, až mi drkotaly zuby, a postavil mě vedle Josefa, který vytrvale končil své prosby, a pak vstal a přísahal, že se rovnou vydá do statku. Pan Linton byl soudce, a i když měl padesát mrtvých žen, měl by to vyšetřit. Byl tak tvrdošíjný ve svém rozhodnutí, že Heathcliff považoval za účelné vynutit si z mých úst rekapitulaci toho, co se stalo; stál nade mnou a vzdouval se zlomyslností, když jsem neochotně přednesl zprávu jako odpověď na jeho otázky. Stálo to hodně práce, aby se starý muž přesvědčil, že Heathcliff není agresor; zejména s mými těžce vyždímanými odpověďmi. Pan Earnshaw ho však brzy přesvědčil, že je stále naživu; Josef si pospíšil podat dávku kořalky a s jejich pomocí se jeho pán brzy vrátil k pohybu a vědomí. Heathcliff si byl vědom toho, že jeho protivník nevěděl o tom, jak se s ním zachází, když je v bezvědomí, a nazval ho blouznivě opilým; a řekl, že si už nemá všímat jeho ohavného chování, ale radil mu, aby si šel lehnout. K mé radosti nás po této moudré radě opustil a Hindley se natáhl na krb. Odešel jsem do svého pokoje a divil jsem se, že jsem unikl tak snadno.

„Dnes ráno, když jsem sešel dolů, asi půl hodiny před polednem, seděl pan Earnshaw u krbu a bylo mu k smrti zle; Jeho zlý génius, téměř stejně vychrtlý a strašlivý, se opíral o komín. Ani jeden z nich nevypadal nakloněn jídlu, a když jsem počkal, až bude na stole chladno, vydal jsem se na cestu sám. Nic mi nebránilo v tom, abych se vydatně najedla, a zakoušela jsem určitý pocit uspokojení a nadřazenosti, když jsem tu a tam pohlédla na své mlčenlivé druhy a cítila v sobě útěchu tichého svědomí. Když jsem to udělal, odvážil jsem se neobvyklé troufalosti, přistoupil jsem ke krbu, obešel Earnshawovo sedadlo a poklekl v koutě vedle něho.

Heathcliff se nepodíval mým směrem, a tak jsem vzhlédl a pozoroval jeho rysy téměř tak sebejistě, jako by byly proměněny v kámen. Jeho čelo, které jsem kdysi považoval za tak mužné a které nyní považuji za tak ďábelské, bylo zastíněno těžkým mrakem; Jeho baziliščí oči byly téměř uhašeny nespavostí a snad i pláčem, protože řasy byly tehdy mokré; rty měl zbavené zuřivého úšklebku a zapečetěné výrazem nevýslovného smutku. Kdyby to bylo něco jiného, byla bych si zakryla tvář v přítomnosti takového zármutku. V *jeho* případě jsem byl potěšen, a jakkoli se to zdá hanebné urážet padlého nepřítele, nemohl jsem si nechat ujít příležitost zabodnout se do šipky; jeho slabost byla jedinou příležitostí, kdy jsem mohl okusit potěšení z placení špatnosti za zlo."

„Uf, prá, slečno!" Přerušil jsem ho. „Člověk by se mohl domnívat, že jste nikdy v životě neotevřel Bibli. Jestliže Bůh sužuje vaše nepřátele, jistě by vám to mělo stačit. Je to podlé a troufalé přidávat k němu i vaše mučení!"

„Obecně připouštím, že by to tak bylo, Ellen," pokračovala. „ale jaká bída uvalená na Heathcliffa by mě mohla uspokojit, kdybych v ní neměl prsty? Byl bych raději, kdyby trpěl *méně*, kdybych mu mohl způsobit utrpení a on by *mohl vědět*, že jsem toho příčinou já. Ach, tolik mu dlužím. Mohu doufat, že mu odpustím jen pod jednou podmínkou. Je to, mohu-li vzít oko za oko, zub za zub; Za každý klíč agónie vrať klíč: Snižte ho na mou úroveň. Protože byl první, kdo zranil, učiňte ho prvním, kdo prosil o odpuštění; a pak - proč tedy, Ellen, bych vám mohl ukázat trochu štědrosti. Je však naprosto nemožné, abych se kdy mohl pomstít, a proto mu nemohu odpustit. Hindley chtěl trochu vody, podal jsem mu sklenici a zeptal se ho, jak se mu daří.

,Ne tak nemocný, jak bych si přál,' odpověděl. Ale když pominem svou ruku, bolí mě každý centimetr, jako bych bojoval s legií skřetů!"

,Ano, není divu,' byla má další poznámka. Kateřina se vychloubala, že stojí mezi vámi a ublížením na zdraví: myslela tím, že někteří lidé by vám neublížili ze strachu, že by ji urazili. Je dobře, že lidé opravdu nevstávají z hrobu, jinak by včera v noci mohla být svědkem odporné scény! Nejste pohmožděný a pořezaný na hrudi a na ramenou?"

,To nemohu říci,' odpověděl. Ale co tím myslíte? Odvážil se mě udeřit, když jsem byl na dně?'

,Šlapal po vás, kopal do vás a mrštil s vámi o zem,' zašeptal jsem. A ústa jeho slzila, aby tě roztrhal zuby; protože je jen napůl člověk: ne tak moc, a to ostatní je ďábel."

„Pan Earnshaw vzhlížel, stejně jako já, k tváři našeho společného nepřítele; který, pohroužen do své úzkosti, se zdál necitlivý k ničemu kolem sebe: čím déle tam stál, tím jasnější byly jeho odrazy

„Ach, kdyby mi Bůh dal sílu, abych ho uškrtil ve své poslední agónii, šel bych s radostí do pekla," zaúpěl netrpělivý muž, svíjel se, aby vstal, a klesl zpět v zoufalství, přesvědčen o své neschopnosti bojovat.

,Ne, stačí, že zavraždil jednoho z vás,' poznamenal jsem nahlas. Každý ví, že by vaše sestra teď žila v Gdownu, nebýt pana Heathcliffa. Konec konců, je lepší být jím nenáviděn než milován. Když si vzpomenu, jak jsme byli šťastní - jak šťastná byla Catherine, než přišel - jsem způsobilá proklet ten den."

„Heathcliff si s největší pravděpodobností všiml více pravdy toho, co bylo řečeno, než ducha osoby, která to řekla. Viděla jsem, že to probudilo jeho pozornost, protože jeho oči stékaly slzami do popela a lapal po dechu v dusivém vzdechu. Zíral jsem na něj a pohrdavě jsem se zasmál. Zatemněná okna pekla se na okamžik mihla směrem ke mně; ďábel, který obvykle vyhlížel ven, byl však tak zakalený a utopený, že jsem se nebál riskovat další výsměch.

,Vstaň a zmiz mi z očí,' řekl truchlící.

„Hádal jsem, že přinejmenším tato slova pronesl, i když jeho hlas byl stěží srozumitelný.

,Promiňte,' odpověděl jsem. Ale miloval jsem i Catherine; a její bratr potřebuje doprovod, který kvůli ní poskytnu. Teď, když je mrtvá, vidím ji v Hindleyové: Hindleyová má přesně její oči, kdybyste se je nepokusil vydloubnout a neudělal z nich černou a červenou barvu; a ona –"

,Vstaň, ty ubohý hlupáku, než tě zadupu do hrobu!' vykřikl a udělal pohyb, který mě přiměl k tomu, abych ho udělal také.

,Ale pak,' pokračovala jsem a chystala se k útěku„kdyby vám chudinka Catherine důvěřovala a přijala směšné, opovrženíhodné a ponižující tituly paní Heathcliffová, brzy by vám byla poskytla podobný obraz! Nesnášela by tvé ohavné chování tiše: její odpor a znechucení musely najít svůj hlas."

„Zadní část osady a Earnshawova osoba se postavily mezi mě a něj; a tak místo aby se pokusil dostat ke mně, popadl ze stolu nůž a mrštil mi jím po hlavě. Udeřilo mě to přímo do ucha a zastavilo to větu, kterou jsem pronášel; ale vytáhl jsem jej, skočil ke dveřím a přinesl jiný; který snad šel trochu hlouběji než jeho střela. Poslední, co jsem ho zahlédl, byl zuřivý úprk z jeho strany, zadržovaný objetím jeho hostitele; a oba padli zamčeni na ohniště. Při svém útěku kuchyní jsem vybídl Josefa, aby rychle došel ke svému pánovi; Srazil jsem Haretona, který věšel vrh štěňat na opěradlo židle ve dveřích; a požehnaná jako duše uniklá z očistce jsem skočila, skočila a letěla dolů po strmé cestě; pak jsem opustil jeho zákruty a vyrazil přímo přes blata, převalil se přes břehy a brodil se bažinami, a vlastně jsem se řítil k majákovému světlu statku. A mnohem raději bych byl odsouzen k věčnému přebývání v pekelných končinách, než abych byť jen na jedinou noc znovu zůstal pod střechou Větrné hůrky."

Isabela přestala mluvit a napila se čaje; pak vstala, poručila mi, abych jí nasadil čepec a velký šátek, který jsem přinesl, a hluchá k mým prosbám, aby zůstala ještě hodinu, vystoupila na židli, políbila Edgarův a Catherinin portrét, pozdravila mě a sestoupila do kočáru v doprovodu Fanny. která divoce vyjekla radostí, že získala zpět svou paní. Byla vyhnána, aby se do této čtvrti už nikdy nevrátila, ale když se věci urovnaly, navázali mezi ní a mým pánem pravidelnou korespondenci. Myslím, že její nové bydliště bylo na jihu, blízko Londýna; Tam se jí narodil syn několik měsíců po jejím útěku. Byl pokřtěn jako Linton a od samého počátku o něm psala, že je to churavějící a mrzutý tvor.

Pan Heathcliff, který mě jednoho dne potkal ve vesnici, se mě zeptal, kde bydlí. Odmítl jsem to říct. Poznamenal, že to není důležité, jen že se musí mít na pozoru, aby nepřišla ke svému bratrovi: nebyla by s ním, kdyby si ji měl sám hlídat. I když jsem mu nechtěl poskytnout žádné informace, zjistil prostřednictvím několika dalších sluhů jak místo jejího bydliště, tak existenci dítěte. Přesto ji neobtěžoval: za tuto shovívavost by asi mohla děkovat jeho odporu. Často se ptal na dítě, když mě viděl; a když uslyšel jeho jméno, chmurně se usmál a poznamenal: „Chtějí, abych ho také nenáviděl, že ne?"

„Myslím, že si nepřeje, abyste o tom něco věděl," odpověděl jsem.

„Ale já ho dostanu," řekl, „až ho budu potřebovat. S tím mohou počítat!"

Naštěstí jeho matka zemřela dříve, než nadešel čas; asi třináct let po smrti Catherine, když bylo Lintonovi dvanáct nebo o něco více.

Druhý den, který následoval po Isabellině nečekané návštěvě, jsem neměla příležitost promluvit se svým pánem: vyhýbal se rozhovoru a byl způsobilý nemluvit o ničem. Když jsem ho dokázala přimět, aby poslouchal, viděla jsem, že se mu líbí, že jeho sestra opustila svého manžela; Ošklivil si ho s takovou intenzitou, že mírnost jeho povahy by mu to sotva dovolovala. Jeho odpor byl tak hluboký a citlivý, že se vyhýbal tomu, aby šel kamkoli, kde by mohl Heathcliffa vidět nebo slyšet.

Zármutek, a to vše dohromady, ho proměnilo v úplného poustevníka: vzdal se svého úřadu úředníka, přestal dokonce navštěvovat kostel, při všech příležitostech se vyhýbal vesnici a žil život v naprostém odloučení v hranicích svého parku a pozemků; zpestřovaly ho jen osamělé procházky po vřesovištích a návštěvy hrobu jeho ženy, většinou večer nebo časně ráno, než byli ostatní poutníci venku. Byl však příliš dobrý, než aby byl dlouho zcela nešťastný. *Nemodlil* se, aby ho Catherinina duše pronásledovala. Čas přinesl rezignaci a melancholii sladší než všední radost. Vzpomínal na její památku s vroucí, něžnou láskou a nadějnou touhou po lepším světě; kde nepochyboval, že je pryč.

A měl také pozemskou útěchu a náklonnost. Řekl jsem, že několik dní se zdálo, že nehledí na mrňavého nástupce zesnulého: ten chlad roztál rychle jako sníh v dubnu, a než ta drobná věc stačila vykoktat slovo nebo zavrávorat krok, třímala v srdci despotické žezlo. Jmenovala se Catherine; ale nikdy to jméno nenazval celým, jako nikdy nenazval první Catherine krátkým: pravděpodobně proto, že Heathcliff měl ve zvyku to dělat. Ta malá byla vždycky Cathy: tvořila mu to odlišnost od matky, a přece spojení s ní; a jeho náklonnost pramenila z jejího vztahu k ní, mnohem více než z toho, že by byla jeho vlastní.

Srovnával jsem ho s Hindleym Earnshawem a snažil jsem se uspokojivě vysvětlit, proč se za podobných okolností chovají tak protichůdně. Oba byli milujícími manželi a oba byli připoutáni ke svým dětem; a nechápal jsem, jak by se oba nemohli vydat stejnou cestou, k dobrému nebo ke zlému. Ale v duchu jsem si pomyslel, že Hindley, který má zřejmě silnější hlavu, se bohužel ukázal jako horší a slabší člověk. Když jeho loď narazila, kapitán opustil své místo; a posádka, místo aby se ji pokusila zachránit, se vrhla do vzpoury a zmatku, nenechávajíc své nešťastné lodi žádnou naději. Linton naopak projevil skutečnou odvahu věrné a věrné duše: důvěřoval Bohu; a Bůh ho potěšil. Jeden doufal a druhý si zoufal: zvolili si svůj vlastní úděl a byli spravedlivě odsouzeni k tomu, aby jej snášeli. Ale nebudete chtít slyšet mé moralizování, pane Lockwoode; všechny tyto věci posoudíš stejně dobře jako já: přinejmenším si to budeš myslet, a to je totéž. Konec Earnshawa se dal očekávat; Rychle následovala po sestře: dělilo je sotva šest měsíců. My v Grange jsme nikdy nedostali příliš stručnou zprávu o jeho stavu, který tomu předcházel; vše, co jsem se dozvěděl, bylo, že jsem šel pomoci při přípravách pohřbu. Pan Kenneth přišel oznámit tuto událost mému pánovi.

„Tak co, Nelly," řekl, když jednoho rána vyjížděl na dvůr, příliš brzy, než aby mě nevyplašil okamžitou předtuchou špatných zpráv, „teď je řada na tobě a mně, abych se ponořil do smutku. Myslíš, kdo nám teď uklouzl?"

„Kdo?" Zeptal jsem se rozčileně.

„Hádej!" odpověděl, sesedl a pověsil uzdu na hák u dveří. „A zastřihněte si cíp zástěry: jsem si jistá, že ji budete potřebovat."

„Pan Heathcliff určitě ne?" Vykřikl jsem.

„Cože? Měla byste pro něj slzy?" řekl doktor. „Ne, Heathcliff je houževnatý mladík: dneska vypadá jako rozkvetlý. Právě jsem ho viděl. Rychle se mu vrací maso od té doby, co ztratil svou lepší polovičku."

„Kdo je tedy, pane Kennethe?" Opakoval jsem netrpělivě.

„Hindley Earnshawová! Váš starý přítel Hindley," odpověděl, „a moje zlomyslné klepy, i když je na mě už tak dlouho příliš divoký. Tam! Řekl jsem, že bychom měli nabrat vodu. Ale rozveselte se! Zemřel věrný své povaze: opilý jako lord. Chudák mládenec! Je mi to také líto. Člověk se nemůže ubránit tomu, aby se mu nestýskalo po starém druhovi, i když měl s sebou ty nejhorší kousky, jaké si člověk kdy dokázal představit, a udělal mi nejeden darebák. Zdá se, že je mu sotva sedmadvacet; To je tvůj vlastní věk: kdo by si pomyslel, že se narodíš za jeden rok?"

Přiznám se, že tato rána byla pro mne větší než šok ze smrti paní Lintonové: v srdci mi přetrvávaly dávné asociace; Posadil jsem se na verandu a plakal jako nad pokrevním příbuzným, prosil jsem pana Kennetha, aby sehnal jiného sluhu, který by ho představil pánovi. Nemohl jsem se ubránit tomu, abych se nezamyslel nad otázkou: „Hrál čestně?" Ať jsem udělal cokoli, ta myšlenka by mě trápila: byla tak únavně tvrdošíjná, že jsem se rozhodl požádat o dovolení, abych mohl odjet na Větrnou hůrku a pomáhat při posledních povinnostech vůči mrtvým. Pan Linton se velmi zdráhal souhlasit, ale výmluvně jsem ho prosila o to, v jakém stavu ležel bez přátel; a řekl jsem, že můj starý pán a pěstoun má na mé služby stejně silný nárok jako na jeho vlastní. Kromě toho jsem mu připomněl, že dítě Hareton je synovcem jeho ženy, a pokud nemá nejbližší příbuzné, měl by se chovat jako jeho poručník; a měl by a musí se zeptat, jak ten majetek zůstal, a podívat se na starosti svého švagra. Nebyl tehdy způsobilý zabývat se takovými záležitostmi, ale vyzval mě, abych promluvil s jeho advokátem; a nakonec mi dovolil jít. Jeho právník byl také Earnshawův: zastavil jsem se ve vesnici a požádal ho, aby mě doprovodil. Zavrtěl hlavou a radil, aby Heathcliffa nechal na pokoji; tvrdil, že kdyby byla známa pravda, Hareton by nebyl shledán ničím jiným než žebrákem.

„Jeho otec zemřel v dluzích," řekl; „Veškerý majetek je zastaven a jedinou šancí pro přirozeného dědice je poskytnout mu příležitost vzbudit v srdci věřitele nějaký zájem, aby byl ochoten jednat s ním shovívavě."

Když jsem dosáhl výšin, vysvětlil jsem, že jsem přišel vidět, jak se všechno slušně děje; a Joseph, který se zdál být v dosti zarmoucený, vyjádřil uspokojení nad mou přítomností. Pan Heathcliff řekl, že si nevšiml, že bych byl potřebný; ale mohl bych zůstat a zařídit pohřeb, kdybych chtěl.

„Správně," poznamenal, „že tělo blázna by mělo být pohřbeno na křižovatce cest, bez jakéhokoli obřadu. Včera odpoledne jsem od něj náhodou odešel deset minut a on mezitím přede mnou zavřel dvoje dveře domu a strávil noc tím, že se úmyslně upil k smrti! Dnes ráno jsme se vloupali dovnitř, protože jsme slyšeli, jak frká jako kůň; a tam byl, položen nad ohradou: bičování a skalpování by ho neprobudilo. Poslal jsem pro Kennetha a on přišel; ale ne dříve, než se zvíře proměnilo v mršnu: bylo mrtvé a chladné a drsné; a tak jistě uznáš, že bylo zbytečné dělat kolem něho ještě větší rozruch!"

Starý sluha toto tvrzení potvrdil, ale zamumlal:

„Řekl bych, že by šel pro doktora! Já jsem byl lepší než on - a on mě nevaroval, když jsem odcházel, nic o tom!"

Trval jsem na tom, aby pohřeb byl slušný. Pan Heathcliff řekl, že i tam bych si mohl najít svou vlastní cestu, ale chtěl, abych si pamatoval, že peníze na celou tu záležitost šly z jeho kapsy. Choval se tvrdě, nedbale, nesvědčilo ani o radosti, ani o smutku; když už nic jiného, tak to bylo výrazem nepatrného uspokojení z obtížně vykonaného díla. Jednou jsem si skutečně všiml něčeho jako jásotu v jeho pohledu: bylo to právě v době, kdy lidé nesli rakev z domu. Měl to pokrytectví, že představoval truchlícího, a než následoval Haretona, zvedl nešťastné dítě na stůl a zamumlal s podivným gustem: „Nuže, milý hochu, jsi *můj!* A uvidíme, jestli jeden strom neporoste stejně křivě jako druhý a že ho bude kroutit týž vítr!" Nic netušící věc byla touto řečí potěšena: pohrával si s Heathcliffovými vousy a hladil ho po tváři; ale vytušil jsem, co to znamená, a trpce jsem poznamenal: „Ten chlapec se musí se mnou vrátit do Thrushcross Grange, pane. Na světě není nic méně tvého než on!"

„Říká to Linton?" zeptal se.

„Samozřejmě, nařídil mi, abych ho vzal," odpověděl jsem.

„Nuže," řekl darebák, „nebudeme se teď o tom přít, ale rád bych se pokusil vychovat mládě; tak důvěrný k vašemu pánu, že budu muset nahradit toto místo svým vlastním, pokud se pokusí jej odstranit. Nesouhlasím s tím, aby Hareton zůstal bez diskuse; ale jsem si jistá, že ten druhý přijde! Nezapomeň mu to říct."

Tato nápověda stačila k tomu, aby nám svázala ruce. Po návratu jsem zopakoval její podstatu; a Edgar Linton, který se o to zpočátku příliš nezajímal, už nemluvil o tom, že by se měl vměšovat. Nejsem si vědom toho, že by to byl mohl udělat za nějakým účelem, kdyby byl jen tak ochotný.

Host byl nyní pánem Větrné hůrky: vlastnil ho pevně a dokázal advokátovi - který to zase dokázal panu Lintonovi -, že Earnshaw zastavil každý metr půdy, který vlastnil, za peníze, aby si mohl dát na živobytí svou mánii hrátky; a on, Heathcliff, byl zástavním věřitelem. Tak byl

Hareton, který se nyní stal prvním gentlemanem v sousedství, uvržen do stavu naprosté závislosti na zarytém nepříteli svého otce; a žije ve svém vlastním domě jako sluha, zbaven výhody mzdy: zcela neschopen napravit sám sebe pro svou nepřátelství a nevědomost, že mu bylo ukřivděno.

KAPITOLA XVIII

Dvanáct let, pokračovala paní Deanová, bylo po tomto bezútěšném období nejšťastnějších v mém životě: mé největší potíže na jejich cestě pramenily z malicherných nemocí naší malé dámy, které musela zakoušet společně se všemi dětmi, bohatými i chudými. Po ostatních šesti měsících rostla jako modřín a mohla také chodit a mluvit, po svém, než vřesoviště podruhé rozkvetlo nad prachem paní Lintonové. Byla to ta nejpodmanivější věc, která kdy vnesla sluneční svit do zpustlého domu: skutečná kráska v obličeji, s hezkýma tmavýma očima Earnshawových, ale se světlou pletí a drobnými rysy Lintonových a žlutými vlnitými vlasy. Její duch byl vznešený, i když ne hrubý, a byl řízen srdcem citlivým a nadměrně živým ve svých citech. Tato schopnost intenzivního připoutání mi připomněla její matku: přesto se jí nepodobala: protože dokázala být jemná a mírná jako holubice a měla jemný hlas a zamyšlený výraz: její hněv nebyl nikdy zuřivý; Její láska nikdy nebyla prudká: byla hluboká a něžná. Je však třeba uznat, že měla chyby, které její dary zmařily. Jedním z nich byl sklon být drzý; a zvrácenou vůli, kterou shovívavé, děti vždy získávají, ať už jsou dobré povahy nebo mrzuté. Když ji náhodou někdo ze sluhy rozlobil, bylo to vždycky: „Řeknu to tatínkovi!" A kdyby ji pokáral byť jen pohledem, považovali byste to za srdcervoucí záležitost: nevěřím, že by s ní kdy řekl ostré slovo. Vzal její výchovu zcela na sebe a udělal z ní zábavu. Naštěstí zvídavost a bystrý intelekt z ní udělaly schopnou učenkyni: učila se rychle a dychtivě a dělala čest jeho učení.

Až do svých třinácti let se ani jednou nedostala sama mimo dosah parku. Pan Linton ji při vzácných příležitostech brával s sebou asi míli ven; ale nikomu jinému ji nesvěřil. Gimmerton bylo v jejích uších nepodstatné jméno; kaple, jediná budova, ke které se přiblížila nebo do ní vstoupila, kromě svého vlastního domu. Větrná hůrka a pan Heathcliff pro ni neexistovali: byla to dokonalá samotářka; a očividně naprosto spokojená. A skutečně, když si z okna svého dětského pokoje prohlížela krajinu, pozorovala:

„Ellen, jak dlouho bude trvat, než budu moci dojít na vrchol těch kopců? Zajímalo by mě, co leží na druhé straně - je to moře?"

„Ne, slečno Cathy," odpověděl jsem; „To jsou zase kopce, přesně jako tyhle."

„A jak vypadají ty zlaté skály, když stojíte pod nimi?" zeptala se jednou.

Náhlý sestup Penistone Crags obzvláště přitahoval její pozornost; zvláště když na ni svítilo zapadající slunce a na nejvyšší výšiny a celá krajina kromě toho ležela ve stínu. Vysvětlil jsem jim, že jsou to holé masy kamení, které mají v rozsedlinách sotva dost hlíny, aby uživila zakrslý strom.

„A proč svítí tak dlouho, když je tu večer?" pokračovala.

„Protože jsou mnohem výše než my," odpověděl jsem. „Nedalo se na ně vylézt, jsou moc vysoké a strmé. V zimě je mráz vždy přítomen dříve, než k nám přijde; a hluboko v létě jsem našel sníh pod tou černou kotlinou na severovýchodní straně!"

„Ach, vy jste na nich byl!" zvolala radostně. „Pak můžu jít i já, když jsem žena. Byl tam tatínek, Ellen?"

„Tatínek by vám řekl, slečno," odpověděla jsem spěšně, „že nestojí za námahu je navštěvovat. Vřesoviště, kde se s ním touláte, jsou mnohem hezčí; a Thrushcross Park je nejlepší místo na světě."

„Ale já ten park znám, ale ty neznám," zašeptala si pro sebe. „A rád bych se rozhlédl kolem sebe z čela toho nejvyššího výběžku: můj malý poník Minny si mě na chvíli vezme."

Jedna ze služebných, která se zmínila o Vílí jeskyni, docela otočila hlavu touhou splnit tento projekt: dobírala si kvůli tomu pana Lintona; a slíbil jí, že se na tu cestu vydá, až bude starší. Slečna Catherine však měřila svůj věk na měsíce, a „Nuže, jsem dost stará na to, abych mohla jít do Penistone Crags?" zněla jí neustálá otázka v ústech. Cesta se vinula těsně kolem Větrné hůrky. Edgar neměl to srdce, aby si to přešel; tak se jí stále dostávalo odpovědi: „Ještě ne, lásko, ještě ne."

Řekl jsem, že paní Heathcliffová žila více než dvanáct let poté, co opustila svého manžela. Její rodina byla křehké povahy: ona i Edgar postrádali chatrné zdraví, s nímž se v těchto končinách obvykle setkáte. Nejsem si jist, jaká byla její poslední nemoc; domnívám se, že zemřeli na tutéž chorobu, na jakousi horečku, která se pomalu rozbíhala, ale ke konci byla nevyléčitelná a rychle sžírala život. Napsala mu, aby svého bratra informovala o pravděpodobném závěru čtyřměsíční indispozice, kterou trpěla, a prosila ho, aby k ní pokud možno přišel; musela si totiž mnoho vyřídit a chtěla se s ním rozloučit a vydat Lintona bezpečně do jeho rukou. Doufala, že Linton s ním zůstane tak, jako byl s ní: jeho otec, jak by se ráda přesvědčila, netouží brát na sebe břímě jeho obživy a vzdělání. Můj pán neváhal ani okamžik a vyhověl její prosbě: zdráhal se opouštět domov při obyčejných návštěvách, a tak letěl, aby ji odpověděl; Svěřoval Catherine mé zvláštní ostražitosti v jeho nepřítomnosti a opakovaně jí nařizoval, že se nesmí toulat z parku, a to ani v mém doprovodu: nepočítal s tím, že půjde bez doprovodu.

Byl pryč tři týdny. První nebo dva dny seděla má svěřenkyně v koutě knihovny, příliš smutná, než abych si četla nebo hrála: v tomto tichém stavu mi nepůsobila mnoho potíží; ale po něm následovala chvíle netrpělivé, zoufalé únavy; a protože jsem byl příliš zaneprázdněn a příliš starý, než abych běhal sem a tam a bavil ji, přišel jsem na způsob, jak by se mohla zabavit. Míval jsem ji na její cesty po pozemcích – hned pěšky, hned na poníkovi; dopřával jí trpělivé naslouchání všem jejím skutečným i imaginárním dobrodružstvím, když se vrátila.

Léto zářilo v plném rozkvětu; a tak se jí zalíbilo toto osamělé blábolení, že se jí často dařilo zůstávat mimo snídani až do čaje; a pak trávila večery vyprávěním svých fantastických příběhů. Nebál jsem se, že by překročila hranice; protože brány byly obvykle zamčené a myslel jsem, že by se sotva odvážila vyjít sama, kdyby byla stála dokořán. Naneštěstí se moje sebedůvěra ukázala jako nemístná. Kateřina ke mně přišla jednoho rána v osm hodin a řekla, že je toho dne arabský kupec, který se chystá se svou karavanou přejít poušť; a musím jí dát spoustu potravy pro ni i pro zvířata: koně a tři velbloudy, které ztělesňuje velký pes a pár ohařů. Shromáždil jsem pěknou zásobu lahůdek a pověsil je do košíku na jedné straně sedla; a vyskočila veselá jako víla, chráněna před červencovým sluncem kloboukem se širokou krempou a gázovým závojem, a s veselým smíchem odklusala, vysmívajíc se mé opatrné radě, abych se vyhnul cvalu a vrátil se brzy. Ta zlobivá věc se u čaje nikdy neobjevila. Jeden poutník, pes, který byl starý pes a měl rád jeho pohodu, se vrátil; ale ani Cathy, ani poník, ani oba ukazatele nebyly vidět žádným směrem: vyslal jsem vyslance na tu a tu stezku a nakonec jsem se vydal na cestu a sám jsem se ji vydal hledat. Byl tam dělník, který pracoval u plotu kolem plantáže, na okraji pozemku. Zeptal jsem se ho, zda viděl naši mladou dámu.

„Viděl jsem ji ráno," odpověděl, „chtěla by, abych jí uřízl lískový výsek, a pak přeskočila svůj Galloway támhle přes plot, kde je nejníže, a cválala zmizela z dohledu."

Můžete hádat, jak jsem se cítil, když jsem se dozvěděl tuto zprávu. Přímo mě napadlo, že musela začít pro Penistone Crags. „Co s ní bude?" Vykřikl jsem, protlačil jsem se mezerou, kterou muž opravoval, a zamířil jsem rovnou k hlavní silnici. Šel jsem jako na sázku, míli za mílí, až jsem se otočil a spatřil jsem Výšiny; ale žádnou Catherine jsem nemohl zahlédnout, ani daleko, ani blízko. Crags leží asi půl druhé míle za domem pana Heathcliffa, a to jsou čtyři od Grange, takže jsem se začal obávat, že než se k nim dostanu, padne noc. „A co kdyby mezi nimi vklouzla," uvažovala jsem, „a byla by zabita nebo by si zlomila pár kostí?" Mé napětí bylo opravdu bolestné; a zprvu se mi rozkošně ulevilo, když jsem pozoroval, jak Charlie, nejdivočejší z ohařů, pospíchal kolem statku a ležel pod oknem s oteklou hlavou a krvácejícím uchem. Otevřel jsem branku a běžel ke dveřím, prudce jsem klepal, abych byl vpuštěn. Žena, kterou jsem znal a která dříve žila v Gimmertonu, mi odpověděla: byla tam služkou od smrti pana Earnshawa.

„Ach," pravila, „přišla jste hledat svou malou paní! Neboj se. Je tu v bezpečí, ale jsem rád, že to není pán."

„Není tedy doma, že ne?" Lapala jsem po dechu, celá udýchaná rychlou chůzí a vyděšená.

„Ne, ne," odpověděla, „on i Josef jsou pryč a myslím, že se nevrátí v tuto hodinu nebo déle. Vstupte a trochu si odpočiňte."

Vešel jsem dovnitř a spatřil jsem svou zatoulanou ovečku, jak sedí u krbu a houpe se v malé židličce, kterou měla její matka, když byla ještě dítě. Klobouk měla opřený o zeď a zdála se jí jako doma, smála se a žvanila, v nejlepší náladě, jakou si lze představit, Haretonovi - nyní už velkému, silnému osmnáctiletému mladíkovi -, který na ni zíral se značnou zvědavostí a údivem: chápala jen velmi málo z plynulého sledu poznámek a otázek, které její jazyk nepřestával chrlit.

„Výborně, slečno!" Zvolal jsem a skrýval jsem svou radost pod rozzlobenou tváří. „Tohle je tvoje poslední jízda, dokud se tatínek nevrátí. Už ti nebudu věřit přes práh, ty zlobivá, zlobivá holka!"

„Aha, Ellen!" zvolala vesele, vyskočila a běžela ke mně. „Dnes večer vám budu vyprávět pěkný příběh; A tak jste mě našli. Byl jsi tu někdy v životě?"

„Nasaďte si ten klobouk a hned domů," řekl jsem. „Je mi z vás strašně líto, slečno Cathy: dopustila jste se krajně špatného! Nemá smysl trucovat a plakat: to mi nevyplatí námahu, kterou jsem měla, když jsem za vámi prohledávala celou zemi. Když si vzpomenu, jak mi pan Linton nařídil, abych vás držel doma; a vy tak kradete! Ukazuje to, že jsi mazaná liška a nikdo ti už nebude věřit."

„Co jsem to udělala?" vzlykala a okamžitě se zarazila. „Tatínek mi nic neúčtoval: nebude mi vynadat, Ellen - nikdy se nezlobí jako ty!"

„Pojď, pojď!" Opakoval jsem. „Uvážu tu stuhu. Nebuďme však nedůtkliví. Ach, pro hanbu! Je ti třináct let a takové dítě!"

Tento výkřik byl způsoben tím, že si strčila klobouk z hlavy a ustoupila ke komínu mimo můj dosah.

„Ne," řekl sluha, „nebuďte na tu milou dívku přísná, paní Deanová. Přinutili jsme ji, aby zastavila: byla by nejraději jela kupředu, protože se bála, že bys byl nervózní. Hareton se nabídl, že půjde s ní, a já jsem si myslel, že by to měl udělat, protože je to divoká cesta přes kopce."

Hareton stál během rozpravy s rukama v kapsách, příliš rozpačitý, než aby mohl mluvit; i když se tvářil, jako by se mu mé vměšování nelíbilo.

„Jak dlouho mám čekat?" Pokračoval jsem, nedbaje ženina vměšování. „Za deset minut bude tma. Kde je ten poník, slečno Cathy? A kde je Phoenix? Opustím vás, pokud si nepospíšíte; tak potěš sám sebe."

„Poník je na dvoře," odpověděla, „a Fénix je tam zavřený. Je pokousaný - a Charlie také. Chtěl jsem vám o tom všechno povědět; ale vy jste ve špatné náladě a nezasloužíte si to slyšet."

Sebral jsem její klobouk a přistoupil jsem, abych jí ho vrátil; ale když viděla, že lidé z domu se přidávají na její stranu, začala pobíhat po místnosti; a při mé honbě běhal jako myš přes a pod a za nábytkem, čímž se mi stalo směšným ho pronásledovat. Hareton a žena se zasmáli a ona se k nim přidala a stala se ještě drzejší; až jsem velmi podrážděně zvolala: „Nuže, slečno Cathy, kdybyste věděla, čí je to dům, ráda byste se dostala ven."

„To je jméno *tvého* otce, že?" řekla a obrátila se k Haretonovi.

„Ne," odpověděl, sklopil zrak a stydlivě se začervenal.

Nemohl snést, aby se na ni nedíval upřeným pohledem, i když to byly jen jeho vlastní.

„Čí tedy - vašeho pána?" zeptala se.

Zrudl hlouběji, s jiným pocitem, zazaklel a odvrátil se.

„Kdo je jeho pán?" pokračovala únavná dívka a apelovala na mne. „Mluvil o 'našem domě' a 'našich lidech'. Myslel jsem, že to byl syn majitele. A nikdy neřekl slečno: měl to udělat, ne, když je sluha?"

Hareton při této dětinské řeči zčernal jako bouřkový mrak. Mlčky jsem zatřásl tazatelkou a konečně se mi podařilo připravit ji k odchodu.

„A teď přiveďte mého koně," řekla a obrátila se na svého neznámého příbuzného, jako by se obrátila na jednoho ze stájníků na statku. „A můžete jít se mnou. Chci vidět, kde se v bažině zvedá lovec skřetů, a slyšet o *vílách*, jak jim říkáte, ale pospěšte si! Co se děje? Přiveďte mého koně, říkám."

„Uvidím tě zatraceného, než se stanu *tvým* služebníkem!" zavrčel mládenec.

„Uvidíš mě, *co?*" zeptala se Catherine překvapeně.

„K čertu - ty drzá čarodějnice!" odpověděl.

„Tak vidíte, slečno Cathy! vidíte, že jste se dostala do pěkné společnosti," vložila jsem se do hovoru. „Pěkná slova pro mladou dámu! Nezačínejte se s ním prosím hádat. Pojďte, vyhledáme Minny sami a půjdeme."

„Ale, Ellen," zvolala a upřeně na mě zírala s údivem, „jak se opovažuje takhle se mnou mluvit? Neměl by snad být přinucen udělat, co po něm žádám? Ty ničemo, povím tatínkovi, co jsi říkal. --Tak tedy!"

Hareton zřejmě tuto hrozbu nepociťoval; a tak jí s rozhořčením vstoupily do očí slzy. „Přiveďte poníka," zvolala a obrátila se k ženě, „a pusťte teď mého psa na svobodu!"

„Tiše, slečno," odpověděl oslovený. „Tím, že budeš zdvořilý, nic neztratíš. Pan Hareton, i když není pánův syn, je to váš bratranec, a já jsem nikdy nebyla najata, abych vám sloužila."

„*To je* můj bratranec!" zvolala Cathy a pohrdavě se zasmála.

„Ano, opravdu," odpověděl její výčitek.

„Ach, Ellen! Nedovol jim říkat takové věci," pokračovala ve velkých potížích. „Tatínek odjel z Londýna pro mého bratrance, můj bratranec je syn gentlemana. Že moje – " zarazila se a přímo se rozplakala; naštvaný z pouhé představy o vztahu s takovým klaunem.

„Pst, ticho!" Zašeptal jsem; „Lidé mohou mít mnoho bratranců a sestřenic a sestřenic všeho druhu, slečno Cathy, aniž by to bylo o něco horší; jen se nemusí zdržovat v jejich společnosti, když jsou nepříjemní a špatní."

„Není - není to moje sestřenice, Ellen!" pokračovala, když v sobě sebrala nový zármutek z přemýšlení, a vrhla se mi do náruče, aby se před tou myšlenkou ukryla.

Byl jsem na ni a na sluhu velmi rozzloben pro jejich vzájemná odhalení; nepochybujíc o blížícím se Lintonově příjezdu, který mu sdělil Linton, byl podán zprávu panu Heathcliffovi; a byla si jistá, že Catherininou první myšlenkou po otcově návratu bude hledat vysvětlení jeho tvrzení o jejím hrubém příbuzenstvu. Hareton, který se vzpamatovával ze znechucení nad tím, že byl považován za sluhu, se zdál být pohnut jejím trápením; a když přivedl poníka ke dveřím, vzal si pěknou křivonohou teriérskou mládě z boudy, aby si ji usmířil, dal jí je do ruky a vybízel ji, aby si hvízdala! neboť nemyslel nic. Zastavila se ve svém nářku, pohlédla na něho pohledem plným bázně a hrůzy a pak znovu vybuchla.

Stěží jsem se ubránil úsměvu nad touto antipatií k tomu chudákovi, který byl urostlý, atletický mladík, pohledného vzhledu, statného a zdravého, ale oblečeného v oděvu, který odpovídal jeho každodenním povinnostem práce na statku a povalování se mezi vřesovišti za králíky a zvěří. Přesto jsem si myslel, že v jeho fyziognomii dokážu rozpoznat mysl, která má lepší vlastnosti, než jaké kdy měl jeho otec. Dobré věci ztracené uprostřed pustiny plevele, pravda, jehož hodnost daleko převyšovala jejich zanedbaný růst; přesto však existují důkazy o bohaté půdě, která by za jiných a příznivých okolností mohla přinést bujnou úrodu. Pan Heathcliff, myslím, ho neléčil fyzicky nemocně; díky své nebojácné povaze, která neposkytovala žádné pokušení k takovému způsobu útlaku: neměl žádnou bázlivou náchylnost, která by podle Heathcliffova soudu dávala chuť špatnému zacházení. Zdálo se, že svou zlomyslnost soustředil na to, aby z něj udělal surovce: nikdy se nenaučil číst ani psát; Nikdy ho nenapomínal za žádný zlozvyk, který by jeho strážce neobtěžoval; nikdy nevedla ani krok ke ctnosti, ani nebyla chráněna jediným přikázáním proti neřesti. A podle toho, co jsem slyšela, přispěl k jeho zhoršení Josef svou omezenou zaujatostí, která ho vedla k tomu, aby mu jako chlapec lichotil a mazlil se s ním, protože byl hlavou staré rodiny. A stejně jako měl ve zvyku obviňovat Catherine Earnshawovou a Heathcliffa, když byli dětmi, že pána vynaložili na trpělivost a nutili ho, aby hledal útěchu v pití tím, co nazýval „vnitřnostmi", tak i nyní svalil celé břímě Haretonových chyb na bedra uchvatitele jeho majetku. Kdyby mládenec přísahal, nenapomenul by ho, ani by se zachoval sebeprovinněji. Josefovi to zjevně přinášelo uspokojení, když viděl, jak zachází do nejhorších krajností: připustil, že chlapec je zničen: že jeho duše je vydána napospas záhubě; ale pak si uvědomil, že Heathcliff se za to musí zodpovídat. Haretonova krev by byla požadována z jeho rukou; a v té myšlence spočívala nesmírná útěcha. Josef mu vštípil hrdost na jméno a na svůj rod; kdyby se byl odvážil, byl by vyvolal nenávist mezi ním a nynějším majitelem Výšin: ale jeho strach z tohoto majitele se rovnal pověře; a své pocity vůči němu omezoval na mumlané narážky a soukromé stížnosti. Nepředstírám, že jsem důvěrně obeznámen se způsobem života, který byl v oněch dnech na Větrné hůrce obvyklý; mluvím jen z doslechu; neboť jsem viděl málo. Vesničané tvrdili, že pan Heathcliff je *nablízku* a že je pro své nájemníky krutým a tvrdým hospodářem, ale dům uvnitř znovu získal svůj starobylý vzhled pohodlí pod ženským vedením a v jeho zdech se nyní neodehrávaly výjevy nepokojů, které byly v Hindleyho době běžné. Mistr byl příliš zasmušilý, než aby hledal společnost s někým a stále je.

To však v mém příběhu nedělá pokrok. Slečna Cathy odmítla teriérovu mírovou nabídku a požadovala své vlastní psy, Charlieho a Fénixe. Přišli kulhaví a svěšení hlavy; A vydali jsme se na cestu, bohužel každý z nás. Nemohl jsem ze své malé dámy vyždímat, jak strávila den; až na to, že, jak jsem předpokládal, cílem její pouti byly Penistone Crags; a bez dobrodružství dorazila k bráně statku, když tu náhodou vyšel Hareton, doprovázen několika psími přívrženci, kteří zaútočili na její vlak. Svedli chytrou bitvu, než je jejich majitelé mohli rozdělit: to byl úvod. Catherine řekla Haretonovi, kdo je a kam jde; a požádala ho, aby jí ukázal cestu, a nakonec ho přemluvila, aby ji doprovázel. Odhalil tajemství Vílí jeskyně a dvaceti dalších podivných míst. Ale protože jsem byl v nemilosti, nebyl jsem obdařen popisem zajímavých předmětů, které viděla. Mohl jsem se však dohadovat, že její průvodce byl jejím oblíbencem, dokud ho nezranila tím, že ho oslovila jako sluhu; a Heathcliffova hospodyně ublížila té své tím, že ho nazvala svým bratrancem. Tu se jí v srdci rozechvěla slova, která jí podržel; ona, která byla vždy „láskou" a „miláčkem", „královnou" a „andělem" pro všechny na statku, aby byla tak otřesně uražena cizím člověkem! Nechápala to; a musela jsem vynaložit těžkou práci, abych získala slib, že nebude předkládat stížnost svému otci. Vysvětlil jsem mu, jak má námitky proti tomu, aby celá domácnost byla na Výšinách, a jak by ho mrzelo, kdyby zjistil, že tam byla; nejvíce jsem však trval na tom, že kdyby odhalila, že jsem nedbal jeho příkazů, byl by snad tak rozzlobený, že bych musel odejít; a Cathy nemohla takovou vyhlídku snést; slíbila své slovo a dodržela je kvůli mně. Koneckonců, byla to milá holčička.

KAPITOLA XIX

Dopis s černými okraji oznamoval den návratu mého pána. Isabella byla mrtvá; a napsal mi, abych truchlila pro jeho dceru a zařídila pokoj a jiné ubytování pro jeho mladého synovce. Catherine šílela radostí při pomyšlení, že by měla otce přivítat zpět; a oddávala se nejoptimističtějšímu očekávání nesčetných znamenitostí své „skutečné" sestřenice. Nadešel večer jejich očekávaného příjezdu. Od časného rána byla zaneprázdněna zařizováním svých drobných záležitostí; a teď oblečená ve svých nových černých šatech - chudinka! Smrt tety v ní nevzbudila žádný jednoznačný zármutek - nutila mě, abych se s ní procházela po pozemcích a setkala se s nimi.

„Linton je jen o šest měsíců mladší než já," štěbetala, když jsme se ve stínu stromů poklidně procházeli po vlnách a prohlubních mechem porostlých trávníků. „Jak rozkošné to bude mít ho za kamaráda na hraní! Teta Isabela poslala tatínkovi krásný pramen jeho vlasů; Byl lehčí než můj - víc lněný a stejně pěkný. Mám ji pečlivě uchovanou v malé skleněné krabičce; a často jsem si říkal, jaké by to bylo potěšení vidět jeho majitele. Ach! Jsem šťastná - a tatínku, drahý, drahý tatínku! Pojď, Ellen, běžme! pojď, utíkej."

Běžela, vracela se a zase běžela, mnohokrát, než mé střízlivé kroky došly k bráně, a pak se posadila na travnatý břeh vedle cesty a snažila se trpělivě čekat; Ale to bylo nemožné: nemohla zůstat v klidu ani minutu.

„Jak jsou dlouzí!" zvolala. „Ach, vidím na silnici nějaký prach - už se blíží! Ne! Kdy tu budou? Nemohli bychom jít kousek - půl míle, Ellen, jen půl míle? Řekni ano, tomu shluku bříz na zatáčce!"

Rozhodně jsem odmítl. Konečně její napětí skončilo: kočár se objevil v dohledu. Slečna Cathy vykřikla a rozpřáhla ruce, jakmile zachytila otcovu tvář, jak se dívá z okna. Sestoupil dolů, skoro stejně dychtivý jako ona; a uplynula značná doba, než měli myšlenku, kterou by mohli věnovat někomu jinému než sobě. Zatímco si vyměňovali pohlazení, já jsem nakoukl dovnitř, abych se podíval po Lintonovi. Spal v koutě, zahalený do teplého pláště podšitého kožešinou, jako by byla zima. Bledý, jemný, zženštilý chlapec, který by se dal považovat za mladšího bratra mého pána, tak silná byla jeho podoba, ale v jeho tváři byla chorobná mrzutost, kterou Edgar Linton nikdy neměl. Ten druhý viděl, že se dívám; a když jsem si potřásl rukou, radil mi, abych zavřel dveře a nechal ho nerušeného; neboť cesta ho unavil. Cathy by byla ráda pohlédla, ale otec jí řekl, aby šla pěšky, a kráčeli spolu parkem, zatímco já jsem spěchala připravit služebnictvo.

„Nuže, miláčku," obrátil se pan Linton k dceři, když se zastavili dole na schodech, „tvůj bratranec není tak silný a tak veselý jako ty, a pamatuješ, že před velmi krátkou dobou ztratil matku; Proto nečekejte, že si bude hrát a pobíhat přímo s vámi. A moc ho neobtěžujte mluvením; nechte ho aspoň dnes večer být zticha, ano?"

„Ano, ano, tatínku," odpověděla Catherine, „ale já ho chci vidět; a ani jednou se nepodíval ven."

Kočár zastavil; a když byl spáč probuzen, strýc ho srazil na zem.

„Tohle je vaše sestřenice Cathy, Lintone," řekl a dal jejich malé ručičky dohromady. „Už teď vás má ráda; a dej pozor, abys ji dnes v noci nezarmucoval pláčem. Snažte se být nyní veselí; Cestování je u konce a vám nezbývá nic jiného než odpočívat a bavit se, jak se vám zlíbí."

„Tak mě nechte jít spát," odpověděl chlapec a ulekl Kateřinina pozdravu. a přiložil si prsty k očím, aby zahnal počínající slzy.

„Pojď, pojď, je to hodné dítě," zašeptala jsem a vedla ho dál. „Ty ji taky rozpláčeš - podívej se, jak je jí tě líto!"

Nevím, zda to byl zármutek pro něj, ale jeho sestřenka nasadila stejně smutný výraz jako on a vrátila se k otci. Všichni tři vstoupili a vystoupili do knihovny, kde byl připraven čaj. Sundal jsem Lintonovi čapku a plášť a posadil ho na židli vedle stolu; ale sotva se posadil, dal se znovu do pláče. Můj pán se zeptal, co se děje.

„Nemůžu sedět na židli," vzlykal chlapec.

„Tak běž k pohovce a Ellen ti přinese čaj," odpověděl strýc trpělivě.

Byl jsem přesvědčen, že byl během cesty velmi zkoušen svým zuřivým churavějícím svěřencem. Linton se pomalu odplazil a lehl si. Cathy mu nesla podnožku a svůj hrnek po jeho boku. Zprvu seděla mlčky; ale to nemohlo trvat věčně: rozhodla se, že si ze svého malého bratrance udělá mazlíčka, jakým by si přála, aby byl; a začala ho hladit po kadeřích, líbat na tvář a nabízet mu čaj ve svém podšálku jako dítě. To ho potěšilo, protože mu nebylo o mnoho lépe: osušil si oči a rozzářil se do slabého úsměvu.

„Ach, povede se mu velmi dobře," řekl mi mistr, když je chvíli pozoroval. „Dobrá, jestli si ho můžeme nechat, Ellen. Společnost dítěte jeho věku mu brzy vštípí nového ducha a tím, že si bude přát sílu, ji získá."

„Ach, jestli si ho můžeme nechat!" Přemítal jsem sám pro sebe; a zmocnily se mě bolestné pochybnosti, že je v tom nepatrná naděje. A pak, pomyslel jsem si, jak vůbec bude ten slaboch žít na Větrné hůrce? Mezi jeho otcem a Haretonem, jací budou kamarádi a instruktoři. Naše pochybnosti byly brzy rozhodnuty - dokonce dříve, než jsem očekával. Právě jsem vyvedla děti nahoru, když jsem dopil čaj, a viděla jsem Lintona spícího - nedovolil mi, abych ho opustila, dokud se tak nestane - sešla jsem dolů a stála jsem u stolu v hale a zapalovala svíčku v ložnici pro pana Edgara, když z kuchyně vyšla služebná a oznámila mi, že za dveřmi stojí sluha pana Heathcliffa Joseph. a chtěl jsem mluvit s mistrem.

„Zeptám se ho nejdřív, co chce," řekl jsem se značným rozechvěním. „Je velmi nepravděpodobné, že by lidi trápila, a to v okamžiku, kdy se vrátili z dlouhé cesty. Myslím, že ho pán nemůže vidět."

Joseph prošel kuchyní, když jsem pronesla tato slova, a nyní se objevil v hale. Byl oblečen do svého nedělního oděvu, se svou nejsvatouškovější a nejtrpčí tváří, v jedné ruce držel klobouk a v druhé hůl a jal se čistit si boty na rohožce.

„Dobrý večer, Josephe," řekl jsem chladně. „Jaká záležitost vás sem dnes večer přivádí?"

„Mluvil jsem s panem Lintonem," odpověděl a pohrdavě mě odstrčil stranou.

„Pan Linton si jde lehnout; pokud nemáte co konkrétního říct, jsem si jistá, že to teď neuslyší," pokračovala jsem. „Raději se posaď támhle a svěř mi svůj vzkaz."

„Který je jeho rahm?" pokračoval chlapík a prohlížel si řadu zavřených dveří.

Pochopila jsem, že je odhodlán odmítnout mé zprostředkování, a tak jsem velmi neochotně šla do knihovny a oznámila jsem nevhodného návštěvníka a doporučila jsem, aby byl propuštěn do zítřka. Pan Linton neměl čas, aby mě k tomu povzbudil, neboť Joseph mi byl v patách, vjel do bytu, posadil se na druhou stranu stolu, obě pěsti udeřil do hlavy hole a začal zvýšeným tónem, jako by očekával odpor:

„Hathecliff mě poslal pro svého chlapce a já se kvůli němu nechci vrátit."

Edgar Linton se na okamžik odmlčel; Výraz nesmírného zármutku zatemnil jeho tváře: byl by toho dítěte litoval kvůli sobě samému; ale vzpomněl si na Isabelliny naděje a obavy a na úzkostlivá přání jejího syna a na to, jak ho svěřila do jeho péče, hořce se rmoutil při vyhlídce, že se ho vzdá, a v srdci hledal, jak by se tomu dalo zabránit. Žádný plán se nenabízel: už jen projev touhy udržet si ho by byl učinil žadatele kategoričtějším: nezbývalo nic jiného než se ho vzdát. Nehodlal ho však ze spánku probudit.

„Vyřiďte panu Heathcliffovi," odpověděl klidně, „že jeho syn zítra přijede na Větrnou hůrku. Je v posteli a je příliš unavený, než aby teď ušel tu vzdálenost. Můžete mu také říci, že matka Lintonova si přála, aby zůstal pod mou ochranou; a v současné době je jeho zdraví velmi nejisté."

„Ne!" vykřikl Joseph, žuchl s oporou o podlahu a tvářil se autoritativně. „Ne! To neznamená nic. Hathecliff nepočítá s matkou, ani vy seveřané; ale on svého chlapce vyzvedne; a já si ho vezmu - tak teď už to víte!"

192

„Dnes v noci nebudete!" odpověděl Linton rozhodně. „Okamžitě sejděte po schodech dolů a opakujte svému pánovi, co jsem vám řekl. Ellen, ukaž ho. Jdi –"

A pomohl rozhořčenému starci zvednout ho za paži, zbavil ho pokoje a zavřel dveře.

„Varrah weell!" vykřikl Josef a pomalu se odtáhl. „Ráno přijel a vystrčil *ho*, jestli si troufáte!"

KAPITOLA XX

Aby se předešlo nebezpečí, že se tato hrozba splní, pověřil mě pan Linton, abych chlapce odvezl domů dřív na Catherinině poníkovi; a řekl: „Protože nyní nebudeme mít žádný vliv na jeho osud, dobrý nebo špatný, nesmíte mé dceři říkat nic o tom, kam odešel: ona se s ním od nynějška nemůže stýkat a je pro ni lepší, aby zůstala v nevědomosti o jeho blízkosti; aby nebyla neklidná a netoužila navštívit Výšiny. Řekněte jí jen, že ho otec náhle poslal a že nás musel opustit."

Linton se velmi zdráhal vzbudit z postele v pět hodin a s údivem mu bylo sděleno, že se musí připravit na další cestu; ale já jsem celou záležitost zmírnil tím, že se chystá strávit nějaký čas u svého otce, pana Heathcliffa, který si ho tak moc přál vidět, že nerad odkládal své potěšení na dobu, kdy se zotaví ze své pozdní cesty.

„Můj otec!" zvolal v podivném rozpaku. „Máma mi nikdy neřekla, že mám otce. Kde bydlí? Raději bych zůstala u strýce."

„Bydlí kousek od statku," odpověděl jsem. „Hned za těmi kopci: ne tak daleko, ale můžeš se projít sem, až se uzdravíš. A ty bys měl být rád, že se vrátíš domů a navštívíš ho. Musíš se ho snažit milovat jako svou matku, a pak bude milovat on tebe."

„Ale proč jsem o něm neslyšel dřív?" zeptal se Linton. „Proč s mámou nežili spolu, jako ostatní lidé?"

„Měl co dělat, aby ho držel na severu," odpověděl jsem, „a zdraví vaší matky vyžadovalo, aby se usadila na jihu."

„A proč se mnou o něm maminka nemluvila?" naléhalo dítě. „Často mluvila o strýčkovi a já jsem se ho už dávno naučila milovat. Jak mám milovat tatínka? Neznám ho."

„Ach, všechny děti milují své rodiče," řekla jsem. „Tvoje matka si možná myslela, že bys chtěl být s ním, kdyby se ti o něm často zmiňovala. Pospěšme si. Brzká jízda za tak krásného rána je mnohem lepší než hodina spánku navíc."

„Má jít s námi," naléhal, „ta holčička, kterou jsem viděl včera?"

„Teď ne," odpověděl jsem.

„Strýc?" pokračoval.

„Ne, budu tam vaším společníkem," řekl jsem.

Linton klesl zpět na polštář a spadl do hnědé pracovny.

„Bez strýčka nepůjdu," zvolal posléze, „nevím, kam mě hodláte vzít."

Snažil jsem se ho přesvědčit o nemravnosti projevovat neochotu setkat se s otcem; stále se však tvrdošíjně bránil jakémukoli pokroku v oblékání a já jsem musela zavolat svého pána, aby mi pomohl vylákat ho z postele. Chudák byl nakonec vyvázán s několika klamnými ujištěními, že jeho nepřítomnost bude krátká, že ho navštíví pan Edgar a Cathy, a s dalšími sliby, stejně nepodloženými, které jsem si vymýšlel a opakoval v pravidelných intervalech po celou cestu. Čistý vzduch vonící vřesem, jasné sluneční paprsky a jemný cval Minny ho po chvíli zbavily sklíčenosti. Začal klást otázky týkající se jeho nového domova a jeho obyvatel s větším zájmem a živostí.

„Je Větrná hůrka stejně příjemné místo jako Thrushcross Grange?" zeptal se a otočil se, aby naposledy pohlédl do údolí, odkud se zvedla lehká mlha a vytvořila na modrém okraji vlnitý oblak.

„Není tak zarostlý stromy," odpověděl jsem, „a není tak velký, ale je z něj krásně vidět na celý kraj; A vzduch je pro vás zdravější – svěžejší a sušší. Zpočátku se vám snad bude zdát budova stará a temná; ačkoli je to úctyhodný dům: druhý nejlepší v okolí. A vy si užijete tak pěkné toulky po vřesovištích. Hareton Earnshaw - to jest druhý bratranec slečny Cathy, a svým způsobem tedy váš - vám ukáže všechna nejsladší místa; a za pěkného počasí si můžete přinést knihu a udělat si ze zelené prohlubně pracovnu; a tu a tam se k vám strýc může připojit na procházce, často se prochází po kopcích."

„A jaký je můj otec?" zeptal se. „Je stejně mladý a hezký jako strýc?"

„Je stejně mladý," řekl jsem; „ale má černé vlasy a oči a vypadá přísněji; a je celkově vyšší a větší. Zpočátku vám snad nebude připadat tak mírný a laskavý, protože to není jeho způsob: přesto, pamatujte si, buďte k němu upřímný a srdečný; a přirozeně vás bude mít raději, než kterýkoli strýc, protože jste jeho vlastní."

„Černé vlasy a oči!" přemítal Linton. „Nemůžu si ho oblíbit. Nejsem tedy jako on, že?"

„Nic moc," odpověděl jsem, ani sousto, pomyslel jsem si, když jsem si s lítostí prohlížel bílou pleť a štíhlou postavu svého přítele a jeho velké malátné oči - oči jeho matky, až na to, že pokud je na okamžik neroznítila chorobná nedůtklivost, neměly ani stopu po jejím jiskřivém duchu.

„To je divné, že nikdy nepřišel navštívit maminku a mne!" zašeptal. „Viděl mě někdy? Pokud ano, musela jsem být dítě. Nepamatuji si o něm ani nic!"

„Víte, mistře Lintone," řekl jsem, „tři sta mil je velká vzdálenost; A deset let se dospělým lidem zdá být velmi odlišných v délce ve srovnání s tím, co dělají vám. Je pravděpodobné, že pan Heathcliff navrhl jet z léta na léto, ale nikdy nenašel vhodnou příležitost; A teď je příliš pozdě. Neobtěžujte ho otázkami na toto téma: bude ho to rušit, k ničemu."

Chlapec byl po zbytek jízdy plně zaměstnán svými vlastními úvahami, dokud jsme nezastavili před zahradní brankou statku. Díval jsem se, abych zachytil jeho dojmy v jeho tváři. S vážným soustředěním si prohlížel vyřezávané průčelí a nízké mříže, roztroušené angreštové keře a křivé jedle, a pak zavrtěl hlavou: jeho soukromé pocity naprosto nesouhlasily s exteriérem jeho nového příbytku. Měl však rozum odložit stěžování: uvnitř by mohla být kompenzace. Než sesedl, šel jsem otevřít dveře. Bylo půl sedmé; Rodina právě dojedla snídani: sluha uklízel a utíral stůl. Josef stál u křesla svého pána a vyprávěl nějaký příběh o chromém koni; a Hareton se chystal k seně.

„Haló, Nelly!" řekl pan Heathcliff, když mě uviděl. „Obávala jsem se, že budu muset sejít dolů a vyzvednout si svůj majetek sama. Přinesli jste to, že? Uvidíme, co s tím můžeme udělat."

Vstal a kráčel ke dveřím; Hareton a Josef ho následovali se zírající zvědavostí. Chudák Linton přejel vyděšeným pohledem po tvářích těch tří.

„Jistě," řekl Joseph po vážné prohlídce, „přešel s vámi, pane, a je to jeho děvče!"

Heathcliff se na syna zmateně zadíval a opovržlivě se zasmál.

„Bože! Jaká krása! To je ale krásné, okouzlující!" zvolal. „Nechovali ho na hlemýždě a kyselém mléce, Nelly? Ach, k čertu s mou duší! ale to je horší, než jsem čekal - a ďábel ví, že jsem nebyl sangvinik!"

Přikazuji třesoucímu se a zmatenému dítěti, aby sestoupilo a vstoupilo. Nechápal dokonale, co otcova řeč znamená, ani zda byla určena jemu, ba nebyl si ještě jist, zda ten zachmuřený, šklebící se cizinec je jeho otec. Ale on se ke mně přitiskl se vzrůstajícími obavami; a když se pan Heathcliff posadil a vyzval ho, aby „pojď sem", zakryl mi tvář na rameno a plakal.

„Hm, hm!" řekl Heathcliff, vztáhl k němu ruku, hrubě ho vtáhl mezi kolena a pak mu zvedl hlavu za bradu. „Žádný z těch nesmyslů! Neublížíme ti, Lintone, není to tvé jméno? Jsi dítě své matky, cele! Kde je *můj* podíl na tobě, kuře?"

Sundal chlapci čepici a odhrnul si husté lněné kadeře, nahmatal jeho štíhlé paže a drobné prsty; během této prohlídky Linton přestal plakat a zvedl své velké modré oči, aby si inspektora prohlédl.

„Znáte mě?" zeptal se Heathcliff, když se přesvědčil, že všechny údy jsou stejně křehké a slabé.

„Ne," řekl Linton s pohledem plným prázdného strachu.

„Slyšel jste o mně, troufám si říct?"

„Ne," odpověděl znovu.

„Ne! Jaká hanba vaší matky, že nikdy neprobudila vaši synovskou úctu ke mně! Jsi tedy můj syn, povím ti to; a vaše matka byla zlá děvka, která vás nechala v nevědomosti o tom, jakého otce máte. A teď necukejte a vybarvěte se! I když je to něco vidět, že nemáte bílou krev. Buď hodný hoch; a já to pro vás udělám. Nelly, když jsi unavená, můžeš se posadit; Pokud ne, vraťte se zase domů. Hádám, že to, co uslyšíš a uvidíš, nahlásíš šifře v Grange; a ta věc se nevyřeší, dokud se nad ní budete zdržovat."

„Dobrá," odpověděl jsem, „doufám, že budete k tomu chlapci laskavý, pane Heathcliffe, jinak si ho dlouho nezdržíte; a on je všechno, co máte na širém světě příbuzné, co kdy poznáš - pamatuj si."

„Budu k němu velmi laskavý, nemusíte se bát," řekl se smíchem. „Jenže nikdo jiný k němu nesmí být laskavý: závidím mu, že si přivlastňuji jeho náklonnost. A abych začal svou laskavostí, Josefe, přineste tomu chlapci nějakou snídani. Haretone, ty pekelné tele, jdi za svou prací. „Ano, Nell," dodal, když odešli, „můj syn je budoucím majitelem vašeho domu a nepřál bych si, aby zemřel, dokud si nebudu jistý, že se stane jeho nástupcem. Kromě toho je *můj* a já chci triumf v tom, že uvidím *svého* potomka spravedlivě pánem jejich statků; mé dítě najímá své děti, aby za mzdu obdělávaly půdu svých otců. To je jediná úvaha, která mě může přimět vytrpět mládě: pohrdám jím pro něj samého a nenávidím ho pro vzpomínky, které oživuje! Ale tato úvaha stačí: u mne je stejně v bezpečí a bude o něj postaráno stejně pečlivě, jako se váš pán stará o svého. Mám pokoj v patře, zařízený pro něj v krásném stylu; Najal jsem také vychovatele, aby přicházel třikrát týdně ze vzdálenosti dvaceti mil a učil ho, co se mu zlíbí. Nařídil jsem Haretonovi, aby ho poslouchal, a ve skutečnosti jsem všechno zařídil tak, abych v něm zachoval představeného a gentlemana nad jeho druhy. Lituji však, že si tak málo zaslouží tuto námahu: pokud jsem si přál nějaké požehnání na světě, bylo to najít v něm důstojný předmět pýchy; a jsem hořce zklamán tím syrovátkovým, ufňukaným nešťastníkem!"

Zatímco mluvil, vrátil se Joseph s miskou mléčné kaše a postavil ji před Lintona, který se kolem domácké jídelny díval s odporem a prohlásil, že ji nemůže jíst. Viděla jsem, že starý sluha má velký podíl na pánově opovržení dítětem; i když byl nucen uchovat si ten cit v srdci, protože Heathcliff zjevně chtěl, aby ho jeho podřízení ctili.

„Nemůžete to sníst?" opakoval, hleděl Lintonovi do tváře a ztišil hlas v šepot, protože se bál, že ho někdo zaslechne. „Ale pan Hareton nivir nejedl nic jiného, když byl trochu un; a co by to bylo pro něj, pro tebe je to slizký eneugh, myslím!"

„To *nebudu* jíst!" odpověděl Linton jízlivě. „Vezmi to pryč."

Josef rozhořčeně popadl jídlo a přinesl nám ho.

„Jsou tu nějaké neduhy?" zeptal se a strčil Heathcliffovi tác pod nos.

„Co by je mělo trápit?" řekl.

„Wah," odpověděl Josef, „ten ten roztomilý chlapík říká, že je může sníst. Ale myslím, že je to šílené! Jeho matka byla prostě taková - my jsme byli příliš špinaví, než abychom zaseli kukuřici na její pletení."

„Nezmiňuj se mi o jeho matce," řekl mistr rozzlobeně. „Sežeňte mu něco, co může jíst, to je všechno. Jaké je jeho obvyklé jídlo, Nelly?"

Navrhl jsem převařené mléko nebo čaj; a hospodyně dostala instrukce, aby nějaké připravila. Uvažovala jsem, že otcovo sobectví může přispět k jeho pohodlí. Vidí jeho křehkou tělesnou konstituci a nutnost snesitelně s ním zacházet. Utěším pana Edgara tím, že ho seznámím s tím, jak se Heathcliffův humor změnil. Nemaje žádné výmluvy, abych se zdržel déle, vyklouzl jsem ven, zatímco Linton bázlivě odmítal návrhy přátelského ovčáckého psa. Byl však příliš ostražitý, než aby se dal oklamat; když jsem zavřel dveře, zaslechl jsem výkřik a zběsilé opakování slov:

„Neopouštějte mě! Nezůstanu tady! Nezůstanu tady!"

Tedy zdvihla se petlice a spadla, nedovolili mu vyjíti. Nasedl jsem na Minny a pobídl ji ke klusu; a tak mé krátké poručnictví skončilo.

KAPITOLA XXI

Toho dne jsme měli s malou Cathy smutnou práci: vstala s velkou radostí, dychtivá připojit se ke své sestřenici, a po zprávě o jeho odchodu následovaly tak vášnivé slzy a nářek, že ji Edgar sám musel uklidnit tím, že ji ujistil, že se brzy vrátí: dodal však, „pokud ho mohu dostat"; a v to nebyly žádné naděje. Tento slib ji špatně uklidnil; ale čas byl mocnější; a třebaže se stále ještě občas vyptávala otce, kdy se Linton vrátí, než ho znovu spatřila, jeho rysy se jí v paměti zakalily natolik, že ho nepoznala.

Když jsem náhodou potkal hospodyni z Větrné hůrky, když jsem byl na obchodních návštěvách u Gimmertona, ptal jsem se, jak se daří mladému pánovi; žil totiž skoro tak odloučený jako Catherine sama a nikdy ho nebylo možné spatřit. Mohl jsem se z ní dozvědět, že má chatrné zdraví a že je otravným vězněm. Říkala, že pan Heathcliff ho zřejmě nemá rád čím dál tím víc a hůře, i když se to snažil skrývat: měl antipatie ke zvuku jeho hlasu a vůbec si nedokázal poradit, že s ním seděl mnoho minut v jedné místnosti. Málokdy se mezi nimi moc mluvilo: Linton se učil a večery trávil v malém bytě, kterému říkali světnice, nebo ležel celý den v posteli, protože ho ustavičně trápil kašel, nachlazení, bolesti a jakési bolesti.

„A nikdy jsem nepoznala tak bázlivého tvora," dodala žena. „ani na někoho, kdo by si na něj dával takový pozor. *Půjde* dál, když nechám okno trochu pozdě večer otevřené. Ach! Je to zabíjející, závan nočního vzduchu! A musí mít oheň uprostřed léta; a Josefova dýmka je jed; a musí mít vždy sladkosti a lahůdky a vždy mléko, mléko navždy - nedbá na to, jak jsme my ostatní v zimě sužováni; a tam bude sedět, zabalený ve svém kožešinovém plášti na židli u krbu, s trochou toastu a vody nebo jiné břečky na plotně, aby mohl usrkávat; a jestli ho Hareton ze soucitu přijde pobavit - Hareton není zlomyslný, i když je hrubý - určitě se rozejdou, jeden bude nadávat a druhý plakat. Věřím, že pán by si vychutnal, kdyby ho Earnshaw umlátil do mumie, kdyby nebyl jeho synem; a jsem si jistá, že by byl způsobilý vyhodit ho ze dveří, kdyby znal polovinu toho, co mu poskytuje. Ale pak se nedostane do nebezpečí pokušení: nikdy nevstoupí do salonu, a kdyby mu Linton ukázal ty cesty v domě, kde je, poslal ho rovnou nahoru."

Z tohoto vyprávění jsem usoudil, že naprostý nedostatek soucitu učinil mladého Heathcliffa sobeckým a nepříjemným, pokud nebyl tak originální; a můj zájem o něj v důsledku toho upadl: ačkoli jsem byl stále pohnut pocitem zármutku nad jeho údělem a přáním, aby byl ponechán u nás. Pan Edgar mě povzbuzoval, abych získal informace: myslím, že o něm velmi přemýšlel a byl by podstoupil určité riziko, kdyby ho byl viděl; a jednou mi řekl, abych se zeptal hospodyně, zda někdy přišel do vesnice. Řekla, že byl jen dvakrát, na koni, doprovázet svého otce; a v obou případech předstíral, že je potom tři nebo čtyři dny úplně vyhozený. Ta hospodyně odešla, pokud si dobře vzpomínám, dva roky po svém příchodu; a další, kterého jsem neznal, byl jejím nástupcem; Žije tam stále.

Čas na statku plynul svým dřívějším příjemným způsobem, dokud slečna Cathy nedosáhla šestnácti let. V den výročí jejího narození jsme nikdy neprojevili žádné známky radosti, protože to bylo také výročí smrti mé zesnulé paní. Její otec trávil ten den vždy sám v knihovně; a za soumraku se procházel až na Gimmertonský hřbitov, kde často prodlužoval svůj pobyt i po půlnoci. Proto byla Kateřina odkázána na své vlastní zdroje pro zábavu. Dvacátého března byl krásný jarní den, a když její otec odešel na odpočinek, přišla dolů má mladá dáma, oblečená do ven, a řekla, že by mě požádala, aby se se mnou mohla projít po okraji blata: pan Linton ji nechal ulouzet, pokud pojedeme jen kousek a vrátíme se do hodiny.

„Tak si pospěš, Ellen!" zvolala. „Vím, kam chci jít; kde se usadila kolonie vřesovištní zvěře: chci se podívat, zda si už udělaly hnízda."

„To musí být hodně daleko nahoru," odpověděl jsem. „Na kraji blat se nemnoží."

„Ne, není," řekla. „Byla jsem s tatínkem velmi blízko."

Nasadil jsem si čepec a vyrazil ven, aniž bych na to myslel. Skočila přede mnou, vrátila se ke mně a zase se vyrazila jako mladý chrt; a zprvu jsem se velmi bavil tím, že jsem poslouchal zpěv skřivanů široko daleko a těšil se ze sladkého, teplého slunečního svitu; a pozoroval jsem ji, mého miláčka a mou rozkoš, s jejími zlatými prstýnky volně vlajícími vzadu a její jasnou tváří, měkkou a čistou ve svém květu jako divoká růže, a její oči zářící bezmračnou rozkoší. V té době byla šťastnou bytostí a andělem. Škoda, že nemohla být spokojená.

„Nuže," řekl jsem, „kde jsou vaše vřesoviště, slečno Cathy? Měli bychom být u nich; plot v Grange je teď daleko."

„Ach, ještě kousek - jen o kousek dál, Ellen," zněla její odpověď neustále. „Vylezte na ten pahorek, projděte kolem toho břehu, a než se dostanete na druhou stranu, budu mít ptáky vyzvednuté."

Bylo však třeba vylézt na tolik pahorků a břehů, že jsem konečně začal být unaven a řekl jsem jí, že se musíme zastavit a vrátit se zpět. Zakřičel jsem na ni, protože mě daleko předběhla; buď to neslyšela, nebo si toho nevšimla, protože stále ještě skákala kupředu a já jsem byl nucen jít za ní. Nakonec se ponořila do prohlubně; a než jsem ji znovu spatřil, byla o dvě míle blíž k Větrné hůrce než její vlastní domov; a viděl jsem, jak ji zatklo několik osob, z nichž jedna byla přesvědčena, že je to sám pan Heathcliff.

Cathy byla přistižena při plenění nebo přinejmenším při lovu tetřevích hnízd. Výšiny byly Heathcliffovou zemí a on pytláka káral.

„Nic jsem si nevzala ani nenašla," řekla, když jsem se k nim plahočila a rozpřáhla ruce na potvrzení svého tvrzení. „Nechtěl jsem si je vzít; ale tatínek mi řekl, že tady nahoře jich je spousta a že bych si přál vidět ta vejce."

Heathcliff se na mne podíval se zlomyslným úsměvem, čímž dal najevo, že je s touto společností obeznámen a tudíž i svou zlomyslnost vůči ní, a zeptal se, kdo je „tatínek".

„Pan Linton z Thrushcross Grange," odpověděla. „Myslel jsem, že mě neznáte, jinak byste tak nemluvil."

„Myslíte tedy, že tatínek je vysoce vážený a vážený?" řekl sarkasticky.

„A co jste zač?" zeptala se Catherine a zvědavě pohlédla na reproduktor. „Toho muže, kterého jsem už viděl. Je to váš syn?"

Ukázala na Haretona, druhého člověka, který nezískal nic jiného než větší objem a sílu tím, že se jeho věk zvýšil o dva roky: vypadal stejně neohrabaně a hrubě jako vždy.

„Slečno Cathy," přerušil jsem ji, „za chvíli budeme pryč tři hodiny místo jedné. Opravdu se musíme vrátit."

„Ne, ten člověk není můj syn," odpověděl Heathcliff a odstrčil mě stranou. „Ale já ho mám a vy jste ho také už viděl; a třebaže vaše chůva spěchá, myslím, že by bylo lepší, kdybyste si vy i ona trochu odpočinuli. Otočíš se jen tak s tímhle vřesovišti a vejdeš do mého domu? Pro úlevu se vrátíte domů dříve; a dostane se vám laskavého přivítání."

Pošeptal jsem Catherine, že v žádném případě nesmí na ten návrh přistoupit: to vůbec nepřichází v úvahu.

„Proč?" zeptala se nahlas. „Jsem unavený z běhání a půda je orosená: nemůžu tu sedět. Pojďme, Ellen. Kromě toho říká, že jsem viděl jeho syna. Myslím, že se mýlí; ale hádám, kde bydlí: na statku, který jsem navštívil, když jsem se vracel z Penistone Crags. Nebo ne?"

„Chápu. Pojď, Nelly, mlč za zuby --bude pro ni potěšením se na nás podívat. Haretone, vyrazte s dívkou dopředu. Půjdeš se mnou, Nelly."

„Ne, ona na žádné takové místo nechodí," zvolala jsem a snažila jsem se uvolnit svou paži, kterou chytil, ale ona už byla skoro u kamenů a plnou rychlostí se řítila po čele. Její jmenovaný druh nepředstíral, že ji doprovází: uhýbal u cesty a zmizel.

„Pane Heathcliffe, to je velmi špatné," pokračoval jsem, „víte, že to nemyslíte dobře. A tam uvidí Lintona a všechno se dozvíme, jakmile se vrátíme; a já ponesu vinu."

„Chci, aby se setkala s Lintonem," odpověděl. „Posledních pár dní vypadá lépe; Nestává se často, aby byl viděn. A brzy ji přesvědčíme, aby tu návštěvu udržela v tajnosti: kde je na tom škoda?"

„Škoda je v tom, že její otec by mě nenáviděl, kdyby zjistil, že jsem jí dovolil vstoupit do vašeho domu; a jsem přesvědčen, že máte špatný úmysl, když ji k tomu povzbuzujete," odpověděl jsem.

„Můj návrh je tak poctivý, jak je to jen možné. Budu vás informovat o celém jeho rozsahu," řekl. „Aby se ti dva bratranci do sebe zamilovali a vzali se. Chovám se k vašemu pánu velkoryse: jeho mladá dívka nemá žádná očekávání, a pokud by souhlasila s mým přáním, bude okamžitě postaráno jako společná nástupkyně s Lintonem."

„Kdyby Linton zemřel," odpověděl jsem, „a jeho život je dost nejistý, stala by se dědičkou Catherine."

„Ne, neudělala by to," řekl. „V závěti není žádná klauzule, která by to tak zajistila: jeho majetek by připadl mně; ale abych předešel sporům, přeji si jejich spojení a jsem rozhodnut ho uskutečnit."

„A jsem rozhodnuta, že se se mnou už nikdy nepřiblíží k vašemu domu," odpověděla jsem, když jsme došli k bráně, kde slečna Cathy čekala na náš příchod.

Heathcliff mě vyzval, abych byl zticha; a když nás předešel po pěšině, spěchal otevřít dveře. Má mladá dáma se na něj několikrát podívala, jako by se nemohla rozhodnout, co si o něm má myslet; ale teď se usmál, když se jí podíval do očí, a zjemnil hlas, když se k ní obracel; a byl jsem tak hloupý, že jsem se domníval, že vzpomínka na její matku by ho mohla odzbrojit od touhy po jejím ublížení. Linton stál u krbu. Procházel se po polích, protože měl na hlavě čepici, a volal na Josefa, aby mu přinesl suché boty. Na svůj věk vyrostl do výšky, stále mu chybělo ještě několik měsíců do šestnácti let. Jeho rysy byly ještě hezké a jeho oči a pleť jasnější, než jsem si je pamatoval, i když jen s dočasným leskem vypůjčeným ze zdravého vzduchu a vlídného slunce.

„A kdo je to?" zeptal se pan Heathcliff a obrátil se ke Cathy. „Můžeš to říct?"

„Váš syn?" zeptala se, když si pochybovačně prohlédla nejprve jedno a pak druhé.

„Ano, ano," odpověděl, „ale je to snad naposledy, co jste ho viděl? Myslet! Ach! Máte krátkou paměť. Lintone, nevzpomínáte si na svého bratrance, kterého jste si z nás tak dobíral s přáním vidět?"

„Cože, Lintone!" zvolala Cathy a při tom jménu se rozzářila radostným překvapením. „To je ten malý Linton? Je vyšší než já! Jste Linton?"

Mladík přistoupil a uznal se, vroucně ho políbila a s údivem hleděli na změnu, kterou čas způsobil na jejich zevnějšku. Catherine dosáhla své plné výšky; Její postava byla baculatá i štíhlá, pružná jako ocel, a celá její tvář jiskřila zdravím a duchem. Lintonův pohled a pohyby byly velmi malátné a jeho postava neobyčejně drobná; ale v jeho chování byla milost, která zmírňovala tyto nedostatky a nečinila ho nepříjemným. Poté, co si s ním bratranec vyměnil četné projevy náklonnosti, odešel k panu Heathcliffovi, který zůstal stát u dveří a rozděloval svou pozornost mezi předměty uvnitř a na ty, které ležely venku; předstíral, že pozoruje ty druhé, a ve skutečnosti si všímal jen těch prvních.

„A vy jste tedy můj strýc!" zvolala a vztáhla se, aby ho pozdravila. „Myslela jsem, že se mi líbíte, i když jste se zprvu zlobila. Proč nenavštívíte Grange s Lintonem? Žít po celá ta léta tak blízko u nás a nikdy nás nevidět, je zvláštní; proč jste to udělali?"

„Navštívil jsem ji příliš často než vy, než jste se narodil," odpověděl. „Tak - sakra! Máte-li nějaké polibky nazbyt, dejte je Lintonovi, na mne jsou vyhozeny."

„Zlobivá Ellen!" vykřikla Catherine a letěla na mě zaútočit svým štědrým laskáním. „Zlá Ellen! aby se mi pokusili zabránit ve vstupu. Ale v budoucnu budu na tuto procházku chodit každé ráno; smím, strýčku? a někdy přiveďte tatínka. Nechtěl bys nás rád vidět?"

„Samozřejmě," odpověděl strýc s těžko potlačovaným úšklebkem, který pramenil z jeho hlubokého odporu k oběma navrhovaným návštěvníkům. „Ale zůstaňte," pokračoval a obrátil se k mladé dámě. „Teď o tom přemýšlím, radši ti to povím. Pan Linton má proti mně předsudky: kdysi v životě jsme se hádali s nekřesťanskou zuřivostí; a pokud se mu zmíníte, že sem přijdete, bude vaše návštěvy úplně vetovat. Proto se o tom nesmíš zmiňovat, ledaže bys nechtěl potkat svého bratrance: můžeš přijít, chceš-li, ale nesmíš se o tom zmiňovat."

„Proč jste se pohádala?" zeptala se Catherine značně zdrceně.

„Považoval mě za příliš chudou, než abych se oženil s jeho sestrou," odpověděl Heathcliff, „a byl zarmoucen, že jsem ji dostal: jeho hrdost byla raněna a nikdy mu to neodpustí."

„To je špatné," řekla mladá dáma, „někdy mu to řeknu. Ale Linton a já nemáme s vaším sporem nic společného. Tak sem nepůjdu; přijde do statku."

„Bylo by to pro mě příliš daleko," zašeptala sestřenka, „jít čtyři míle pěšky by mě zabilo. Ne, choďte sem, slečno Catherine, tu a tam: ne každé ráno, ale jednou nebo dvakrát týdně."

Otec vrhl na svého syna pohled plný hořkého opovržení.

„Obávám se, Nelly, že přijdu o práci," zamumlal ke mně. „Slečna Catherine, jak jí ten devítiverš říká, objeví jeho cenu a pošle ho k čertu. A teď, kdyby to byl Hareton! --Víte, že dvacetkrát denně toužím po Haretonovi při vší jeho poníženosti? Byl bych toho kluka miloval, kdyby to byl někdo jiný. Ale myslím, že je před *její* láskou v bezpečí . Postavím ho proti tomu ubohému stvoření, pokud se nepohne svižně. Počítáme, že to bude trvat sotva do osmnácti let. Ach, k čertu s tou prázdnou věcí! Je zabrán do sušení nohou a nikdy se na ni nepodívá. --Linton!"

„Ano, tatínku," odpověděl chlapec.

„Nemáš nikde nic, co bys mohl ukázat své sestřence, ani králík nebo lasičí hnízdo? Vezmi ji do zahrady, než se přezuješ; a do stáje, abych se podíval na tvého koně."

„Nechtěla byste si raději sednout tady?" zeptal se Linton a obrátil se na Cathy tónem, který vyjadřoval neochotu znovu se pohnout.

„Nevím," odpověděla, vrhla toužebný pohled ke dveřím a očividně toužila být aktivní.

Zůstal se posadit a přistoupil blíž ke krbu. Heathcliff vstal, šel do kuchyně a odtud na dvůr, volal na Haretona. Hareton odpověděl a zanedlouho oba znovu vstoupili. Mladík se myl sám, jak bylo patrné z lesku na jeho tvářích a zmáčených vlasech.

„Ach, já se vás zeptám, strýčku," zvolala slečna Cathy, když si vzpomněla na hospodynino tvrzení. „To není můj bratranec, že ne?"

„Ano," odpověděl, „synovec tvé matky. Nelíbí se vám?"

Catherine vypadala divně.

„Není to hezký chlapec?" pokračoval.

Nezdvořilé stvořeníčko stálo na špičkách a šeptalo Heathcliffovi do ucha nějakou větu. Zasmál se; Hareton potemněl: Všiml jsem si, že je velmi citlivý na podezření z přehlížení a že má zřejmě matnou představu o své méněcennosti. Ale jeho pán nebo poručník zaháněl zamračený výraz zvoláním:

„Budeš mezi námi nejoblíbenější, Haretone! Říká, že jste - Co to bylo? No, něco velmi lichotivého. Tady! Chodíš s ní po statku. A chovej se jako gentleman, mysl! Nepoužívejte žádná špatná slova; a nezírejte, když se na vás mladá dáma nedívá, a buďte připraveni skrýt svou tvář, když se dívá; a když mluvíte, říkejte svá slova pomalu a držte ruce venku z kapes. Jděte pryč a zabavte ji, jak nejlépe dovedete."

Sledoval pár, jak prochází kolem okna. Earnshaw měl svou tvář zcela odvrácenou od svého společníka. Zdálo se, že studuje známou krajinu se zájmem cizince a umělce. Catherine se na něj potutelně podívala a vyjádřila malý obdiv. Pak obrátila svou pozornost k hledání předmětů pro zábavu pro sebe, vesele klopýtala dál a broukala si melodii, aby vyplnila nedostatek konverzace.

„Svázal jsem mu jazyk," poznamenal Heathcliff. „On se neodváží pořád ani slůvknou! Nelly, vzpomínáte si na mě v jeho věku - ba o několik let mladší. Vypadala jsem někdy tak hloupě: tak 'hloupě', jak tomu říká Joseph?"

„Horší," odpověděl jsem, „protože jsem s tím mrzutý."

„Mám z něj radost," pokračoval a nahlas se zamyslel. „Splnil má očekávání. Kdyby byl rozený blázen, netěšil bych se z toho ani z poloviny tak. Ale není to žádný hlupák; a dokážu soucítit se všemi jeho pocity, protože jsem je sám cítil. Vím například, co nyní přesně vytrpí: je to však jen začátek toho, co má vytrpět. A nikdy nebude schopen vymanit se ze svých koupelí hrubosti a nevědomosti. Mám ho rychleji, než mě jeho darebák otec chytil, a ještě níž; neboť je hrdý na svou surovost. Naučil jsem ho, aby pohrdal vším mimoživočišným jako hloupým a slabým. Nemyslíte, že by byl Hindley na svého syna hrdý, kdyby ho mohl vidět? skoro tak hrdá, jako jsem já na tu svou. Ale je tu jeden rozdíl; jedna je ze zlata a používá se z dlažebních kostek a druhá je cín leštěný, aby se opičil po stříbrné službě. *Ta moje* na tom nemá nic cenného, ale přesto budu mít tu zásluhu, že ji dotáhnu tak daleko, jak jen to tak ubohé věci dotáhnou. *Měl* prvotřídní vlastnosti a ty jsou ztraceny: jsou horší než neužitečné. *Nemám* čeho litovat; *měl* by víc než kdokoli jiný, ale já jsem si toho vědom. A nejlepší na tom je, že Hareton mě má zatraceně rád! Jistě uznáte, že jsem se v tomto ohledu vyrovnal Hindleymu. Kdyby ten mrtvý padouch mohl vstát z hrobu a urážet mě za špatnosti svých potomků, bavilo by mě sledovat, jak se s ním zmíněný potomek znovu hádá, rozhořčený, že se odvážil spílat jedinému příteli, kterého na světě má!"

Heathcliff se při té myšlence ďábelsky zasmál. Neodpověděl jsem, protože jsem viděl, že nic neočekává. Mezitím se u našeho mladého společníka, který seděl příliš daleko od nás, než aby slyšel, co se říká, začal projevovat známky neklidu a pravděpodobně litoval, že si odepřel pohoštění v Catherinině společnosti ze strachu, aby se trochu neunavil. Otec si všiml neklidných pohledů, které bloudily k oknu, a ruka nerozhodně natáhla ruku k jeho čepici.

„Vstaň, ty lenochu!" zvolal s předstíranou srdečností. „Pryč za nimi! jsou hned na rohu, u úlů."

Linton sebral síly a opustil krb. Mříž byla otevřená, a když vyšel ven, slyšel jsem, jak se Cathy vyptává svého nespolečenského sluhy, co je to za nápis nade dveřmi? Hareton vzhlédl a poškrábal se na hlavě jako pravý šašek.

„Je to nějaké zatracené písmo," odpověděl. „Nedokážu to přečíst."

„Nemůžete to přečíst?" zvolala Catherine. „Umím to přečíst: je to anglicky. Ale chci vědět, proč tam je."

Linton se zahihňal: byl to první náznak veselí, který projevil.

„Nezná své dopisy," řekl svému bratranci. „Mohl byste věřit v existenci tak obrovského hlupáka?"

„Je takový, jaký by měl být?" zeptala se slečna Cathy vážně. „Nebo je prostý: nemá pravdu? Vyptávala jsem se ho už dvakrát a pokaždé vypadal tak hloupě, že si myslím, že mi nerozumí. Stěží mu rozumím, tím jsem si jistá!"

Linton opakoval svůj smích a posměšně pohlédl na Haretona; kteří se v té chvíli nezdáli být zcela chápaví.

„Nejde o nic jiného než o lenost; je tam, Earnshawe?" řekl. „Můj bratranec si myslí, že jsi idiot. Tam prožíváte následky opovržení „knihařstvím", jak byste řekli. Všimla sis, Catherine, jeho strašlivé yorkshirské výslovnosti?"

„Proč, kde je to k čertu?" zavrčel Hareton, pohotovější v odpovědi svému každodennímu společníkovi. Chystal se ještě více rozšířit, ale oba mladíci propukli v hlučný záchvat veselí: moje závratná slečna byla potěšena, když zjistila, že by mohla jeho podivné řeči obrátit v zábavu.

„Kam je v té větě k čertu?" posechl se Linton. „Tatínek ti řekl, abys neříkal žádná špatná slova, a že bez nich nemůžeš otevřít ústa. Snažte se chovat jako gentleman, a teď to udělejte!"

„Kdybys nebyla víc děvče než mládenec, padl bych na tebe v této minutě, udělal bych to; Žalostná laťka kráteru!" odsekl rozzlobený buran a ustoupil, zatímco jeho tvář hořela směsicí vzteku a ponížení. byl si totiž vědom toho, že je urážen, a styděl se, jak to mít za nelibost.

Pan Heathcliff zaslechl náš rozhovor stejně jako já a usmál se, když ho viděl odcházet; ale hned nato vrhl pohled s podivnou averzí na prostořekou dvojici, která zůstala štěbetat ve dveřích: chlapec nacházel dost čilosti, když hovořil o Haretonových chybách a nedostatcích a vyprávěl anekdoty o jeho počínání; a dívka si vychutnávala jeho drzé a zlomyslné výroky, aniž by si uvědomovala zlomyslnost, kterou projevovaly. Začal jsem Lintona víc nesnášet než soucitně a do jisté míry omlouvat jeho otce, že ho držel za laciného.

Zůstali jsme až do odpoledne: nemohl jsem slečnu Cathy odtrhnout dřív; ale můj pán naštěstí neopustil svůj byt a nevěděl o naší dlouhé nepřítomnosti. Když jsme šli domů, rád bych své svěřence poučil o povaze lidí, které jsme opustili, ale ona si vzala do hlavy, že mám vůči nim předsudky.

„Aha!" zvolala, „ty se postavíš na stranu tatínka, Ellen: ty jsi zaujatá, já vím; jinak byste mě tolik let nelhal, abyste si myslel, že Linton bydlí daleko odtud. Jsem opravdu extrémně naštvaná; jen jsem tak ráda, že to nemohu ukázat! Ale musíte mlčet o mém strýci; Pamatujte si, že je *to můj strýc* a já tatínkovi vynadám, že se s ním hádá."

A tak běžela dál, až jsem se vzdal snahy přesvědčit ji o jejím omylu. O návštěvě toho večera se nezmínila, protože pana Lintona neviděla. Druhý den to všechno vyšlo najevo, bohužel k mému zklamání; a přece jsem toho tak docela nelitoval: myslel jsem si, že břímě řízení a varování ponese účinněji on než já. Byl však příliš ostýchavý, když uváděl uspokojivé důvody pro své přání, aby se vyhýbala stykům s domácností na Výšinách, a Catherine měla ráda dobré důvody pro každou zdrženlivost, která sužovala její hýčkanou vůli.

„Tati!" zvolala po ranním pozdravu, „hádej, koho jsem viděla včera, když jsem se procházela po blatech. Ach, tatínku, vy jste začal! Neudělal jsi to dobře, že ne? Viděl jsem – ale poslouchejte a uslyšíte, jak jsem vás zjistil; a Ellen, která je s vámi ve spolku, a přece předstírala, že mě tak lituje, když jsem nepřestával doufat a byl jsem pořád zklamaný, že se Linton vrátí!"

Podala věrnou zprávu o své výpravě a jejích důsledcích; a můj pán, ačkoli na mě vrhl více než jeden vyčítavý pohled, neřekl nic, dokud neskončila. Pak si ji přitáhl k sobě a zeptal se jí, jestli ví, proč před ní zatajil Lintonovo blízké okolí. Mohla si myslet, že jí to bylo odepřeno potěšení, kterého by si mohla neškodně užívat?

„Bylo to proto, že jste neměl rád pana Heathcliffa," odpověděla.

„Myslíš tedy, že mi záleží víc na mých vlastních pocitech než na tvých, Cathy?" řekl. „Ne, nebylo to proto, že bych neměla ráda pana Heathcliffa, ale proto, že pan Heathcliff nemá rád mne; a je to nanejvýš ďábelský člověk, který se těší ze zla a ničí ty, které nenávidí, pokud mu k tomu dají sebemenší příležitost. Věděl jsem, že se nemůžete se svým bratrancem seznámit, aniž byste se s ním nesetkal; a věděl jsem, že se mu kvůli mně bude hnusit; a tak jsem pro vaše vlastní dobro a pro nic jiného učinil opatření, abyste už Lintona neviděl. Chtěl jsem ti to vysvětlit někdy, až budeš starší, a je mi líto, že jsem to zdržel."

„Ale pan Heathcliff byl docela srdečný, tatíčku," poznamenala Catherine, která o tom nebyla vůbec přesvědčena. „a nic nenamítal proti tomu, abychom se vídali: řekl, že mohu přijít do jeho domu, kdy se mi zlíbí; jen vám to nesmím říct, protože jste se s ním pohádala a neodpustila byste, že se oženil s tetou Isabellou. A vy nebudete. *Na* vině je to vy: on je ochoten nechat *nás* být alespoň přáteli; Linton a já; a vy ne."

Můj pán viděl, že by mu nedala za pravdu kvůli špatné povaze svého strýce, a spěšně načrtl Isabelle jeho chování a způsob, jakým se Větrná hůrka stala jeho majetkem. Nemohl snést dlouhé rozpravy o tomto tématu; neboť i když o tom mluvil málo, cítil stále stejnou hrůzu a odpor ke svému odvěkému nepříteli, které okupovaly jeho srdce od smrti paní Lintonové. „Mohla ještě žít, nebýt jeho!" zněla jeho ustavičná trpká úvaha. a v jeho očích vypadal Heathcliff jako vrah. Slečna Cathy - obeznámená s žádnými špatnými skutky kromě svých vlastních nepatrných činů neposlušnosti, nespravedlnosti a vášně, které pramenily z prudké povahy a bezmyšlenkovitosti, a z nichž činila pokání v den, kdy byly spáchány - žasla nad temnotou ducha, který dokázal po léta přemítat o pomstě a zakrývat ji a záměrně provádět své plány bez projevu lítosti. Zdálo se, že na ni tento nový pohled na lidskou povahu - dosud vyloučený ze všech jejích studií a myšlenek - byl tak hluboce dojat a šokován, že pan Edgar považoval za zbytečné zabývat se tímto předmětem. Dodal pouze: „Později poznáte, miláčku, proč si přeji, abyste se vyhýbal jeho domu a rodině; nyní se vraťte ke svým starým zaměstnáním a zábavám a už na ně nemyslete."

Catherine políbila otce a podle zvyku se na pár hodin tiše posadila ke svému vyučování; Pak ho doprovodila na zahradu a celý den uběhl jako obvykle, ale večer, když se odebrala do svého pokoje a já jsem jí šel pomoci se svléknout, našel jsem ji plačící, jak klečí u postele.

„Ach, fue, hloupé dítě!" Vykřikl jsem. „Kdybys měl nějaký opravdový zármutek, styděl by ses vyplýtvat slzu na tuto malou protikladnost. Nikdy jste neměla ani stín podstatného zármutku, slečno Catherine. Dejme tomu, že bychom byli na okamžik mrtví já a vy byste byli na světě sami: jak byste se pak cítili? Porovnejte tuto událost s takovým utrpením, jako je toto, a buďte vděční za přátele, které máte, místo abyste toužili po dalších."

„Nepláču pro sebe, Ellen," odpověděla, „je to pro něj. Očekával, že mě zítra zase uvidí, a tam bude tak zklamaný, a počká na mne, a já nepřijdu!"

„Nesmysl," řekl jsem, „myslíte si, že si o vás myslel tolik, kolik vy myslíte o něm? Nemá Hareton za společníka? Ani jeden ze sta by neplakal nad ztrátou příbuzného, kterého právě viděl dvakrát, po dvě odpoledne. Linton se bude dohadovat, jak to je, a nebude se o vás dál starat."

„Nemohla bych mu ale napsat lístek, proč nemohu přijít?" zeptala se a vstala. „A poslat mu jen ty knihy, které jsem mu slíbila půjčit? Jeho knihy nejsou tak pěkné jako moje a chtěl je mít extrémně, když jsem mu řekla, jak jsou zajímavé. Nemůžu, Ellen?"

„Ne, to opravdu ne! „To opravdu ne!" odpověděl jsem rozhodně. „Pak by ti napsal a nikdy by to neskončilo. Ne, slečno Catherine, od té známosti se musí úplně upustit, to tedy tatínek očekává a já se postarám, aby se to stalo."

„Ale jak může jedna malá poznámka –?" začala znovu a nasadila prosebnou tvář.

„Ticho!" Přerušil jsem ho. „Nebudeme začínat vašimi malými poznámkami. Lehni si do postele."

Vrhla na mne velmi nezbedný pohled, tak nezbedný, že jsem ji zprvu nechtěl dát pusu na dobrou noc; přikryl jsem ji a zavřel dveře s velikou nelibostí; ale v půli cesty jsem se kál a tiše jsem se vrátil, a hle! u stolu stála slečna s kouskem čistého papíru před sebou a s tužkou v ruce, kterou mi při mém vstupu provinile zmizela z dohledu.

„To ti nikdo nesežene, Catherine," řekla jsem, „když to napíšeš; a teď uhasím vaši svíčku."

Položil jsem hasicí přístroj na oheň a dostal jsem za to facku do ruky a nedůtklivé „kříž!" Pak jsem ji zase opustil a ona vytáhla závoru v jednom ze svých nejhorších a nejmrzutějších humorů. Dopis byl dokončen a poslán na místo určení vozíkem mléka, který přijel z vesnice; ale to jsem se dozvěděl až po nějaké době. Týdny plynuly a Cathy se vzpamatovávala; ačkoli si podivuhodně oblíbila kradla se sama do kouta; a často, když jsem se k ní při čtení náhle přiblížil, trhla sebou a sklonila se nad knihou, zřejmě toužila ji skrýt; a všiml jsem si, že okraje volného papíru trčí zpoza listů. Naučila se také, že přišla časně zrána dolů a zdržela se v kuchyni, jako by něco očekávala; a ve skříni v knihovně měla malou zásuvku, s níž si celé hodiny hrála a jejíž klíč zvlášť pečlivě vyndávala, když ji odcházela.

Jednoho dne, když si prohlížela tuto zásuvku, jsem si všiml, že hračky a cetky, které nedávno tvořily její obsah, byly přeměněny v kousky přeloženého papíru. Moje zvědavost a podezření byly probuzeny; Rozhodl jsem se, že nahlédnu do jejích tajemných pokladů; a tak jsem v noci, jakmile byli ona a můj pán v bezpečí nahoře, hledal a snadno jsem našel mezi klíči od domu jeden, který by se vešel do zámku. Když jsem otevřel, vysypal jsem všechen obsah do své zástěry a vzal jsem je s sebou, abych si je mohl v klidu prohlédnout ve své komnatě. I když jsem se nemohl ubránit podezření, byl jsem překvapen, když jsem zjistil, že je to hromada korespondence – téměř každodenní, musela to být – od Linton Heathcliffové: odpovědí na dokumenty, které mi poslala. Dřívější datování bylo rozpačité a krátké; Postupně se však rozrostly v hojné milostné dopisy, pošetilé, jak to věk pisatele činil přirozeným, ale tu a tam s doteky, o nichž jsem se domníval, že jsou vypůjčené od zkušenějších zdrojů. Některé z nich mi připadaly jako neobyčejně podivné směsi horlivosti a plochosti; začíná silným citem a končí afektovaným, rozvláčným stylem, který by školák mohl použít k vysněné, nehmotné lásce. Nevím, zda uspokojili Cathy; ale mně připadaly jako velmi bezcenný odpad. Když jsem jich otočil tolik, kolik jsem považoval za vhodné, svázal jsem je do kapesníku a odložil stranou, čímž jsem znovu zamkl prázdnou zásuvku.

Podle svého zvyku sestoupila má mladá dáma časně zrána a navštívila kuchyň: sledoval jsem ji, jak jde ke dveřím, když přišel jistý chlapeček; a zatímco mu mlékařka plnila konzervu, zastrčila mu něco do kapsy saka a něco vytrhla. Obešel jsem zahradu a číhal na posla; který statečně bojoval za obranu jeho důvěry, a my jsme si mléko rozlili mezi sebou; ale podařilo se mi z epištoly abstrahovat; a protože jsem hrozil vážnými následky, nebude-li se dívat jako doma, zůstal jsem pod zdí a prohlížel si láskyplnou kompozici slečny Cathy. Byl prostší a výmluvnější než bratrancův: velmi hezký a velmi hloupý. Zavrtěl jsem hlavou a šel meditovat do domu. Protože byl mokrý den, nemohla se rozptýlit blouděním po parku; a tak se po skončení dopoledního studia uchýlila k útěše v zásuvce. Její otec seděl u stolu a četl; a já jsem si schválně hledal trochu práce v nějakých roztrhaných třásních okenní záclony a neochvějně jsem sledoval její počínání. Nikdy žádný pták letící zpět k vypleněnému hnízdu, které zanechal přetékající cvrlikajícími mláďaty, nevyjádřil ve svých úzkostlivých výkřikech a třepotání tak naprostou zoufalost jako ona svým jediným „Ach!" a změnou, která proměnila její poslední šťastnou tvář. Pan Linton vzhlédl.

„Co se děje, lásko? Zranil jste se?" řekl.

Jeho tón a pohled ji ujistily, *že* to nebyl on, kdo poklad objevil.

„Ne, tatínku!" vydechla. „Ellen! Ellen! pojďte nahoru - je mi špatně!"

Uposlechl jsem její výzvy a vyprovodil jsem ji ven.

„Ach, Ellen! „Máte je," začala okamžitě a padla na kolena, když jsme byli zavřeni sami. „Ach, dejte mi je a já už nikdy, nikdy to neudělám! Neříkej to tatínkovi. Neřekla jsi to tatínkovi, Ellen? Říkáte, že ne? Byl jsem nesmírně zlobivý, ale už to dělat nebudu!"

S vážnou přísností ve svém chování jsem ji vyzval, aby vstala.

„Takže," zvolala jsem, „slečno Catherine, vy jste zřejmě dost daleko: možná se za ně stydíte! Pěkný balík odpadků, který studujete ve svém volném čase, jistě: vždyť je dost dobrý na to, aby se dal vytisknout! A co myslíte, že si bude myslet mistr, když mu to ukážu? Ještě jsem ti to neukázala, ale nemusíš si myslet, že si nechám pro tebe vaše směšná tajemství. Pro hanbu! a vy jste musel být v čele, když jste psal takové nesmysly: jsem si jist, že by ho nenapadlo začít."

„Neviděl! Neudělala jsem to!" vzlykala Cathy, která by jí mohla zlomit srdce. „Ani jednou mě nenapadlo milovat ho, dokud -"

„*Milující!*" zvolal jsem tak pohrdavě, jak jsem jen dokázal to slovo vyslovit. „*Milující!* Slyšel někdy někdo něco podobného! Zrovna tak bych mohl mluvit o tom, že miluji mlynáře, který jednou za rok přijde koupit naše obilí. Opravdu docela milující! a v obou případech jste viděl Lintona sotva čtyři hodiny v životě! A teď je tu ten dětinský odpad. Jdu s ní do knihovny; a uvidíme, co na to řekne tvůj otec."

Vrhla se po svých drahocenných listech, ale já jsem je držel nad hlavou; a pak ze sebe vylila další zoufalé prosby, abych je spálil - raději udělal cokoli, než abych je ukázal. A protože jsem byl opravdu stejně tak nakloněn smíchu jako kárání - neboť jsem to považoval za dívčí ješitnost - nakonec jsem se trochu podvolil a zeptal se: „Svolím-li k tomu, abych je spálil, slíbíte mi věrně, že už ani nepošlete, ani nepřijmete dopis, ani knihu (neboť vidím, že jste mu poslal knihy)? ani prameny vlasů, ani prsteny, ani hračky?"

„Hračky neposíláme," zvolala Catherine a její hrdost přemohla stud.

„A vůbec nic, má paní?" Říkal jsem. „Pokud nechceš, jdu na to."

„Slibuju, Ellen!" zvolala a chytila mě za šaty. „Ach, dejte je do ohně, dělejte, dělejte!"

Ale když jsem přistoupil k otevření místa s pokerem, oběť byla příliš bolestivá, než abych ji mohl snést. Naléhavě mě prosila, abych jí ušetřil jednoho nebo dvě.

„Jednu nebo dvě, Ellen, abys si nechala kvůli Lintonovi!"

Rozvázal jsem kapesník a začal jsem je do něj vhazovat šikmo, zatímco plamen se stočil vzhůru komínem.

„Dám si ji, ty ubohá bído!" vykřikla, mrštila rukou do ohně a vytáhla několik zpola sněděných úlomků, i kdyby si to mohla vzít do ruky.

„Dobrá, a budu mít něco, co budu moci ukázat tatínkovi!" Odpověděl jsem, nacpal jsem zbytek do rance a znovu jsem se obrátil ke dveřím.

Vysypala své zčernalé kusy do plamenů a pokynula mi, abych dokončil obětování. Bylo hotovo; Rozmíchal jsem popel a pohřbil ho pod lopatou plnou uhlíků; a ona se tiše a s pocitem silného ublížení uchýlila do svého soukromého bytu. Sestoupil jsem, abych svému pánovi řekl, že nevolnost mladé dámy je téměř pryč, ale usoudil jsem, že bude nejlepší, když si na chvíli lehne. Nechtěla jíst; ale ona se znovu objevila u čaje, bledá a zarudlá v očích a navenek podivuhodně tlumená. Druhý den ráno jsem na dopis odpověděl kouskem papíru s nápisem: „Žádáme pana Heathcliffa, aby už slečně Lintonové neposílal žádné dopisy, protože je nepřijme." A od té doby přišel chlapeček s prázdnými kapsami.

KAPITOLA XXII

Léto se chýlilo ke konci a začátek podzimu, bylo po Michaelmas, ale sklizeň byla toho roku pozdě a několik našich polí bylo stále nevyčištěno. Pan Linton a jeho dcera často vycházeli mezi žence; U nesení posledních snopů zůstali až do soumraku, a když byl večer chladný a vlhký, můj pán se ošklivě nachladil, což se mu tvrdošíjně usadilo na plicích a uvěznilo ho doma po celou zimu, téměř bez přestávky.

Ubohá Cathy, vyděšená svým malým románkem, byla od té doby, co ji opustila, mnohem smutnější a otupělejší; a otec trval na tom, aby méně četla a více se hýbala. Už neměla jeho společnost; Považoval jsem za svou povinnost nahradit její nedostatek, pokud možno, svým; neúčinnou náhražkou; neboť jsem si mohl vyhradit jen dvě nebo tři hodiny ze svých četných denních zaměstnání, abych šel v jejích stopách, a pak byla má společnost zřejmě méně žádoucí než jeho.

Jednoho říjnového odpoledne nebo na začátku listopadu - svěžího vodnatého odpoledne, kdy trávník a cestičky šustily vlhkým, uschlým listím a studená modrá obloha byla zpola zakryta mraky - tmavě šedé fáborky, rychle stoupající od západu a věšící vydatný déšť - jsem požádal svou mladou dámu, aby se vzdala svých toulek. protože jsem si byl jistý sprchami. Odmítla; a já jsem si neochotně oblékl plášť a vzal si deštník, abych ji doprovodil na procházku na konec parku; byla to formální procházka, kterou obvykle dělala, když byla sklesla - a tou vždy byla, když se pan Edgar choval hůř než obvykle, což se z jeho zpovědi nikdy nevědělo, ale ona i já jsme to uhodli podle jeho stále mlčenlivějšího mlčení a melancholie jeho tváře. Smutně pokračovala dál; teď se neběhalo ani neskákalo, i když ji chladný vítr mohl svádět k závodu. A často jsem ze strany oka zaznamenala, jak zvedá ruku a něco si otírá z tváře. Rozhlížel jsem se kolem sebe, abych našel způsob, jak odvést její myšlenky. Po jedné straně silnice se zvedal vysoký, hrubý břeh, kde lísky a zakrslé duby s napůl odhalenými kořeny držely nejisté postavení: půda byla pro ně příliš kyprá; a silný vítr foukal některé téměř vodorovně. V létě slečna Catherine ráda šplhala po těchto kmenech, sedávala ve větvích a houpala se dvacet stop nad zemí; a já, potěšen její hbitostí a lehkým, dětským srdcem, jsem přece jen považoval za správné kárat pokaždé, když jsem ji přistihl v takové výšce, ale aby věděla, že není třeba sestupovat. Od večeře až po čaj ležela ve své kolébce opečené větrem a nedělala nic jiného, než že si zpívala staré písničky – mou dětskou tradici – nebo pozorovala ptáky, společné nájemníky, jak krmí a lákají svá mláďata k létání, nebo se choulila se zavřenými víčky, napůl přemýšlela, napůl snila, šťastnější, než lze vyjádřit slovy.

„Podívejte, slečno!" Zvolal jsem a ukázal na zákoutí pod kořeny jednoho pokrouceného stromu. „Zima ještě není tady. Tamhle nahoře je malá květina, poslední poupě z množství zvonků, které v červenci zahalily ty schody trávníku šeříkovou mlhou. Vylezeš na něj a utrhneš ho a ukážeš ho tatínkovi?"

Cathy dlouho zírala na osamělý květ, který se chvěl ve svém hliněném úkrytu, a nakonec odpověděla: „Ne, nedotknu se ho, ale vypadá melancholicky, viď, Ellen?"

„Ano," poznamenal jsem, „asi tak vyhladovělí a bez pytle jako vy; vaše tváře jsou bez krve; Chopme se rukou a utíkejme. Jste tak nízký, že si troufám tvrdit, že s vámi budu držet krok."

„Ne," opakovala a kráčela dál a chvílemi se zastavovala, aby se zamyslela nad kouskem mechu nebo nad trsem zbělané trávy nebo nad houbou, která rozprostírala svou jasně oranžovou barvu mezi hromadami hnědého listí; a znovu a znovu zvedala ruku ke své odvrácené tváři.

„Catherine, proč pláčeš, lásko?" Zeptal jsem se, přiblížil se a položil jí ruku přes rameno. „Nesmíš plakat, protože tatínek je nachlazený; Buď vděčný, že to není nic horšího."

Nezadržovala nyní již své slzy; Její dech byl zadušen vzlyky.

„Ach, bude to ještě něco horšího," řekla. „A co budu dělat, až mě tatínek a vy opustíte a já budu sama? Nemohu zapomenout na vaše slova, Ellen; Pořád mi zní v uších. Jak se změní život, jak bezútěšný bude svět, až tatínek a ty zemřete."

„Nikdo nemůže vědět, zda nezemřete dříve než my," odpověděl jsem. „Je špatné předvídat zlo. Doufejme, že před odchodem kdokoliv z nás budou ještě roky a roky: pán je mladý a já jsem silný, a to sotva pětačtyřicet. Moje matka se dožila osmdesáti let, do poslední chvíle byla nevrlou dámou. A předpokládejme, že by pan Linton byl ušetřen do šedesáti, což by bylo víc let, než jste napočítala, slečno. A nebylo by pošetilé truchlit nad neštěstím, které se stalo před více než dvaceti lety?"

„Ale teta Isabela byla mladší než tatínek," poznamenala a vzhlédla s nesmělou nadějí, že bude hledat další útěchu.

„Teta Isabela neměla vás ani mě, abychom ji ošetřovali," odpověděl jsem. „Nebyla tak šťastná jako Mistr: neměla toho tolik, pro co by žila. Jediné, co musíš udělat, je dobře čekat na svého otce a potěšit ho tím, že mu umožníš, aby tě viděl veselého; a vyvaruj se toho, abys mu dělal starosti na jakékoli téma: pamatuj na to, Cathy! Nebudu to zastírat, ale mohl byste ho zabít, kdybyste byl divoký a lehkomyslný a choval pošetilou, fantaskní náklonnost k synovi člověka, který by ho rád měl v hrobě; a dovolil mu, aby zjistil, že vás trápí odloučení, které považoval za účelné učinit."

„Na světě mě netrápí nic jiného než tatínkova nemoc," odpověděl můj přítel. „Nestarám se o nic ve srovnání s tatínkem. A nikdy - nikdy - ach, nikdy, dokud jsem při smyslech, neudělám nic nebo neřeknu slovo, abych ho rozzlobila. Miluji ho víc než sebe, Ellen; a já to vím podle tohoto: Modlím se každou noc, abych mohl žít po něm; protože bych byla raději nešťastná, než že by měl být on: to dokazuje, že ho miluji víc než sebe."

„Dobrá slova," odpověděl jsem. „Ale i činy to musí dokazovat; a až se uzdraví, pamatuj, že nezapomínáš na předsevzetí, která jsi si předsevzal v hodině strachu."

Jak jsme tak mluvili, přiblížili jsme se ke dveřím, které se otvíraly na silnici; a má mladá dáma, která se opět rozzářila sluncem, vylezla nahoru a posadila se na vrchol zdi, natáhla se, aby nasbírala několik boků, které šarlatově kvetly na vrcholových větvích divokých růží, které stínily cestu u silnice: spodní ovoce zmizelo, ale horního se mohli dotýkat jen ptáci, leda z Cathyina nynějšího stanoviště. Když se natáhla, aby je zatáhla, spadl jí klobouk; a když byly dveře zamčené, navrhla, že se vyškrábe dolů, aby je vyzvedla. Vybídl jsem ji, aby byla opatrná, aby neupadla, a hbitě zmizela. Návrat však nebyl tak snadný: kameny byly hladké a úhledně stmelené a růžové keře a opozdilci ostružin nemohli poskytnout žádnou pomoc při opětovném výstupu. Jako blázen jsem si na to nevzpomněl, dokud jsem ji neslyšel, jak se směje a volá: „Ellen! budete muset pro klíč, jinak budu muset běžet do vrátnice. Na hradby na téhle straně nemůžu vylézt!"

„Zůstaňte, kde jste," odpověděl jsem. „Mám v kapse svazek klíčů, snad se mi podaří ji otevřít; pokud ne, půjdu."

Catherine se bavila tím, že tančila přede dveřmi sem a tam, zatímco já jsem postupně zkoušel všechny velké klíče. Použil jsem poslední a zjistil jsem, že žádná by nestačila; opakoval jsem tedy své přání, aby tam zůstala, a chystal jsem se spěchat domů, jak nejrychleji jsem mohl, když mě zadržel blížící se zvuk. Byl to klus koně; Cathyin tanec také ustal.

„Kdo to je?" Zašeptal jsem.

„Ellen, přála bych si, abys mohla otevřít dveře," zašeptala má společnice úzkostlivě.

„Ho, slečno Lintonová!" zvolal hluboký hlas (jezdcův), „jsem rád, že vás poznávám. Nespěchejte se vstupem, protože se vás musím zeptat na vysvětlení a získat ho."

„Nebudu s vámi mluvit, pane Heathcliffe," odpověděla Catherine. „Tatínek říká, že jsi zlý člověk, a že nenávidíš jeho i mne; a Ellen říká totéž."

„To není nic zvláštního," řekl Heathcliff. (On to byl.) „Předpokládám, že svého syna nenávidím; a právě o něm žádám vaši pozornost. Ano; Máte důvod se červenat. Cožpak jste si před dvěma nebo třemi měsíci nezvykl psát Lintonovi? Milování si hraje, co? Za to jste si oba zasloužili bičování! Zvláště vy, starší; a méně citlivá, jak se ukázalo. Mám vaše dopisy, a když mi dáte nějakou laskavost, pošlu je vašemu otci. Předpokládám, že vás ta zábava unavila a přestal jste s ní, že? Nuže, shodil jste s ním Lintona do bažiny malomyslnosti. Byl to upřímný: opravdu zamilovaný. Jakkoli žiju pravdivě, umírá pro tebe; Láme mu srdce kvůli tvé vrtkavosti: ne obrazně, ale doopravdy. Ačkoli si z něj Hareton po šest týdnů dělal stálý žert a já jsem použil vážnějších opatření a pokusil jsem se ho vystrašit z jeho hlouposti, jeho stav je den ode dne horší; a do léta bude pod drnem, pokud ho nevrátíte!"

„Jak můžeš tak křiklavě lhát tomu ubohému dítěti?" Zavolal jsem zevnitř. „Prosím vás, jeďte! Jak můžete úmyslně vymýšlet takové nicotné lži? Slečno Cathy, vyrazím zámek kamenem: neuvěříte tomu odpornému nesmyslu. Člověk na sobě cítí, že je nemožné, aby člověk zemřel z lásky k cizímu člověku."

„Nevěděl jsem, že by tam byli odposlouchávači," zamumlal odhalený padouch. „Ctihodná paní Deanová, mám vás rád, ale nelíbí se mi vaše dvojakost," dodal nahlas. „Jak *jste* mohl tak křiklavě lhát, že nenávidím 'ubohé dítě'? a vymýšlet si strašáky, aby ji vystrašil z mých dveřních kamenů? Catherine Lintonová (už to jméno mě hřeje), moje milá holka, celý týden budu mimo domov; jdi a podívej se, jestli jsem nemluvil pravdu: udělej, to je miláček! Jen si představte svého otce na mém místě a Lintona na vašem místě; Pak si představ, jak bys si vážil svého lehkomyslného milence, kdyby tě nechtěl ani o krok potěšit, když ho prosil sám tvůj otec; a neupadněte z čisté hlouposti do stejného omylu. Přísahám, že při své záchraně půjde do hrobu a nikdo jiný než vy ho nemůže zachránit!"

Zámek povolil a já jsem vyjel.

„Přísahám, že Linton umírá," opakoval Heathcliff a přísně se na mě podíval. „A zármutek a zklamání urychlují jeho smrt. Nelly, pokud ji nenecháš jít, můžeš jít přes sebe. Ale vrátím se až příští týden touto dobou; a myslím, že sám váš pán by sotva něco namítal proti tomu, aby navštívila svou sestřenici."

„Pojďte dál," řekl jsem, vzal jsem Cathy za paži a napůl jsem ji přinutil, aby znovu vstoupila. zdržela se totiž a ustaranýma očima si prohlížela rysy řečníka, příliš přísného, než aby vyjádřil svůj vnitřní klam.

Přistrčil koně blíž, sehnul se a poznamenal:

„Slečno Catherine, přiznám se vám, že s Lintonem nemám dost trpělivosti; a Hareton a Joseph mají méně. Přiznám se, že je s drsnou sadou. Touží po laskavosti i lásce; a vlídné slovo od tebe by bylo jeho nejlepším lékem. Nevadí vám krutá varování paní Deanové; ale buďte velkorysí a snažte se ho vidět. Zdá se mu o tobě ve dne v noci a nelze ho přesvědčit, že ho nenávidíš, protože mu nepíšeš ani nevoláš."

Zavřel jsem dveře a odvalil kámen, abych pomohl uvolněnému zámku je udržet; roztáhl jsem deštník a stáhl jsem pod něj svůj svěřenec, neboť déšť se začal prohánět sténajícími větvemi stromů a varoval nás, abychom se vyhnuli zdržování. Náš spěch nám znemožnil jakoukoli poznámku o setkání s Heathcliffem, když jsme se táhli k domovu; ale instinktivně jsem vytušil, že Catherinino srdce je nyní zatemněno dvojitou tmou. Její rysy byly tak smutné, že se jí nezdály její: zřejmě považovala to, co slyšela, za pravdu.

Učitel se odebral k odpočinku, než jsme vešli. Cathy se vkradla do jeho pokoje, aby se zeptala, jak se mu daří; usnul. Vrátila se a požádala mě, abych si s ní sedl do knihovny. Dali jsme si spolu čaj; a potom si lehla na koberec a řekla mi, abych nemluvil, protože je unavená. Vzal jsem si knihu a předstíral, že čtu. Jakmile se domnívala, že jsem zabrán do svého zaměstnání, dala se znovu do tichého pláče: zdálo se jí to v té době její oblíbené rozptýlení. Dovolil jsem jí, aby se z toho chvíli těšila; pak jsem to vysvětloval: vysmíval jsem se a zesměšňoval všechna tvrzení pana Heathcliffa o jeho synovi, jako bych si byl jist, že se shoduje. Běda! Nedokázal jsem vyvrátit účinek, který jeho vyprávění vyvolalo: bylo to přesně to, co zamýšlel.

„Můžeš mít pravdu, Ellen," odpověděla. „ale nikdy se nebudu cítit v klidu, dokud se to nedozvím. A musím Lintonovi říct, že to není moje chyba, že nepíšu, a přesvědčit ho, že se nezměním."

K čemu byl hněv a protesty proti její hloupé důvěřivosti? Té noci jsme se rozešli - nepřátelsky; ale příštího dne jsem byl zahlédnut na cestě na Větrnou hůrku, po boku poníka mé svéhlavé mladé paní. Nemohl jsem snést pohled na její zármutek, pohled na její bledou, sklíčenou tvář a ztěžklé oči, a poddal jsem se v nepatrné naději, že by Linton sám mohl dokázat tím, jak nás přijal, jak málo se jeho vyprávění zakládá na skutečnosti.

KAPITOLA XXIII

Deštivá noc ohlašovala mlhavé ráno - napůl mráz, napůl mrholení - a cestu nám zkřížily dočasné potůčky - zurčící z vrchovin. Nohy jsem měl úplně mokré; Byl jsem rozzlobený a nízký; přesně ten humor, který se hodil k tomu, aby se z těchto nepříjemných věcí vytěžilo co nejvíce. Vstoupili jsme do statku kuchyňskou cestou, abychom se přesvědčili, zda pan Heathcliff opravdu chybí, protože jsem trochu věřil jeho vlastnímu tvrzení.

Zdálo se Josefovi, že sedí sám v jakémsi elysiu vedle plápolajícího ohně; litr piva na stole vedle něj, ježící se velkými kusy opečeného ovesného koláče; a jeho černou, krátkou dýmku v ústech. Catherine běžela ke krbu, aby se ohřála. Zeptal jsem se, jestli je mistr uvnitř? Má otázka zůstávala tak dlouho nezodpovězena, že jsem si myslel, že stařec ohluchl, a opakoval jsem ji hlasitěji.

„Ne - aj!" zavrčel, nebo spíš zakřičel nosem. „Ne - ay! yah muh goa back whear yah coom frough."

„Josefe!" zvolal mrzutý hlas současně se mnou z vnitřní místnosti. „Jak často vám mám volat? Červeného popela je nyní jen několik. Josef! Nadešel tento okamžik."

Energické potáhnutí a odhodlaný pohled do krbu prozrazovaly, že nemá ucho pro tuto výzvu. Hospodyně a Hareton byli neviditelní; jeden odešel na pochůzku a druhý pravděpodobně do práce. Znali jsme Lintonův tón a vstoupili jsme.

„Ach, doufám, že zemřete v podkroví vyhladovělý!" řekl chlapec a spletl si náš příchod s příchodem svého nedbalého sluhy.

Zarazil se, když si všiml svého omylu: jeho bratranec přiletěl k němu.

„Jste to vy, slečno Lintonová?" zeptal se a zvedl hlavu od opěradla velkého křesla, na němž se uvelebil. „Ne - nelíbejte mě, bere mi to dech. Proboha! Tatínek říkal, že zavoláte," pokračoval, když se trochu vzpamatoval z Catherinina objetí. zatímco ona stála opodál a tvářila se velmi zkroušeně. „Zavřete dveře, jestli chcete? nechal jste to otevřené; a ty - ty *odporné* bytosti nepřinesou uhlíky do ohně. Je taková zima!"

Rozvířil jsem uhlíky a sám jsem přivezl cupitala. Nemocný si stěžoval, že je pokryt popelem; měl však únavný kašel a vypadal jako horečnatý a nemocný, takže jsem ho nekáral.

„Tak co, Lintone," zašeptala Catherine, když se jeho svraštělé čelo uvolnilo, „jste rád, že mě vidíte? Mohu vám udělat něco dobrého?"

„Proč jsi nepřišel dřív?" zeptal se. „Měl jste přijít místo psaní. Strašně mě unavovalo psát ty dlouhé dopisy. Mnohem raději bych s vámi mluvil. Nesnesu ani řeči, ani nic jiného. Zajímalo by mě, kde je Zilla! „Vstoupíš do kuchyně (dívá se na mě) a podíváš se?"

Za svou další službu se mi nedostalo žádného poděkování; a protože jsem nechtěl pobíhat na jeho rozkaz sem a tam, odpověděl jsem:

„Tam venku není nikdo kromě Josepha."

„Chci se napít," vykřikl podrážděně a odvrátil se. „Zillah od té doby, co tatínek odešel, ustavičně odjíždí do Gimmertonu: je to mizerné! A já jsem nucen jít sem dolů - rozhodli se, že mě nahoře nikdy neuslyší."

„Věnuje vám váš otec pozornost, mistře Heathcliffe?" Zeptal jsem se, když jsem viděl, že Catherine je ve svých přátelských návrzích zadržována.

„Pozorný? Alespoň je trochu přiměje k tomu, aby byli pozornější," zvolal. „Ti ubožáci! Víte, slečno Lintonová, že se mi ten surovec Hareton směje! Nenávidím ho! vskutku je všechny nenávidím: jsou to odporné bytosti."

Cathy začala hledat nějakou vodu; Zapálila si džbán v prádelníku, naplnila sklenici a přinesla ji. Vyzval ji, aby přidala lžíci vína z láhve na stole; a když spolkla malou porci, vypadala klidněji a řekla, že je velmi laskavá.

„A jste rád, že mě vidíte?" zeptala se, opakujíc svou dřívější otázku, a s potěšením zahlédla slabý úsvit úsměvu.

„Ano, jsem. Je to něco nového slyšet hlas, jako je ten váš!" odpověděl. „Ale mrzelo mě, že jste nepřišel. A tatínek přísahal, že je to kvůli mně: nazval mě ubohým, šourajícím se, bezcenným tvorem; a řekl, že mnou pohrdáte; a kdyby byl na mém místě, byl by v této době víc pánem statku než tvůj otec. Ale vy mnou nepohrdáte

„Přála bych si, abyste řekla Catherine nebo Cathy," přerušila mě má mladá dáma. „Opovrhuji vámi? Ne! Vedle tatínka a Ellen vás miluji víc než kohokoli jiného. Nemám ale pana Heathcliffa ráda; a já se neodvažuji přijít, až se vrátí: zdrží se pryč mnoho dní?"

„Moc jich není," odpověděl Linton. „ale často chodí na vřesoviště, protože začala lovecká sezóna; a mohl byste se mnou strávit hodinu nebo dvě v jeho nepřítomnosti. Řekněte, že ano. Myslím, že bych se na vás neměla zlobit: neprovokovala byste mě a byla byste vždy připravena mi pomoci, že ne?"

„Ano," řekla Catherine a pohladila ho po dlouhých hebkých vlasech, „kdybych jen mohla získat tatínkův souhlas, strávila bych s vámi polovinu času. Krásná Lintonová! Přál bych si, abys byl mým bratrem."

„A vy byste mě pak měla ráda stejně jako svého otce?" poznamenal veseleji. „Ale tatínek říká, že bys mě milovala víc než on a celý svět, kdybys byla mou ženou; takže bych byl raději, kdybyste byl takový."

„Ne, nikdy bych nikoho nemilovala víc než tatínka," odpověděla vážně. „A lidé někdy nenávidí své ženy; ale ne jejich sestry a bratři, a kdybyste byli těmi druhými, žili byste u nás a tatínek by vás měl stejně rád jako mne."

Linton popřel, že by lidé někdy nenáviděli své manželky; ale Cathy tvrdila, že ano, a ve své moudrosti dala příklad otcovy averze vůči její tetě. Snažil jsem se zadržet její bezmyšlenkovitý jazyk. Nemohl jsem uspět, dokud nebylo venku všechno, co věděla. Mistr Heathcliff, velmi podrážděný, tvrdil, že její výpověď je falešná.

„Tatínek mi to řekl; A tatínek neříká lži," odpověděla rázně.

„*Můj* tatínek opovrhuje vaším!" zvolal Linton. „Říká mu plíživý blázen."

„Váš člověk je ničem," odvětila Catherine; „A vy jste velmi nezbedná, že se opovažujete opakovat, co říká. Musel být zlý, že donutil tetu Isabellu, aby ho opustila tak, jak ho opustila."

„Neopustila ho," řekl chlapec; „Nebudeš mi odporovat."

„Ona to udělala," zvolala má mladá dáma.

„Tak vám něco povím!" řekl Linton. „Tvá matka nenáviděla tvého otce: teď tedy."

„Ach!" zvolala Catherine, příliš rozzuřená, než aby pokračovala.

„A ona milovala tu moji," dodal.

„Ty malá lháři! Teď vás nenávidím!" zalapala po dechu a její tvář zrudla vztekem.

„Ona to udělala! Ona to udělala!" zpíval Linton, zabořil se do výklenku židle a zaklonil hlavu, aby si vychutnal rozčilení druhého diskutéra, který stál za ní.

„Pst, mistře Heathcliffe!" Říkal jsem; „to je asi také příběh vašeho otce."

„Není: držíte jazyk za zuby!" odpověděl. „Udělala, udělala, Catherine! Ona to udělala, udělala to!"

Cathy, bez sebe, prudce strčila do židle a způsobila, že mu upadl na jednu paži. Okamžitě se ho zmocnil dusivý kašel, který brzy ukončil jeho triumf. Trvalo to tak dlouho, že to vyděsilo i mě. Pokud jde o jeho sestřenku, plakala ze všech sil, zděšena nad neštěstím, které napáchala, ačkoli neřekla nic. Držel jsem ho, dokud záchvat nevyprchal. Pak mě odstrčil a mlčky sklonil hlavu. Kateřina také potlačila svůj nářek, posadila se naproti a vážně hleděla do ohně.

„Jak se nyní cítíte, mistře Heathcliffe?" Zeptal jsem se po deseti minutách čekání.

„Kéž by *se cítila* jako já," odpověděl, „zlomyslné, kruté! Hareton se mě nikdy nedotkne, nikdy v životě mě neudeřil. A dnes mi bylo lépe: a tamhle –" jeho hlas zanikl v zakňučení.

„*Já* jsem tě neuhodila!" zamumlala Cathy a kousla se do rtu, aby zabránila dalšímu výbuchu emocí.

Vzdychal a sténal jako člověk ve velkém utrpení a vydržel to čtvrt hodiny; Zřejmě proto, aby sestřenku rozzlobil, neboť kdykoli od ní zachytil přidušený vzlyk, vkládal do sklonů svého hlasu novou bolest a patos.

„Je mi líto, že jsem ti ublížila, Lintone," řekla posléze, vyčerpaná k vydržení. „Ale *to* malé postrčení mi nemohlo ublížit a netušil jsem, že byste to dokázal ani vy: nejste nic moc, že ne, Lintone? Nedovol mi jít domů s tím, že jsem ti ublížila. Odpověď! mluvte se mnou."

„Nemohu s vámi mluvit," zašeptal; „Ublížil jste mi tak, že budu celou noc ležet vzhůru a dusit se tím kašlem. Kdybyste ji měli, věděli byste, co to je; ale *ty budeš* pohodlně spát, zatímco já budu v agónii a nikdo v mé blízkosti. Zajímalo by mě, jak bys chtěl strávit ty strašlivé noci!" A začal hlasitě naříkat, protože se nad sebou velmi litoval.

„Protože máte ve zvyku trávit strašlivé noci," řekl jsem, „nebude to slečna, kdo vám bude kazit pohodlí: byl byste stejný, kdyby nikdy nepřišla. Ona vás však již nebude rušit; a možná se uklidníte, až vás opustíme."

„Musím jít?" zeptala se Catherine smutně a sklonila se nad ním. „Chceš, abych odjel, Lintone?"

„Nemůžeš změnit to, co jsi udělala," odpověděl malicherně a odtáhl se od ní, „ledaže bys to změnila k horšímu tím, že bys mě škádlila do horečky."

„Nuže, musím tedy jít?" opakovala.

„Nechte mě alespoň na pokoji," řekl. „Nesnesu vaše řeči."

Zdržela se a odolávala mému přemlouvání, aby únavně odešla; ale protože nevzhlédl ani nepromluvil, pohnula nakonec ke dveřím a já jsem ji následoval. Byli jsme vyproštěni výkřikem. Linton sklouzl ze židle na krb a ležel svíjející se v pouhé zvrácenosti dětského moru, rozhodnut být tak bolestný a sužující, jak jen to bude možné. Z jeho chování jsem důkladně odhadl jeho povahu a okamžitě jsem pochopil, že by bylo pošetilé pokoušet se ho ponižovat. Ne tak můj druh: v hrůze utíkala zpátky, klečela a plakala, konejšila a prosila, až se uklidnil z nedostatku dechu: rozhodně ne z výčitek svědomí, že ji trápil.

„Vyvedu ho na plošinu," řekl jsem, „a může se válet, jak se mu zlíbí: nemůžeme se zastavit a dívat se na něj. Doufám, slečno Cathy, že jste spokojena s tím, že *mu* nejste osobou, která by mu měla být ku prospěchu, a že jeho zdravotní stav není způsoben náklonností k vám. A teď je tam! Pojď pryč: jakmile bude vědět, že tu není nikdo, kdo by se staral o jeho nesmysly, bude rád ležet na místě."

Položila mu pod hlavu polštář a nabídla mu trochu vody; To druhé zavrhl a neklidně sebou házel po prvním, jako by to byl kámen nebo špalek. Pokusila se to vyjádřit pohodlněji.

„S tím si nerozumím," řekl. „Není to dost vysoké."

Catherine přinesla další, aby si nad něj lehla.

„To je *příliš* vysoko," zamumlal provokující tvor.

„Jak to tedy mám zařídit?" zeptala se zoufale.

Připletl se k ní, když napůl poklekla u opěrky, a proměnil její rameno v oporu.

„Ne, to nebude stačit," řekl jsem. „S polštářem se spokojíte, mistře Heathcliffe. Slečna už s vámi promarnila příliš mnoho času: nemůžeme se zdržet ani o pět minut déle."

„Ano, ano, můžeme!" odpověděla Cathy. „Teď je dobrý a trpělivý. Začíná si myslet, že budu mít mnohem větší utrpení než dnes večer, jestli si myslím, že je na tom s mou návštěvou hůř, a pak se neodvažuji znovu přijít. Řekněte o tom pravdu, Lintone; neboť nesmím přijít, kdybych vám ublížil."

„Musíš přijít, abys mě vyléčil," odpověděl. „Měl bys přijít, protože jsi mi ublížil: víš, že jsi mě nesmírně zranil! Nebyla jsem tak nemocná, když jste vešel, jako jsem teď - že ne?"

„Ale vy jste si způsobil nemoc tím, že jste plakal a byl v záchvatu vzteku. - Já jsem to všechno neudělal," řekl jeho bratranec. „Ale teď už budeme přátelé. A vy mě chcete: opravdu byste mě chtěl někdy vidět?"

„Říkal jsem vám, že ano," odpověděl netrpělivě. „Posaďte se na pohovku a dovolte mi, abych se vám opřel o koleno. Tak to dělávala máma, celé odpoledne spolu. Seď docela klidně a nemluv, ale můžeš zpívat písničku, umíš-li zpívat; nebo můžete říct pěknou dlouhou zajímavou baladu - jednu z těch, které jste mi slíbil, že mě naučíte; nebo příběhu. Raději bych si ale dala baladu: začněte."

Catherine opakovala nejdéle, co si pamatovala. Zaměstnání se oběma velmi líbilo. Linton by měl další a po něm další, navzdory mým usilovným námitkám; a tak pokračovali, dokud hodiny neodbily dvanáctou a my jsme neslyšeli Haretona na dvoře, jak se vrací k večeři.

„A zítra tu budete, Catherine?" zeptal se mladý Heathcliff a držel ji za šaty, když neochotně vstala.

„Ne," odpověděl jsem, „ani druhý den ne." Ona však zřejmě odpověděla jinak, protože se mu čelo vyjasnilo, když se sklonila a zašeptala mu do ucha.

„Zítra nepůjdete, vzpomeňte si, slečno!" Začal jsem, když jsme vyšli z domu. „O tom se vám nezdá, že ne?"

Usmála.

„Ach, já se o to dobře postarám," pokračoval jsem, „dám vám ten zámek spravit a vy už nebudete moci uniknout."

„Dokážu se dostat přes zeď," řekla se smíchem. „Statek není vězení, Ellen, a ty nejsi můj žalářník. A kromě toho, je mi skoro sedmnáct: jsem žena. A jsem si jistá, že by se Linton rychle zotavil, kdyby mě měl na starosti. Jsem starší než on, víte, a moudřejší: méně dětinská, že? A brzy udělá, co mu nařídím, s trochou přemlouvání. Je to hezký malý miláček, když je dobrý. Udělala bych z něj takového mazlíčka, kdyby byl můj. Nikdy bychom se neměli hádat, že ne, když jsme na sebe byli zvyklí? Nelíbí se ti, Ellen?"

„Jako on!" Vykřikl jsem. „Nejhorší část neduživého uklouznutí, která se kdy protloukala do puberty. Naštěstí, jak se domníval pan Heathcliff, jich dvacet nevyhraje. Opravdu pochybuji, že se dočká jara. A malou ztrátu pro jeho rodinu, kdykoli odjede. A pro nás je štěstím, že si ho vzal jeho otec: čím laskavěji s ním bylo zacházeno, tím byl nudnější a sobečtější. Jsem ráda, že nemáte šanci mít ho za manžela, slečno Catherine."

Můj společník zvážněl, když uslyšel tuto řeč. Mluvit o jeho smrti tak bezohledně ji ranilo.

„Je mladší než já," odpověděla po delší odmlce přemýšlení, „a měl by žít nejdéle: bude - musí žít stejně dlouho jako já. Je teď stejně silný, jako když poprvé přišel na sever; Jsem si tím jistý. Sužuje ho jen nachlazení, stejně jako ho trápí tatínek. Říkáš, že tatínkovi bude lépe, a proč by neměl?"

„No, dobrá," zvolal jsem, „přece se nemusíme namáhat; neboť poslouchejte, slečno --a dejte si pozor, dodržím své slovo --pokusíte-li se ještě jednou dostat na Větrnou hůrku, ať už se mnou nebo beze mne, oznámím to panu Lintonovi, a pokud to nedovolí, důvěrné přátelství s vaší sestřenkou se nesmí obnovit."

„Ožilo," zamumlala Cathy mrzutě.

„To tedy nesmí pokračovat," řekl jsem.

„Uvidíme," zněla její odpověď a dala se tryskem na útěk, nechávaje mě lopotit se vzadu.

Oba jsme dorazili domů před večeří; Můj pán se domníval, že se procházíme parkem, a proto nežádal žádné vysvětlení naší nepřítomnosti. Jakmile jsem vstoupila, spěchala jsem si vyměnit promočené boty a punčochy; ale sedět tak dlouho na Výšinách napáchalo tu škodu. Následujícího rána jsem byla uložena na lůžko a po tři týdny jsem zůstala neschopna vykonávat své povinnosti: neštěstí, jaké jsem nikdy předtím nezažila a s vděčností musím říci, že od té doby.

Má malá paní se chovala jako anděl, když mě přišla obsluhovat a potěšovat mou samotu; Uvěznění mě nesmírně srazilo na kolena. Je to únavné pro probouzející se aktivní tělo, ale jen málo lidí má menší důvody ke stížnostem, než jsem měl já. V okamžiku, kdy Catherine odešla z pokoje pana Lintona, objevila se u mé postele. Její den byl rozdělen mezi nás; Žádná zábava si neuzurpovala ani minutu: zanedbávala jídlo, studium a hru; a byla to ta nejlaskavější chůva, která se kdy dívala. Musela mít vřelé srdce, když tak milovala svého otce, že mi toho tolik dala. Řekl jsem, že její dny jsou mezi námi rozdělené; ale pán šel brzy spát a já jsem po šesté hodině obvykle nic nepotřeboval, takže večer patřil jí. Chudáček! Nikdy jsem nepřemýšlel o tom, co se sebou udělala po čaji. A třebaže jsem často, když se ke mně podívala, aby mi popřála dobrou noc, všiml jsem si svěží barvy jejích tváří a růžové barvy na jejích štíhlých prstech, místo abych si představoval odstín vypůjčený z chladné jízdy přes blata, připisoval jsem to rozpálenému ohni v knihovně.

KAPITOLA XXIV

Na konci tří týdnů jsem byl schopen opustit svůj pokoj a pohyboval se po domě. A při první příležitosti, když jsem večer seděl, jsem požádal Catherine, aby mi četla, protože jsem měl slabé oči. Byli jsme v knihovně, pán si šel lehnout; souhlasila, jak se mi zdálo, dost neochotně; a protože jsem si představoval, že se jí můj druh knih nehodí, vyzval jsem ji, aby se sama zalíbila ve výběru toho, co bude číst. Vybrala si jednoho ze svých oblíbených jídel a asi hodinu vytrvale postupovala vpřed; Pak přišly časté otázky.

„Ellen, nejsi unavená? Neměl byste si teď raději lehnout? Bude ti špatně, když budeš tak dlouho vzhůru, Ellen."

„Ne, ne, drahoušku, nejsem unavená," opáčila jsem neustále.

Viděla, že jsem nehybná, a tak se pokusila o jiný způsob, jak dát najevo svou nechuť ke svému povolání. Změnilo se to v zívání a protahování a…

„Ellen, jsem unavená."

„Nechte toho a mluvte," odpověděl jsem.

To bylo ještě horší; trápila se a vzdychala, dívala se na hodinky až do osmi hodin a nakonec odešla do svého pokoje, úplně přemožena spánkem; soudě podle jejího mrzutého, těžkého pohledu a neustálého tření očí. Následující noc se zdála být ještě netrpělivější; a třetího dne, když jsem se vzpamatovávala z mé společnosti, si stěžovala na bolest hlavy a odešla ode mne. Její chování mi připadalo podivné; a když jsem zůstal dlouho sám, rozhodl jsem se, že půjdu a zeptám se, zda je jí lépe, a požádám ji, aby si šla lehnout na pohovku, místo aby byla ve tmě nahoře. Nahoře jsem neobjevil žádnou Catherine a dole žádnou. Služebnictvo tvrdilo, že ji nevidělo. Poslouchal jsem u dveří pana Edgara; všude bylo ticho. Vrátil jsem se do jejího bytu, zhasl svíčku a posadil se k oknu.

Měsíc jasně svítil; Zem pokryla sněhová posyp a já jsem uvažoval, že si možná vzala do hlavy, že se bude procházet po zahradě, aby se občerstvila. Zahlédl jsem postavu, která se plížila podél vnitřního plotu parku; ale nebyla to moje mladá paní; když se vynořila na světlo, poznala jsem jednoho z čeledínů. Stál tam značnou dobu a díval se na vozovou cestu přes pozemky; pak vyrazil svižným krokem, jako by něco zpozoroval, a za chvíli se znovu objevil a vedl slečnina poníka; a tam byla, právě sesedla z koně a kráčela po jeho boku. Muž vzal svůj svěřenec kradmo přes trávu ke stáji. Cathy vstoupila špaletovým oknem salónu a nehlučně se plížila až k místu, kde jsem na ni čekal. Opatrně otevřela dveře, zula si sněhové boty, rozvázala si klobouk a chystala se, aniž by si uvědomila mou špionáž, odložit svůj plášť, když jsem náhle vstal a odhalil se. Překvapení ji na okamžik zkamenělo; vykřikla neartikulovaně a zůstala stát jako opařená.

„Drahá slečno Catherine," začal jsem, příliš živě dojat její nedávnou laskavostí, než abych se dal do řeči, „kam jste v tuto hodinu odjížděla? A proč byste se mě měl snažit oklamat vyprávěním příběhu? Kde jsi byl? Mluv!"

„Na konec parku," vykoktala. „Neřekl jsem nic jiného."

„A nikde jinde?" Požadoval jsem.

„Ne," zněla zamumlaná odpověď.

„Ach, Catherine!" Zvolala jsem smutně. „Víš, že jsi jednal špatně, jinak bys mě nehnal k tomu, abys mi řekl nepravdu. To mě rmoutí. Raději bych byla tři měsíce nemocná, než abych slyšela, jak vykládáte úmyslnou lež."

Vyskočila, rozplakala se a objala mě kolem krku.

„No, Ellen, tak se bojím, že se rozzlobíš," řekla. „Slibte, že se nebudete zlobit, a dozvíte se pravdu; nerad ji skrývám."

Posadili jsme se na sedadlo u okna; Ujistil jsem ji, že jí nebudu nadávat, ať už je její tajemství jakékoliv, a samozřejmě jsem to tušil; a tak začala...

„Byl jsem na Větrné hůrce, Ellen, a od té doby, co jsi onemocněla, jsem tam nevynechal jediný den; kromě třikrát předtím a dvakrát poté, co jste opustil svůj pokoj. Dávala jsem Michaelovi knihy a obrázky, aby Minny každý večer připravil a vrátil ji do stáje: ani mu nesmíš nadávat , to si pamatuj. Byl jsem na Heights v půl sedmé a obvykle jsem zůstával do půl deváté, a pak jsem cválal domů. Nechodil jsem tam proto, abych se bavil: často jsem byl neustále nešťastný. Tu a tam jsem byl šťastný: možná jednou za týden. Zprvu jsem očekával, že mě čeká smutná práce přesvědčit vás, abych dodržel slovo, které jsem dal Lintonovi: slíbil jsem totiž, že se vrátím zítra, až ho opustíme; ale protože jste nazítří zůstal nahoře, unikl jsem té nepříjemnosti. Zatímco Michael odpoledne zamykal zámek dveří do parku, zmocnil jsem se klíče a vyprávěl jsem mu, jak si můj bratranec přeje, abych ho navštívil, protože je nemocný a nemůže přijet do statku; a jak by tatínek namítal, kdybych odjela, a pak jsem s ním vyjednávala o poníkovi. Rád čte a přemýšlí o tom, že brzy odejde a ožení se; a tak mi nabídl, že když mu půjčím knihy z knihovny, udělám, co si budu přát, ale já jsem mu raději dal své vlastní, a to mu vyhovovalo víc.

Při mé druhé návštěvě se Linton zdál být v živé náladě; a Zillah (to je jejich hospodyně) nám udělala čistý pokoj a dobrý oheň a řekla nám, že když je Joseph venku na modlitebním shromáždění a Hareton Earnshaw je pryč se svými psy - a okrádá naše lesy o bažanty, jak jsem se později dozvěděl - můžeme si dělat, co se nám zlíbí. Přinesla mi teplé víno a perník a vypadala neobyčejně dobromyslně; a Linton seděl v křesle a já v malém houpacím křesle na krbovém kameni a tak vesele jsme se smáli a povídali a měli tolik co říci: plánovali jsme, kam půjdeme a co budeme dělat v létě. Nemusím to opakovat, protože byste to označil za hloupost.

Jednou jsme se však málem pohádali. Řekl, že nejpříjemněji se dá strávit horký červencový den, když se od rána do večera polehne ležet na břehu vřesovišť uprostřed vřesovišť, včely zasněně bzučí mezi květy a vysoko nad hlavou zpívají skřivani a modrá obloha a jasné slunce svítí vytrvale a bez mráčku. To byla jeho nejdokonalejší představa o nebeském štěstí: moje se kolébala v šumícím zeleném stromě, foukal západní vítr a nad hlavou se rychle míhaly jasně bílé mraky; a nejen skřivani, ale i mláďata a kosi a lindušky a kukačky, které ze všech stran chrlí hudbu, a z dálky viděná vřesoviště, roztříštěná do chladných šerných údolí; ale blízko velkými vlnami vysoké trávy, vlnící se ve vlnách ve větru; a lesy a znějící vody a celý svět se probouzí a divoká radostí. Chtěl, aby všichni leželi v extázi pokoje; Chtěl jsem, aby všichni jiskřili a tančili ve slavném jubileu. Řekl jsem, že jeho nebe bude jen zpola živé; a on řekl, že můj bude opilý: řekl jsem, že usnu v jeho; a řekl, že nemůže dýchat v mé a začal být velmi podrážděný. Nakonec jsme se dohodli, že zkusíme obojí, jakmile přijde vhodné počasí; A pak jsme se políbili a byli jsme přátelé.

Po hodině sezení jsem se podíval na velkou místnost s hladkou podlahou bez koberců a pomyslel jsem si, jak by bylo příjemné si v ní hrát, kdybychom odstranili stůl; a požádal jsem Lintona, aby nám zavolal Zillah na pomoc, a že si zahrajeme na slepce; měla by se nás pokusit chytit: víš, víš, Ellen. Nechtěl by: není v tom žádné potěšení, řekl; ale souhlasil, že si se mnou bude hrát na míč. Dva jsme našli ve skříni, mezi hromadou starých hraček, káčat, obručí, battledorů a míčků. Jeden byl označen C. a druhý H.; Přál jsem si mít C., protože to znamenalo Catherine a H. by mohlo znamenat Heathcliff, což bylo jeho jméno; ale otruby vyšly z H. a Lintonovi se to nelíbilo. Neustále jsem ho bil; Znovu se rozzlobil, zakašlal a vrátil se na své křeslo. Toho večera se však snadno vzpamatoval z dobré nálady: byl okouzlen dvěma nebo třemi krásnými písněmi - *vašimi* písněmi, Ellen, a když jsem musela odejít, prosil mě a prosil, abych nazítří večer přišla, a já jsem mu to slíbila. Minny a já jsme letěli domů lehcí jako vzduch; a až do rána se mi zdálo o Větrné hůrce a o mé sladké, milované sestřence.

„Nazítří jsem byl smutný; zčásti proto, že jsi byl chudý, a zčásti proto, že jsem si přál, aby to věděl můj otec, a schvaloval mé výlety: ale po čaji bylo krásné měsíční světlo; a jak jsem jel dál, šero se rozplynulo. Budu mít další šťastný večer, pomyslela jsem si; a co mě těší víc, bude to mít moje krásná Lintonová. Klusal jsem po jejich zahradě a právě jsem se obracel dozadu, když tu mě potkal ten chlapík z Earnshawu, vzal mě za uzdu a vyzval mě, abych vešel hlavním vchodem. Poplácal Minny po krku a řekl, že je to pěkná bestie, a vypadalo to, jako by chtěl, abych s ním mluvila. Řekl jsem mu jen, aby nechal mého koně na pokoji, jinak ho nakopne. Odpověděl svým vulgárním přízvukem: „To by mě nebolelo, kdyby to udělal," a s úsměvem si prohlížel jeho nohy. Byl jsem napůl nakloněn tomu, abych to zkusil; odstoupil však, aby otevřel dveře, a když zvedl petlici, vzhlédl k nápisu nahoře a řekl s hloupou směsicí rozpaků a nadšení: „Slečno Catherine! Teď už si u tebe můžu číst."

,Báječné,' zvolal jsem. Prosím, vyslechněte nás - jste chytrá!"

„Napsal a přetáhl slabikami jméno - 'Hareton Earnshaw'.

,A co čísla?' Zvolal jsem povzbudivě, když jsem viděl, že se zastavil.

,To jim ještě nemohu říci,' odpověděl.

,Ach, ty hlupáku!' Řekl jsem a srdečně jsem se zasmál jeho selhání.

Hlupák zíral s úšklebkem na rtech a zamračeným výrazem v očích, jako by si nebyl jistý, zda se nepřipojí k mému veselí, zda to nebyla příjemná familiárnost, nebo co to ve skutečnosti bylo, opovržení. Rozptýlila jsem jeho pochybnosti tím, že jsem náhle nabyla své vážnosti a požádala ho, aby odešel, protože jsem přišel navštívit Lintona, ne jeho. Zrudl - viděl jsem to v měsíčním světle - pustil ruku ze západky a odkradl se pryč, obraz umrtvené ješitnosti. Domníval se, že je stejně dokonalý jako Linton, protože uměl hláskovat své vlastní jméno; a byl jsem podivuhodně zmaten, že si nemyslím totéž."

„Přestaňte, slečno Catherine, drahá!" Přerušil jsem ho. „Nebudu vám nadávat, ale nelíbí se mi, jak se tam chováte. Kdybyste si byl vzpomněl, že Hareton byl váš bratranec stejně jako mistr Heathcliff, cítil byste, jak nevhodné je chovat se tímto způsobem. Přinejmenším to byla chvályhodná ctižádost, když toužil být stejně dokonalý jako Linton; a pravděpodobně se nenaučil jen předvádět: už dříve jste ho zahanbil za jeho nevědomost, o tom nepochybuji; a chtěl to napravit a potěšit vás. Vysmívat se jeho nedokonalému pokusu bylo velmi špatné vychování. Kdybyste byli vychováváni v jeho podmínkách, byli byste méně hrubí? Byl to právě tak bystrý a inteligentní dítě jako jste byl vždy vy; a bolí mě, že jím teď někdo opovrhuje, protože ten podlý Heathcliff s ním zacházel tak nespravedlivě."

„Tak co, Ellen, ty kvůli tomu nebudeš brečet, že ne?" zvolala, překvapená mou vážností. „Ale počkejte a uslyšíte, jestli si vymyslel své ABC, aby se mi zalíbil; a jestli by stálo za to být zdvořilý k tomu zvířeti. Vstoupil jsem; Linton ležel na lavici a napůl vstal, aby mě přivítal.

‚Dnes v noci jsem nemocen, Catherine, lásko,' řekl. a vy musíte mít všechny řeči a dovolte mi poslouchat. Pojďte a posaďte se ke mně. Byl jsem si jistý, že neporušíš své slovo, a než odejdeš, přinutím tě to znovu slíbit."

„Teď jsem věděla, že ho nesmím škádlit, protože byl nemocný; a mluvil jsem tiše a na nic jsem se neptal a vyhýbal jsem se tomu, abych ho jakkoli dráždil. Přinesl jsem mu několik svých nejhezčích knih; požádal mě, abych si z jedné něco přečetl, a já jsem mu chtěl vyhovět, když tu Earnshaw rozrazil dveře: když v sobě při přemýšlení nabral jed. Přistoupil přímo k nám, popadl Lintona za paži a shodil ho ze sedadla.

‚Běž do svého pokoje!' řekl hlasem téměř neartikulovaným hněvem; a jeho tvář vypadala otekle a zuřivě. „Vezmi ji tam, jestli tě přijde navštívit: nebudeš mě v tom zdržovat. Pryč s vámi oběma!"

Nadával nám a nedal Lintonovi čas odpovědět, málem ho hodil do kuchyně; a zaťal pěst, když jsem ho následovala, jako by toužil mě srazit k zemi. Na okamžik jsem se bál a nechal jsem jeden svazek spadnout; kopl ho za mnou a vyloučil nás. Slyšel jsem zlomyslný, praskavý smích u ohně, a když jsem se otočil, spatřil jsem toho odporného Josefa, jak stojí, mne si kostnaté ruce a třese se.

‚Byl jsem si jist, že by vás vyprovodil! Je to skvělý mladík! Má v sobě pořádný sperrit! *On* ví - ano, on ví, stejně plačící jako já, který je tam pánem - Ech, ech, ech! On vás přiměl řádně se vyhýbat! Ech, ech, ech!"

‚Kam máme jít?' Zeptal jsem se sestřenky, nedbaje na posměch toho starého nešťastníka.

„Linton byl bílý a třásl se. Nebyl tenkrát hezký, Ellen: ó ne! vypadal strašlivě; neboť jeho hubená tvář a velké oči byly zkřiveny do výrazu zběsilé, bezmocné zuřivosti. Uchopil kliku dveří a zatřásl jimi, neboť byly uvnitř zamčené.

„Jestli mě nepustíte dovnitř, zabiju vás! --Jestli mě nepustíte dovnitř, zabiju vás!' raději vykřikl, než řekl. Ďábel! K čertu! --Zabiju vás --já vás zabiju!'

Joseph znovu vydal svůj skřehotavý smích.

‚Slyšte, to je tatínek!' zvolal. To je otec! Všichni v sobě máme obě strany. Dávej pozor, Haretone, chlapče - boj, neboj se - nemůže se k tobě dostat!"

Chytil jsem Lintona za ruce a pokusil jsem se ho odtáhnout; ale vykřikl tak otřesně, že jsem se neodvážil pokračovat. Konečně byl jeho křik udušen strašlivým záchvatem kašle; Z úst mu vytryskla krev a on padl na zem. Vyběhl jsem na dvůr, nemocný hrůzou; a zavolal jsem na Zillah, jak nejhlasitěji jsem dokázal. Brzy mě uslyšela: dojila krávy ve chlévě za stodolou, a když spěchala z práce, ptala se, co má dělat. Neměl jsem dech, abych to vysvětlil; přitáhl jsem ji dovnitř a rozhlédl se po Lintonovi. Earnshaw vyšel ven, aby si prohlédl, co neštěstí způsobil, a pak nesl toho chudáka nahoru. Zillah a já jsme vystoupili za ním; ale zastavil mě nahoře na schodech a řekl, abych tam nechodil, že musím jít domů. Vykřikl jsem, že zabil Lintona, a že *vstoupím*. Joseph zamkl dveře a prohlásil, že bych neměl dělat žádné věci, a zeptal se mě, jestli jsem „blázen, abych byl tak šílený jako on". Stála jsem a plakala, dokud se hospodyně znovu neobjevila. Tvrdila, že mu bude za chvíli lépe, ale s tím ječením a hlukem si nemohl vystačit; Vzala mě a málem mě odnesla do domu.

„Ellen, byla jsem připravená rvát si vlasy z hlavy! Vzlykala jsem a plakala tak, že jsem měla oči téměř slepé; a ten darebák, s nímž tak sympatizujete, stál naproti: opovážil si tu a tam povelit mi „chtění" a popíral, že je to jeho vina; a nakonec, vyděšen mými tvrzeními, že to povím tatínkovi a že bude uvězněn a oběšen, začal blábolit a spěchal ven, aby zakryl své zbabělé rozrušení. Přesto jsem se ho nezbavila, a když mě konečně donutili odejít a já jsem se vzdálila asi sto yardů od domu, vynořil se náhle ze stínu u cesty, zadržel Minny a popadl mě.

‚Slečno Catherine, je mi to líto,' začal, ‚ale je to hrozné -'

„Sekla jsem ho bičem, protože jsem si myslela, že mě možná zavraždí. Pustil ho, zahřměl jednou ze svých strašlivých kleteb a já jsem cválal domů, více než napůl pomatený.

„Toho večera jsem vám nepopřál dobrou noc a na Větrnou hůrku jsem nešel ani druhý den; chtěl jsem jet nadmíru ale byl jsem podivně vzrušen a někdy jsem se děsil toho, že Linton je mrtvý; a někdy se otřásl při pomyšlení, že se setká s Haretonem. Třetího dne jsem si dodal odvahy, ale alespoň jsem nemohl déle snášet napětí a znovu jsem se vyplížil. Šel jsem v pět hodin a šel jsem; domníval jsem se, že by se mi mohlo nepozorovaně vplížit do domu a nahoru do Lintonova pokoje. Psi však dali na můj příchod pozor. Zillah mě přijala a se slovy: „Chlapec se pěkně spravuje," mě uvedla do malého, úhledného bytu s kobercem, kde jsem ke své nevýslovné radosti spatřila Lintona, jak leží na malé pohovce a čte si jednu z mých knih. Ale celou hodinu se mnou nechtěl ani mluvit, ani se na mě nepodíval, Ellen; má takovou nešťastnou povahu. A co mě docela zarazilo, když otevřel ústa, bylo to proto, abych vyslovil lež, že jsem způsobil rozruch, a Hareton za to nemohl! Neschopen odpovědět, leda vášnivě, vstal jsem a odešel z pokoje. Poslal za mnou slabé „Catherine!" Nepočítal s tím, že mu bude odpovězeno, ale já jsem se nechtěl vrátit; a nazítří to byl druhý den, kdy jsem zůstal doma, téměř rozhodnut už ho nikdy nenavštívit. Ale bylo to tak nešťastné jít spát a vstávat a nikdy jsem o něm nic neslyšel, že se mé předsevzetí rozplynulo ve vzduchu, dříve než se stačilo zformovat. Zdálo se mi nesprávné vydat se na cestu jednou, nyní se zdálo nesprávné se jí zdržet. Michael se přišel zeptat, jestli má Minny osedlat; Řekl jsem: „Ano," a považoval jsem se za svou povinnost, když mě přenesla přes kopce. Byl jsem nucen projít předními okny, abych se dostal na dvůr; nemělo smysl snažit se skrývat svou přítomnost.

‚Mladý pán je v domě,' řekla Zillah, když viděla, že mířím do salónu. Vešel jsem dovnitř; Byl tam i Earnshaw, ale okamžitě odešel z pokoje. Linton seděl ve velkém křesle a v polospánku; Když jsem přistoupil k ohni, začal jsem vážným tónem, zčásti jsem to myslel jako pravdu:

‚Protože mě nemáte rád, Lintone, a protože si myslíte, že přicházím schválně, abych vám ublížil, a předstírám, že to dělám pokaždé, je toto naše poslední setkání; rozlučte se; a vyřiďte panu Heathcliffovi, že si nepřejete mě vidět a že si v této věci nesmí vymýšlet žádné lži."

‚Posaďte se a smekněte klobouk, Catherine,' odpověděl. Jsi o tolik šťastnější než já, měla bys být lepší. Tatínek dost mluví o mých nedostatcích a dost mnou pohrdá, takže je přirozené, že o sobě pochybuji. Pochybuji, že nejsem tak docela bezcenný, jak mě často nazývá; a pak se cítím tak naštvaná a zahořklá, že nenávidím každého! Jsem bezcenný, špatný v povaze a špatný v duchu, téměř vždycky, a když se rozhodnete, *můžete* se rozloučit; zbavíte se nepříjemností. Jen to, Catherine, budiž mi spravedlivé; věřte, že kdybych mohla být tak milá, laskavá a tak dobrá jako vy, byla bych; stejně ochotně a více, než jako šťastní a tak zdraví. A věřte, že vaše laskavost způsobila, že vás miluji hlouběji, než kdybych si vaši lásku zasloužil; a ačkoli jsem nemohl a nemohu neukázat vám svou povahu, lituji toho a lituji toho; a budu toho litovat a litovat až do smrti!"

„Cítil jsem, že mluvil pravdu; a cítil jsem, že mu musím odpustit, a i když bychom se v příštím okamžiku pohádali, musím mu odpustit znovu. Byli jsme usmířeni; ale plakali jsme oba, po celou dobu, co jsem zůstal; ne zcela žalem; přesto mě *mrzelo*, že Linton měl tu pokřivenou povahu. On nikdy nenechá své přátele v klidu a on sám nikdy nebude v klidu! Od té noci jsem vždycky chodil do jeho malého salónku; protože jeho otec se vrátil den poté.

„Myslím, že asi třikrát jsme byli veselí a plni naděje, jako jsme byli prvního večera; zbytek mých návštěv byl bezútěšný a neklidný; hned s jeho sobectvím a záští, hned s jeho utrpením, ale naučil jsem se snášet to první s téměř stejně malou záští jako to druhé. Pan Heathcliff se mi záměrně vyhýbá; skoro jsem ho vůbec neviděl. Minulou neděli, když přišla dříve než obvykle, jsem ho slyšela, jak ubohému Lintonovi krutě nadával za to, jak se choval včera večer. Nemohu říci, jak o tom věděl, pokud neposlouchal. Linton se jistě choval provokativně, ale nebyla to záležitost nikoho jiného než mne, a tak jsem přerušil přednášku pana

Heathcliffa tím, že jsem vstoupil a řekl mu to. Dal se do smíchu a odešel se slovy, že je rád, že se na věc dívám takhle. Od té doby jsem Lintonovi říkal, že si musí šeptat své hořké věci. Nuže, Ellen, slyšela jsi všechno. Nemohu se vyhnout cestě na Větrnou hůrku, leda tím, že způsobím utrpení dvěma lidem; kdežto když to neřekneš tatínkovi, můj odchod nebude muset rušit klid nikoho. To neprozradíte, že ne? Bude to velmi bezcitné, pokud to uděláš."

„Rozhodnu se o tom zítra, slečno Catherine," odpověděl jsem. „Vyžaduje to určité studium; a tak vás nechám odpočívat a půjdem si to promyslet."

Přemýšlel jsem o tom nahlas, v přítomnosti svého pána; Kráčela od svého pokoje přímo k němu a vyprávěla celý příběh: s výjimkou rozhovorů s bratrancem a zmínky o Haretonovi. Pan Linton byl vyděšen a rozrušen víc, než si byl ochoten připustit. Ráno se Catherine dozvěděla, že jsem zradil její důvěru, a také se dozvěděla, že její tajné návštěvy skončí. Marně plakala a svíjela se proti interdiktu a prosila otce, aby se nad Lintonem slitoval: jediné, čeho se jí dostalo, aby ji utěšil, byl slib, že mu napíše a dovolí mu přijít do statku, kdy se mu zlíbí; ale vysvětlil mu, že už nesmí očekávat, že Catherine uvidí na Větrné hůrce. Možná, že kdyby byl věděl o synovcových povahách a zdravotním stavu, byl by uznal za vhodné odepřít mu i tu nepatrnou útěchu.

KAPITOLA XXV

„To se stalo minulou zimu, pane," řekla paní Deanová; „Sotva před více než rokem. Minulou zimu, nemyslela jsem si, že za dalších dvanáct měsíců budu bavit cizího člověka v rodině tím, že o nich budu vyprávět! Přesto, kdo ví, jak dlouho budete cizím člověkem? Jsi příliš mladý na to, abys odpočíval stále spokojený a žil sám; a tak nějak se mi zdá, že nikdo nemůže vidět Catherine Lintonovou a nemilovat ji. Usmíváte se; ale proč vypadáš tak živě a zaujatě, když o ní mluvím? A proč jsi mě požádal, abych ti pověsil její obraz nad krb? A proč – ?"

„Přestaňte, milý příteli!" Vykřikla jsem. „Je docela možné, že *bych* ji miloval; ale bude mě milovat? Příliš o tom pochybuji, než abych se odvážil svého klidu a upadl do pokušení; a pak zde není můj domov. Jsem z rušného světa a do jeho náruče se musím vrátit. Tak do toho. Poslouchala Catherine otcovy příkazy?"

„Byla," pokračovala hospodyně. Její náklonnost k němu byla stále hlavním citem v jejím srdci; A mluvil bez hněvu; mluvil s hlubokou něhou člověka, který se chystá opustit svůj poklad uprostřed nebezpečí a nepřátel, kde jeho zapamatovaná slova měla být jedinou pomocí, kterou jí mohl odkázat, aby ji vedl. O několik dní později mi řekl: „Přál bych si, aby mi můj synovec napsal nebo zavolal. Řekněte mi upřímně, co si o něm myslíte; změnil se k lepšímu, nebo je tu vyhlídka na zlepšení, až z něj vyroste muž?'

'Je velmi jemný, pane,' odpověděl jsem. a stěží je pravděpodobné, že dosáhne dospělosti; ale mohu říci toto, že se nepodobá svému otci; a kdyby měla slečna Catherine tu smůlu a provdala se za něj, nebyl by mimo její kontrolu, ledaže by byla nesmírně a pošetile shovívavá. Ale ty budeš, mistře, mít dost času, abys se s ním seznámil a zjistil, zda by se k ní hodil; do jeho plnoletosti to chtějí čtyři roky a víc.',"

Edgar si povzdechl; přistoupil k oknu a podíval se na Gimmertona Kirka. Bylo mlhavé odpoledne, ale únorové slunce svítilo matně a my jsme rozeznávali jen dvě jedle na dvoře a řídce roztroušené náhrobky.

„Často jsem se modlil," pronesl polosamomluv, „aby se přiblížilo to, co přichází; a teď se začínám scvrkávat a bát se toho. Myslela jsem si, že vzpomínka na hodinu, kdy jsem sestoupila do rokle ženicha, bude méně sladká než očekávání, že budu brzy, za několik měsíců nebo možná týdnů, vynesena a uložena do své osamělé prohlubně! Ellen, jsem velmi šťastná se svou malou Cathy: během zimních nocí a letních dnů byla živou nadějí po mém boku. Ale stejně šťastná jsem byla, když jsem přemítala sama mezi těmi kameny pod tím starým kostelem: ležela jsem za dlouhých červnových večerů na zeleném pahorku hrobu její matky a přála si - toužila po době, kdy si budu moci lehnout pod něj. Co mohu udělat pro Cathy? Jak ji mám opustit? Ani na okamžik by mi nezáleželo na tom, že Linton je Heathcliffův syn; ani za to, že mi ji vzal, kdyby ji mohl utěšit za mou ztrátu. Nestaral bych se o to, že Heathcliff dosáhl svého cíle a triumfálně mě okradl o mé poslední požehnání! Ale kdyby byl Linton nehodný - jen chabý nástroj svého otce - nemohu mu ji přenechat! A i když je těžké potlačit jejího bujarého ducha, musím vytrvat v tom, abych ji zarmucoval, dokud žiji, a abych ji nechal samotnou, až zemřu. Miláček! Raději bych ji odevzdal Bohu a položil ji na zem před sebe."

„Odevzdejte ji Bohu takovou, jaká je, pane," odpověděl jsem, „a kdybychom vás ztratili - což snad zakazuje - z jeho prozřetelnosti, budu jejím přítelem a rádcem až do konce. Slečna Catherine je hodné děvče: nebojím se, že by se úmyslně zmýlila; a lidé, kteří konají svou povinnost, jsou vždy nakonec odměněni."

Jaro pokročilo; Přesto můj pán nenabral žádnou skutečnou sílu, i když se znovu procházel po zahradách se svou dcerou. Pro její nezkušené představy to samo o sobě bylo známkou uzdravení; a pak měl často zrudlou tvář a oči mu zářily; byla si jistá, že se uzdraví. V den jejích sedmnáctých narozenin hřbitov nenavštívil: pršelo a já jsem si všimla:

„Určitě dnes večer nepůjdete ven, pane?"

Odpověděl: „Ne, letos to ještě trochu odložím."

Napsal znovu Lintonovi a vyjádřil své velké přání setkat se s ním; a kdyby byl nemocný schopen se dostavit, nepochybuji, že by mu otec dovolil přijít. Takto dostal instrukce a vrátil odpověď, v níž naznačil, že pan Heathcliff má námitky proti jeho návštěvě v Grange; ale strýcova laskavá vzpomínka ho potěšila a doufal, že se s ním někdy setká při jeho toulkách a osobně ho požádá, aby on a jeho bratranec nezůstávali dlouho tak zcela rozděleni.

Tato část jeho dopisu byla prostá a pravděpodobně jeho vlastní. Heathcliff věděl, že se tedy může výmluvně přimlouvat za Catherininu společnost.

„Nežádám," řekl, „aby sem mohla zavítat; ale cožpak ji nikdy neuvidím, protože můj otec mi zakazuje chodit k ní domů a vy jí zakazujete chodit do mého? Jeďte s ní tu a tam k výšinám; a vyměňme si ve Vaší přítomnosti několik slov! Neudělali jsme nic, čím bychom si toto rozdělení zasloužili; A ty se na mě nehněváš: nemáš žádný důvod mě nemít rád, dovoluješ to sám sobě. Drahý strýčku! pošlete mi zítra laskavý dopis a odjedu, abych se k vám připojil, kdekoli budete chtít, kromě Thrushcross Grange. Věřím, že rozhovor by vás přesvědčil, že povaha mého otce není moje; tvrdí, že jsem více váš synovec než jeho syn; a i když mám chyby, které mě činí nehodným Catherine, ona mi je prominula, a vy byste kvůli ní měl také. Ptáte se na mé zdraví - je to lepší; ale dokud zůstávám odříznut od vší naděje a odsouzen k samotě nebo ke společnosti těch, kteří mě nikdy neměli a nikdy nebudou mít rádi, jak mohu být veselý a zdravý?"

Edgar, i když s chlapcem soucítil, nemohl souhlasit s tím, aby jeho prosbě vyhověl; protože nemohl Catherine doprovázet. Řekl, že v létě by se snad mohli setkat; zatím si přál, aby pokračoval v psaní, a zavázal se, že mu bude dopisem dávat rady a útěchu; byl si dobře vědom svého těžkého postavení v rodině. Linton mu vyhověl; a kdyby byl nespoutaný, byl by pravděpodobně všechno zkazil tím, že by své listy naplnil stížnostmi a nářky: ale jeho otec nad ním bedlivě bděl; a samozřejmě trval na tom, aby byl zobrazen každý řádek, který můj pán poslal; A tak místo toho, aby sepsal svá zvláštní osobní utrpení a úzkosti, která byla v jeho myšlenkách stále na prvním místě, omílal krutou povinnost být oddělen od svého přítele a lásky; a jemně mu naznačil, že pan Linton musí brzy povolit rozhovor, jinak se bude obávat, že ho úmyslně klame prázdnými sliby.

Cathy byla doma mocným spojencem; a nakonec přemluvili mého pána, aby souhlasil s tím, že spolu budou jezdit nebo se procházet asi jednou týdně pod mým dohledem a na vřesovištích nejblíže k statku, neboť v červnu byl stále na ústupu. Třebaže si každoročně odkládal stranou část svého příjmu na jmění mé mladé dámy, přirozeně si přál, aby si mohla ponechat dům svých předků - nebo se do něj alespoň v krátké době vrátit; a on se domníval, že její jedinou vyhlídkou na to je svazek s jeho dědicem; Netušil, že ten druhý selhává téměř stejně rychle jako on; myslím, že ani nikdo: žádný lékař nenavštívil Výšiny a nikdo nenavštívil mistra Heathcliffa, aby podal zprávu o jeho stavu mezi námi. Pokud jde o mne, začal jsem se domnívat, že mé předtuchy jsou falešné, a že se skutečně vzchopí, když se zmínil o jízdě a procházce po blatech a zdálo se, že jde za svým cílem tak vážně. Nedokázal jsem si představit otce, který by zacházel s umírajícím dítětem tak tyransky a zlomyslně, jak jsem se později dozvěděl, že s ním zacházel Heathcliff, aby si vynutil tuto zdánlivou horlivost: jeho úsilí se tím bezprostředněji zdvojnásobilo a jeho hrabivé a bezcitné plány byly ohroženy porážkou smrti.

KAPITOLA XXVI

Léto už bylo za zenitem, když Edgar neochotně souhlasil s jejich prosbami a já s Catherine jsme se vydali na naši první vyjížďku za její sestřenicí. Byl to těsný, dusný den: bez slunečního svitu, ale s oblohou příliš skvrnitou a zamlženou, než aby hrozila deštěm, a místo našeho setkání bylo určeno na průvodním kameni u křižovatky. Když jsme tam však dorazili, malý pasáček, vyslaný jako posel, nám řekl: „Pan Linton je právě na téhle straně Výšin a že by nám byl nabídnut, abychom se spojili ještě kousek dál."

„Mistr Linton tedy zapomněl na první strýcův příkaz," poznamenal jsem, „přikázal nám, abychom se drželi na statku Grange, a hned odjíždíme."

„Nu, až k němu dojedeme, otočíme koně," odpověděl můj přítel. „Naše výprava bude směřovat k domovu."

Když jsme však k němu došli, a to bylo sotva čtvrt míle od jeho vlastních dveří, zjistili jsme, že nemá koně; a my jsme byli nuceni sesednout a nechat naše na pastvě. Ležel na vřesovišti a čekal, až když se přiblížíme, a nevstal, dokud jsme se nepřiblížili na několik yardů. Pak šel tak slabě a vypadal tak bledě, že jsem okamžitě zvolal: „Ach, mistře Heathcliffe, nejste způsobilý k tomu, abyste se dnes ráno procházel. Jak špatně vypadáte!"

Catherine si ho prohlížela se zármutkem a údivem: změnila výkřik radosti na rtech ve zděšený; a blahopřání k jejich dlouho odkládanému setkání před úzkostlivým dotazem, zda je na tom hůř než obvykle?

„Ne - lepší - lepší!" lapal po dechu, třásl se a držel její ruku, jako by potřeboval její oporu, zatímco jeho velké modré oči nesměle bloudily po ní; prázdnota kolem nich se měnila ve vyčerpanou divokost, malátný výraz, který kdysi měli.

„Ale vy jste byl horší," trval na svém bratranec; „horší, než když jsem vás viděl naposledy; Jste hubenější a..."

„Jsem unavený," přerušil ho spěšně. „Na procházku je příliš horko, odpočiňme si tady. A ráno je mi často špatně - tatínek říká, že rostu tak rychle."

Cathy byla velmi spokojená, posadila se a on se opřel vedle ní.

„To je něco jako váš ráj," řekla a snažila se o veselí. „Vzpomínáte si na ty dva dny, na které jsme se dohodli, že strávíme na místě a na místě, které každý považoval za nejpříjemnější? To je téměř vaše, jen jsou tam mraky; Ale pak jsou tak měkké a jemné: je to hezčí než sluneční svit. Příští týden, jestli můžeš, pojedeme do Grange Parku a zkusíme ten můj."

Linton si zřejmě nepamatoval, o čem mluvila; a zřejmě měl velké potíže udržet jakýkoli druh rozhovoru. Jeho nezájem o předměty, na které se pustila, a jeho stejná neschopnost přispět k její zábavě byly tak zřejmé, že nemohla skrýt své zklamání. Na celou jeho osobu a chování nastala neurčitá změna. Malichernost, která by se dala pohladit v láskyplnost, podlehla lhostejné apatii; Bylo v tom méně mrzuté dětské povahy, která se trápí a škádlí schválně, aby se uklidnila, a více zahleděné mrzutosti zatvrzelého invalidy, odpuzujícího útěchu a ochotného pokládat dobromyslné veselí druhých za urážku. Catherine si stejně dobře jako já uvědomovala, že to považuje spíše za trest než za zadostiučinění, když snáší naši společnost; a neváhala navrhnout brzký odchod. Tento návrh nečekaně vytrhl Lintona z letargie a uvrhl ho do podivného rozrušení. Bázlivě pohlédl směrem k Výšinám a prosil ji, aby zůstala alespoň další půlhodinu.

„Ale myslím," řekla Cathy, „že by ti bylo příjemněji doma než tady; a vidím, že vás dnes nemohu pobavit svými pohádkami, písněmi a tlacháním: za těch šest měsíců jste zmoudřeli než já; Nemáte teď chuť na mé kratochvíle, jinak bych rád zůstal, kdybych vás mohl pobavit."

„Zůstaň si odpočinout," odpověděl. „A Catherine, nemysli si ani neříkej, že mi není *dobře*; je mi otupělé počasí a horko; a než jste přišel, procházel jsem se po městě, pro mě toho bylo mnoho. Řekněte strýci, že se těším slušnému zdraví, ano?"

„Řeknu mu, že *to říkáte*, Lintone. Nemohu tvrdit, že jste," poznamenala má mladá dáma a podivovala se nad jeho tvrdošíjným tvrzením, že je to očividná nepravda.

„A buďte tu zase příští čtvrtek," pokračoval a odvracel se od jejího zmateného pohledu. „A vyřiď mu můj dík za to, že ti dovolil přijet - mé nejlepší díky, Catherine. A - a kdybyste se setkala s mým otcem a on se vás na mě zeptal, nenechte ho předpokládat, že jsem byla nesmírně tichá a hloupá; netvrať se smutně a sklíčeně, jak *to děláš - bude se zlobit.*"

„Vůbec mě nezajímá jeho hněv," zvolala Cathy a představovala si, že se stane jeho objektem.

„Ale já ano," řekla sestřenka a otřásla se. „Neprovokuj ho proti mně, Catherine, protože je velmi tvrdý."

„Je na vás přísný, mistře Heathcliffe?" Zeptal jsem se. „Unavila ho shovívavost a přešla od pasivní nenávisti k aktivní?"

Linton se na mne podíval, ale neodpověděl; a když zůstala sedět po jeho boku dalších deset minut, během nichž mu hlava ospale klesla na prsa a nevydával nic než potlačované sténání vyčerpání nebo bolesti, začala Cathy hledat útěchu v hledání borůvek a dělila se se mnou o výtěžek svých výzkumů; nenabídla mu je. viděla totiž, že další upozornění by ji jen unavilo a rozzlobilo.

„Už je půl hodiny, Ellen?" zašeptala mi konečně do ucha. „Nedokážu říct, proč bychom měli zůstat. Spí a tatínek nás bude chtít zpátky."

„Nu, nesmíme ho nechat spát," odpověděl jsem. „Počkej, až se probudí, a buď trpělivý. Moc jste toužil vyrazit, ale vaše touha spatřit chudáka Lintona brzy vyprchala!"

„Proč mě chtěl vidět?" odpověděla Catherine. „V jeho nejztřeštěnějších náladách jsem ho měl dřív rád víc než v jeho nynější podivné náladě. Je to, jako by to byl úkol, který byl nucen splnit – tento rozhovor – ze strachu, že by mu otec mohl vynadat. Ale sotva přijdu, abych panu Heathcliffovi udělal radost; ať už měl jakýkoli důvod, proč nařídil

Lintonovi podstoupit toto pokání. A i když jsem ráda, že se mu daří lépe, je mi líto, že je mnohem méně příjemný a o tolik méně laskavý ke mně."

„Myslíte si *tedy, že je* na tom zdravotně lépe?" Říkal jsem.

„Ano," odpověděla; „Protože on vždycky dělal ze svého utrpení tak velkou dávku, víte. Není mu docela dobře, jak mi řekl, abych to řekl tatínkovi; ale je na tom lépe, to je velmi pravděpodobné."

„V tom se se mnou rozcházíte, slečno Cathy," poznamenal jsem. „Řekl bych, že je na tom mnohem hůř."

Linton se vytrhl ze spánku ve zmatené hrůze a zeptal se, zda někdo zavolal jeho jméno.

„Ne," řekla Catherine; „leda ve snech. Nedokážu si představit, jak se ti daří ráno podřimovat venku."

„Myslel jsem, že slyším svého otce," vydechl a vzhlédl k zamračenému zadku nad námi. „Jste si jistá, že nikdo nemluvil?"

„To je jisté," odpověděl jeho bratranec. „Jen Ellen a já jsme se přely o tvé zdraví. Jsi opravdu silnější, Lintone, než když jsme se v zimě rozešli? Pokud ano, jsem si jist, že jedna věc není silnější - vaše úcta ke mně; mluvte - nebo ano?"

Lintonovi vytryskly slzy z očí, když odpověděl: „Ano, ano, jsem!" A stále ještě pod vlivem imaginárního hlasu bloudil jeho pohled nahoru a dolů, aby našel svého majitele.

Cathy vstala. „Pro dnešek se musíme rozejít," řekla. „A nebudu skrývat, že jsem byl naším setkáním smutně zklamán; i když se o tom nezmíním nikomu jinému než vám; ne že bych měl před panem Heathcliffem bázeň."

„Pst," zamumlal Linton; „proboha, ticho! On už jde." A držel se Kateřininy paže a snažil se ji zadržet; ale při tom oznámení se spěšně vyprostila a hvízdla na Minny, která ji poslouchala jako pes.

„Budu tu příští čtvrtek," zvolala a vyskočila do sedla. „Na shledanou. Rychle, Ellen!"

A tak jsme ho opustili, sotva si uvědomovali náš odchod, tak byl zaujat očekáváním otcova příchodu.

Než jsme došli domů, Catherinina nelibost se zmírnila v rozpačitý pocit lítosti a lítosti, do značné míry smíšený s neurčitými, nepříjemnými pochybnostmi o Lintonových skutečných poměrech, tělesných i sociálních; s nimiž jsem se ztotožňoval, ačkoli jsem jí radil, aby toho moc neříkala; neboť druhá cesta by z nás udělala lepší soudce. Můj pán si vyžádal zprávu o tom, co jsme dělali. Synovcovo poděkování bylo náležitě předneseno, slečna Cathy se jemně dotkla zbytku; ani já jsem nevrhla mnoho světla na jeho pátrání, protože jsem nevěděla, co skrývat a co prozrazovat.

KAPITOLA XXVII

Sedm dní uteklo jako voda a každý z nich se odehrával podle toho, jak rychle se změnil stav Edgara Lintona. Zmatek, který předtím způsobily měsíce, byl nyní napodoben nájezdy hodin. Catherine, ještě bychom se byli rádi zmýlili; ale její vlastní bystrý duch ji nechtěl oklamat: tušil v tajnosti a dumal o strašlivé pravděpodobnosti, která pozvolna dozrávala v jistotu. Neměla to srdce, aby se zmínila o své jízdě, když nadešel čtvrtek; Zmínil jsem se o tom kvůli ní a získal jsem svolení vykázat ji ven, neboť knihovna, kde se její otec každý den na krátkou dobu zastavil - ta krátká doba, kterou dokázal snést, aby se posadil - a jeho pokoj se staly celým jejím světem. Nenáviděla každý okamžik, kdy se neskláněla nad jeho polštářem nebo neseděla po jeho boku. Její tvář pohaslábla bděním a zármutkem a můj pán ji s radostí propustil s tím, co si namlouval jako šťastnou změnu prostředí a společnosti; Čerpala útěchu z naděje, že po jeho smrti nezůstane úplně sama.

Měl utkvělou představu, usoudil jsem z několika postřehů, které vypustil z míry, že když se mu jeho synovec podobá osobně, bude se mu podobat i myslí; neboť Lintonovy dopisy neobsahovaly téměř žádné známky jeho defektního charakteru. A já jsem se v odpustitelné slabosti zdržel nápravy omylu; ptal jsem se sám sebe, k čemu by bylo dobré, kdyby se jeho poslední chvíle znepokojovaly informacemi, které neměl ani sílu, ani příležitost se z nich zodpovídat.

Odložili jsme výlet na odpoledne; zlaté srpnové odpoledne: každý nádech z kopců byl tak plný života, že se zdálo, že ten, kdo jej vdechl, i kdyby umíral, mohl ožít. Catherinina tvář byla jako krajina - stíny a sluneční paprsky se míhaly po ní v rychlém sledu; ale stíny odpočívaly déle a sluneční svit byl pomíjivější; a její ubohé srdíčko si vyčítalo, že i to prchavé zapomínání na své starosti.

Viděli jsme Lintona, jak se dívá na stejném místě, které si předtím vybral. Má mladá paní vystoupila a řekla mi, že jelikož je rozhodnuta zůstat velmi krátkou chvíli, měl bych raději podržet poníka a zůstat na koni; ale nesouhlasil jsem: nechtěl jsem riskovat, že bych ani na minutu ztratil ze zřetele obvinění, které mi bylo uloženo; A tak jsme společně vylezli na svah vřesovišť. Mistr Heathcliff nás při této příležitosti přijal s větším nadšením: ne však s nadšením, ani s radostí; Vypadalo to spíš jako strach.

„Je pozdě!" řekl krátce a s obtížemi. „Není váš otec velmi nemocen? Myslel jsem, že nepřijdete."

„*Proč* nechceš být upřímný?" zvolala Catherine a spolkla její pozdrav. „Proč nemůžete hned říct, že mě nechcete? To je zvláštní, Lintone, že jste mě sem podruhé přivedl schválně, zřejmě abyste nás oba zarmoutil, a navíc bezdůvodně!"

Linton se zachvěl a pohlédl na ni, napůl prosebně, napůl zahanbeně; ale bratrancova trpělivost nestačila na to, aby vydržel toto záhadné chování.

„Můj otec *je* velmi nemocný," řekla. „A proč mě volají od jeho postele? Proč jsi mi neposlal, abys mě zprostil mého slibu, když jste si přál, abych ho nedodržel? Přijít! Toužím po vysvětlení: Hra a hříčky jsou z mé mysli úplně vykázány; a já teď nemůžu tančit na vašich afektovanostech!"

„Moje afektovanost!" zašeptal; „Co to je? Proboha, Catherine, netvrať se tak rozzlobeně! Opovrhujte mnou, jak chcete; Jsem bezcenný, zbabělý ubožák: nemohu být dost opovrhován; ale jsem příliš zlý na tvůj hněv. Nenáviď mého otce a ušetři mě opovržení."

„Nesmysl!" zvolala Catherine rozhořčeně. „Hloupý, hloupý chlapče! A tam! Třese se, jako bych se ho chtěl skutečně dotknout! Nemusíš mluvit o opovržení, Lintone, každý ho bude mít spontánně k tvým službám. Běž! Vrátím se domů: je to pošetilost, tahat vás od krbu a předstírat - co to předstíráme? Pusť mé šaty! Kdybych vás litovala za to, že pláčete a tváříte se tak vystrašeně, měli byste takovou lítost odmítnout. Ellen, řekni mu, jak hanebné je to chování. Vstaň a nedeграduj se na ubohého plaza - *nedělej to*!"

Se stékajícím obličejem a výrazem agónie hodil Linton svou nervózní postavou na zem: zdálo se, že se zmítá v nesmírné hrůze.

„Ach," vzlykal, „nemohu to snést! Catherine, Catherine, já jsem také zrádce a neodvažuji se vám to říct! Ale opusť mě a budu zabit! *Drahá* Catherine, můj život je ve vašich rukou: a vy jste řekla, že mě milujete, a kdybyste mě milovala, neublížilo by vám to. Tak vy tam nepůjdete? laskavá, sladká, hodná Catherine! A snad *budeš* souhlasit - a on mě nechá zemřít s tebou!"

Má mladá dáma, když viděla jeho nesmírnou úzkost, sehnula se, aby ho zvedla. Starý pocit shovívavé něhy přemohl její mrzutost a ona byla stále pohnuta a znepokojena.

„Souhlas s čím?" zeptala se. „Zůstat! Povězte mi, co znamená ta podivná řeč, a já to udělám. Odporujete svým vlastním slovům a rozptylujete mne! Buďte klidní a upřímní a ihned se přiznejte ke všemu, co vás tíží na srdci. Nezranil byste mi, Lintone, že ne? Nedovolil bys žádnému nepříteli, aby mi ublížil, kdybys tomu mohl zabránit? Budu věřit, že jsi zbabělec, sám za sebe, ale ne zbabělý zrádce svého nejlepšího přítele."

„Ale můj otec mi vyhrožoval," zalapal po dechu chlapec a sepjal své zeslablé prsty, „a já se ho bojím - bojím se ho! *Neodvažuji* se to říct!"

„Ach, dobrá," řekla Catherine s opovržlivým soucitem, „zachovejte si své tajemství: *nejsem* žádný zbabělec. Zachraň se: nebojím se!"

Její šlechetnost ho vyvolala k slzám: divoce plakal, líbal jí ruce, které ho podporovaly, a přece nemohl sebrat odvahu, aby promluvil. Přemýšlel jsem, co by to mohlo být za tajemství, a rozhodl jsem se, že Catherine nikdy nestrpí, aby z mé dobré vůle prospěla jemu nebo komukoli jinému; když jsem zaslechl šelest mezi mníky, vzhlédl jsem a spatřil pana Heathcliffa, jak téměř těsně před námi sestupuje z výšin. Ani nepohlédl směrem k mým druhům, ačkoli byli dost blízko, aby bylo slyšet Lintonovy vzlyky; ale pozdravil mě téměř srdečným tónem, který nepředpokládal a o jehož upřímnosti jsem nemohl nepochybovat, a řekl:

„To je něco, vidět vás tak blízko mého domu, Nelly. Jak se vám daří v Grange? Poslechněme si to. Proslýchá se," dodal tišeji, „že Edgar Linton je na smrtelné posteli: snad jeho nemoc zveličují?"

„Ne; „Můj pán umírá," odpověděl jsem, „to je pravda. Bude to smutné pro nás všechny, ale požehnání pro něj!"

„Jak myslíš, že ještě vydrží?" zeptal se.

„Nevím," řekl jsem.

„Protože," pokračoval a díval se na dva mladíky, kteří se mu upírali do očí - Linton se tvářil, jako by se nemohl odvážit pohnout ani zvednout hlavu, a Catherine se kvůli němu nemohla pohnout - „protože ten mládenec se zdá být rozhodnutý mě zbít, a já bych poděkoval jeho strýci, aby si pospíšil a šel před ním! Nazdar! Hraje ten mláďata tu hru už dlouho? Dal jsem mu pár lekcí o odčmuchávání. Je se slečnou Lintonovou vůbec dost čilý?"

„Živý? „Ne - projevil největší úzkost," odpověděl jsem. „Abych ho viděla, řekla bych, že místo aby se toulal se svou milou po kopcích, měl by ležet v posteli pod rukama doktora."

„Bude tam za den nebo za dva," zamumlal Heathcliff. „Ale nejdřív - vstaň, Lintone! Vstaň!" zakřičel. „Neplazte se tam po zemi; vstaňte, hned teď!"

Linton znovu klesl k zemi v dalším záchvatu bezmocného strachu, způsobeném otcovým pohledem upřeným na něj, myslím: nic jiného nemohlo způsobit takové ponížení. Několikrát se pokusil poslechnout, ale jeho malá síla byla na čas zničena a on se zasténáním opět padl na záda. Pan Heathcliff přistoupil k němu a zvedl ho, aby se opřel o hřeben drnu.

„Teď," řekl s potlačovanou zuřivostí, „se rozčiluji - a jestli neporučíte tomu svému ubohému duchu - *k čertu* s vámi! okamžitě vstaň!"

„Udělám to, otče," zalapal po dechu. „Jen mě nech být, nebo omdlím. Udělal jsem, co jste si přál, tím jsem si jistý. Catherine vám řekne, že jsem - že jsem - byla veselá. Ach! drž se mne, Catherine; Podejte mi ruku."

„Vezmi si můj," řekl otec. „Postavte se na nohy. Tak a teď vám půjčí rámě; přesně tak, podívejte se na *ni*. Člověk by si myslel, že jsem sám ďábel, slečno Lintonová, že jsem vzbudil takovou hrůzu. Buďte tak laskav a jděte s ním domů, ano? Třese se, když se ho dotknu."

„Lintone, drahoušku," zašeptala Catherine, „na Větrnou hůrku jet nemůžu; tatínek mi to zakázal. On ti neublíží, proč se tak bojíš?"

„Do toho domu se už nikdy nevrátím," odpověděl. „Bez vás do ní znovu nevstoupím!"

„Stůjte!" zvolal otec. „Budeme respektovat Catherininy synovské skrupule. Nelly, vezmi ho k sobě a já se bez meškání budu řídit vaší radou ohledně doktora."

„Uděláte dobře," odpověděl jsem. „Ale musím zůstat se svou paní; starat se o vašeho syna není moje věc."

„Jste velmi ztuhlý," řekl Heathcliff, „to vím, ale donutíte mě, abych štípl do dítěte a donutil ho křičet dřív, než pohne vaší dobročinností. Pojďte tedy, můj hrdino. Jste ochoten se vrátit v mém doprovodu?"

Přistoupil ještě jednou a dělal, jako by chtěl uchopit křehkou bytost; ale Linton ucouvl, přitiskl se k sestřence a prosil ji, aby ho doprovodila, s horečnou neodbytností, která nepřipouštěla žádné odmítnutí. I když jsem s tím nesouhlasil, nemohl jsem jí v tom zabránit; opravdu, jak by ho mohla sama odmítnout? Co ho naplňovalo hrůzou, nemohli jsme rozeznat; ale byl tam, bezmocný pod jeho sevřením, a zdálo se, že každý dodatek by ho mohl šokovat k idiocii. Dosáhli jsme prahu; Catherine vešla dovnitř a já jsem stál a čekal, až dovede nemocného k židli, a očekával jsem, že okamžitě odejde; když mě pan Heathcliff postrčil kupředu a zvolal: „Můj dům není postižen morem, Nelly; a já mám v úmyslu být dnes pohostinný; posaďte se a dovolte mi zavřít dveře."

Zavřel a zamkl i je. Začal jsem.

„Než půjdete domů, dáte si čaj," dodal. „Jsem sám. Hareton odjel s dobytkem do Leesu a Zillah s Josephem se vydali na cestu za zábavou; a i když jsem zvyklá být sama, raději bych měla nějakou zajímavou společnost, pokud ji mohu sehnat. Slečno Lintonová, posaďte se vedle *ného*. Dávám vám to, co mám: přítomnost je sotva hodna přijetí; ale nemám co jiného nabídnout. Myslím tím Linton. Jak na sebe zírá! Je zvláštní, jak divoký pocit mám vůči všemu, co se mě bojí! Kdybych se narodil tam, kde jsou zákony méně přísné a chutná méně lahodně, dopřál bych si pomalou vivisekci těchto dvou jako večerní zábavu."

Nadechl se, udeřil do stolu a zaklel si: „K čertu! Nenávidím je."

„Nebojím se vás!" zvolala Catherine, která neslyšela poslední část jeho řeči. Přistoupila blíž; její černé oči zářily vášní a odhodláním. „Dejte mi ten klíč, budu ho mít!" řekla. „Nejedl bych ani nepil bych, kdybych hladověl."

Heathcliff měl v ruce klíč, který zůstal na stole. Vzhlédl a s jistým překvapením se zmocnil její smělosti; nebo snad svým hlasem a pohledem připomínala osobu, po níž je zdědila. Popadla nástroj a zpola se jí podařilo vytrhnout jej z uvolněných prstů, ale její čin ho připomněl do přítomnosti; rychle ho získal zpět.

„A teď, Catherine Lintonová," řekl, „ustupte, nebo vás srazím k zemi; a z toho se paní Deanová zblázní."

Bez ohledu na toto varování znovu zachytila jeho sevřenou ruku a její obsah. „*Půjdeme*!" opakovala a vynaložila veškeré úsilí, aby železné svaly uvolnily, a když zjistila, že její nehty nepůsobí žádným dojmem, zaťala zuby pěkně ostře. Heathcliff se na mě podíval pohledem, který mi zabránil ani na okamžik zasáhnout. Catherine byla příliš zaujatá jeho prsty, než aby si všimla jeho tváře. Náhle je otevřel a rezignoval na předmět sporu; Dříve než ji však stačila zajistit, uchopil ji osvobozenou rukou, přitáhl si ji na koleno a spolu s druhou jí uštědřil spršku strašlivých facek po obou stranách hlavy, z nichž každá stačila splnit jeho hrozbu, kdyby byla mohla padnout.

Při této ďábelské prudkosti jsem se na něj zuřivě vrhl. „Ty darebáku!" Začal jsem křičet: „Ty darebáku!" Dotek na hrudi mě umlčel: jsem statný a brzy mi dojde dech; a co s tím a vztekem, zavrávoral jsem závratí zpět a byl jsem připraven se udusit nebo prasknout cévu. Scéna skončila za dvě minuty; Catherine, která byla propuštěna, si přiložila obě ruce ke spánkům a tvářila se, jako by si nebyla jistá, má-li uši vypnuté nebo zapnuté. Třásla se jako třtina, chudinka, a naprosto zmateně se opírala o stůl.

„Víte, já umím trestat děti," řekl darebák zachmuřeně, když se sehnul, aby se zmocnil klíče, který spadl na podlahu. „Jeďte teď do Lintonu, jak jsem vám říkal; a plačte v klidu! Zítra budu tvým otcem - za pár dní budeš mít celého otce - a budeš ho mít dost. Můžeš toho snést hodně; Ty nejsi žádný slaboch: budeš mít chuť každý den, když ti zase zachytím takovou ďábelskou povahu v očích!"

Cathy běžela ke mně místo k Lintonovi, poklekla, položila mi hořící tvář na klín a hlasitě plakala. Její bratranec se scvrkl do kouta sídla, tichý jako myš, a troufám si tvrdit, že si gratuloval, že oprava dopadla na někoho jiného než na něj. Pan Heathcliff, když viděl, že jsme všichni zmateni, vstal a rychle si čaj uvařil sám. Šálky a podšálky byly připraveny. Nalil mi ho a podal mi šálek.

„Smyj si slezinu," řekl. „A pomoz svému nezbednému mazlíčkovi i mně. Není otrávená, i když jsem ji připravil. Jdu hledat vaše koně."

Naší první myšlenkou po jeho odchodu bylo vynutit si odněkud odchod. Zkusili jsme dveře do kuchyně, ale ty byly zvenčí zamčené; dívali jsme se na okna - byla příliš úzká i pro Cathyinu malou postavu.

„Mistře Lintone," zvolal jsem, když jsem viděl, že jsme pravidelně vězněni, „víte, co váš ďábelský otec dělá, a řekněte nám to, nebo vám nacpu uši, jako to udělal vašemu bratranci."

„Ano, Lintone, to musíš říct," řekla Catherine. „Přišel jsem kvůli vám; a bylo by to zlomyslně nevděčné, kdybyste odmítl."

„Dejte mi trochu čaje, mám žízeň, a pak vám to povím," odpověděl. „Paní Deanová, jděte pryč. Nelíbí se mi, že stojíš nade mnou. A teď, Catherine, necháváte své slzy padat do mého poháru. To pít nebudu. Dejte mi další."

Catherine mu přistrčila další a otřela si obličej. Byl jsem znechucen klidem toho nešťastníka, protože už neměl strach o sebe. Úzkost, kterou projevoval na blatech, se zmírnila, jakmile vstoupil na Větrnou hůrku;

tak jsem se domníval, že by mu hrozil strašlivý hněv, kdyby se mu nepodařilo nás tam odlákat; a když toho dosáhl, neměl už žádné bezprostřední obavy.

„Tatínek chce, abychom se vzali," pokračoval poté, co se napil trochu tekutiny. „A on ví, že tvůj tatínek by nám teď nedovolil se vzít; a bojí se, že zemřu, když budeme čekat; tak se máme ráno vzít a vy tu máte zůstat celou noc; a učiníš-li, co si přeje, vrátíš se nazítří domů a vezmeš mě s sebou."

„Vezmi tě s ní, ubohý měňavče!" Vykřikl jsem. „*Ty* se oženíš? Vždyť ten člověk se zbláznil! nebo nás považuje za blázny, všechny. A představujete si, že ta krásná mladá dáma, ta zdravá, srdečná dívka, se přiváže k malé hynoucí opici, jako jste vy? Chováte si představu, že *by* vás někdo, natož slečna Catherine Lintonová, měl za manžela? Chceš bičovat za to, že jsi nás sem vůbec přivedl, svými podlými triky; a - teď nevypadej tak hloupě! Mám velmi dobrý úmysl s vámi tvrdě zatřást pro vaši opovrženíhodnou zradu a vaši hloupou domýšlivost."

Trochu jsem s ním zatřásl; ale to vyvolalo kašel a on se uchýlil ke svému obvyklému zdroji sténání a pláče, a Catherine mě napomenula.

„Zůstat celou noc? „Ne," řekla a pomalu se rozhlédla. „Ellen, ty dveře spálím, ale dostanu se ven."

A byla by se okamžitě pustila do plnění své hrozby, ale Linton se znovu začal obávat o své drahé já. Sevřel ji ve svých dvou slabých pažích a vzlykal: „Nechceš mě vzít a zachránit mě? nedovolili mi přijít do statku? Ach, drahá Catherine! Koneckonců, nesmíš odejít a odejít. Musíš poslouchat mého otce - musíš!"

„Musím poslechnout své vlastní," odpověděla, „a zbavit ho tohoto krutého napětí. Celou noc! Co by si pomyslel? Už teď bude zoufalý. Buď se rozbiju, nebo spálím cestu ven z domu. Buď zticha! Nejste v žádném nebezpečí; ale jestli mi v tom překážíte - Lintone, miluji tatínka víc než vás!"

Smrtelná hrůza, kterou cítil z hněvu pana Heathcliffa, vrátila chlapci jeho zbabělou výmluvnost. Catherine byla téměř rozrušena, ale přesto trvala na tom, že musí jít domů, a snažila se ho na oplátku prosit, aby zmírnil své sobecké trápení. Zatímco byli takto obsazeni, náš žalářník znovu vstoupil.

„Vaše zvířata odkluala," řekl, „a - a teď Lintone! Zase čmucháváš? Co vám dělala? Pojď, pojď - udělej to a jdi spát. Za měsíc nebo dva, chlapče, jí budeš moci splatit její nynější tyranie ráznou rukou. Toužíte po čisté lásce, že? Nic jiného na světě; a ona vás bude mít! Tam, do postele! Zillah tu dnes v noci nebude; Musíš se svléknout. Ztichnout! Držte svůj hluk! Až budete ve svém pokoji, nepřiblížím se k vám; nemusíte se bát. Náhodou se vám to podařilo snesitelně. Podívám se na zbytek."

Pronesl tato slova, podržel synovi dveře otevřené, aby mohl projít, a syn vyšel ven přesně tak, jak by to dokázal kokršpaněl, který podezřívá toho, kdo ho obsluhuje, že si vymyslel zlomyslné sevření. Zámek byl znovu zajištěn. Heathcliff přistoupil k ohni, kde jsme s paní stáli mlčky. Catherine vzhlédla a instinktivně zvedla ruku k tváři; jeho okolí ve mně probudilo bolestivý pocit. Nikdo jiný by nebyl s to pohlížet na tento dětinský čin s přísností, ale on se na ni zamračil a zamumlal; „Ach! Nebojíš se mne? Tvá odvaha je dobře zamaskována; *zdá se, že* se zatraceně bojíš!"

„Teď se bojím," odpověděla, „protože kdybych zůstala, tatínek by byl nešťastný, a jak bych mohla snášet, aby byl nešťastný - když mě - když on - pan Heathcliff - *nechal* mě jít domů! Slibuji, že se provdám za Lintona; tatínek by si to přál, a já ho miluju. Proč bys mě měl nutit dělat to, co bych rád udělal sám od sebe?"

„Ať se odváží vás k tomu donutit," zvolal jsem. „V zemi je zákon, díky Bohu! existuje; i když jsme na odlehlém místě. Informoval bych ho, kdyby byl mým vlastním synem; a to je zločin bez prospěchu duchovenstva!"

„Ticho!" řekl ten darebák. „K čertu s tvým křikem! Nechci, abyste mluvil. Slečno Lintonová, budu se náramně bavit, když pomyslím na to, že váš otec bude nešťastný; nebudu spát pro uspokojení. Nemohl jste přijít na jistější způsob, jak si zařídit své bydliště pod mou střechou na příštích čtyřiadvacet hodin, než mě informovat, že taková událost bude následovat. Pokud jde o váš slib, že se oženíte s Lintonovou, postarám se, abyste ho dodržel; neboť neopustíš toto místo, dokud se to nesplní."

„Tak pošli Ellen, ať dá tatínkovi vědět, že jsem v bezpečí!" zvolala Catherine a hořce se rozplakala. „Nebo si mě vezmi hned. Chudák tatínek! Ellen, bude si myslet, že jsme ztracené. Co budeme dělat?"

„On ne! Bude si myslet, že už vás nebaví na něj čekat, a uteče se trochu pobavit," odpověděl Heathcliff. „Nemůžete popřít, že jste do mého domu vstoupila z vlastní vůle, v pohrdání jeho příkazy. A je zcela přirozené, že ve svém věku toužíte po zábavě; a že by tě unavilo ošetřovat nemocného muže, a ten muž *jen* tvého otce. Catherine, jeho nejšťastnější dny skončily na začátku vašich dnů. Troufám si říci, že vás proklel za to, že jste přišel na svět (alespoň já jsem to udělal); a stačilo by právě tak, kdyby vás *při* odchodu z ní proklel. Přidal bych se k němu. Nemiluji vás! Jak bych měl? Plač. Pokud vím, bude to od nynějška vaše hlavní rozptýlení; pokud Linton nenahradí jiné ztráty; a váš prozíravý rodič se zřejmě domnívá, že může. Jeho dopisy plné rad a útěchy mě nesmírně bavily. Ve svém posledním dopise doporučoval mému šperku, aby si dával pozor na jeho; a laskavý k ní, když ji dostal. Opatrný a laskavý – to je otcovské. Ale Linton vyžaduje celou svou zásobu péče a laskavosti pro sebe. Linton umí dobře zahrát malého tyrana. Pustí se do mučení libovolného počtu koček, pokud jim budou vytrhány zuby a ořezány drápy. Až se vrátíš domů, budeš moci vyprávět strýčkovi krásné historky o jeho *laskavosti*, ujišťuji tě."

„Máš pravdu!" Říkal jsem; „Vysvětlete povahu svého syna. Ukažte mu jeho podobu, a pak, doufám, si slečna Cathy dvakrát rozmyslí, než si tu kakadu vezme!"

„Moc mi nevadí mluvit teď o jeho milých vlastnostech," odpověděl; „Protože ona ho musí buď přijmout, nebo zůstat vězněm a ty s ní, dokud tvůj pán nezemře. Mohu vás zde oba zadržet, zcela skryté. Pokud pochybuješ, povzbuď ji, aby odvolala své slovo, a budeš mít příležitost to posoudit!"

„Neodvolám své slovo," řekla Catherine. „Vezmu si ho do téhle hodiny, jestli potom budu moct zajet do Thrushcross Grange. Pane Heathcliffe, vy jste krutý člověk, ale vy nejste žádný zloduch; a z *pouhé* zlomyslnosti nezničíš nenávratně všechno mé štěstí. Kdyby si tatínek myslel, že jsem ho opustil schválně, a kdyby zemřel dřív, než jsem se vrátil, dokázal bych žít? Přestala jsem plakat: ale pokleknu tady, na tvém kolenou; a já nevstanu a nespustím oči z vaší tváře, dokud se na mě neohlédnete! Ne, neodvracejte se! Pohleďte! Neuvidíte nic, co by vás popudilo. Necítím k vám nenávist. Nezlobím se, že jste mě udeřil. Cožpak jsi nikdy *v životě nikoho* nemiloval , strýčku? *Nikdy*? Ach! musíte se podívat jednou. Jsem tak ubohá, že mě nemůžete nelitovat a litovat mě."

„Držte si prsty pryč; a pohni se, nebo tě nakopnu!" vykřikl Heathcliff a surově ji odrazil. „Raději bych se nechala obejmout hadem. Jak se vám u čerta může zdát, že se mi podbízíte? Hnusím se mi!"

Pokrčil rameny, otřásl se, jako by se mu tělo plazilo odporem, a odstrčil židli, zatímco já jsem vstal a otevřel ústa, abych spustil příval nadávek. Ale uprostřed první věty jsem oněměl hrozbou, že hned na příští slabice, kterou pronesu, budu uveden sám do místnosti. Stmívalo se - zaslechli jsme hlasy u zahradní branky. Náš hostitel okamžitě vyběhl: měl rozum při sobě; *my* ne. Mluvil dvě nebo tři minuty a pak se vrátil sám.

„Myslela jsem, že to byl váš bratranec Hareton," poznamenala jsem Catherine. „Kéž by přijel! Kdo ví, zda se třeba postaví na naši stranu?"

„Byli to tři sluhové, kteří vás měli hledat ze statku," řekl Heathcliff, když mě zaslechl. „Měl jste otevřít mříž a zavolat, ale přísahal bych, že je rád, že jste to neudělal. Jsem si jistá, že je ráda, že musí zůstat."

Když jsme se dozvěděli, že jsme promeškali příležitost, dali jsme oba nekontrolovaně průchod svému zármutku; a dovolil nám naříkat až do devíti hodin. Pak nás vyzval, abychom šli nahoru kuchyní do Zillahovy komnaty; a pošeptal jsem svému příteli, aby poslechl: snad by se nám podařilo dostat se tamhle oknem nebo do podkroví a ven střešním oknem. Okno však bylo úzké jako ta dole a podkrovní past byla v bezpečí před našimi pokusy; neboť jsme byli připoutáni jako dříve. Ani jedna z nás si nelehla; Catherine zaujala své místo u mříže a úzkostlivě vyhlížela ráno; hluboký povzdech byl jedinou odpovědí, kterou jsem mohl získat na své časté prosby, aby se pokusila odpočinout si. Posadil jsem se na židli a kolébal se sem a tam, vynášeje přísné soudy nad svými mnohými zanedbáními povinností; z čehož, jak mě tehdy napadlo, pramenila všechna neštěstí mých zaměstnavatelů. Ve skutečnosti tomu tak nebylo, pokud vím; ale v mých představách to byla ta pochmurná noc; a já jsem považoval Heathcliffa za méně vinného než já.

V sedm hodin přišel a zeptal se, zda slečna Lintonová vstala. Okamžitě běžela ke dveřím a odpověděla: „Ano." „Tak tady," řekl, otevřel dveře a vytáhl ji ven. Vstal jsem, abych ho následoval, ale on znovu otočil zámkem. Požadoval jsem své propuštění.

„Buďte trpělivý," odpověděl; „Za chvíli ti pošlu snídani."

Bouchl jsem do panelů a zlostně zachrastil západkou; a Catherine se mě zeptala, proč jsem stále zavřená? Odpověděl: „Musím se pokusit vydržet ještě hodinu," a odešli. Vydržel jsem to dvě nebo tři hodiny; Konečně jsem zaslechl kroky: ne Heathcliffovy.

„Přinesl jsem vám něco k jídlu," řekl hlas. „Oppen t' door!"

Dychtivě jsem vyhověl a spatřil Haretona, obtěžkaného jídlem tolik, že by mi vystačilo na celý den.

„Vezmi si to," dodal a vrazil mi tác do ruky.

„Zůstaň chvilku," začal jsem.

„Ne," zvolal a odešel, bez ohledu na jakékoli modlitby, které jsem mohl vychrlit, abych ho zadržel.

A tam jsem zůstal uzavřen celý den a celou příští noc; a další a další. Zůstal jsem tam celkem pět nocí a čtyři dny a každé ráno jsem neviděl nikoho jiného než Hareton; a byl vzorem žalářníka: nevrlý, němý a hluchý ke každému pokusu pohnout jeho smyslem pro spravedlnost nebo soucit.

KAPITOLA XXVIII

Pátého rána, či spíše odpoledne, se přiblížil jiný schod - lehčí a kratší; A tentokrát osoba vstoupila do místnosti. Byla to Zillah; Byla oblečena do šarlatového šátku, na hlavě měla černý hedvábný čepec a na paži vrbový košík.

„Eh, drahoušku! Paní Deanová!" zvolala. „Nuže! v Gimmertonu se o vás mluví. Nikdy by mě nenapadlo, že jste se potopila v bažině Blackhorse a slečna s vámi, dokud mi pán neřekl, že vás našli a že vás tu ubytoval! Co! A vy jste se musel dostat na ostrov, že? A jak dlouho jste byli v té díře? Zachránil vás mistr, paní Deanová? Ale ty nejsi tak hubená - nebyla jsi na tom tak špatně, že ne?"

„Váš pán je opravdový darebák!" Odpověděl jsem. „Ale on se za to zodpoví. Nemusel vytahovat takovou povídačku: všechno bude odhaleno!"

„Co tím myslíš?" zeptala se Zillah. „To není jeho příběh: to se vypráví ve vesnici - o tom, že jsi se ztratil v bažině; a když přicházím, volám na Earnshawa -‚Eh, to jsou divné věci, pane Haretone, které se staly od té doby, co jsem odešel. Je to smutná škoda té pravděpodobně mladé dívky a nelly Deanové." Díval. Myslel jsem, že nic neslyšel, a tak jsem mu tu pověst vyprávěl. Mistr poslouchal, jen se pro sebe usmál a řekl: „Jestli byli v bažině, teď jsou venku, Zillah. Nelly Deanová je v tuto chvíli ubytována ve vašem pokoji. Můžeš jí říct, aby utekla, až půjdeš nahoru; Zde je klíč. Voda z bažin se jí dostala do hlavy a byla by utekla domů docela přelétává, ale udržel jsem ji na mysli, dokud se nevzpamatovala. Můžeš ji požádat, aby se okamžitě vydala do statku, bude-li to možné, a dones ode mne vzkaz, že její mladá dáma bude včas následovat a zúčastní se panošova pohřbu."

„Pan Edgar není mrtev?" Zalapal jsem po dechu. „Ach! Zillah, Zillah!"

„Ne, ne; Posaďte se, má milá paní," odpověděla. „Máš pravdu, už jsi nemocná. Není mrtvý; Doktor Kenneth si myslí, že by mohl vydržet ještě den. Potkal jsem ho na silnici a zeptal jsem se."

Místo abych se posadila, popadla jsem své venkovní věci a spěchala jsem dolů, protože cesta byla volná. Když jsem vstoupila do domu, rozhlížela jsem se po někom, kdo by mi podal zprávu o Catherine. Místo bylo plné slunce a dveře byly dokořán; ale zdálo se, že nikdo není po ruce. Když jsem váhal, zda mám hned odejít, nebo se vrátit a hledat svou paní, lehké zakašlání přitáhlo mou pozornost ke krbu. Linton ležel na pozemku jako jediný nájemník, cucal tyčinku cukrkandlu a apatickýma očima sledoval mé pohyby. „Kde je slečna Catherine?" Zeptal jsem se přísně v domnění, že bych ho mohl vyděsit a dát mu inteligenci, kdybych ho takto chytil samotného. Sál jako nevinné.

„Je pryč?" Říkal jsem.

„Ne," odpověděl; „Je nahoře: nesmí jít; Nedovolíme jí to."

„Nedovolíš jí, malý idiote!" Vykřikl jsem. „Okamžitě mě nasměruj do jejího pokoje, nebo tě donutím zpívat ostře."

„Tatínek by tě donutil zpívat, kdybys se tam pokusil dostat," odpověděl. „Říká, že ke Catherine nemám být měkký: je to moje žena a je hanebné, že mě chce opustit. Říká, že mě nenávidí a chce, abych zemřel, aby mohla mít mé peníze; ale ona ho mít nebude; a nepůjde domů! Ona to nikdy neudělá! --Může plakat a být nemocná, jak se jí zlíbí!"

Vrátil se ke svému dřívějšímu zaměstnání a zavřel víčka, jako by chtěl usnout.

„Mistře Heathcliffe," pokračoval jsem, „zapomněl jste na všechnu tu laskavost, kterou vám Catherine prokázala minulou zimu, když jste jí prohlašoval, že ji milujete, když vám nosila knihy a zpívala písně a mnohokrát vás přicházela navštívit větrem a sněhem? Plakala, že jeden večer zmeškala, protože byste byli zklamaní; a tehdy jsi cítil, že je k tobě stokrát příliš dobrá, a nyní věříš lžím, které říká tvůj otec, i když víš, že vás oba nenávidí. A ty se k němu přidáváš proti ní. To je pěkná vděčnost, ne?"

Lintonovi poklesl koutek úst a vzal si cukrkandl ze rtů.

„Přišla na Větrnou hůrku, protože tě nenáviděla?" Pokračoval jsem. „Přemýšlej sám za sebe! Pokud jde o vaše peníze, ona ani neví, že nějaké budete mít. A vy říkáte, že je nemocná; A přece ji necháváte samotnou, tam nahoře v cizím domě! *Vy*, kteří jste cítili, co to znamená být tak zanedbáván! Mohli byste litovat své vlastní utrpení; a také je litovala; ale ty její litovat nebudeš! Proléval jsem slzy, mistře Heathcliffe, víte - starší žena, a jen služka - a vy, když jste předstíral takovou náklonnost a měl důvod ji téměř uctívat, schováváte si každou slzu, kterou máte, pro sebe a ležíte tam v klidu. Ach! Jsi bezcitný, sobecký chlapec!"

„Nemohu s ní zůstat," odpověděl rozzlobeně. „Nebudu zůstávat sám. Pláče, takže to nemůžu vydržet. A ona se nevzdá, i když říkám, že zavolám svému otci. Jednou jsem mu volal a on mi vyhrožoval, že ji uškrtí, nebude-li zticha; ale ona začala znovu v okamžiku, kdy odešel z pokoje, sténala a truchlila celou noc, ačkoli jsem křičela žalem, že nemohu spát."

„Je pan Heathcliff venku?" Zeptal jsem se, když jsem si uvědomil, že ten nešťastník nemá sílu soucítit s duševním mučením svého bratrance.

„Je na dvoře," odpověděl, „mluví s doktorem Kennethem; který říká, že strýc konečně umírá, opravdu. Jsem rád, protože po něm budu pánem statku. Catherine o něm vždy mluvila jako o *svém* domě. Není její! Je můj: táta říká, že všechno, co má, je moje. Všechny její pěkné knihy jsou moje; nabídla mi, že mi je dá, i své krásné ptáčky a svého poníka Minny, když dostanu klíč od našeho pokoje a pustím ji ven; ale řekl jsem jí, že nemá co dát, že jsou všechny, všechny moje. A pak vykřikla a vzala si z krku malý obrázek a řekla, že bych to měla mít; dva obrazy ve zlatém pouzdře, na jedné straně její matka a na druhé strýc, když byli mladí. To bylo včera -- řekla jsem , že jsou také moje, a snažila jsem se je od ní dostat. Ta zlomyslná věc mi to nedovolila; odstrčila mě a zranila mě. Vykřikl jsem - to ji vyděsilo - slyšela přicházet tatínka, rozlomila panty, rozdělila pouzdro a dala mi portrét své matky; druhou se pokusila skrýt, ale tatínek se zeptal, co se děje, a já jsem jí to vysvětlil. Vzal tu, kterou jsem měl, a nařídil jí, aby mi přenechala tu svou; Ona odmítla a on - srazil ji k zemi, vytrhl ji z řetězu a rozdrtil ji nohou."

„A byl jste potěšen, že jste ji udeřil?" Zeptal jsem se; mít své úmysly povzbudit jeho řeč.

„Mrkl jsem," odpověděl, „mrkl jsem, když jsem viděl, jak otec udeřil psa nebo koně, dělá to tak tvrdě. Přesto jsem byl zprvu rád - zasloužila si trest za to, že do mě strčila; ale když tatínek odešel, přiměla mě přijít k oknu a ukázala mi svou tvář zevnitř řeznou na tváři, na zubech a ústa plná krve; a pak sebrala kousky obrazu a šla a sedla si tváří ke stěně, a od té doby se mnou nikdy nepromluvila, a někdy si myslím, že nemůže mluvit bolestí. Nerad si to myslím; ale ona je zlobivá, protože neustále pláče; a vypadá tak bledá a divoká, že se jí bojím."

„A můžeš získat klíč, když chceš?" Říkal jsem.

„Ano, když jsem nahoře," odpověděl; „ale teď nemůžu jít nahoru."

„V jakém bytě to je?" Zeptal jsem se.

„Ach," zvolal, „neřeknu *vám*, kde to je. To je naše tajemství. Nikdo, ani Hareton, ani Zillah, se to nesmí dozvědět. Tam! Unavil jsi mě - jdi pryč, jdi pryč!" Obrátil tvář ke své paži a zase zavřel oči.

Usoudila jsem, že bude nejlepší odejít, aniž bych viděla pana Heathcliffa, a přivézt záchranu pro svou mladou dámu ze statku. Když jsem tam dorazil, údiv mých spolusužebníků, že mě vidí, a také jejich radost byly veliké; a když se doslechly, že jejich malá paní je v bezpečí, dva nebo tři se chystali přispěchat a zakřičet tu novinu na dveře pana Edgara, ale já jsem si to vynutila sama. Jak se změnil i v těch několika dnech! Vytvořil si před sebou obraz smutku a rezignace, který čekal na jeho smrt. Vypadal velmi mladě, a i když mu ve skutečnosti bylo třicet devět let, člověk by ho byl označil přinejmenším za o deset let mladšího. Myslel na Catherine; zamumlal totiž její jméno. Dotkl jsem se jeho ruky a promluvil.

„Catherine přichází, drahý pane!" Zašeptal jsem; „Je živa a zdráva; a doufám, že tu dnes v noci bude."

Zachvěl jsem se při prvních účincích této zprávy: zpola vstal, dychtivě se rozhlédl po bytě a pak klesl zpět do mdlob. Jakmile se uzdravil, vyprávěl jsem mu o naší povinné návštěvě a zadržení na Heights. Řekl jsem, že mě Heathcliff donutil jít dovnitř, což nebyla tak docela pravda. Proti Lintonovi jsem mluvil co nejméně; ani jsem nepopsal všechno brutální chování jeho otce - měl jsem v úmyslu nepřidat žádnou hořkost, pokud jsem si mohl pomoci, do jeho již tak přetékajícího poháru.

Vytušil, že jedním z cílů jeho nepřítele je zajistit osobní majetek i majetek jeho synovi; nebo spíše jemu; ale proč nepočkal až do své smrti, to bylo pro mého pána záhadou, protože nevěděl, jak blízko by on a jeho synovec společně opustili svět. Cítil však, že by bylo lepší, kdyby se jeho závěť změnila: místo aby nechal Kateřinino jmění k dispozici jí, rozhodl se, že je svěří do rukou správců, aby je používala po svém životě, a pro její děti, pokud nějaké měla, po ní. Tímto způsobem by nemohlo připadnout panu Heathcliffovi, kdyby Linton zemřel.

Když jsem obdržel jeho rozkazy, poslal jsem jednoho muže, aby přivedl advokáta, a další čtyři, vybavené použitelnými zbraněmi, aby si vyžádali mou mladou dámu od jejího žalářníka. Obě strany se zdržely velmi pozdě. Svobodný sluha se vrátil jako první. Řekl, že pan Green, advokát, byl pryč, když dorazil do svého domu, a že musel čekat dvě hodiny, než se znovu vrátil; a pak mu pan Green řekl, že má ve vesnici malou záležitost, kterou je třeba vyřídit; ale do rána bude v Thrushcross Grange. Čtyři muži se také vrátili bez doprovodu. Přinesly zprávu, že Catherine je nemocná: příliš nemocná, než aby opustila svůj pokoj; a Heathcliff nedovolil, aby ji viděli. Dobře jsem vyhuboval těm hloupým za to, že poslouchali tu povídačku, kterou jsem nechtěl přinést svému pánovi; rozhodli jsme se, že za denního světla vytáhneme na Výšiny celou skupinu a doslova ji zaútočíme, pokud nám zajatec v tichosti nevydá. Její otec *ji uvidí, přísahal jsem a přísahal znovu, jestli ten ďábel zabije na kamenech u svých vlastních dveří, když se tomu bude snažit zabránit!*

Naštěstí jsem byl ušetřen cesty a problémů. Ve tři hodiny jsem sešel dolů pro džbán vody; a procházel jsem s ním v ruce halou, když mě prudké zaklepání na domovní dveře přinutilo vyskočit. „Ach! je to zelená," řekla jsem, když jsem se vzpamatovala - „jen zelená," a pokračovala jsem s úmyslem poslat někoho jiného, aby ji otevřel; Ale klepání se opakovalo: ne hlasitě, a přesto neodbytně. Postavil jsem džbán na zábradlí a spěchal jsem ho sám vpustit. Venku jasně zářil měsíc sklizně. Nebyl to advokát. Moje vlastní sladká paní mi vyskočila kolem krku a vzlykala: „Ellen, Ellen! Je tatínek naživu?"

„Ano," zvolala jsem, „ano, můj anděli, je to tak, díky Bohu, že jsi zase v bezpečí u nás!"

Chtěla běžet, bez dechu, nahoru do pokoje pana Lintona; ale přinutil jsem ji, aby se posadila na židli, a dal jsem jí napít, umyl jsem jí bledou tvář a odřel ji zástěrou do slabé barvy. Pak jsem řekl, že musím jít první a povědět o jejím příjezdu; prosil ji, aby řekla, že by měla být šťastná s mladým Heathcliffem. Vytřeštila oči, ale brzy pochopila, proč jsem jí radil, aby vyslovila tu lež, a ujistila mě, že si nebude stěžovat.

Nemohl jsem vydržet být přítomen na jejich setkání. Stál jsem před dveřmi pokoje čtvrt hodiny a sotva jsem se odvážil přiblížit k posteli. Všechno se však uklidnilo: Kateřinino zoufalství bylo stejně tiché jako otcova radost. Podpírala ho klidně, navenek; a upřel na její rysy své zvednuté oči, které jako by se rozšířily extází.

Zemřel blaženě, pane Lockwoode, zemřel tak. Políbil ji na tvář a zašeptal: „Jdu k ní; a ty, milé dítě, přijdeš k nám!" a už se ani nepohnul a nepromluvil; ale pokračoval v tom uchváceném, zářivém pohledu, dokud se mu tep nepostřehnutelně nezastavil a jeho duše neodešla. Nikdo si nemohl všimnout přesné minuty jeho smrti, bylo to zcela bez boje.

Ať už Catherine své slzy vyčerpala, nebo byl zármutek příliš těžký, než aby je nechala plynout, seděla tam se suchýma očima až do východu slunce: seděla až do poledne a byla by ještě zůstala dumat nad smrtelnou postelí, ale já jsem trval na tom, aby odešla a trochu si odpočinula. Podařilo se mi ji dobře odstranit, protože při obědě se objevil advokát, který se zastavil na Větrné hůrce, aby si vyžádal pokyny, jak se má chovat. Zaprodal se panu Heathcliffovi: to byla příčina, proč otálel s uposlechnutím pánovy výzvy. Naštěstí ho nenapadly žádné světské záležitosti, které by ho po příchodu jeho dcery znepokojily.

Pan Green si vzal na starost všechno a všechny v tom bytě. Dal všem služebníkům kromě mě výpověď. Svou delegovanou pravomoc by dovedl až do té míry, že by trval na tom, aby Edgar Linton nebyl pohřben vedle své manželky, ale v kapli, se svou rodinou. Byla tu však vůle tomu zabránit a mé hlasité protesty proti jakémukoliv porušování jejích pokynů. Pohřeb byl spěšný; Catherine, nyní paní Linton Heathcliffová, směla zůstat v Grange, dokud ji otcova mrtvola neopustí.

Řekla mi, že její úzkost nakonec přiměla Lintona, aby podstoupil riziko, že ji osvobodí. Slyšela, jak se muži, které jsem poslal, přou u dveří, a pochopila smysl Heathcliffovy odpovědi. Dohánělo ji to k zoufalství. Linton, kterého do malého salonku dopravili krátce poté, co jsem odešel, se vyděsil a přinesl klíč dřív, než otec znovu vstoupí. Měl dost obratnosti, aby dveře odemknul a znovu zamkl, aniž by je zavřel; a když si měl jít lehnout, prosil, aby se mohl vyspat s Haretonem, a jeho prosbě bylo pro jednou vyhověno. Catherine se vykradla ven před rozbřeskem. Neodvažovala se vyzkoušet dveře, aby psi nespustili poplach; Navštívila prázdné komory a prohlédla si jejich okna; a naštěstí si posvítila na matčin a snadno se vyprostila z mříže a slezla na zem po nedaleké jedli. Její komplic trpěl za svůj podíl na útěku, přes své bázlivé úskoky.

KAPITOLA XXIX

Večer po pohřbu jsme s mou mladou dámou seděli v knihovně; hned truchlivě přemítá – jeden z nás si zoufá – nad svou ztrátou, hned se odvažuje dohadů o chmurné budoucnosti.

Právě jsme se dohodli, že nejlepším osudem, který může Catherine čekat, bude povolení nadále bydlet na statku; přinejmenším za Lintonova života: on tam směl jít za ní a já jsem měla zůstat hospodyní. Zdálo se mi to příliš příznivé, než aby se v něj dalo doufat; a přece jsem doufal a začal jsem se rozveselovat při vyhlídce, že si udržím svůj domov a své zaměstnání a především svou milovanou mladou paní; když tu spěšně vběhl dovnitř sluha - jeden z těch odhozených, ještě neodešel - a řekl: „Ten ďábel Heathcliff" prochází soudem: Má mu zamknout dveře před nosem?

Kdybychom byli tak šílení, abychom to nařídili, neměli bychom čas. Nedělal žádný obřad, aby zaklepal nebo oznámil své jméno: byl mistrem a využil pánovy výsady, aby vešel přímo dovnitř, aniž by řekl jediné slovo. Zvuk hlasu našeho informátora ho nasměroval do knihovny; Vstoupil dovnitř, pokynul mu, aby vyšel ven a zavřel dveře.

Byl to týž pokoj, do kterého byl uveden jako host před osmnácti lety: oknem svítil týž měsíc; a venku ležela tatáž podzimní krajina. Ještě jsme nezapálili svíčku, ale viděli jsme celý byt, dokonce i portréty na stěnách: nádhernou hlavu paní Lintonové a půvabnou hlavu jejího manžela. Heathcliff přistoupil ke krbu. Ani čas nezměnil jeho osobu. Byl tam tentýž muž: jeho snědá tvář byla poněkud slabší a vyrovnanější, jeho postava byla možná o kámen či dva těžší, a žádný jiný rozdíl. Catherine vstala a chtěla vyběhnout ven, když ho uviděla.

„Přestaňte!" řekl a chytil ji za paži. „Už žádné utíkání! Kam byste šli? Přišel jsem pro vás domů; a doufám, že budete poslušnou dcerou a nebudete povzbuzovat mého syna k další neposlušnosti. Styděl jsem se, jak ho potrestat, když jsem zjistil, že se na tom podílel: je to taková pavučina, že by ho špetka zničila; Z jeho pohledu však uznáte, že se mu dostalo, co mu patří! Jednoho večera, předevčírem, jsem ho přivedl dolů, prostě jsem ho posadil na židli a pak už jsem se ho nikdy nedotkl. Poslal jsem Haretona a měli jsme pokoj sami pro sebe. Za dvě hodiny jsem zavolal Josephovi, aby ho opět vynesl nahoru; a od té doby působí má přítomnost na jeho nervy stejně mocně jako duch; a zdá se mi, že mě často vídá, i když nejsem nablízku. Hareton říká, že se v noci každou hodinu budí a křičí a volá vás, abyste ho přede mnou chránila; a ať se vám váš drahý druh líbí nebo ne, musíte přijít: on je teď vaší starostí; Všechen svůj zájem o něj přenechávám vám."

„Proč nenechat Catherine zůstat tady," prosila jsem, „a poslat k ní mistra Lintona? Když je oba nenávidíš, nechyběli bys: *mohou* být jen každodenní pohromou pro tvé nepřirozené srdce."

„Hledám nájemce pro panství," odpověděl. „a já chci mít kolem sebe své děti, to je jisté. A kromě toho, ta dívka mi dluží své služby za svůj chléb. Nebudu ji vychovávat v přepychu a zahálce, až Linton odejde. Pospěšte si a připravte se hned; a nenuťte mě, abych vás nutila."

„Udělám," řekla Catherine. „Linton je všechno, co na světě mohu milovat, a i když jste udělal, co jste mohl, aby mě nenáviděl a já jeho, *nemůžete* nás přimět, abychom se navzájem nenáviděli. A vyzývám vás, abyste mu ublížili, když jsem nablízku, a vyzývám vás, abyste mě vystrašili!"

„Jste vychloubačný šampión," odpověděl Heathcliff; „ale nemám vás tak rád, abych mu ublížil: budete mít plný užitek z těch muk, dokud budou trvat. Nejsem to já, kdo způsobí, že se vám bude cítit nenávistný - je to jeho vlastní sladký duch. Je rozhořčen jako žluč nad vaší dezercí a jejími následky: nečekejte dík za tuto ušlechtilou oddanost. Slyšel jsem, jak Zillah líbezně vykreslil to, co by dělal, kdyby byl tak silný jako já: je v tom sklon a právě jeho slabost zbystří jeho důvtip, aby našel náhradu za sílu."

„Vím, že má špatnou povahu," řekla Catherine, „je to tvůj syn. Ale jsem rád, že mám lepší, abych to odpustil; a já vím, že on miluje mě, a z toho důvodu já miluji jeho. Pane Heathcliffe, nemáte *nikoho,* kdo by vás miloval, a ať nás děláte jakkoli nešťastnými, budeme se nám muset pomstít tím, že si budeme myslet, že vaše krutost pramení z vašeho většího utrpení. Jsi ubohý, že? Osamělý jako ďábel a závistivý jako on? *Nikdo* tě nemá rád – *nikdo* pro tebe nebude plakat, až zemřeš! Já bych nebyl vámi!"

Kateřina promluvila s jakýmsi bezútěšným triumfem: zdálo se, že se rozhodla vstoupit do ducha své budoucí rodiny a čerpat radost ze zármutku svých nepřátel.

„Bude ti líto, že teď budeš sama sebou," řekl tchán, „jestli tam budeš ještě chvilku stát. Běž, čarodějko, a vezmi si své věci!"

Pohrdavě se vzdálila. V její nepřítomnosti jsem začal prosit o Zillino místo na Výšinách a nabízel jsem jí, že jí přenechám to své; ale za žádnou cenu by to nestrpěl. Přikázal mi, abych byl zticha; a pak se poprvé rozhlédl po pokoji a prohlédl si obrazy. Prohlédl si dům paní Lintonové a řekl: „Ten dům budu mít. Ne proto, že bych to potřeboval, ale..." Prudce se obrátil ke krbu a pokračoval s tím, co bych z nedostatku lepšího slova musel nazvat úsměvem: „Povím vám, co jsem dělal včera! Přiměl jsem kostelníka, který kopal Lintonův hrob, aby odstranil zeminu z víka její rakve, a otevřel jsem ji. Kdysi jsem si myslel, že bych tam zůstal; když jsem znovu spatřil její tvář - je to ještě její! - měl co dělat, aby mě pohnul; ale řekl, že by se to změnilo, kdyby na ni foukal vzduch, a tak jsem uvolnil jednu stranu rakve a zakryl ji: ne Lintonovu stranu, k čertu s ním! Přál bych si, aby byl pájen olovem. A podplatil jsem kostelníka, aby ho odtáhl, až tam budu ležet, a vysunul tam i můj; Nechám to tak udělat, a pak, než se k nám Linton dostane, nebude vědět, co je která!"

„Byl jste velmi zlý, pane Heathcliffe!" Zvolal jsem; „Nestyděl jste se rušit mrtvé?"

„Nikoho jsem nerušil, Nelly," odvětil. „a trochu jsem si ulevila. Bude mi teď mnohem pohodlněji; a budete mít větší šanci udržet mě v podzemí, až se tam dostanu. Vyrušili jste ji? Ne! rušila mě dnem i nocí, osmnáct let - bez ustání - nelítostně - až do včerejška; a včera v noci jsem byl klidný. Zdálo se mi, že jsem spal poslední spánek u toho spáče, se zastaveným srdcem a tváří přimrzlou k její."

„A kdyby se byla rozplynula v zemi, nebo ještě hůře, o čem by se ti tehdy zdálo?" Říkal jsem.

„Že se s ní rozplynete a budete ještě šťastnější!" odpověděl. „Myslíte, že se obávám takové změny? Očekával jsem takovou proměnu při zvednutí víka, ale jsem více potěšen, že by neměla začít, dokud se o ni nepodělím. Ostatně, kdybych neměl zřetelný dojem z jejích nevášnivých rysů, byl bych se toho podivného pocitu byl sotva zbavil. Začalo to podivně. Víš, že jsem byla divoká, když zemřela; a věčně, od úsvitu do úsvitu, prosí ji, aby mi vrátila svého ducha! Mám silnou víru v duchy: jsem přesvědčen, že mohou existovat a existují mezi námi! V den, kdy byla pohřbena, napadl sníh. Večer jsem šel na hřbitov. Válo bezútěšně jako v zimě - všude kolem byla samota. Nebál jsem se, že by se její pošetilý manžel zatoulal údolím tak pozdě; a nikdo jiný neměl co dělat, aby je tam přivedl. Protože jsem byl sám a při vědomí byly jedinou překážkou mezi námi dva metry volné hlíny, řekl jsem si: „Budu ji mít zase v náručí! Je-li jí zima, budu si myslet, že mě chladí severní vítr, a je-li nehybná, je to spánek." Vytáhl jsem z nástrojárny rýč a začal jsem kopat ze všech sil - to seškrábalo rakev; Pustil jsem se do práce svýma rukama; dřevo začalo praskat kolem šroubů; Už jsem se chystal dosáhnout svého cíle, když se mi zdálo, že slyším povzdech někoho nahoře, těsně na okraji hrobu a sklánějícího se. „Kdybych se tak z toho dostal," zamumlal jsem, „kéž by nás oba zasypali lopatou!" a vytrhl jsem to ještě zoufaleji. Ozval se další povzdech, těsně u mého ucha. Zdálo se mi, že cítím jeho teplý dech, který vytlačuje vítr plný plískanice. Věděl jsem, že tu není žádný živý tvor z masa a krve; ale stejně jistě, jako vnímáte přiblížení se k nějakému hmotnému tělu ve tmě, i když to nelze rozeznat, tak jsem jistě cítil, že tam je Kathy: ne pode mnou, ale na zemi. Náhlý pocit úlevy proudil z mého srdce do všech končetin. Vzdala jsem se námahy agónie a ihned jsem se obrátila utěšena: nevýslovně utěšena. Její přítomnost byla se mnou, zůstala, když jsem znovu naplnil hrob a vedl mě domů. Můžete se smát, chcete-li; ale byl jsem si jist, že ji tam uvidím. Byl jsem si jist, že je se mnou, a nemohl jsem si pomoci, abych s ní nemluvil. Když jsem dosáhl Výšin, dychtivě jsem se rozběhl ke dveřím. Byla upevněna; a vzpomínám si, že ten prokletý Earnshaw a moje žena se postavili proti mému vstupu. Pamatuji si, jak jsem se zastavila, abych z něj vykopla dech, a pak jsem spěchala nahoru, do svého a jejího pokoje. Netrpělivě jsem se rozhlížel - cítil jsem ji u sebe - *skoro jsem* ji viděl, a přece jsem *nemohl!* Tehdy bych měl mít potní krev z úzkosti své touhy - z vroucnosti svých proseb, abych měl jen jediný záblesk! Neměl jsem ani jedno. Ukázala se mi, jak tomu v životě často bývala, ďáblem! A od té doby, někdy více, jindy méně, jsem se stal sportem tohoto nesnesitelného mučení! Pekelný! udržoval jsem nervy v takovém napětí, že kdyby se nepodobaly Catgutovi, byly by se už dávno uvolnily a přizpůsobily se Lintonově slabosti. Když jsem seděl v domě s Haretonem, zdálo se mi, že až vyjdu ven, potkám ji; když jsem se procházel po vřesovištích, potkal bych ji, jak vchází. Když jsem odcházel z domova, spěchal jsem se vrátit; musela být někde na Výšinách, tím jsem si byla jistá! A když jsem spal v její komnatě - byl jsem z toho vymlácen. Nemohl jsem tam ležet; v tu chvíli jsem zavřela oči, byla buď za oknem, nebo odsunula panely, nebo vstoupila do pokoje, nebo dokonce položila svou milovanou hlavu na stejný polštář, jako když byla malá; a musím otevřít víčka, abych viděl. A tak jsem je stokrát za noc otevírala a zavírala - abych byla vždycky zklamaná! To mě trápilo! Často jsem hlasitě zasténal, až ten starý darebák Joseph nepochybně uvěřil, že si mé svědomí hraje na ďábla ve mně. Teď, když jsem ji viděl, jsem uklidněn - trochu. Byl to podivný způsob zabíjení: ne po palcích, ale po zlomcích vlasu, aby mě oklamal přízrakem naděje na osmnáct let!"

    Pan Heathcliff se odmlčel a otřel si čelo; vlasy mu na ní visely, mokré potem; Oči měl upřené na rudé uhlíky ohně, obočí neměl stažené, ale vedle spánků zdvižené; zmenšila zachmuřený výraz jeho tváře, ale dodala mu zvláštní soužený výraz a bolestný dojem duševního napětí vůči jednomu pohlcujícímu tématu. Oslovil mě jen napůl a já jsem zachovával mlčení. Nerad jsem ho poslouchal mluvit! Po krátké době se vrátil k rozjímání o obrazu, sundal jej a opřel jej o pohovku, aby si jej mohl lépe prohlédnout; a zatímco byla takto zaneprázdněna, vstoupila Catherine a oznámila, že je připravena, až bude její poník osedlán.

„Pošli to zítra pak se k ní obrátil a dodal: „Můžeš se obejít bez svého poníka: je krásný večer a na Větrné hůrce nebudete potřebovat žádné poníky; K jakým cestám se vydáte, tomu vám budou sloužit vaše vlastní nohy. Pojďte se mnou."

„Nashledanou, Ellen!" zašeptala má drahá paní. Když mě líbala, její rty byly jako led. „Pojďte mě navštívit, Ellen; Nezapomeňte."

„Dejte si pozor, abyste nic takového nedělala, paní Deanová!" řekl její nový otec. „Až s vámi budu chtít mluvit, přijdu sem. Nechci, abyste mi něco slídil v domě!"

Podepsal ji, aby ho předcházela; a vrhla pohled, který mě rozechvěl u srdce, a poslechla. Díval jsem se na ně z okna, jak se procházejí zahradou. Heathcliff přitiskl Catherine za paži pod svou: ačkoli zprvu to zprvu zpochybňovala; a rychlými kroky ji hnal do aleje, jejíž stromy je skrývaly.

KAPITOLA XXX

Navštívil jsem Výšiny, ale neviděl jsem ji od té doby, co odešla; Joseph držel dveře v ruce, když jsem na ni volal, abych se po ní zeptal, a nenechal mě projít. Řekl, že paní Lintonová je „thrang" a učitel není doma. Zillah mi řekla něco o tom, jak to chodí, jinak bych stěží věděl, kdo je mrtvý a kdo živý. Považuje Catherine za domýšlivou a nemá ji ráda, jak jsem usoudil z jejích řečí. Má mladá dáma ji požádala o pomoc, když poprvé přišla; ale pan Heathcliff jí řekl, aby si šla za svými záležitostmi a nechala svou snachu, aby se o sebe postarala sama; a Zillah se ochotně podvolila, protože byla úzkoprsá a sobecká žena. Catherine dala najevo dětskou rozmrzelost nad tímto zanedbáváním; oplácela to s opovržením, a tak získala mou informátorku mezi své nepřátele tak jistě, jako by jí byla způsobila nějakou velkou křivdu. Měl jsem dlouhý rozhovor se Zillah asi před šesti týdny, krátce před vaším příchodem, jednoho dne, když jsme se sešli na blatech; A to je to, co mi řekla.

„První, co paní Lintonová udělala," řekla, „když přijela do Výšin, bylo, že vyběhla po schodech nahoru, aniž mně a Josephovi popřála dobrý večer; zavřela se v Lintonově pokoji a zůstala tam až do rána. Pak, když pán a Earnshaw snídali, vešla do domu a zeptala se všech, zda by mohli poslat pro doktora. Její sestřenice byla velmi nemocná.

,To víme!' odpověděl Heathcliff. ale jeho život nestojí ani za haléř a já za něj neutratím ani haléř."

,Ale já nevím, jak to mám udělat,' řekla. a pokud mi nikdo nepomůže, zemře!"

,Vyjděte z pokoje,' zvolal mistr, ,a už o něm nikdy neslyším ani slovo! Nikdo se zde nestará o to, co se s ním stane; pokud tak učiníte, chovejte se jako chůva; Pokud tak neučiníš, zavři ho a nech ho."

Pak mě začala obtěžovat a já jsem řekl, že už mám dost moru s tou otravnou věcí; každý jsme měli své úkoly a její úkolem bylo čekat na Lintona: pan Heathcliff mi přikázal, abych tu práci přenechal jí.

„Jak to společně zvládli, nedokážu říct. Zdá se mi, že se velmi trápil a dnem i nocí sténal; a měla vzácně málo odpočinku: dalo se to uznat podle její bílé tváře a těžkých očí. Někdy přicházela do kuchyně celá zmatená a vypadala, jako by chtěla prosit o pomoc; ale nehodlala jsem neuposlechnout mistra: nikdy jsem se neodvažovala neuposlechnout ho, paní Deanová; a ačkoli jsem považoval za špatné, že pro Kennetha nepošli, nešlo mi o to, abych radil nebo si stěžoval, a vždy jsem se odmítal vměšovat. Jednou nebo dvakrát, když jsme šli spát, jsem zase otevřel dveře a uviděl jsem ji, jak sedí a pláče na vrcholu schodů; a pak jsem se rychle zavřel ze strachu, že mě někdo pohne k tomu, abych se do toho nevměšoval. Tehdy jsem ji litoval, tím jsem si jist, ale přesto jsem nechtěl přijít o své místo, víte.

Konečně jedné noci směle vstoupila do mé komnaty a vyděsila mě slovy: ‚Řekněte panu Heathcliffovi, že jeho syn umírá - jsem si jista, že tentokrát umírá. Okamžitě vstaň a pověz mu to.'

Po těchto slovech zase zmizela. Ležel jsem čtvrt hodiny, poslouchal a třásl se. Nic se nepohnulo - v domě bylo ticho.

„Mýlí se, řekl jsem si. Překonal to. Nemusím je rušit; a začal jsem podřimovat. Podruhé mi však spánek zkazilo ostré zvonění zvonu - jediného zvonu, který máme, a který jsme postavili schválně pro Lintona; a mistr na mě zavolal, abych se podíval, co se děje, a oznámil jim, že nechce, aby se ten zvuk opakoval.

„Doručil jsem Catherinin vzkaz. Proklel si sám pro sebe a za několik minut vyšel ven se zapálenou svíčkou a zamířil do jejich pokoje. Následoval jsem ho. Paní Heathcliffová seděla u postele s rukama založenýma na kolenou. Její tchán přistoupil, přiložil světlo k Lintonově tváři, podíval se na něj a dotkl se ho; potom se obrátil k ní.

‚A teď - Catherine,' řekl, ‚jak se cítíte?'

„Byla hloupá.

„Jak se cítíte, Catherine?' opakoval.

‚On je v bezpečí a já jsem volná,' odpověděla. ‚Cítila bych se dobře --ale,' pokračovala s hořkostí, kterou nedokázala skrývat, ‚nechal jste mě tak dlouho bojovat se smrtí samotnou, že cítím a vidím jen smrt! Cítím se jako smrt!"

„A taky tak vypadala! Dal jsem jí trochu vína, Hareton a Joseph, které probudilo zvonění a dusot kroků a které zvenčí slyšely náš hovor, nyní vstoupili. Joseph byl, myslím, nadšen z chlapcova odchodu; Zdálo se, že Haretona to něco trápí, i když ho víc zabíral pohled na Catherine než na Lintona. Ale pán mu řekl, aby si zase šel lehnout: nechtěli jsme jeho pomoc. Potom přikázal Josephovi, aby odnesl mrtvolu do své komnaty, a řekl mi, abych se vrátila do své komnaty, a paní Heathcliffová zůstala sama.

Ráno mě poslal, abych jí řekl, že musí přijít dolů na snídani: svlékla se, zdálo se, že jde spát, a řekla, že je nemocná; čemuž jsem se sotva divil. Informoval jsem pana Heathcliffa a on mi odpověděl: ‚Nuže, nechte ji tam až do pohřbu; a tu a tam vystoupit, aby jí přinesl, co je potřeba; a jakmile se jí bude zdát lépe, pověz mi to.'„

Cathy zůstala nahoře čtrnáct dní, podle Zillah; který ji navštěvoval dvakrát denně a byl by byl spíše přátelštější, ale její pokusy o zvýšení laskavosti byly hrdě a rychle odraženy.

Heathcliff jednou přišel, aby jí ukázal Lintonovu závěť. Odkázal všechen svůj a její movitý majetek otci: ubohému stvoření bylo vyhrožováno nebo ho k tomu přemlouvalo během její týdenní nepřítomnosti, kdy strýc zemřel. Do pozemků, protože byl nezletilý, se nemohl plést. Pan Heathcliff si je však nárokoval a ponechal si je v právu své manželky a také: předpokládám, že legálně; v každém případě Catherine, zbavená peněz a přátel, nemůže narušit jeho majetek.

„Nikdo," řekla Zillah, „se nikdy nepřiblížil k jejím dveřím, leda jednou, jen já; a nikdo se na ni na nic neptal. Poprvé přišla do domu v neděli odpoledne. Když jsem jí nesl večeři, křičela, že už nemůže snášet pobyt v zimě; a řekl jsem jí, že pán jede do Thrushcross Grange a že jí Earnshaw a já nemusíme bránit v sestupu; a tak, jakmile uslyšela Heathcliffova koně odklusat, objevila se, v černém a žluté kadeře sčesané dozadu za uši tak jasně jako kvaker; nemohla je rozčesat.

„Joseph a já chodíme obvykle v neděli do kaple," kirk (víte, teď nemá žádného duchovního, vysvětlovala paní Deanová; a oni nazývají místo metodistů nebo baptistů, nemohu říci, co to je, v Gimmertonu, kaplí.) „Joseph už odešel," pokračovala, „ale uznala jsem za vhodné zůstat doma. Mladí lidé jsou vždy lepší pro přehlížení starších; a Hareton, při vší své stydlivosti, není vzorem milého chování. Řekl jsem mu, že jeho sestřenice bude velmi pravděpodobně sedět s námi a že byla vždy zvyklá dbát na dodržování šabatu; takže on musel nechat své pušky a kousky práce v bytě na pokoji, zatímco ona zůstala. Při té zprávě zrudl a přejel očima po svých rukou a šatech. Vlakový olej a střelný prach byly v minutě odhozeny z dohledu. Viděla jsem, že jí chce poskytnout svou společnost; a já jsem usoudil, podle jeho cesty, že chce být reprezentativní; a tak jsem se smíchem, protože se neodvažuji smát, když je pán nablízku, nabídl jsem mu, že mu pomůžu, bude-li chtít, a žertoval jsem nad jeho zmatkem. Rozmrzelý byl a začal nadávat.

„Nuže, paní Deanová," pokračovala Zillah, když viděla, že se mi její chování nelíbí, „náhodou se vám zdá, že vaše mladá dáma je pro pana Haretona příliš pěkná; a náhodou máte pravdu, ale přiznávám, že bych byl velmi rád, kdybych její pýchu srazil o kolík níž. A co pro ni nyní udělá všechna její učenost a její jemnost? Ona je stejně chudá jako vy nebo já; chudší, budu svázán; vy šetříte a já dělám svou malou část na celé cestě."

Hareton dovolil Zille, aby mu poskytla svou pomoc; a lichotila mu k dobré náladě; a tak, když přišla Catherine, napůl zapomněl na její dřívější urážky a snažil se, aby se choval přívětivě, podle vyprávění hospodyně.

„Slečna vešla dovnitř," řekla, „chladná jako rampouch a vysoká jako princezna. Vstal jsem a nabídl jí své místo v křesle. Ne, ohrnovala nos nad mou zdvořilostí. Earnshaw také vstal a vyzval ji, aby přišla do osady a posadila se blízko ohně; byl si jist, že je vyhladovělá.

‚Hladověla jsem měsíc i déle,' odpověděla a spoléhala na to slovo tak opovržlivé, jak jen dokázala.

A ona si vzala židli pro sebe a postavila ji daleko od nás obou. Když se posadila, až jí bylo teplo, začala se rozhlížet kolem sebe a objevila na prádelníku několik knih; Okamžitě byla opět na nohou a natáhla se, aby k nim dosáhla, ale byli příliš vysoko. Její sestřenice, která chvíli pozorovala její snahu, konečně sebrala odvahu, aby jí pomohla; Držela své šaty a on je naplnil prvními, které jí přišly pod ruku.

„To byl pro toho kluka velký pokrok. Neděkovala mu; Přesto byl potěšen, že přijala jeho pomoc, a odvážil se stát vzadu, když si je prohlížela, a dokonce se sklonil a poukázal na to, co ho napadlo na některých starých obrazech, které obsahovaly; nezalekl se ani drzého stylu, s nímž mu vytrhla stránku z prstu: spokojil se s tím, že popoodešel trochu dozadu a díval se na ni místo na knihu. Pokračovala ve čtení nebo hledala něco ke čtení. Jeho pozornost se postupně soustředila na studium jejích hustých hedvábných kadeří: její tvář neviděl on a ona neviděla jeho. A možná, že si nebyl zcela vědom toho, co dělal, ale byl přitahován jako dítě svíčkou, nakonec přešel od zírání k dotýkání; Natáhl ruku a pohladil jednu kadeř tak jemně, jako by to byl pták. Mohl jí vrazit nůž do krku, začala se v takovém záběru otáčet.

‚Okamžitě uteč! Jak se opovažuješ se mě dotýkat? Proč se tam zastavujete?" zvolala znechuceným tónem. „Nemohu vás vydržet! Půjdu zase nahoru, jestli se ke mně přiblížíte."

Pan Hareton ucouvl a tvářil se tak hloupě, jak jen dovedl: posadil se do kabiny velmi tiše a ona pokračovala v obracení svých svazků ještě půl hodiny; nakonec Earnshaw přešel ke mně a pošeptal mi.

‚Požádáš ji, aby nám četla, Zillah? Jsem zaseknutý v nicnedělání; a já ji mám rád - rád bych ji slyšel! Neříkej, že jsem to chtěl, ale zeptej se vás."

‚Pan Hareton si přeje, abyste nám četla, madam,' řekla jsem okamžitě. Přijal by to velmi laskavě - byl by vám velmi zavázán."

„Zamračila se; a vzhlédl a odpověděl:

‚Pane Haretone a vy všichni ostatní jistě pochopíte, že odmítám jakékoli předstírání laskavosti, které se dopouštíte pokrytectví! Pohrdám vámi a nikomu z vás nechci co říci! I když bych byl dal svůj život za jediné laskavé slovo, jen abych mohl spatřit jednu z vašich tváří, vy všichni jste se vyhýbali. Ale nebudu si vám stěžovat! Žene mě sem dolů zima; ani proto, abych vás pobavil nebo se těšil z vaší společnosti."

‚Co jsem mohl dělat?' začal Earnshaw. Jak jsem za to mohl já?'

‚Ach! „Vy jste výjimka," odpověděla paní Heathcliffová. „Nikdy jsem nepřehlédla takovou starost jako vy."

‚Ale já jsem vám to nabídl víc než jednou a požádal jsem ho,' rozpálil se nad její drzostí, ‚žádal jsem pana Heathcliffa, aby mě nechal vzbudit pro vás -'

‚Mlčte! Raději půjdu ven ze dveří nebo kamkoli jinam, než abych slyšela váš nepříjemný hlas do ucha!" řekla má paní.

Hareton zamumlal, že by kvůli němu mohla jít do pekla! vytáhl pušku z pera a už se nezdržel svých nedělních činností. Mluvil teď, dost otevřeně; a brzy uznala za vhodné uchýlit se do své samoty, ale nastal mráz a ona byla nucena přes svou pýchu stále více a více snižovat se k naší společnosti. Dával jsem si však pozor, abych už nepohrdal svou dobrou povahou: od té doby jsem stejně ztuhlý jako ona; a nemá mezi námi žádného milence ani sobě podobného: a nezaslouží si ho; neboť ať jí řeknou sebemenší slovo, a ona se schoulí do klubíčka bez ohledu na kohokoli. Vrhne se na samotného pána a odvažuje se ho zmlátit; a čím více je zraněna, tím jedovatější je."

Zprvu, když jsem slyšel tuto zprávu od Zillah, rozhodl jsem se, že opustím své postavení, najdu si chalupu a požádám Catherine, aby se přestěhovala a žila se mnou: ale pan Heathcliff to dovolil stejně brzy, jako by zřídil Hareton v samostatném domě; a v současné době nevidím žádný lék, ledaže by se mohla znovu vdát; a tento plán nepatří do mé kompetence zařídit.

* * * * *

Tak skončilo vyprávění paní Deanové. Navzdory doktorovu proroctví rychle nabývám sil; a třebaže je teprve druhý týden v lednu, navrhuji, abych za den nebo za dva vyjel na koně a jel na Větrnou hůrku, abych oznámil svému domácímu, že příštích šest měsíců strávím v Londýně; a bude-li chtít, může se poohlédnout po jiném nájemci, který by to nahradil po říjnu. Další zimu bych tu dlouho nestrávila.

KAPITOLA XXXI

Včerejšek byl jasný, klidný a mrazivý. Šel jsem do výšin, jak jsem navrhl; má hospodyně mě prosila, abych od ní přinesl malý vzkaz její mladé dámě, a já jsem neodmítl, protože ctihodná žena si nebyla vědoma ničeho zvláštního na své prosbě. Domovní dveře byly otevřené, ale žárlivá brána byla zavřená jako při mé poslední návštěvě; Zaklepal jsem a vzýval Earnshawa zpoza záhonů; Uvolnil ji a já jsem vstoupil. Ten chlapík je tak hezký venkovan, jak jen může být vidět. Tentokrát jsem si ho obzvláště všiml; Pak se však snaží zdánlivě vytěžit co nejméně ze svých předností.

Zeptal jsem se, jestli je pan Heathcliff doma? Odpověděl; Ne; ale přijde v době oběda. Bylo jedenáct hodin a já jsem oznámil svůj úmysl vejít dovnitř a počkat na něj; načež okamžitě odhodil své nářadí a doprovodil mě do kanceláře hlídacího psa, nikoli jako náhražku za hostitele.

Vstoupili jsme společně; Byla tam Catherine a byla užitečná při přípravě zeleniny k blížícímu se jídlu; vypadala mrzutější a méně temperamentní, než když jsem ji viděl poprvé. Sotva zvedla oči, aby si mě všimla, a pokračovala ve své práci se stejným nedbalím na běžné formy zdvořilosti jako předtím; Nikdy neopětuji úklonu a dobré jitro sebemenším poděkováním.

„Nezdá se mi tak příjemná," pomyslela jsem si, „jak by mě paní Deanová chtěla přesvědčit. Je to kráska, to je pravda; ale ne anděl."

Earnshaw ji nevrle vyzval, aby odnesla své věci do kuchyně. „Sundej si je sám," řekla a odstrčila je od sebe, jakmile to udělala; a odebrala se na stoličku u okna, kde začala vyřezávat postavy ptáků a zvířat z tuřínů na klíně. Přistoupil jsem k ní a předstíral jsem, že toužím po výhledu do zahrady; a jak se mi zdálo, obratně upustila dopis paní Deanové na koleno, aniž by si toho Hareton všiml - ale ona se nahlas zeptala: „Co to je?" A zahodil to.

„Dopis od vašeho starého známého, hospodyně ze statku," odpověděl jsem. rozzlobená, že odhalila můj laskavý skutek, a bála se, aby se to nestalo mým vlastním dopisem. Ráda by si to byla vzala, když se to dozvěděla, ale Hareton ji porazil; popadl ji a zastrčil si ji do vesty se slovy, že by se na ni měl pan Heathcliff nejdřív podívat. Nato Catherine mlčky odvrátila tvář od nás a velmi kradmo vytáhla kapesník a přiložila si jej k očím; a její bratranec, který se chvíli snažil potlačit své měkčí pocity, vytáhl dopis a hodil jím na podlahu vedle ní, jak nevlídně dovedl. Catherine jej chytala a dychtivě si ho prohlížela; Pak mi položila několik otázek týkajících se chovanců, rozumných i iracionálních, v jejím bývalém domově; a hleděl směrem ke kopcům a zašeptal v monologu:

„Ráda bych tam dole jela na Minny! Rád bych tam lezl! Ach! Jsem unavený - *zdržel jsem se*, Haretone!" A opřela se svou hezkou hlavou o parapet, napůl zívla a napůl vzdychla a upadla do výrazu roztržitého smutku: ani se nestarala, ani nevěděla, zda si jí všimli.

„Paní Heathcliffová," řekl jsem, když jsem chvíli seděl němě, „copak nevíte, že jsem váš známý? tak důvěrné, že mi připadá divné, že nepřijdete a nepromluvíte si se mnou. Má hospodyně se nikdy neunaví mluvit o vás a chválit vás; a bude velmi zklamaná, když se vrátím bez zpráv o vás nebo od vás, kromě toho, že jste dostal její dopis a nic jste neřekl!"

Zdálo se, že se podivuje nad touto řečí, a zeptala se:

„Má tě Ellen ráda?"

„Ano, dobrá," odpověděl jsem váhavě.

„Musíš jí říct," pokračovala, „že bych jí na dopis odpověděla, ale nemám žádný materiál k psaní, dokonce ani knihu, z níž bych mohla utrhnout lístek."

„Žádné knihy!" Vykřikl jsem. „Jak si to s nimi dokážeš představit? smím-li si dovolit se zeptat. I když mám k dispozici velkou knihovnu, jsem v Grange často velmi nudný; Vezměte mi knihy a já bych byl zoufalý!"

„Vždycky jsem četla, když jsem je měla," řekla Catherine; „a pan Heathcliff nikdy nečte; Tak si vzal do hlavy, že zničí mé knihy. Už týdny jsem žádného nezahlédl. Pouze jednou jsem prohledal Josephovu zásobu teologie, k jeho velkému rozhořčení; a jednou, Haretone, jsem ve vašem pokoji narazil na tajnou zásobu - něco latinského a řeckého, a nějaké pohádky a poezii; všechno to byli staří přátelé. Přinesl jsem sem poslední - a vy jste je sbírali, jako straka sbírá stříbrné lžičky, jen z lásky ke krádeži! Nejsou vám k ničemu; nebo jste je ukryli ve špatném duchu, že nikdo jiný se z nich nemůže těšit, protože vy se z nich nemůžete těšit. Snad *vaše* závist poradila panu Heathcliffovi, aby mě okradl o mé poklady? Ale většinu z nich mám napsanou v mozku a vytištěnou v srdci, a o ty mě nemůžete připravit!"

Earnshaw se zarděl, když jeho sestřenice odhalila jeho soukromé literární sbírky, a vykoktal rozhořčené popření svých obvinění.

„Pan Hareton si přeje rozšířit své znalosti," řekl jsem, když jsem mu přišel na pomoc. „On vám *nezávidí*, ale *je nadšený* z vašich znalostí. Za pár let z něj bude chytrý učenec."

„A on chce, abych se mezitím ponořila do hlupáku," odpověděla Catherine. „Ano, slyším, jak se pokouší hláskovat a číst si pro sebe, a dělá pěkně chyby! Přál bych si, abyste zopakovali Chevy Chase jako včera; bylo to extrémně vtipné. Slyšel jsem vás; a slyšel jsem, jak obracíš slovník, abys hledal těžká slova, a pak nadáváš, protože jsi neuměl číst jejich vysvětlení!"

Mladý muž zřejmě považoval za příliš špatné, že by se mu měli smát pro jeho nevědomost a pak se mu smát za to, že se ji snažil odstranit. Já jsem měl podobnou představu; a vzpomněl jsem si na anekdotu paní Deanové o jeho prvním pokusu osvětlit temnotu, v níž byl vychován, a poznamenal jsem: „Ale, paní Heathcliffová, každý jsme měli začátek a oba jsme klopýtali a vrávorali na prahu; Kdyby naši učitelé byli opovrhováni, místo aby nám pomáhali, klopýtli bychom a potáceli bychom se ještě dál."

„Ach," odpověděla, „nechci omezovat jeho vědomosti, ale on nemá právo, aby si přivlastňoval to, co je moje, a zesměšňoval mi to svými odpornými omyly a nesprávnou výslovností! Tyto knihy, jak próza, tak verše, jsou mi zasvěceny jinými asociacemi; a nerad je, když je má v ústech znehodnocované a znesvěcené! Kromě toho vybral mé oblíbené skladby, které mám nejraději, abych je opakoval, jakoby ze záměrné zlomyslnosti."

Haretonova hruď se na okamžik v tichosti vzdouvala: zmocnil se ho krutý pocit umrtvení a hněvu, který nebylo snadné potlačit. Vstal jsem, a protože jsem si myslel, že ho zbavím rozpaků, zaujal jsem své místo ve dveřích a prohlížel jsem si vnější vyhlídky, jak jsem stál. Následoval mého příkladu a odešel z pokoje; ale brzy se znovu objevil s půl tuctem svazků v rukou, hodil je Catherine do klína a zvolal: „Vezmi si je! Už je nikdy nechci slyšet, číst ani na ně myslet!"

„Teď je mít nebudu," odpověděla. „Spojím je s vámi a budu je nenávidět."

Otevřela jednu, kterou zřejmě často obracela, a přečetla část táhlým tónem začátečníka; pak se zasmála a hodila ho od sebe. „A poslouchejte," pokračovala provokativně a začala stejným způsobem sloku staré balady.

Ale jeho sebeláska nesnesla další muka: slyšel jsem, a ne zcela nesouhlasně, ruční kontrolu jejího drzého jazyka. Ta malá nešťastnice dělala, co mohla, aby ranila citlivé, i když nekultivované city své sestřenky, a fyzická hádka byla jediným způsobem, jak vyrovnat účet a splatit jeho následky tomu, kdo to způsobil. Potom knihy sebral a hodil je do ohně. Četl jsem v jeho tváři, jaká to byla muka, přinést takovou oběť slezině. Zdálo se mi, že když konzumovali, vzpomínal na potěšení, které mu již poskytli, a na triumf a stále rostoucí potěšení, které od nich očekával; a zdálo se mi, že jsem také uhodl podněcování k jeho tajným studiím. Spokojil se s každodenní prací a drsnými zvířecími radovánkami, dokud mu Catherine nezkřížila cestu. Stud za její opovržení a naděje na její souhlas byly jeho prvními podněty k vyšším cílům; a místo aby ho chránil před jedním a získal ho pro druhého, jeho snaha pozvednout se vedla k přesně opačnému výsledku.

„Ano, to je všechno dobré, že takové surovstvo jako vy od nich může dostat!" zvolala Catherine, cucala si poškozený ret a rozhořčenýma očima sledovala požár.

„Teď bys *měl* držet jazyk za zuby," odpověděl zuřivě.

A jeho rozčilení vyloučilo další řeč; spěšně přistoupil ke vchodu, kde jsem mu uvolnil cestu. Než však překročil kameny u dveří, vyšel k němu pan Heathcliff po hrázi, chytil ho za rameno a zeptal se: „Co si teď počít, chlapče?"

„Nic, nic," řekl a odtrhl se, aby si o samotě vychutnal svůj smutek a hněv.

Heathcliff se za ním podíval a povzdechl si.

„Bylo by divné, kdybych si to překazil," zamumlal, aniž by si uvědomoval, že jsem za ním. „Ale když se dívám na jeho otce v jeho tváři, nacházím *ji* každým dnem víc! Jak se k čertu tak podobá? Snesu pohled na něj."

Sklopil oči k zemi a zamyšleně vešel dovnitř. V jeho tváři se zračil neklidný, úzkostlivý výraz, jakého jsem si nikdy předtím nevšiml; a naživo vypadal střídmělejší. Jeho snacha, když ho zpozorovala oknem, okamžitě utekla do kuchyně, takže jsem zůstala sama.

„Jsem rád, že vás zase vidím venku, pane Lockwoode," řekl v odpověď na můj pozdrav. „částečně ze sobeckých pohnutek: myslím, že bych nedokázala snadno nahradit vaši ztrátu v této pustotě. Nejednou jsem přemýšlel, co vás sem přivedlo."

„Obávám se, že je to planý rozmar, pane," zněla má odpověď. „Jinak mě nějaký jalový rozmar odradí. Příští týden se vydám do Londýna; a musím vás varovat, že necítím žádnou chuť ponechat si Thrushcross Grange déle než dvanáct měsíců, kdy jsem souhlasil s jeho pronájmem. Myslím, že tam už nebudu bydlet."

„Ach, opravdu; Už tě nebaví být vyháněn ze světa, že ne?" řekl. „Ale jestli přicházíš s prosbou o zaplacení za místo, které neobsadíš, tvá cesta je zbytečná: nikdy nepolevuji v tom, abych od někoho vymáhal to, co mi náleží."

„Přicházím se za to za nic vymlouvat," zvolal jsem značně podrážděně. „Budete-li si to přát, vyřídím to s vámi hned," a vytáhl jsem z kapsy zápisník.

„Ne, ne," odpověděl chladně. „zanecháš po sobě dost peněz na zaplacení dluhů, jestli se nevrátíš: já tak nespěchám. Posaďte se a vezměte si s námi večeři; Host, který je v bezpečí před opakováním své návštěvy, může být obecně vítán. Catherine! Přineste ty věci: Kde jsi?"

Catherine se znovu objevila a nesla podnos s noži a vidličkami.

„Můžeš jít na večeři s Josephem," zamumlal Heathcliff stranou, „a zůstat v kuchyni, dokud neodejde."

Uposlechla jeho pokynů velmi přesně: snad neměla žádné pokušení přestoupit. Žije mezi klauny a misantropy, a když se s nimi setká, pravděpodobně nedokáže ocenit lepší třídu lidí.

S panem Heathcliffem, zachmuřeným a zasmušilým, na jedné straně, a Haretonem, naprosto němým, na straně druhé, jsem se najedl poněkud nevesele a brzy jsem se rozloučil. Byl bych odešel zadní cestou, abych naposledy zahlédl Catherine a rozzlobil starého Josepha; ale Hareton dostal rozkaz, aby vedl mého koně, a sám můj hostitel mě doprovodil ke dveřím, takže jsem nemohl své přání splnit.

„Jak bezútěšný je život v tomhle domě!" Přemýšlel jsem, zatímco jsem jel po silnici. „Jaké by to bylo pro paní Linton Heathcliffovou uskutečnit něco romantičtějšího než pohádku, kdybychom se s ní sblížili, jak si přála její dobrá chůva, a přestěhovali se spolu do strhující atmosféry města!"

KAPITOLA XXXII

1802. - Letos v září jsem byl pozván, abych zpustošil vřesoviště svého přítele na severu, a na své cestě do jeho bydliště jsem se neočekávaně přiblížil na patnáct mil od Gimmertonu. Hospodský v hostinci u silnice držel vědro s vodou, aby osvěžil mé koně, když tu kolem projel vůz s čerstvě sklizeným ovsem a on poznamenal: „Yon's frough Gimmerton, ne! Jsou to všichni tři knoty za jiným lidem se žní."

„Gimmerton?" Opakoval jsem - můj byt v tomto kraji se již stal potemnělým a zasněným. „Ach! Já vím. Jak daleko je to od tohohle?"

„Stalo se to čtrnáct mil nad těmi kopci; a hrbolatá cesta," odpověděl.

Náhle mě popadl impuls navštívit Thrushcross Grange. Bylo sotva poledne a já jsem se domníval, že bych mohl strávit noc pod vlastní střechou jako v hostinci. Kromě toho bych si mohl snadno vyhradit den na to, abych si vyřídil záležitosti se svým domácím, a tak bych si ušetřil námahu s opětovným vpádem do okolí. Když jsem si na chvíli odpočinul, nařídil jsem svému sluhovi, aby se zeptal na cestu do vesnice; a s velikou únavou našich zvířat jsme vzdálenost zvládli asi za tři hodiny.

Nechal jsem ho tam a pokračoval jsem sám údolím. Šedý kostel vypadal šedivěji a osamělý hřbitov osamělejší. Rozeznal jsem ovci z vřesovišť, která ořezává krátký drn na hrobech. Bylo sladké, teplé počasí - příliš teplé na cestování; ale horko mi nebránilo, abych se těšil z nádherné scenérie nahoře i dole: kdybych ji byl viděl blíže srpnu, jsem si jist, že by mě byla sváděla k tomu, abych promarnil měsíc v její samotě. V zimě není nic pochmurnějšího, v létě nic božštějšího než ty rokle uzavřené kopci a ty srázy, smělé vlny vřesovišť.

Dorazil jsem do statku před západem slunce a zaklepal jsem na vstup; ale rodina se stáhla do zadních prostor, usoudil jsem podle jednoho tenkého modrého věnce, který se kroutil z kuchyňského komína, a oni to neslyšeli. Vjel jsem do dvora. Pod verandou seděla devítiletá nebo desetiletá dívka a pletla a na schodech odpočívala stará žena a meditovala dýmku.

„Je uvnitř paní Deanová?" Zeptal jsem se dámy.

„Paní Deanová? „Ba ne," odpověděla, „ona tu nečeká, je nahoře na Výšinách."

„Jste tedy hospodyně?" Pokračoval jsem.

„Eea, Aw si tu hlavu nech," odpověděla.

„No, já jsem pan Lockwood, mistr. Zajímalo by mě, jestli jsou tu nějaké pokoje, kde bys mě mohl ubytovat? Chci zůstat celou noc."

„Mistr!" zvolala udiveně. „Páni, kdo věděl, že přijdeš? Yah sud ha' send word. Není to ani na severu sucho, ani tam není nic, ale není!"

Odhodila dýmku a vběhla dovnitř, dívka ji následovala a já jsem vstoupil také; brzy jsem poznal, že její zpráva je pravdivá a že jsem ji svým nevítaným zjevením málem vyvedl z míry, a požádal jsem ji, aby se uklidnila. Chodil jsem ven na procházku; a ona se zatím musí pokusit připravit mi kout obývacího pokoje, abych tam mohl večeřet, a ložnici, kde bych mohl spát. Žádné zametání a utírání prachu, bylo zapotřebí pouze dobrého ohně a suchého povlečení. Zdálo se, že je ochotná udělat vše, co je v jejích silách; ačkoli zastrčila kartáč na krb do mříže omylem s pohrabáčem a přivlastnila si několik jiných předmětů svého řemesla, ale já jsem se odebral do ústraní, spoléhaje na její energii jako na místo odpočinku před mým návratem. Větrná hůrka byla cílem mé navrhované exkurze. Vrátila mě k tomu pozdější myšlenka, když jsem odešel od dvora.

„Na Heights je vše v pořádku?" Zeptal jsem se té ženy.

„Eea, f'r owt ee knaw!" odpověděla a odcupitala pryč s pánví rozžhavených uhlíků.

Byl bych se zeptal, proč paní Deanová opustila Statek, ale v tak kritické situaci nebylo možné ji zdržet, a tak jsem se otočil a odcházel, pomalu jsem se toulal dál, za zády zářil zapadající slunce a před sebou mírnou nádheru vycházejícího měsíce - jeden pohasínal a druhý se rozjasňoval - když jsem opouštěl park. a vylezl po kamenité vedlejší cestě, která odbočovala k obydlí pana Heathcliffa. Než jsem ho dostal na dohled, zbývalo ze dne jen bezpaprskové jantarové světlo podél západu, ale podle toho nádherného měsíce jsem viděl každý oblázek na cestě a každé stéblo trávy. Nemusel jsem ani vylézt na bránu, ani klepat - poddala se mé ruce. To je zlepšení, pomyslel jsem si. A já jsem si všiml dalšího, pomocí svých nosních dírek; Vzduchem se linula vůně kmenů a květin z domáckých ovocných stromů.

Dveře i mříže byly otevřené; a přece, jak už to v uhelných revírech bývá, osvětloval komín pěkný rudý oheň: pohodlí, které z něj oko získává, činí dodatečné teplo snesitelným. Ale dům na Větrné hůrce je tak velký, že chovanci mají dost místa, aby se vymanili z jeho vlivu; a tak se ti obyvatelé, kteří tam byli, usadili nedaleko jednoho z oken. Než jsem vstoupil, viděl jsem je a slyšel je mluvit, a proto jsem se díval a poslouchal; hnán k tomu smíšeným pocitem zvědavosti a závisti, který rostl, jak jsem zůstával.

„*Naopak*!" ozval se hlas sladký jako stříbrný zvonek. „To už potřetí, ty hlupáku! Už vám to znovu neřeknu. Vzpomeň si, nebo tě zatáhnu za vlasy!"

„To je tedy naopak," odpověděl jiný hlubokým, ale mírným tónem. „A teď mě polib, že jsem to tak dobře myslel."

„Ne, nejdřív si to přečti správně, bez jediné chyby."

Mluvčí začal číst: byl to mladý muž, slušně oblečený, seděl u stolu a měl před sebou knihu. Jeho hezké rysy zářily radostí a jeho oči netrpělivě těkaly od stránky k malé bílé ruce přes rameno, která ho připomínala elegantním popláckem po tváři, kdykoli její majitel postřehl takové známky nepozornosti. Za ním stál jeho majitel; její světlé, zářící kadeře se občas mísily s jeho hnědými kadeřemi, když se skláněla, aby dohlížela na jeho studium; a její tvář - bylo štěstí, že jí do tváře neviděl, jinak by nikdy nebyl tak pevný. Mohl bych; a kousl jsem se do rtu zlomyslností, že jsem promarnil příležitost, kterou jsem mohl mít k něčemu jinému než k tomu, abych zíral na její pronikavou krásu.

Úkol byl splněn a neobešel se bez dalších omylů; ale žák si vyžádal odměnu a dostal nejméně pět polibků; což však velkoryse oplatil. Pak přišli ke dveřím a z jejich rozhovoru jsem usoudil, že se chystají vyjít ven a projít se po blatech. Domníval jsem se, že budu v srdci Haretona Earnshawa, ne-li jeho ústy, odsouzen do nejhlubší propasti v pekelných krajích, kdybych tehdy ukázal svého nešťastníka v jeho sousedství; a protože jsem se cítil velmi zlý a zlomyslný, plížil jsem se a hledal útočiště v kuchyni. Také z této strany byl volný vstup; a u dveří seděla moje stará přítelkyně Nelly Deanová, šila a zpívala píseň; která byla často zevnitř přerušována ostrými slovy opovržení a nesnášenlivosti, pronášenými daleko od hudebních přízvuků.

„U všech všudy bych jim přísahal, že od rána do rána budu poslouchat své oko!" řekl nájemník kuchyně v odpověď na Nellyinu neslyšenou řeč. „Je to obrovská hanba, že nemohu opsat požehnanou Knihu, ale vy jste jim připsali slávu a všechny ty špatnosti, které se zrodily v této brance! Ach! vy jste teď velmi bohatí; a shoo je další; a ten chudák mládenec se vám ztratí. Ubohý mládenec!" dodal se zasténáním. „On je začarovaný: já jsem sartin. Ach, Pane, suďte je, protože mezi vládci není severské právo a spravedlnost!"

„Ne! nebo bychom asi seděli v hořících teploušíh," odsekl zpěvák. „Ale přej si, starý muži, číst si Bibli jako křesťan a nestarej se o mne. Tohle je 'Svatba víly Annie' - krásná melodie - jde o tanec."

Paní Deanová se chystala znovu začít, když jsem postoupil; a když mě okamžitě poznala, vyskočila na nohy a zvolala: „Ach, požehnej vám, pane Lockwoode! Jak by vás mohlo napadnout vrátit se tímto způsobem? V Thrushcross Grange je všechno zavřeno. Měl jste nás oznámit!"

„Zařídil jsem si, abych tam zůstal ubytován po celou dobu," odpověděl jsem. „Zítra opět odjíždím. A jak jste sem přesazena, paní Deanová? Řekněte mi to."

Zillah odjela a pan Heathcliff si přál, abych přijela brzy poté, co jste odjela do Londýna, a zůstala jsem, dokud se nevrátíte. Ale vstupte, modlete se! Šel jste dnes večer pěšky z Gimmertonu?"

„Ze statku," odpověděl jsem. „a zatímco mi tam dělají noclehárnu, chci vyřídit svou záležitost s vaším pánem; protože nemyslím na to, že bych měl ve spěchu další příležitost."

„Co je za to, pane?" zeptala se Nelly a vedla mě do domu. „Momentálně odešel a hned se nevrátí."

„O nájemném," odpověděl jsem.

„Ach! pak se musíte vypořádat s paní Heathcliffovou," poznamenala. „Nebo spíš se mnou. Ještě se nenaučila spravovat své záležitosti a já jednám za ni; nikdo jiný není."

Vypadala jsem překvapeně.

„Ach! „Jak vidím, neslyšel jste o Heathcliffově smrti," pokračovala.

„Heathcliff je mrtev!" Zvolal jsem udiveně. „Jak je to dávno?"

„Od té doby uplynuly tři měsíce, ale posaďte se, vezměte si váš klobouk a já vám o tom všechno povím. Přestaňte, vy jste neměl co jíst, že ne?"

„Nic nechci, objednal jsem si doma večeři. Posaďte se taky. Nikdy by mě ani ve snu nenapadlo, že zemře! Dovolte mi slyšet, jak se to stalo. Říkáte, že je ještě nějakou dobu neočekáváte zpátky - ty mladé lidi?"

„Ne - musím jim každý večer nadávat za jejich pozdní bláboly, ale oni se o mě nezajímají. Dejte si alespoň drink našeho starého piva; Prospěje vám to; vypadáte unaveně."

Spěchala pro něj dřív, než jsem mohl odmítnout, a slyšel jsem, jak se Joseph ptá, zda to není do nebe volající pohoršení, že má ve svém věku stoupence? A pak, dostat ty atlety ze sklepa mistra! Docela si přál, aby „zůstal stát a dívat se na to".

Nezůstala tam, aby se pomstila, ale za chvíli se vrátila dovnitř a nesla v ruce stříbrnou pintu, jejíž obsah jsem vychvaloval s náležitou vážností. A potom mi poskytla pokračování Heathcliffových dějin. Měl „podivný" konec, jak to vyjádřila.

* * * * *

Byla jsem povolána na Větrnou hůrku do čtrnácti dnů poté, co jste nás opustila, řekla; a radostně jsem poslechl, kvůli Catherine. Můj první rozhovor s ní mě zarmoutil a šokoval: od našeho rozchodu se toho tolik změnila. Pan Heathcliff nevysvětlil své důvody, proč si můj příchod sem rozmyslel; řekl mi jen, že mě chce a že už ho nebaví vídat Catherine: musím si z toho salónku udělat obývací pokoj a nechat si ji u sebe. Stačilo, když ji musel navštěvovat jednou nebo dvakrát denně. Zdálo se, že ji toto uspořádání těší; a postupně jsem propašoval velké množství knih a jiných předmětů, které tvořily její zábavu v Grange; a namlouval jsem si, že budeme pokračovat v přijatelném pohodlí. Klam netrval dlouho. Catherine, zprvu spokojená, se v krátké době stala podrážděnou a neklidnou. Za prvé měla zakázáno vycházet ze zahrady a smutně ji trápilo, že je s blížícím se jarem omezena na její úzké hranice; za druhé, když jsem chodil po domě, byl jsem nucen ji často opouštět a ona si stěžovala na samotu: raději se hádala s Josefem v kuchyni, než aby seděla v klidu ve své samotě. Nevadily mi jejich šarvátky, ale Hareton byl často nucen hledat také kuchyň, když pán chtěl mít dům pro sebe; a ačkoli to zprvu buď opustila, když se přiblížil, nebo se tiše připojila k mým činnostem a vyhýbala se poznámkám nebo oslovení - a ačkoli byl vždy co nejmrzutější a mlčenlivější - po nějaké době změnila své chování a přestala být schopna nechat ho na pokoji: mluvila na něj; komentoval svou hloupost a zahálku; Vyjadřovala svůj údiv nad tím, jak může vydržet život, který žije - jak může celý večer prosedět, zírat do ohně a podřimovat.

„Je jako pes, viď, Ellen?" poznamenala jednou, „nebo jako tažný kůň? Koná svou práci, jí svůj pokrm a věčně spí! Jakou to musí mít prázdnou, bezútěšnou mysl! Snil jsi někdy, Haretone? A pokud ano, o čem to je? Ale se mnou nemůžete mluvit!"

Pak se na něj podívala; ale neotevřel ústa ani se znovu nepodíval.

„Teď se mu to možná zdá," pokračovala. „Škubl ramenem, když Juno škubla tím svým. Zeptej se ho, Ellen."

„Pan Hareton požádá pána, aby vás poslal nahoru, pokud se nebudete chovat slušně!" Říkal jsem. Nejenže sebou škubl ramenem, ale zaťal pěst, jako by byl v pokušení ji použít.

„Vím, proč Hareton nikdy nemluví, když jsem v kuchyni," zvolala při jiné příležitosti. „Bojí se, že se mu vysměju. Ellen, co si o tom myslíš? Začal se jednou učit číst; a protože jsem se smál, spálil své knihy a upustil je: nebyl snad blázen?"

„Nebyla jsi zlobivá?" Říkal jsem; „Odpovězte mi na to."

„Snad jsem," pokračovala. „ale nečekala jsem, že bude tak hloupý. Haretone, kdybych ti dal knihu, vzal by sis ji teď? Zkusím to!"

Položila mu na ruku jednu, kterou si prohlížela; Odhodil ji a zamumlal: „Jestli se nevzdá, zlomí jí vaz.

„Dobrá, dám to sem," řekla, „do zásuvky stolu; a já jdu spát."

Pak mi pošeptala, abych se podíval, zda se jí dotkne, a odešla. Ale on se k němu nechtěl přiblížit; a tak jsem jí to ráno oznámil k jejímu velkému zklamání. Viděla jsem, že lituje jeho vytrvalé mrzutosti a lenosti: její svědomí ji káralo, že ho zastrašila, aby se polepšil: udělala to účinně. Ale její vynalézavost se snažila napravit škodu: zatímco jsem žehlil nebo se věnoval jiným takovým pracím, které jsem nemohl dobře vykonávat v salonu, přinesla mi nějaký příjemný svazek a přečetla mi ho nahlas. Když tam Hareton byl, obvykle se na zajímavé části odmlčela a nechala knihu ležet: to dělala opakovaně; ale byl tvrdohlavý jako mezek, a místo aby chňapl po její návnadě, začal za deštivého počasí kouřit s Josefem; a seděli jako automaty, každý po jedné straně ohně, starší byl naštěstí příliš hluchý, než aby pochopil její ničemné nesmysly, jak by to byl nazval, a mladší se snažil ze všech sil dělat dojem, že to nebere v úvahu. Za krásných večerů sledoval Kateřina své lovecké výpravy a Kateřina zívala a vzdychala a škádlila mě, abych s ní mluvil, a utíkala do dvora nebo do zahrady, jakmile jsem začal; a jako poslední útočiště zvolala a řekla, že je unavená ze života: její život je zbytečný.

Pan Heathcliff, který stále více ztrácel chuť ke společnosti, málem vykázal Earnshawa z jeho bytu. Kvůli nehodě na začátku března se stal na několik dní stálicí v kuchyni. Jeho puška vybuchla, když byl sám v kopcích; Na paži ho poranila tříska a než se dostal domů, přišel o hodně krve. Důsledkem bylo, že byl nutně odsouzen k ohni a klidu, dokud si to znovu nevynahradil. Catherine se hodilo, že ho tam má, v každém případě nenáviděla svůj pokoj nahoře víc než kdy jindy, a nutila by mě, abych si dole vyřídila nějakou záležitost, aby mě mohla doprovodit.

Na Velikonoční pondělí šel Joseph s dobytkem na Gimmertonskou pouť; a odpoledne jsem byla zaneprázdněna sháněním prádla v kuchyni. Earnshaw seděl jako obvykle mrzutý jako obvykle u komína a moje malá paní si krátila nečinnou hodinu kreslením obrázků na okenní tabule, zpestřovala si zábavu přidušenými písněmi, šeptanými výkřiky a rychlými rozmrzelými a netrpělivými pohledy směrem ke své sestřence, která vytrvale kouřila a dívala se do krbu. Když jsem si všiml, že se mohu smířit s tím, že už nebude zachycovat mé světlo, odebrala ke krbu. Nevěnoval jsem jí příliš pozornosti, ale vzápětí jsem zaslechl, jak začala: „Zjistila jsem, Haretone, že bych ráda --že bych byla ráda, kdybyste se na mě teď tak nezlobil a neudělal takovou drsnost."

Hareton neodpověděl.

„Haretone, Haretone, Haretone! Slyšíte?" pokračovala.

„Vypadněte s vámi!" zavrčel s nekompromisní nevrlostí.

„Vezmu si tu dýmku," řekla, opatrně posunula ruku a vytáhla ji z jeho úst.

Než se ji mohl pokusit vyzvednout, byla rozbitá a za ohněm. Zaklel jí a popadl jinou.

„Přestaňte," zvolala, „musíte mě nejprve poslouchat; a nemohu mluvit, když mi před obličejem plují ty mraky."

„Půjdeš k ďáblu!" zvolal zuřivě, „a nech mě být!"

„Ne," naléhala, „nebudu: nedokážu říct, co mám dělat, abys se mnou mluvil; a vy jste rozhodnuti tomu nerozumět. Když o vás říkám, že jste hloupí, nemyslím tím nic: nemyslím tím, že vámi pohrdám. Pojďte, všimněte si mě, Haretone, jste můj bratranec a budu vám patřit

„S tebou a s tvou špinavou pýchou a tvými zatracenými posměšnými kousky nebudu mít nic společného!" odvětil. „Půjdu do pekla, tělo i duše, než se za tebou zase podívám bokem. Uhněte od brány, teď, v tuto chvíli!"

Catherine se zamračila a ustoupila na sedátko u okna, kousala se do rtu a snažila se pobrukováním výstřední melodie zakrýt vzrůstající sklon ke vzlykání.

„Měl byste se přátelit se svou sestřenicí, pane Haretone," přerušil jsem ji, „protože ona lituje své drzosti. Prospělo by vám to velmi dobře, udělalo by z vás jiného muže, kdybyste ji měla za společnici."

„Společník!" zvolal. „když mě nenávidí a nepovažuje mě za způsobilého utřít jí botu! Ba ne, kdyby ze mě udělala krále, už bych nebyl opovrhován za to, že jsem usiloval o její přízeň."

„Nejsem to já, kdo vás nenávidí, jste to vy, kdo nenávidí mě!" plakala Cathy, aby už neskrývala své trápení. „Nenávidíte mě stejně jako pana Heathcliffa, a ještě víc."

„Jste zatracený lhář," začal Earnshaw, „proč jsem ho rozzlobil tím, že jsem se stokrát postavil na vaši stranu? a že když jste se mi vysmíval a opovrhoval mnou a - Dál mě trápíte a já tam zakročím a řeknu, že jste mě vystrašil z kuchyně!"

„Nevěděla jsem, že se stavíte na mou stranu," odpověděla a osušila si oči. „a byl jsem na všechny nešťastný a zahořklý; ale nyní vám děkuji a prosím vás, odpusťte mi: co mohu dělat kromě toho?"

Vrátila se ke krbu a upřímně mu podala ruku. Zčernal a zamračil se jako bouřkový mrak, držel pevně zaťaté pěsti a pohled upřený k zemi. Catherine musela instinktivně vytušit, že to byla zatvrzelá zvrácenost, a ne nechuť, co vedlo k tomuto zarputilému chování; neboť když zůstala na okamžik nerozhodná, sklonila se a vtiskla mu na tvář něžný polibek. Ta malá darebáctví se domnívala, že jsem ji neviděl, a odtáhla se a docela ostýchavě zaujala své dřívější místo u okna. Káravě jsem zavrtěl hlavou a ona se začervenala a zašeptala: „Nuže! co jsem měla dělat, Ellen? Nepotřásl by si rukou a nedíval by se: musím mu nějak ukázat, že se mi líbí - že chci být přátelé."

Zda polibek Haretona přesvědčil, nemohu říci; několik minut si dával velký pozor, aby mu nebylo vidět do tváře, a když ji zvedl, byl smutně zmatený, kam má obrátit oči.

Catherine se zaměstnala tím, že zabalila hezkou knihu, úhledně ji zabalila do bílého papíru, převázala ji kouskem stuhy a poslala ji „panu Haretonu Earnshawovi" a požádala mne, abych se stala její vyslankyní a předala dar vytouženému příjemci.

„A řekni mu, jestli si ji vezme, přijdu a naučím ho ji správně číst," řekla; „a jestli to odmítne, půjdu nahoru a už ho nikdy nebudu škádlit."

Nesl jsem ji a opakoval poselství; úzkostlivě sledován svým zaměstnavatelem. Hareton nechtěl otevřít prsty, a tak jsem mu ho položil na koleno. Ani on to neškrtl. Vrátil jsem se ke své práci. Catherine se opřela hlavou a rukama o stůl, až zaslechla slabé zašustění odhrnované pokrývky; Pak se odkradla a tiše se posadila vedle své sestřenky. Zachvěl se a tvář mu zářila: všechna jeho hrubost a všechna jeho nevrlá tvrdost ho opustila: zprvu nemohl sebrat odvahu, aby pronesl jedinou slabiku v odpověď na její tázavý pohled a její šeptanou prosbu.

„Řekni, že mi odpouštíš, Haretone, udělej to. Můžeš mě udělat tak šťastnou, když řekneš to slůvko."

Zamumlal něco neslyšitelného.

„A vy budete moje přítelkyně?" dodala Catherine tázavě.

„Ne, budete se za mě stydět každý den svého života," odpověděl; „a čím více se stydíte, tím více mě znáte; a já to nemohu snést."

„Takže ty nebudeš můj přítel?" zeptala se, usmála se sladce jako med a plížila se blíž.

Už jsem nezaslechl žádné rozlišitelné řeči, ale když jsem se znovu ohlédl, spatřil jsem dvě tak zářivé tváře skloněné nad stránkou přijaté knihy, že jsem nepochyboval, že smlouva byla ratifikována na obou stranách; a nepřátelé byli od té doby zapřisáhlými spojenci.

Práce, kterou studovali, byla plná drahých obrazů; a tito lidé a jejich postavení měli takové kouzlo, že s nimi nepohnuli, dokud se Josef nevrátil domů. On, chudák, byl naprosto zděšen podívanou na Catherine, jak sedí na jedné lavici s Haretonem Earnshawem a opírá se mu rukou o rameno; a zahanben tím, jak jeho milenka vydržela její blízkost; dotklo se ho to příliš hluboce, než aby dovolil postřeh o tom věci onoho večera. Jeho pohnutí se projevilo jen z nesmírných povzdechů, které vyloudil, když slavnostně rozložil svou velkou Bibli na stůl a přeložil ji špinavými bankovkami ze svého zápisníku, produktem denních transakcí. Konečně zavolal Haretona ze svého místa.

„Vezmi to k mistrovi, chlapče," řekl, „a počkej tam. Spojil jsem se se svým vlastním rahmem. Tohle je pro nás ani mensful, ani slušné; my se odkláníme stranou a prohlížíme si jinou."

„Pojďte, Catherine," řekla jsem, „musíme také 'vypadnout'; už jsem vyžehlila. Jsi připraven jít?"

„Ještě není osm hodin!" odpověděla a neochotně vstala. „Haretone, tuhle knihu nechám na komíně a zítra přinesu další."

„Knihy, které zanecháš, vezmu do háje," řekl Josef, „a bude to mitch, jestli je najdeš staré; Takže, můžete pléžit yerseln!"

Cathy vyhrožovala, že jeho knihovna zaplatí za tu její; a s úsměvem, když procházela kolem Haretonu, šla nahoru se zpěvem; troufám si říci, že lehčí srdce, než kdy předtím byla pod tou střechou; snad s výjimkou jejích prvních návštěv v Lintonu.

Takto započatá důvěrnost rychle rostla; i když se setkala s dočasnými přerušeními. Earnshaw se nedal zcivilizovat s přáním a moje mladá dáma nebyla žádný filozof ani vzor trpělivosti; ale obě jejich mysli tíhly k témuž bodu - jedna milovala a toužila po úctě a druhá milovala a toužila být vážena - podařilo se jim toho nakonec dosáhnout.

Víte, pane Lockwoode, získat si srdce paní Heathcliffové bylo dost snadné. Ale teď jsem rád, že jste to nezkusili. Korunou všech mých přání bude spojení těchto dvou. Nebudu nikomu závidět v den jeho svatby; v Anglii nebude šťastnější ženy, než jsem já!

KAPITOLA XXXIII

Nazítří onoho pondělí, když se Earnshaw stále nemohl věnovat své obvyklé práci, a proto zůstával v domě, rychle jsem zjistil, že by bylo nepraktické mít svého svěřence vedle sebe jako doposud. Sešla dolů po schodech přede mnou a ven do zahrady, kde viděla svou sestřenku při nějaké snadné práci; a když jsem je šel pozvat k snídani, viděl jsem, že ho přemluvila, aby vyčistil velkou plochu půdy od rybízových a angreštových keřů, a že spolu plánovali dovoz rostlin z Grange.

Byl jsem zděšen zkázou, která byla způsobena v krátké půlhodině; stromy černého rybízu byly zřítelnicí Josefova oka a ona si právě vybrala květinový záhon uprostřed nich.

„Tam! To všechno bude pánovi ukázáno," zvolal jsem, „jakmile to bude objeveno. A jakou omluvu nabízíte pro takovou volnost se zahradou? Budeme mít v jeho čele pěknou explozi: podívejte se, jestli ne! Pane Haretone, divím se, že nemáte víc rozumu, než jít a udělat ten nepořádek na její příkaz!"

„Zapomněl jsem, že patří Josephovi," odpověděl Earnshaw poněkud zmateně, „ale řeknu mu, že jsem to udělal."

Vždycky jsme jedli s panem Heathcliffem. Zastávala jsem místo paní ve vaření čaje a řezbářství; takže jsem byl u stolu nepostradatelný. Catherine obvykle sedávala vedle mne, ale dnes se přikradla blíž k Haretonu; a brzy jsem viděl, že ve svém přátelství nebude mít o nic větší rozvahu, než měla ve svém nepřátelství.

„A teď si dej pozor, abys se sestřenkou příliš nebavil a příliš si jí nevšímal," zněly mé šeptané instrukce, když jsme vstoupili do místnosti. „Pana Heathcliffa to určitě rozzlobí a bude se na vás oba zlobit."

„Nepůjdu," odpověděla.

Minutu nato se k němu připlížila a strkala mu petrklíče do talíře s kaší.

Neodvažoval se tam s ní promluvit: sotva se odvážil pohlédnout; a přece ho nepřestávala škádlit, až ho dvakrát málem vyprovokovali k smíchu. Zamračil jsem se a pak pohlédla na mistra, který byl zaměstnán jinými věcmi než svou společností, jak prozrazovala jeho tvář; a na okamžik zvážněla a prohlížela si ho s hlubokou vážností. Pak se obrátila a znovu začala se svými nesmysly; nakonec se Hareton přidušeně zasmál. Pan Heathcliff sebou trhl; Jeho oko rychle přezkoumalo naše tváře. Catherine na to reagovala svým obvyklým pohledem plným nervozity, a přece vzdoru, který se mu hnusil.

„To je dobře, že jste mimo můj dosah," zvolal. „Jaký ďábel tě posedne, že na mě ustavičně zíráte těma pekelnýma očima? Pryč s nimi! a už mi nepřipomínej svou existenci. Myslel jsem, že jsem tě vyléčil ze smíchu."

„To jsem byl já," zamumlal Hareton.

„Co říkáte?" zeptal se mistr.

Hareton pohlédl na svůj talíř a nezopakoval doznání. Pan Heathcliff se na něho chvíli podíval a pak se mlčky vrátil ke snídani a k přerušenému přemítání. Už jsme byli skoro hotovi a oba mladí lidé se prozíravě rozkročili, takže jsem neočekával žádné další rušení během tohoto sezení: když se ve dveřích objevil Joseph a podle chvějících se rtů a zuřivých očí prozrazoval, že byla zjištěna ohavnost spáchaná na jeho drahocenných keřích. Než si to místo prohlédl, musel si Cathy a její sestřenku prohlédnout, protože zatímco jeho čelisti fungovaly jako čelisti krávy, která přežvykuje a ztěžovala mu řeč, začal:

„Dostanu svou mzdu a já mun goa! Snažil jsem se zjistit, jestli jsem šedesát let nechutnal, a pak jsem si chtěl vytáhnout knihy do podkroví a všechny své drobnosti a oni si pak odvezli kuchyň k sobě, jen aby bylo ticho. Bylo těžké vytáhnout mi omráčení krbu, ale myslel jsem, že bych to dokázal! Ale ne, sh't taan my garden from mne, a při srdci, pane, to nemohu vydržet! Yah se může sklonit před tím, co chceš - já jsem to nedělal dřív a starý člověk se nenechá uklidnit, aby si zvykl na nové bartheny. Ulovil bych si sousto a večeři s kladivem na silnici!"

„Tak, teď, idiote!" přerušil ho Heathcliff, „zkraťte to! Na co si stěžujete? Nebudu se vměšovat do žádných sporů mezi vámi a Nelly. Může tě strčit do uhelné jámy za cokoli, co mi bude záležet."

„To není žádná Nelly!" odpověděl Josef. „Najednou se kvůli Nelly nezměním - je to hnusné, nemocné. Díky Bohu! *To* nemůže vyčpět! Shoo wer niver soa hezká, ale jaké tělo bláto pohled na její 'zápas mrkání. To vy špinavá, nepůvabná královna, která očarovala našeho chlapce se svou smělou ženou a svými předsmělými způsoby - až - Ne! To je spravedlivé rozechvění mého srdce! Zapomněl na všechno, co jsem pro něj udělal a co jsem na něm udělal, a vytrhal jsem celou řadu nejrozmanitějších rybízových stromů, jaké jsem měl na zahradě!" a tu si přímo postesk; zbaven síly vědomím svých trpkých zranění a Earnshawovy nevděčnosti a nebezpečného stavu.

„Je ten blázen opilý?" zeptal se pan Heathcliff. „Haretone, jsi to ty, komu něco vyčítá?"

„Vytrhal jsem dva nebo tři keře," odpověděl mladík. „ale já je zase nasadím."

„A proč jsi je vytrhl?" řekl mistr.

Catherine to moudře vložila do jazyka.

„Chtěli jsme tam zasadit nějaké květiny," křičela. „Jsem jediná osoba, kterou mohu obvinit, protože jsem si přála, aby to udělal."

„A kdo ti k čertu dovolil, abys se tu dotkla klacku?" zeptal se tchán velmi překvapeně. „A kdo *vám nařídil,* abyste ji poslouchal?" dodal a obrátil se k Haretonovi.

Ten byl oněmělý; jeho bratranec mu odpověděl: „Neměl bys mi nerad věnovat ani pár metrů hlíny, abych ji ozdobil, když jsi mi zabral všechnu půdu!"

„Tvoje země, drzá děvko! Nikdy jste žádné neměli," řekl Heathcliff.

„A moje peníze," pokračovala; opětovala jeho zlostný pohled a mezitím se zakousla do kousku kůrky, zbytku její snídaně.

„Ticho!" zvolal. „Hotovo a pryč!"

„A Haretonovy pozemky a jeho peníze," pokračoval lehkomyslník. „Hareton a já jsme teď přátelé; a já mu o vás všechno povím!"

Mistr se na okamžik zdál být zmatený, zbledl a vstal, hledíc na ni po celou dobu s výrazem smrtelné nenávisti.

„Když mě udeříte, Hareton udeří vás," řekla. „Tak se můžete rovnou posadit."

„Jestli vás Hareton nevykáže z pokoje, udeřím ho do pekla," zahřměl Heathcliff. „Zatracená čarodějnice! Opovažujete se předstírat, že ho chcete poštvat proti mně? Pryč s ní! Slyšíte? Hodit ji do kuchyně! Zabiju ji, Ellen Deanová, jestli mi ji dovolíte, aby se mi znovu objevila před očima!"

Hareton se ji pod vousy snažil přesvědčit, aby odešla.

„Odtáhni ji pryč!" vykřikl zuřivě. „Zůstáváš si promluvit?" A přistoupil k němu, aby vykonal svůj vlastní příkaz.

„Už tě nebude poslouchat, ničeme," řekla Catherine; „a brzy vás bude nenávidět stejně jako já."

„Kéž by! Kéž by!" zamumlal vyčítavě mladý muž. „Nechci vás slyšet mluvit s ním takhle. Udělal."

„Ale vy ho necháte, aby mě udeřil?" zvolala.

„Tak pojďte," zašeptal vážně.

Bylo příliš pozdě: Heathcliff ji chytil.

„A teď jdi!" řekl Earnshawovi. „Prokletá čarodějnice! Tentokrát mě popouzela, když jsem to nemohl snést; a já ji přiměji, aby toho navždy litovala!"

Měl ruku v jejích vlasech; Hareton se pokusil uvolnit její kadeře a prosil ho, aby jí ani jednou neublížil. Heathcliffovi se zablýsklo v černých očích; zdálo se, že se chystá Catherine roztrhat na kusy, a já jsem byl právě vycvičen k tomu, abych riskoval přispěchat na pomoc, když tu se náhle jeho prsty uvolnily; Přesunul sevření z její hlavy na její paži a upřeně se jí zahleděl do tváře. Pak si zakryl oči rukou, na okamžik se zastavil, aby se zřejmě vzpamatoval, a pak se znovu obrátil ke Catherine a řekl s předstíraným klidem: „Musíš se naučit vyhýbat se tomu, abys mě rozvášnil, jinak tě někdy doopravdy zavraždím! Jděte s paní Deanovou a držte se s ní; a omezte svou drzost na její uši. Pokud jde o Haretona Earnshawa, když uvidím, že vás poslouchá, pošlu ho hledat svůj chléb, kde ho může sehnat! Tvá láska z něj udělá vyvrhele a žebráka. Nelly, vezmi si ji; a nechte mě všechny! Opusťte mě!"

Vyvedl jsem svou mladou dámu ven: byla příliš šťastná ze svého útěku, než aby se postavila na odpor; druhý ho následoval a pan Heathcliff měl až do večeře pokoj sám pro sebe. Poradil jsem Catherine, aby povečeřela nahoře; ale jakmile zpozoroval její volné místo, poslal mě, abych ji zavolal. S nikým z nás nemluvil, jedl velmi málo a hned potom odešel s naznačením, že se nevrátí dříve než k večeru.

Oba noví přátelé se usadili v domě během jeho nepřítomnosti, kde jsem slyšel, jak Hareton přísně zadržuje svou sestřenici, když jí prozradila, jak se tchán choval k jeho otci. Řekl, že nestrpí, aby bylo proneseno jediné slovo v jeho znevažování: kdyby byl ďábel, nic by to neznamenalo; stál by při něm; a byl by raději, kdyby mu nadávala, jak to dělávala dřív, než aby se pustila do pana Heathcliffa. Catherine se při tom rozzlobila; Našel však způsob, jak ji přimět k tomu, aby držela jazyk za zuby, a ptal se jí, jak by chtěla, *aby* mluvil špatně o jejím otci? Pak pochopila, že Earnshaw si vzal mistrovu pověst domů; a byla spojena pouty silnějšími, než mohl rozum zpřetrhat - řetězy, ukovanými ze zvyku, které by bylo kruté pokoušet se rozvázat. Od té doby projevovala dobré srdce, když se vyhýbala stížnostem i projevům antipatie vůči Heathcliffovi; a svěřila se mi se svým zármutkem, že se snažila vzbudit zlého ducha mezi ním a Haretonem: vskutku, nevěřím, že od té doby kdy vydechla ani slůvko, když Hareton slyšel, že slyší svého utlačovatele.

Když tato drobná neshoda pominula, byli opět přáteli a byli tak zaneprázdněni, jak jen to bylo možné, ve svých různých zaměstnáních žáka a učitele. Přišel jsem, abych si s nimi sedl, když jsem dokončil svou práci; a cítil jsem se tak uklidněn a potěšen, když jsem je pozoroval, že jsem si nevšiml, jak čas plyne. Víte, obě vypadaly do jisté míry jako mé děti: na jedno jsem byl dlouho hrdý; a teď, byla jsem si jistá, bude ta druhá zdrojem stejného uspokojení. Jeho čestná, vřelá a inteligentní povaha rychle setřásla mraky nevědomosti a ponížení, v nichž byla vychována; a Catherinina upřímná pochvala působila jako pobídka pro jeho píli. Jeho rozjasněná mysl rozjasnila jeho rysy a dodala jejich vzhledu ducha a ušlechtilost: stěží jsem si mohl představit, že je to týž člověk, kterého jsem viděl toho dne, kdy jsem objevil svou malou dámu na Větrné hůrce po její výpravě do Skal. Zatímco jsem obdivoval a oni pracovali, blížil se soumrak a s ním se vrátil mistr. Přišel k nám zcela neočekávaně, vstoupil přední cestou a měl úplný výhled na všechny tři, než jsme mohli zvednout hlavu a podívat se na něj. Nuže, uvažoval jsem, nikdy jsem neměl příjemnější a neškodnější pohled; a byla by to palčivá hanba jim vynadat. Rudé světlo ohně zářilo na jejich dvou kostnatých hlavách a odhalovalo jejich tváře oživené dychtivým zájmem dětí; neboť ačkoli jemu bylo třiadvacet a jí osmnáct, každý z nich měl tolik nového, co musel pociťovat a učit se, že ani nezakoušel, ani nedával najevo pocity střízlivé rozčarované zralosti.

Zvedli oči společně, aby se setkali s panem Heathcliffem; snad jste si nikdy nevšimli, že jejich oči jsou si naprosto podobné, a že jsou to oči Catherine Earnshawové. Nynější Catherine se jí nijak jinak nepodobá, kromě šířky čela a jistého oblouku nosní dírky, který ji činí poněkud povýšenou, ať chce nebo nechce. U Haretona jde podobnost ještě dále: je to vždy zvláštní, *pak* to bylo zvlášť nápadné, protože jeho smysly byly čilé a jeho duševní schopnosti se probudily k nezvyklé činnosti. Domnívám se, že tato podobnost pana Heathcliffa odzbrojila: kráčel ke krbu zjevně rozrušen; ale rychle to ustoupilo, když pohlédl na mladého muže; nebo bych řekl změnil jeho povahu; neboť tam ještě byla. Vytrhl mu knihu z ruky, pohlédl na otevřenou stránku a pak ji beze zřetele vrátil; Catherine jen odkázala: její společník se za ní zdržel jen velmi málo a já jsem se chystal odejít také, ale on mi přikázal, abych zůstal sedět.

„To je špatný závěr, viďte?" poznamenal, když se na chvíli zamyslel nad scénou, jíž byl právě svědkem: „Absurdní ukončení mého násilného úsilí? Seženu páky a motyky, abych zboural dva domy, a vycvičím se, abych byl schopen pracovat jako Herkules, a když je všechno připraveno a v mé moci, zjišťuji, že vůle zvednout břidlici z jedné střechy zmizela! Moji staří nepřátelé mě neporazili; Nyní by byl přesný čas, abych se pomstil jejich zástupcům: mohl bych to udělat; a nikdo mi nemohl zabránit. Ale kde je využití? Nestojím o údery: nemohu se obtěžovat zvednout ruku! To zní, jako bych se po celou dobu namáhal jen proto, abych projevil jemný rys šlechetnosti. Zdaleka tomu tak není: ztratil jsem schopnost těšit se z jejich ničení a jsem příliš nečinný, abych ničil pro nic za nic.

„Nelly, blíží se podivná změna; V současné době jsem v jeho stínu. O svůj každodenní život se zajímám tak málo, že si sotva pamatuji, že mám jíst a pít. Ti dva, kteří opustili místnost, jsou jediné předměty, které mi zachovávají odlišný hmotný vzhled; a tento zjev mi působí bolest, která se rovná agónii. Nechci o *ní* mluvit a nechci na ni myslet, ale upřímně si přeji, aby byla neviditelná: její přítomnost vyvolává jen šílené pocity. *On* mě dojímá jinak, a přece, kdybych to dokázala, aniž bych vypadala jako blázen, už bych ho nikdy neviděla! Snad si budete myslet, že mám sklony se k tomu stát," dodal a pokusil se o úsměv, „když se pokusím popsat tisíce forem minulých asociací a myšlenek, které v něm probouzí nebo ztělesňuje. Ale nebudete mluvit o tom, co vám říkám; a má mysl je tak věčně uzavřena sama v sobě, že je lákavé ji nakonec obrátit k jiné.

„Před pěti minutami mi Hareton připadal jako zosobnění mého mládí, ne jako lidská bytost; Cítil jsem na něj tak rozmanitými způsoby, že by bylo nemožné ho racionálně oslovit. Za prvé, jeho překvapivá podoba s Catherine ho s ní strašlivě spojovala. Avšak to, co byste mohli považovat za nejmocnější k tomu, aby uchvátilo mou obrazotvornost, je ve skutečnosti to nejmenší: neboť co s ní není spojeno se mnou? A co ji nepřipomíná? Nemohu se dívat dolů na tuto podlahu, ale její rysy jsou tvarovány jako vlajky! V každém mraku, v každém stromě – který v noci naplňuje vzduch a ve dne je zachycen záblesky v každém předmětu – jsem obklopen jejím obrazem! Nejobyčejnější tváře mužů a žen - mé vlastní rysy - se mi podobají. Celý svět je strašlivou sbírkou vzpomínek na to, že skutečně existovala a že jsem ji ztratil! No, Haretonův aspekt byl duchem mé nesmrtelné lásky; o mých divokých snahách udržet si své právo; mé ponížení, má pýcha, mé štěstí a má úzkost -

„Je to však šílenství opakovat vám tyto myšlenky: jen to vám dá vědět, proč při neochotě být stále sám jeho společnost není k užitku; spíše je to zhoršení neustálého trápení, kterým trpím: a částečně to přispívá k tomu, že se cítím bez ohledu na to, jak on a jeho bratranec pokračují spolu. Už si jich nemohu všímat."

„Ale co myslíte tou *změnou*, pane Heathcliffe?" Řekl jsem, zděšen jeho chováním: ačkoli mu podle mého úsudku nehrozilo ani nebezpečí, že ztratí smysly, ani zemře: byl docela silný a zdravý; a pokud jde o jeho rozum, od dětství měl potěšení zabývat se temnými věcmi a zabývat se podivnými představami. Mohl mít monomanii v otázce svého zesnulého idolu; ale ve všech ostatních věcech byl jeho důvtip stejně zdravý jako můj.

„To se nedozvím, dokud to nepřijde," řekl; „Teď si to uvědomuji jen napůl."

„Nemáte žádný pocit nemoci, že ne?" Zeptal jsem se.

„Ne, Nelly, neslyšel," odpověděl.

„Ty se tedy nebojíš smrti?" Šel jsem za ním.

„Bojíš se? Ne!" odpověděl. „Nemám ani strach, ani předtuchu, ani naději na smrt. Proč bych měl? Se svou tvrdou konstitucí, střídmým způsobem života a nebezpečnými zaměstnáními bych měl a pravděpodobně *i budu* zůstávat nad zemí, dokud mi na hlavě nezbude ani jeden černý vlas. A přece nemohu v tomto stavu setrvat! Musím si připomínat, že mám dýchat – skoro abych připomněla svému srdci, že má bít! A je to jako ohýbat ztuhlou pružinu: je to z donucení, že udělám sebemenší čin, aniž bych byl veden jedinou myšlenkou; a z donucení, abych si všímal čehokoli živého nebo mrtvého, co není spojeno s jednou univerzální ideou. Mám jediné přání a celá má bytost a mé schopnosti touží po jeho dosažení. Toužili po ní tak dlouho a tak neochvějně, že jsem přesvědčen, že jí bude dosaženo – a *brzy* – protože pohltila mou existenci: jsem pohlcen očekáváním jejího naplnění. Mé doznání mi neulevilo; ale mohou vysvětlit některé jinak nevysvětlitelné fáze humoru, které ukazuji. Ó Bože! Je to dlouhý boj; Kéž by to skončilo!"

Začal přecházet po místnosti a mumlal si pro sebe strašlivé věci, až jsem byl nakloněn věřit, stejně jako on řekl Josefovi, že svědomí obrátilo jeho srdce v pozemské peklo. Velmi jsem přemýšlel, jak to skončí. Třebaže jen zřídka předtím dával najevo tento duševní stav, byť jen pohledem, byla to jeho obvyklá nálada, o tom jsem nepochyboval: tvrdil to sám; ale ani jedna duše by si z jeho celkového chování nedomyslela, že Nevšiml jste si, když jste ho viděl, pane Lockwoode, a v době, o níž mluvím, byl úplně stejný jako tehdy; jen měl rád pokračující samotu a možná byl ještě lakoničtější ve společnosti.

KAPITOLA XXXIV

Několik dní po onom večeru se pan Heathcliff vyhýbal setkání s námi při jídle; přesto nesouhlasil s formálním vyloučením Haretona a Cathy. Měl odpor k tomu, aby se tak úplně poddával svým citům, raději se vzdálil; a jíst jednou za čtyřiadvacet hodin mu připadalo jako dostatečná obživa.

Jednou v noci, když byla rodina v posteli, jsem ho slyšela, jak jde dolů a ven předními dveřmi. Neslyšel jsem, že by se vrátil dovnitř, a ráno jsem zjistil, že je stále pryč. Tehdy jsme byli v dubnu: počasí bylo sladké a teplé, tráva zelená jako přeháňky a slunce a dvě zakrslé jabloně u jižní stěny byly v plném květu. Po snídani Catherine trvala na tom, abych přinesl židli a posadil se se svou prací pod jedle na konci domu; a přemluvila Haretona, který se ze své nehody dokonale zotavil, aby vykopal a upravil její malou zahrádku, která byla vlivem Josephových stížností přesunuta do tohoto rohu. Pohodlně jsem se kochal jarní vůní kolem a krásnou měkkou modří nad hlavou, když se moje mladá dáma, která běžela dolů k bráně, aby si opatřila nějaké kořeny petrklíče na záhon, vrátila jen napůl naložená a oznámila nám, že pan Heathcliff přichází. „A mluvil se mnou," dodala se zmateným výrazem ve tváři.

„Co říkal?" zeptal se Hareton.

„Řekl mi, abych odešla co nejrychleji," odpověděla. „Ale vypadal tak odlišně od svého obvyklého vzhledu, že jsem se na okamžik zastavila a zírala na něj."

„Jak?" zeptal se.

„Vždyť téměř veselé a veselé. Ne, *skoro* nic - *velmi* vzrušená, divoká a šťastná!" odpověděla.

„Tak noční procházky ho baví," poznamenal jsem nedbale: ve skutečnosti byla stejně překvapená jako ona a chtěla se přesvědčit o pravdivosti svého tvrzení; neboť vidět mistra vypadat radostně by nebyla všední podívaná. Vymyslel jsem si záminku, abych mohl jít dovnitř. Heathcliff stál u otevřených dveří; Byl bledý a třásl se, ale v očích měl podivný radostný lesk, který měnil tvář celé jeho tváře.

„Dáte si nějakou snídani?" Říkal jsem. „Musíš mít hlad, bloudit celou noc!" Chtěl jsem zjistit, kde byl, ale nechtěl jsem se ptát přímo.

„Ne, nemám hlad," odpověděl, odvrátil hlavu a mluvil poněkud pohrdavě, jako by se domníval, že se snažím vytušit, jak se mu daří dobře rozladěn.

Cítil jsem se zmatený: nevěděl jsem, zda to není vhodná příležitost nabídnout trochu napomenutí.

„Nemyslím si, že je správné vycházet ze dveří," poznamenal jsem, „místo toho, abych byl v posteli: v každém případě v tomto deštivém období to není moudré. Troufám si tvrdit, že se ošklivě nachladíš nebo dostaneš horečku: teď ti něco vadí!"

„Nic než to, co mohu snést," odpověděl; „A s největším potěšením, pokud mě necháte na pokoji: nastupte a neobtěžujte mě."

Poslechl jsem, a jen tak mimochodem jsem si všiml, že dýchá rychle jako kočka.

„Ano!" Pomyslel jsem si: „Budeme mít záchvat nemoci. Nedokážu si představit, co vlastně dělal."

Toho poledne zasedl k večeři s námi a přijal z mých rukou naložený talíř, jako by chtěl odčinit předchozí půst.

„Nemám ani rýmu, ani horečku, Nelly," poznamenal v narážce na mou ranní řeč. „a jsem připraven učinit zadost jídlu, které mi dáváte."

Vzal nůž a vidličku a chtěl začít jíst, když tu se zdálo, že jeho sklon náhle vyprchal. Položil je na stůl, dychtivě pohlédl k oknu, pak vstal a odešel. Viděli jsme ho, jak se prochází po zahradě, zatímco jsme dojídali, a Earnshaw řekl, že se půjde zeptat, proč nechce večeřet: myslel si, že jsme ho nějak zarmoutili.

„Tak co, už jde?" zvolala Catherine, když se sestřenka vrátila.

„Ne," odpověděl; „Ale on se nezlobí; zdálo se, že ho to opravdu málokdy těší; jen jsem ho učinil netrpělivým tím, že jsem s ním dvakrát mluvil; a pak mi řekl, abych se vydal k vám; divil se, jak mohu potřebovat společnost někoho jiného."

Položil jsem jeho talíř na blatník, aby se zahřál; a po hodině či dvou se vrátil dovnitř, když už byla místnost čistá, o nic klidnější; týž nepřirozený - byl to nepřirozený - výraz radosti pod černým obočím; tentýž bezkrevný odstín a jeho zuby byly tu a tam vidět v jakémsi úsměvu; jeho tělo se chvěje, ne jako by se člověk chvěl zimnicí nebo slabostí, ale jako pevně napnutý provaz se chvěje – spíše silné rozechvění než chvění.

Zeptám se, co se děje, pomyslel jsem si; Nebo kdo by měl? A já jsem zvolal; „Slyšel jste nějaké dobré zprávy, pane Heathcliffe? Vypadáš neobyčejně živě."

„Odkud by ke mně měly přicházet dobré zprávy?" řekl. „Jsem oživena hladem; a zdá se, že nesmím jíst."

„Vaše večeře je tady," odpověděl jsem. „Proč to nedostaneš?"

„Teď ho nechci," zamumlal spěšně, „počkám do večeře. A Nelly, dovolte mi, abych vás jednou provždy poprosila, abyste ode mne varovala Haretona a toho druhého. Nechci, aby mě někdo obtěžoval; přeji si mít toto místo jen pro sebe."

„Je nějaký nový důvod pro toto vyhnanství?" Zeptal jsem se. „Povězte mi, proč jste tak divný, pane Heathcliffe? Kde jste byli včera v noci? Nekladu tu otázku z plané zvědavosti, ale..."

„Kladete tu otázku z plané zvědavosti," přerušil ji se smíchem. „Přesto vám na ni odpovím. Minulou noc jsem byl na prahu pekla. Dnes jsem na dohled od svého nebe. Mám na to oči; sotva tři stopy, aby mě dělily! A teď už radši vyrazte! Neuvidíš ani neuslyšíš nic, co by tě vyděsilo, když se zdržíš zvědavosti."

Když jsem zametl krb a utřel stůl, odešel; zmatenější než kdy jindy.

Toho odpoledne už neopustil dům a nikdo nenarušoval jeho samotu; až v osm hodin jsem považoval za vhodné, i když jsem nebyl vyzván, přinést mu svíčku a jeho večeři. Opíral se o římsu otevřené mříže, ale nedíval se ven; tvář měl obrácenou k vnitřnímu šeru. Oheň doutnal v popel; Pokoj byl naplněn vlhkým, mírným vzduchem zamračeného večera; a to tak nehybné, že bylo možné rozeznat nejen šumění řeky Gimmerton, ale i její vlnky a bublání nad oblázky nebo skrze velké kameny, které nemohla zakrýt. Vykřikl jsem nespokojeně, když jsem spatřil tu bezútěšnou mříž, a začal jsem zavírat okna, jedno po druhém, až jsem došel k jeho.

„Musím to zavřít?" Zeptal jsem se, abych ho probudil; neboť se nepohnul.

Světlo se mu zablesklo na tváři, když jsem mluvil. Ach, pane Lockwoode, nedokážu vyjádřit, jak strašlivě jsem sebou vylekal při tom chvilkovém pohledu! Ty hluboké černé oči! Ten úsměv a strašlivá bledost! Nezdálo se mi, že by to byl pan Heathcliff, ale skřet; a ve své hrůze jsem nechala svíčku sklonit se ke zdi a ta mě nechala ve tmě.

„Ano, zavři to," odpověděl svým známým hlasem. „To je naprostá trapnost! Proč jste drželi svíčku vodorovně? Pospěšte si a přiveďte další."

Vyběhla jsem ven v pošetilém strachu a řekla jsem Josefovi: „Mistr si přeje, abys mu přinesl světlo a znovu zapálil oheň." Neboť jsem se v tu chvíli neodvážil znovu vstoupit do sebe.

Joseph zařetěl ohněm do lopaty a šel, ale hned ho přinesl zpátky, v druhé ruce podnos s večeří a vysvětlil mu, že pan Heathcliff jde spát a že do rána nechce nic jíst. Slyšeli jsme, jak vystupuje přímo po schodech; Nepokračoval do své obvyklé komnaty, ale zabočil do ní s obloženou postelí: její okno, jak jsem se již zmínil, je dost široké, aby jím mohl projít každý; a napadlo mě, že plánoval další půlnoční výlet, o němž jsme neměli ani tušení.

„Je to ghúl nebo upír?" Přemítal jsem. Četl jsem o takových ohavných vtělených démonech. A pak jsem se zamyslel nad tím, jak jsem se o něj staral v dětství, sledoval jsem ho, jak dospívá, a sledoval jsem ho téměř po celou dobu jeho běhu; a jaký to byl absurdní nesmysl podlehnout tomuto pocitu hrůzy. „Ale kde se vzal ten malý temný tvoreček, kterého nějaký dobrý člověk ukrývá ke své zkáze?" zabručela Pověra, když jsem usnula do bezvědomí. A začal jsem se napůl ve snu unavovat představou nějakého vhodného rodičovství pro něj; a opakujíc si své bdělé meditace, sledoval jsem jeho existenci znovu a znovu, s pochmurnými obměnami; konečně jsem si představoval jeho smrt a pohřeb: z čehož si pamatuji jen to, že jsem byl nesmírně rozmrzelý, že mám za úkol diktovat nápis na jeho pomník a radit se o tom se sextonem; a protože neměl příjmení a nemohli jsme určit jeho věk, museli jsme se spokojit s jediným slovem: „Heathcliff". To se nám splnilo: my jsme byli. Pokud vstoupíte na hřbitov, na jeho náhrobním kameni se dočtete pouze to a datum jeho smrti.

Svítání mi vrátilo zdravý rozum. Vstal jsem a šel jsem do zahrady, jakmile jsem viděl, abych se přesvědčil, zda pod jeho oknem nejsou nějaké stopy. Nebyly žádné. „Zůstal doma," pomyslela jsem si, „a dnes bude v pořádku." Připravil jsem pro domácnost snídani, jak bylo mým zvykem, ale řekl jsem Haretonovi a Catherine, aby si přinesli tu svou, než pán přijde dolů, protože ležel pozdě. Raději ho brali ven ze dveří, pod stromy, a já jsem jim postavil malý stolek, abych se do nich vešel.

Když jsem znovu vstoupil, našel jsem dole pana Heathcliffa. S Josefem rozmlouvali o nějakém zemědělském podnikání; Dával jasné, podrobné pokyny týkající se projednávané záležitosti, ale mluvil rychle, neustále odvracel hlavu stranou a měl týž vzrušený výraz, dokonce ještě přehnanější. Když Joseph odešel z pokoje, posadil se na místo, které si obvykle vybíral, a já jsem před něj postavil misku s kávou. Přitáhl si ji blíž, pak se opřel rukama o stůl a díval se na protější stěnu, jak jsem se domníval, a prohlížel si jednu konkrétní část, nahoru a dolů, jiskřícíma, neklidnýma očima a s tak dychtivým zájmem, že na půl minuty společného života přestal dýchat.

„Tak pojďte," zvolala jsem a přitiskla mu k ruce trochu chleba, „snězte a vypijte to, dokud je horko: čeká to už skoro hodinu."

Nevšiml si mě, a přesto se usmál. Raději bych ho viděla skřípat zuby, než se tak usmívat.

„Pane Heathcliffe! Mistře!" Zvolal jsem: „Nedívej se, proboha, jako bys měl nějaké nadpozemské vidění."

„Nekřičte, proboha, tak hlasitě," odpověděl. „Otoč se a pověz mi, jsme sami?"

„Samozřejmě," zněla má odpověď; „Samozřejmě, že jsme."

Přesto jsem ho bezděčně poslechl, jako bych si tím nebyl zcela jist. Mávnutím ruky uvolnil volné místo před sebou mezi věcmi na snídani a naklonil se dopředu, aby si mohl víc prohlížet svůj klid.

Teď jsem si uvědomil, že se nedívá na zeď; neboť když jsem se na něj díval o samotě, zdálo se mi, že právě hledí na něco vzdáleného dva yardy. A ať už to bylo cokoli, sdělovalo to zřejmě radost i bolest v neobyčejných extrémech: přinejmenším zmučený, ale vytržený výraz jeho tváře tomu napovídal. Ani vymyšlený předmět nebyl upřen: jeho oči jej sledovaly s neúnavnou pílí, a i když se mnou mluvil, nikdy se nezbavily pozornosti. Marně jsem mu připomínala jeho dlouhou zdrženlivost v jídle: když se pohnul, aby se něčeho dotkl v souladu s mými prosbami, když vztáhl ruku, aby si vzal kousek chleba, zaťal prsty dřív, než k němu dosáhly, a zůstal stát na stole, zapomínaje na svůj cíl.

Seděl jsem jako vzor trpělivosti a snažil jsem se odpoutat jeho zaujatou pozornost od strhujících spekulací; až se rozzlobil a vstal a ptal se, proč mu nedovolím, aby měl na jídlo svůj vlastní čas? a říkám si, že při příští příležitosti nemusím čekat: mohl bych ty věci odložit a jít. Po těchto slovech vyšel z domu, pomalu se ploužil zahradní pěšinkou a zmizel brankou.

Hodiny se úzkostlivě plížily: přišel další večer. K odpočinku jsem se uchýlila až pozdě, a když jsem to udělala, nemohla jsem spát. Vrátil se po půlnoci, a místo aby si šel lehnout, zavřel se dole v pokoji. Poslouchal jsem, převaloval se a nakonec jsem se oblékl a sestoupil dolů. Bylo to příliš otravné ležet a trápit svůj mozek stovkami planých pochybností.

Pozorovala jsem kroky pana Heathcliffa, který neklidně měřil podlahu, a on často přerušil ticho hlubokým vnuknutím, které se podobalo zasténání. Mumlal také odtažitá slova; jediné, které se mi podařilo zachytit, bylo jméno Catherine spojené s nějakým divokým výrazem náklonnosti nebo utrpení; a mluvila tak, jako by se mluvilo k přítomné osobě; Nízký a vážný, vyždímaný z hloubi jeho duše. Neměl jsem odvahu vejít rovnou do bytu; ale chtěl jsem ho vytrhnout z jeho snění, a proto jsem se dostal do konfliktu s kuchyňským ohněm, rozdmýchal jsem ho a začal jsem škrábat uhlíky. Vytáhlo ho to ven dřív, než jsem čekal. Okamžitě otevřel dveře a řekl: „Nelly, pojď sem - je ráno? Pojďte dál se svým světlem."

„Odbíjejí čtyři," odpověděl jsem. „Chceš svíčku, kterou bys mohl vzít nahoru: možná jsi ji zapálil u tohoto ohně."

„Ne, nechci jít nahoru," řekl. „Pojďte dál, rozdělejte *mi* oheň a udělejte, co se dá udělat s tím pokojem."

„Nejdřív musím rozfoukat uhlíky do ruda, než budu moci nějaké nést," odpověděl jsem a vzal si židli a měchy.

Mezitím se potuloval sem a tam ve stavu blížícím se roztržitosti; jeho těžké vzdechy následovaly jeden za druhým tak hustě, že nenechávaly žádný prostor pro společné dýchání mezi nimi.

„Až se rozední, pošlu pro Greena," řekl. „Rád bych ho právně vyšetřil, dokud se o těchto věcech mohu zamyslet a dokud mohu jednat v klidu. Ještě jsem nenapsal svou závěť; a jak opustit svůj majetek, nemohu určit. Přál bych si, abych ho mohl vyhladit z povrchu zemského."

„O tom bych nemluvil, pane Heathcliffe," vložil jsem se do řeči. „Nechť je tvá vůle chvilka: budeš ušetřena pokání ze svých mnohých nespravedlností! Nikdy jsem nečekal, že budete mít narušené nervy: nyní jsou však podivuhodně; a téměř výhradně vaší vlastní vinou. Způsob, jakým jsi prošel těmito třemi posledními dny, by mohl vyhodit do povětří Titána. Vezměte si něco k jídlu a trochu odpočinku. Stačí se na sebe podívat do zrcadla, abyste viděli, jak potřebujete obojí. Tváře máš propadlé a oči podlité krví, jako když člověk hladoví a oslepne nedostatkem spánku."

„Není to moje vina, že nemohu jíst a odpočívat," odpověděl. „Ujišťuji vás, že to není kvůli žádným pevným plánům. Udělám obojí, jakmile to bude možné. Ale stejně tak byste mohli přikázat člověku, který zápasí ve vodě, aby odpočíval na délku paže od břehu! Nejdřív tam musím dojít, a pak si odpočinu. Nuže, nevadí pane Greene: pokud jde o pokání ze svých nespravedlností, neudělal jsem žádnou nespravedlnost a nečiním pokání z ničeho. Jsem příliš šťastná; a přesto nejsem dost šťastná. Blaženost mé duše zabíjí mé tělo, ale neuspokojuje se."

„Šťastný, pane?" Vykřikla jsem. „Podivné štěstí! Kdybys mě slyšel a nezlobil se, možná bych ti dal radu, která by tě udělala šťastnější."

„Co to je?" zeptal se. „Dej to."

„Víte, pane Heathcliffe," řekl jsem, „že od svých třinácti let jste žil sobeckým, nekřesťanským životem; a pravděpodobně jste po celou tu dobu neměli v rukou Bibli. Museli jste zapomenout na obsah knihy a možná teď nebudete mít prostor ji prohledat. Mohlo by být škodlivé poslat pro někoho - nějakého kazatele jakékoli denominace, nezáleží na tom které - aby vám to vysvětlil a ukázal vám, jak velmi jste se zmýlili od jeho přikázání; A jak nezpůsobilý budeš pro jeho nebe, pokud před smrtí nenastane změna?"

„Spíš jsem vám zavázán než se zlobím, Nelly," řekl, „protože mi připomínáte, jak si přeji být pohřben. Večer se má nést na hřbitov. Vy a Hareton, chcete-li, můžete jít se mnou, a zvláště si povšimněte, že kostelník poslouchá mé pokyny ohledně dvou rakví! Žádný kazatel nemusí přijít; a není třeba nic říkat o mně. --Říkám vám, že jsem už skoro dosáhla *svého* nebe, a nebe jiných je mnou naprosto nedoceněné a netoužící."

„A co kdybyste vytrval ve svém tvrdošíjném půstu a zemřel tím způsobem, a oni by vás odmítli pohřbít v areálu kirku?" Řekla jsem, šokovaná jeho bezbožnou lhostejností. „Jak by se ti to líbilo?"

„To neudělají," odpověděl, „kdyby to udělali, museli byste mě tajně odstranit; a pokud to zanedbáte, prakticky dokážete, že mrtví nejsou vyhlazeni!"

Jakmile uslyšel, že se ostatní členové rodiny pohnuli, odebral se do svého doupěte a já jsem mohl dýchat volněji. Ale odpoledne, když byli Josef a Hareton v práci, přišel znovu do kuchyně a s divokým pohledem mě vyzval, abych se posadil do domu, že by chtěl mít někoho s sebou.

Odmítl jsem; Řekla jsem mu otevřeně, že mě jeho podivná řeč a chování děsí a že nemám ani odvahu, ani vůli být jeho společnicí sama.

„Věřím, že mě považujete za ďábla," řekl se svým chmurným smíchem, „něco příliš hrozného na to, abych žil pod slušnou střechou." Pak se obrátil ke Catherine, která tam byla a která se táhla za mnou, když se přiblížil, a dodal napůl posměšně: „*Půjdeš*, Chucku? Neublížím vám. Ne! pro tebe jsem ze sebe udělal horšího než ďábla. No, je *tu jeden*, který se nezalekne mé společnosti! Při Bohu! Je neúnavná. Ach, sakra! Je to nevýslovně příliš mnoho na to, aby to tělo a krev snesly - dokonce i moje."

Nikoho víc nežádal o společnost. Za soumraku vešel do své komnaty. Celou noc až do rána jsme ho slyšeli, jak sténá a mumlá si pro sebe. Hareton chtěl vstoupit; ale přikázal jsem mu, aby přivedl pana Kennetha a on by ho šel navštívit dovnitř. Když přišel a já jsem požádal o vstup a pokusil jsem se otevřít dveře, zjistil jsem, že jsou zamčené; a Heathcliff nám řekl, abychom byli zatraceni. Bylo mu lépe a zůstal by sám; Doktor tedy odešel.

Nazítří byl velmi deštivý, ba až do svítání pršelo; a když jsem se ráno procházel po domě, všiml jsem si, že se pánovo okno otevírá a dovnitř se žene déšť. Nemůže být v posteli, pomyslela jsem si: ty sprchy by ho promočily. Musí být buď nahoře, nebo venku. Ale už nebudu dělat žádné okolky, půjdu směle a podívám se.

Když se mi podařilo dostat se dovnitř jiným klíčem, běžel jsem otevřít desky, protože komora byla prázdná; rychle jsem je odstrčil stranou a nakoukl dovnitř. Byl tam pan Heathcliff - ležel na zádech. Jeho oči se setkaly s mými tak pronikavými a divokými, že jsem sebou trhl; a pak se zdálo, že se usmál. Nemohl jsem ho pokládat za mrtvého, ale tvář a hrdlo měl omývané deštěm; z povlečení kapalo a on byl naprosto nehybný. Mříž, třepotající se sem a tam, se odřela o jednu ruku, která spočívala na parapetu; z rozbité kůže nestékala žádná krev, a když jsem na ni přiložil prsty, nemohl jsem už pochybovat: byl mrtvý a vyčerpaný!

Zavřel jsem okno; Vyčesala jsem mu černé dlouhé vlasy z čela; Snažil jsem se zavřít mu oči, abych pokud možno uhasil ten děsivý, životodárný pohled radosti dřív, než ho spatří kdokoli jiný. Nechtěli zavřít: zdálo se, že se vysmívají mým pokusům; a jeho pootevřené rty a ostré bílé zuby se také ušklíbly! Zachvácen dalším záchvatem zbabělosti jsem volal po Josefovi. Joseph se přišoural a udělal hluk, ale rezolutně odmítl se do toho plést.

„Divil je vyrván z duše," zvolal, „a může svou mrtvolu rozházet do bárky, na tom mi nezáleží! Ech! Jaký to zlý jest, když se opásá smrtí!" a starý hříšník se posměšně zašklebil. Myslel jsem, že má v úmyslu rozsekat kolem postele kapary; ale náhle se vzpamatoval, padl na kolena, zvedl ruce a poděkoval jim, že zákonitý pán a starobylý rod byli navráceni svým právům.

Cítil jsem se ohromen tou hroznou událostí; a moje vzpomínky se nevyhnutelně vracely do dřívějších časů s jakýmsi tísnivým smutkem. Ale chudák Hareton, ten nejukřivděnější, byl jediný, kdo skutečně mnoho vytrpěl. Seděl u mrtvoly celou noc a hořce plakal. Stiskl mu ruku a políbil jeho sarkastickou, divokou tvář, na kterou se všichni ostatní vyhýbali pomyšlení; a naříkala nad ním oním silným zármutkem, který přirozeně pramení ze šlechetného srdce, i když je tvrdé jako kalená ocel.

Pan Kenneth si nevěděl rady s výčtem, na jakou nemoc mistr zemřel. Zatajil jsem, že čtyři dny nic nespolkl, protože jsem se bál, že by to mohlo způsobit potíže, a pak, jsem přesvědčen, neabstinoval schválně: byl to důsledek jeho podivné nemoci, ne příčina.

Pohřbili jsme ho, k pohoršení celého okolí, jak si přál. Earnshaw a já, kostelník, a šest mužů, kteří nesli rakev, jsme obsáhli celou přítomnost. Šest mužů odešlo, když je spustili do hrobu: my jsme zůstali, abychom se podívali, jak je přikryté. Hareton se stékajícím obličejem vykopal zelené drny a sám je položil na hnědou plíseň: nyní je stejně hladký a zelený jako jeho sousední pahorky - a doufám, že jeho nájemník spí stejně klidně. Ale venkované, kdybyste se jich zeptali, by přísahali na Bibli, že *chodí*: jsou tací, kteří říkají, že ho potkali poblíž kostela a na blatech, a dokonce i v tomto domě. Plané povídačky, řeknete si, a já to říkám také. A přece ten stařec u kuchyňského krbu tvrdí, že od té doby viděl dva z nich každou deštivou noc vyhlížet z okna svého pokoje: - a mně se asi před měsícem stala podivná věc. Jednoho večera jsem se chystal na Statek - byl temný večer, hrozil hrom - a právě na zatáčce Výšin jsem potkal malého chlapce, který měl před sebou ovci a dvě jehňata; strašně plakal; a domníval jsem se, že jehňata jsou plachá a nedají se vést.

„Co se děje, miláčku?" Zeptal jsem se.

„Tamhle je Heathcliff a támhle nějaká žena," zabručel, „než bych kolem nich prošel."

Neviděl jsem nic; ale ani ovce, ani on nechtěli jít dál, a tak jsem mu přikázal, aby šel po cestě níže. Pravděpodobně vyvolal přízraky, když přemýšlel, když sám procházel vřesovišti o nesmyslech, které slyšel opakovat své rodiče a druhy. Přesto se mi nelíbí, že jsem teď venku ve tmě; a nelíbí se mi, že jsem ponechána sama v tomto ponurém domě: nemohu si pomoci; Budu rád, když odtamtud odejdou a přesunou se do statku.

„Jedou tedy do sídla?" Říkal jsem.

„Ano," odpověděla paní Deanová, „jakmile se vezmou, a to bude na Nový rok."

„A kdo tu pak bude bydlet?"

„Vždyť Josef se bude starat o dům a možná i nějaký mládenec, který mu bude dělat společnost. Budou bydlet v kuchyni a ostatní budou zavřeni."

„Pro použití takových duchů, kteří se rozhodnou ji obývat?" Poznamenal jsem.

„Ne, pane Lockwoode," řekla Nelly a zavrtěla hlavou. „Věřím, že mrtví žijí v míru, ale není správné mluvit o nich lehkovážně."

V tom okamžiku se otevřela zahradní branka; Rambleři se vraceli.

„*Oni* se ničeho nebojí," zabručela jsem a sledovala jejich příchod oknem. „Společně by se postavili Satanovi a všem jeho legiím."

Když vstoupili ke dveřním kamenům a zastavili se, aby se naposledy podívali na měsíc - nebo přesněji na sebe navzájem v jeho světle - cítil jsem neodolatelné nutkání znovu jim uniknout; a vtisknuv paní Deanové do ruky vzpomínku, nedbaje jejích výtků nad mou hrubostí, zmizel jsem v kuchyni, jakmile otevřeli dveře domu; a tak by byl Josepha utvrdil v jeho mínění o veselých nerozvážnostech svého spolusužebníka, kdyby mě naštěstí nepoznal jako úctyhodnou postavu podle sladkého zvonění panovníka u jeho nohou.

Moje cesta domů byla prodloužena oklikou směrem ke kostelu. Když jsem pod jejími zdmi viděl, že rozklad pokročil i za sedm měsíců: mnohá okna ukazovala černé mezery zbavené skla; a břidlice trčely tu a tam za pravou linií střechy, aby se postupně odpracovávaly v nadcházejících podzimních bouřích.

Hledal jsem a brzy jsem objevil tři náhrobky na svahu vedle blat: prostřední šedý a zpola zasypaný vřesovištěm; Edgar Linton je harmonizován pouze trávníkem a mechem lezoucím po jeho noze; Heathcliff je stále holý.

Zdržoval jsem se kolem nich pod tou vlídnou oblohou, pozoroval jsem můry poletující mezi vřesovištěm a zvonky, naslouchal jsem jemnému větru, který pročesával trávu, a divil jsem se, jak si někdo může představit neklidný spánek pro spáče v té tiché zemi.